カモイ・ヴァラエティ

ミス・ペテン　午後の踊り子
M嬢物語―鴨居羊子人形帖
捨て猫次郎吉

鴨居羊子コレクション3

KAMOI YOKO collection 3

国書刊行会

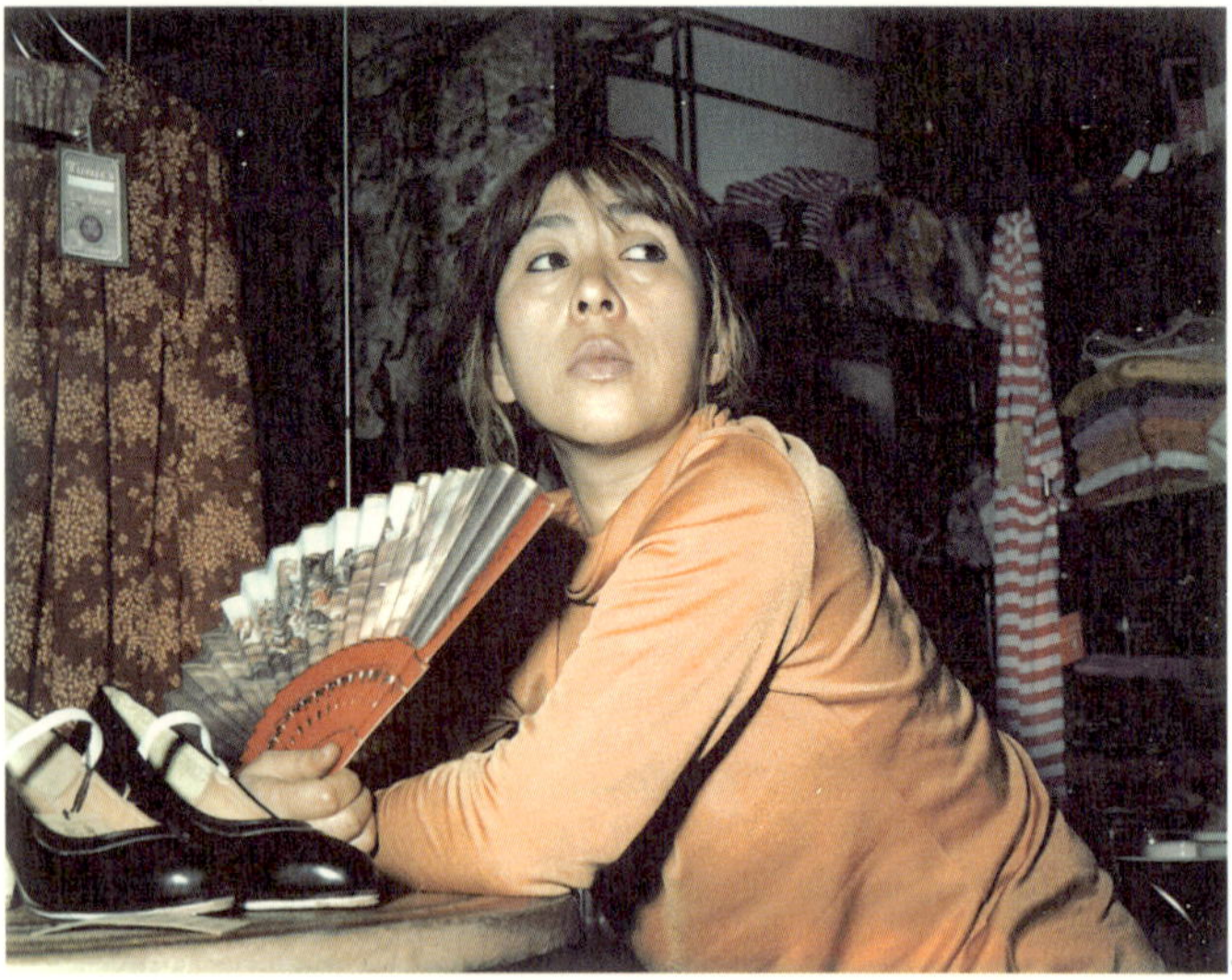

仕事場にて（1982 年頃）

絵　鴨居羊子
写真（P 9～40）　細江英公
装幀　澤地真由美
写真・図版提供　牛島龍介

カモイ・ヴァラエティ　目次

ミス・ペテン　写真・細江英公

午後の踊り子

M嬢物語——鴨居羊子人形帖

捨て猫次郎吉

チュニック・カタログ

カモイ・ヴァラエティ

鴨居羊子コレクション　3

ミス・ペテン

鴨居羊子におくる細江英公人間写真集〈ミス・ペテン〉

一九六六年春、妻の姉の写真家・今井壽恵が親しくしていた鴨居羊子さんを紹介された。鴨居さんはすでに下着デザイナーとして有名だった。その鴨居さんが大阪からやって来て、手のひらにのるような小さなぬいぐるみ人形をどさっと私の前に置いて「英公さんにおまかせします」といって帰っていった。

よく見ると可憐な少女や憎たらしいおばさんや好色おやじや色っぽい中年女性や妊娠中の女などなど、人形というよりさまざまな人間を集めて連れてきたという感じだった。はっと気がついたら、ぼくがその頃よく出入りしていた唐十郎の状況劇場、赤テントの役者集団みたいだった。唐十郎もいる、李麗仙もいる、麿赤兒もいる。

ぼくは小さな役者たちをつれて旅芝居に出た。遠くは青森、長野、近くは晴海埠頭に四谷界隈。みんなそれぞれやり放題の勝手放題、ちょっと目を離しているとセックスをはじめるわ、裸でテレビに出たいと駄々をこねるわ。親の心子知らず、あまりにうるさいので叱ったら「死ぬ」と言って電車の線路を枕にして自殺未遂、これは仏さまにすがる他に道はないと思って野仏行脚にもでた。

なんとかなだめて帰ってきた。ぼくは疲労困憊、さっそく鴨居さんにお引き取りいただいたら、なんと四〇年も経ってから「ミス・ペテン」という鴨居羊子著の巻頭に写真集となって出てきた。しかも涙壺に涙を流す妻の友人を背後からじっとみつめる鴨居さんも写っているではないか。これはまさしく「時空間」の錯覚だ。

二〇〇四年五月吉日

細江英公

鴨居羊子像

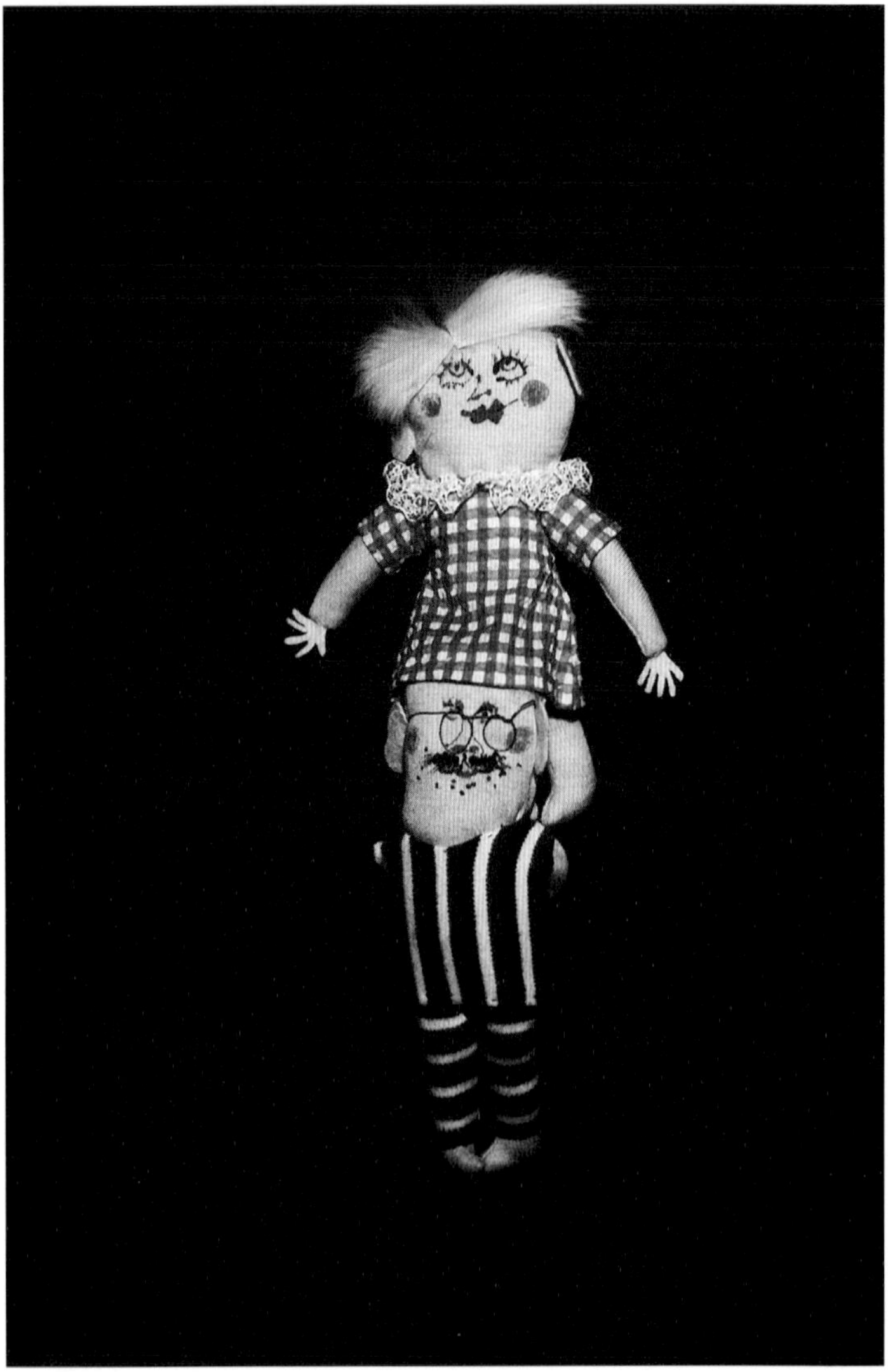

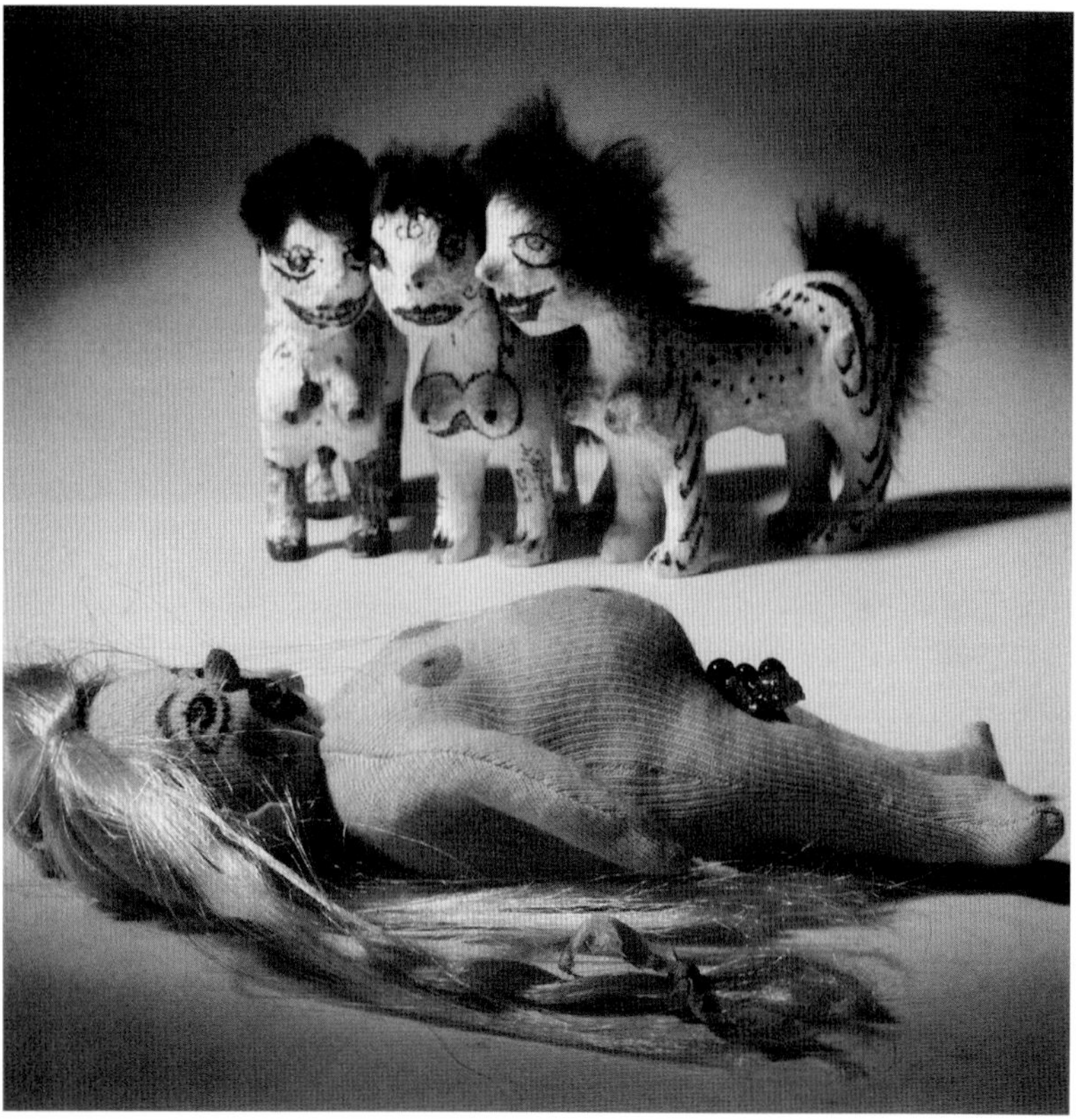

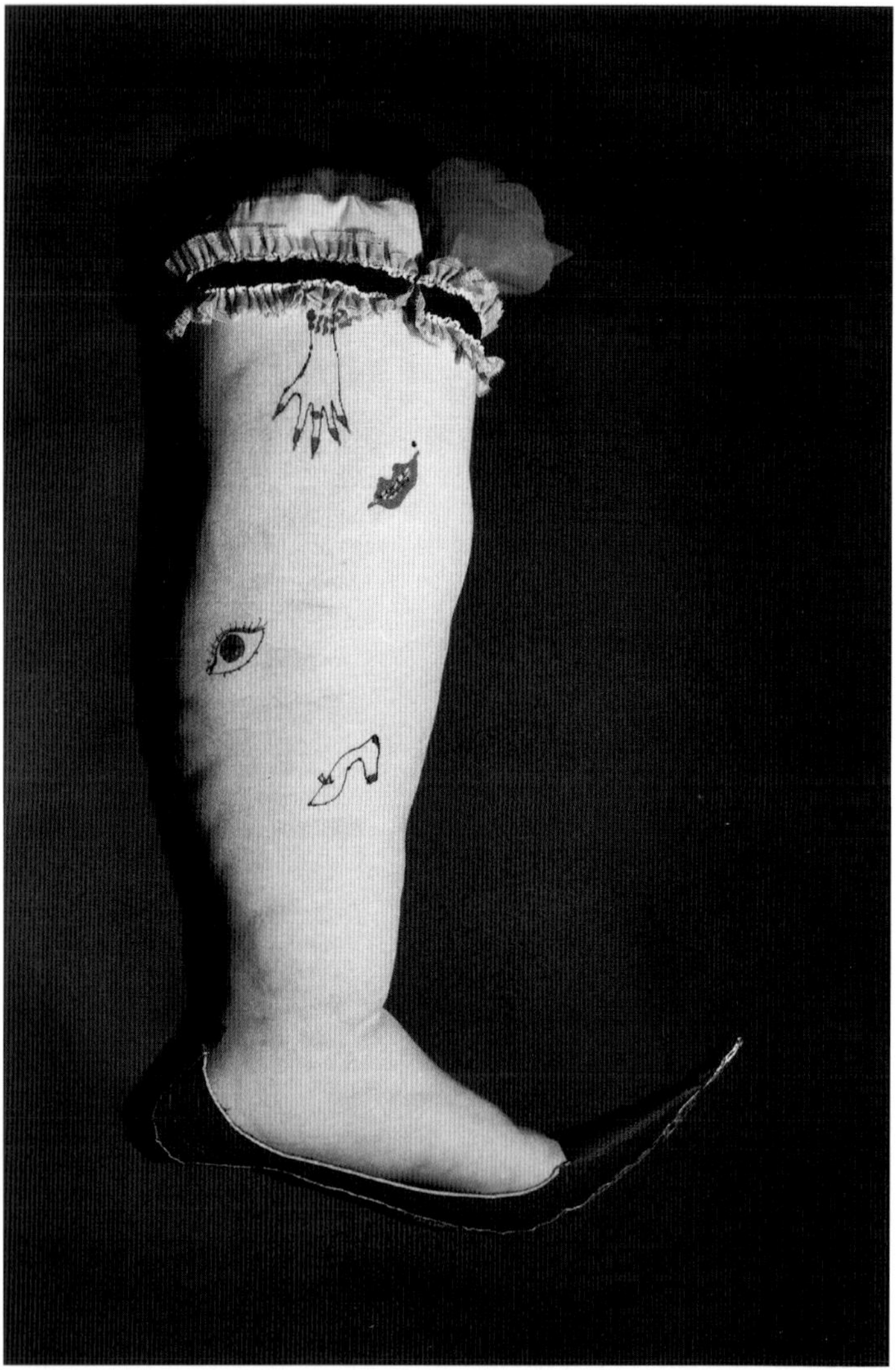

三十八番

なみだを入れる壺

あなたの瞳から、悲しい、苦しい涙がこぼれおちそうになったら、
大急ぎでこの壺のフタをとってこの小さい壺になみだを流しこんで下さい。

夢幻の初夢

他愛のない夢の一つは、やはり、野っ原と海が背景になっている。馬か羊か牛が、うろうろしている。私の家来の犬もいる。私はときに馬に乗り、ときに牛乳をしぼり、ときに犬と羊を追う。海辺に面してすばらしく、小さくてイカすホテルを私は経営している。このホテルは一部屋ごと、趣向が違っている。ネマキもガウンも部屋ごとに違う。小さい引き出しには、ホテル主からお客への手紙とプレゼントが入っている。農家の台所のような食堂では、しぼり立ての牛乳や、黒パンや、にぎりめしや、みそ汁や、果物や、肉や、魚やの素朴きわまりない田舎料理がある。

森の片隅には、何かつくる工場がある。陶器でもいい。最高のセンスと最高の野性を誇る品ものが、この森から生産される。馬に乗った牧場主の私は、方々見廻り乍ら好きなところで仕事をする。

働き疲れた私はビキニになってひと泳ぎする。太陽の下のビキニの私は、いやにスマートな肉体美人である。泳ぎの相手は犬であったり、数人の恋人であったりする。牧場に働く青年たちは、バージニアンみたいのや、トランパスや、ベイリーさんや、スティーヴ・マックィーンや、年配ではジョン・ウェインみたいなのもいる。麦わら帽のたくましい青年が両腕にばらをどっさりかかえて花畠から出てくる姿に人々は出くわすだろう。

そして、そのホテルの窓からは潮騒が聞えてくる。ホテルの裏側は絶壁で、明るい南の海なのだ。白い泡だちが終日岩をかんでいる。私は部厚い真赤な洋書を窓際にかかえてきて読書のポーズをとる。その本はフランス革命史のときもあるし、英訳の源氏物語のときもあるし、インカ帝国滅亡史のときもあるし、さらには、トロイの遺跡発掘裏話、ゴビ沙漠の奥にある〝さまよえる湖〟の探険譚などのときもある。

午後の高い潮騒はつづいている。読書の時間は人間の歴史のようにながながとつづいてゆく。午後の白い陽ざしが私の部屋の天井を照らすほど低くかたむいてゆく。

時間は止っているように、ゆっくりと動いてゆく。ものうくヘリコプターの爆音が耳に入ってくる。私はだんだん、まことに美しい女性になってゆく。佳人なのだ。窓際の佳人、黒田清輝描く佳人のような印象なのです。

私の家来の犬が窓の下で明るいホエ声をたてる。私はリンカーン自叙伝を閉じる。そして、

私は夢からさめる。……と思ったが、それはまだ夢の中のことで、私の夢はまた場面をかえてつづいてゆく。

谷の一隅のブルームスクへつづく峡谷をらくだに乗ったサルタンと一人の姫がゆらゆらとゆられてゆく。白いかぶりものの中からのぞくサルタンの浅黒いほほと、黒い瞳は、東洋の神秘をたたえて黙したまま無表情である。カラコルムの黒い砂の向うに

ヒマラヤの白銀の連山が輝いてみえる。しかし姫を見つめるときの瞳は瞬間に驚ろくほどのしぶく美しい微笑に変る、が、すぐ彼はもとの無表情のまま空をあおぐ。黒い紗につつまれた姫の顔と胸は光り輝く宝石に埋められていた。サファイアよりも青い瞳は、何か見覚えのあるなつかしい瞳だと思ったら私自身であった。

城門に飾られた、すぎ越しの祭りの飾りつけは今日はきれいにとり払われて、ニューイヤーを祝う爆竹の音が、道いっぱいに賑やかだ。とりかたづけられたひいらぎの赤い実を、はだしのちぢれ毛の子供が口にくわえて走り去っていった。

はだか

太陽と海と砂があるだけの無人島。

波打ちぎわの一隅に小さなヤドカリたちは、ひどくリズミカルに波の音に浮かれていた。

でっかい奴で二センチ、チビでマッチの先ほどのヤドカリたちが、うまい工合に自分の体に合う貝がらを見つけてはチャッカリともぐりこんでいる。他人様の服を着用に及んで彼女たちはお尻で貝がらをひきずって細い足をチラとのぞかせ、チョロチョロと歩いては立ち止る。その姿がどうもインチキくさい。コソ泥に似ている。太ってくると次の他人様の空いた服をあわてて探す。

どの服もどの家も満員で、この世界も住宅難だ。デパートのブラサガリ服のようにズラリと空いた服が並んでるわけでもない。

ヤドのないミス・ヤドカリが裸のまま、キョロキョロと注意深く見廻してから突如、ななめに走り出した。ヤドカリはチャッカリ屋で図々しいくせに裸となるとひどく不安定で臆病で、恥ずかしがり屋と変る。あわててもぐりこんだ貝がらはすでに誰かが入っていて裸の彼女はポイとけとばされた。やせた乳房を必死でかくしたまま、彼女は半泣きで走り出した。方々のヤドカリ野郎達が、貝がらから目の玉だけをのぞかせて意地わるく彼女をやじった。〃この淫売娘！　あっちィユケ〃

小岩のかげの泉の中へ彼女は息せき切ってしのびこんだ。そして身を横たえ、悲しい溜息とともにしばし水に裸身を浮かべた。

「女の乳房と子宮こそ男と本質的に異るその差である。女はその乳房と子宮のために子供をつくらねばならぬ。したがって早く貝がらの巣をみつけねばならぬ。」とミスター・ヤドカリのオジサマが言っていた。

ミス・ヤドカリはいままでビキニを着るためにこそこの乳房と子宮が存在するものだと信じていた。はじめてビキニを脱いで青い泉の岩のかげをミス・ヤドカリは泳いでいった。乳首の先が水にふれ、乳房はぶどうの房のように水中にゆれ、彼女は自分の乳房の重みをやっと知った。内ももの交叉点を波が洗う。魚が彼女のX地点の花びらの中へ入ってきそうな予感がして、大急ぎで彼女は穴のフタをした。

ところが岩かげにひそんでいた、ノゾキ趣味のミスター・タコ野郎が彼女の片方の乳房に狙いをつけてやにわに吸いついてきた。

まァいやらしい！と思う間に、もう彼女の吸いつかれた片方の乳房は、彼女の意志に反してぐんぐん伸びて岩の向う側までふくらんでいった。八本のミスター・タコの手は彼女の裸身をくまなく愛撫でくるんでしまった。まるで八人の男に輪姦されているようであった。陶酔に気を失いかけた彼女のX地点はミスター・タコの八本のうちの二本の手で他愛もなく開かれてしまった。

彼女の花びらの穴のフタはこじあけられ、ばら色の液がどろどろと青い水に流れていった。

太陽と海と砂がそこにあった。

月の下着

黄色くて蒼い月の光の下で彼女は一人たたずんで待っていた。

黒く光った雨ゴートの下に、まるで肌のようなうすいうすいグレーの下着一枚だけど、薄ローズピンクのストッキングと緑色の靴をはいた彼女は、ロウ人形のようにただ立っていた。片脚のひざから下は義足であった。ちんばだ。

棒のように立っている彼女の頭の中は、反対にハリネズミのように先ほどからいらだっていた。

とつぜん彼女は雨ゴートを脱ぎすてると草むらへほうり投げた。月の光はトゲのように彼女の全身をさし照らした。

グレイと月のゴールドと淡い肌のピンクが重なりあって夜の空気にうごめいた。

そのグレイの煙色の奥で彼女の欲望は、したたる血のようにうずきまわった。肉がほしい。脚がほしい。骨も。

彼女は急にこの上もなく奇妙な、そして破廉恥なかっこうをしてみたくなり、四つん這いになって草むらを這っていった。丸だしになったお尻の上とそのさけ目の奥まで月の光は容赦なく入りこみ、肉色の光となって反映しだした。彼女は這いつくばって思い切り股をひろげた。そのままの形で葉っぱの上にオシッコをした。オシッコは雨の舗道に落ちた油のように重い黒い虹を砂上に描いた。

異端について　「ある豚の地区代議員会議」でのこと

豚のある長老が、円卓会議で、芸術の魂について演説したとき、豚のある若輩は、「豚はかくの如き高尚なる話題を持つべきでない」と反論し、いかなる人種の人糞のいかに美味であるかを語った。

そのとき、末席にいた黒い小豚は、両先生の論のいかに異なるかを嘆き、故郷の満州のスイフンガの春のいかに美しきお花畠なるかを語った。

諸君！　果てしなき高原に大輪の月見草と芍薬が茫漠と咲き乱れる中を黒い小豚が弾丸のように走りぬける光景を想像せられたい。

黒い小豚は、その花を毎日東京に飛行機で輸出すれば儲かる――と語った。

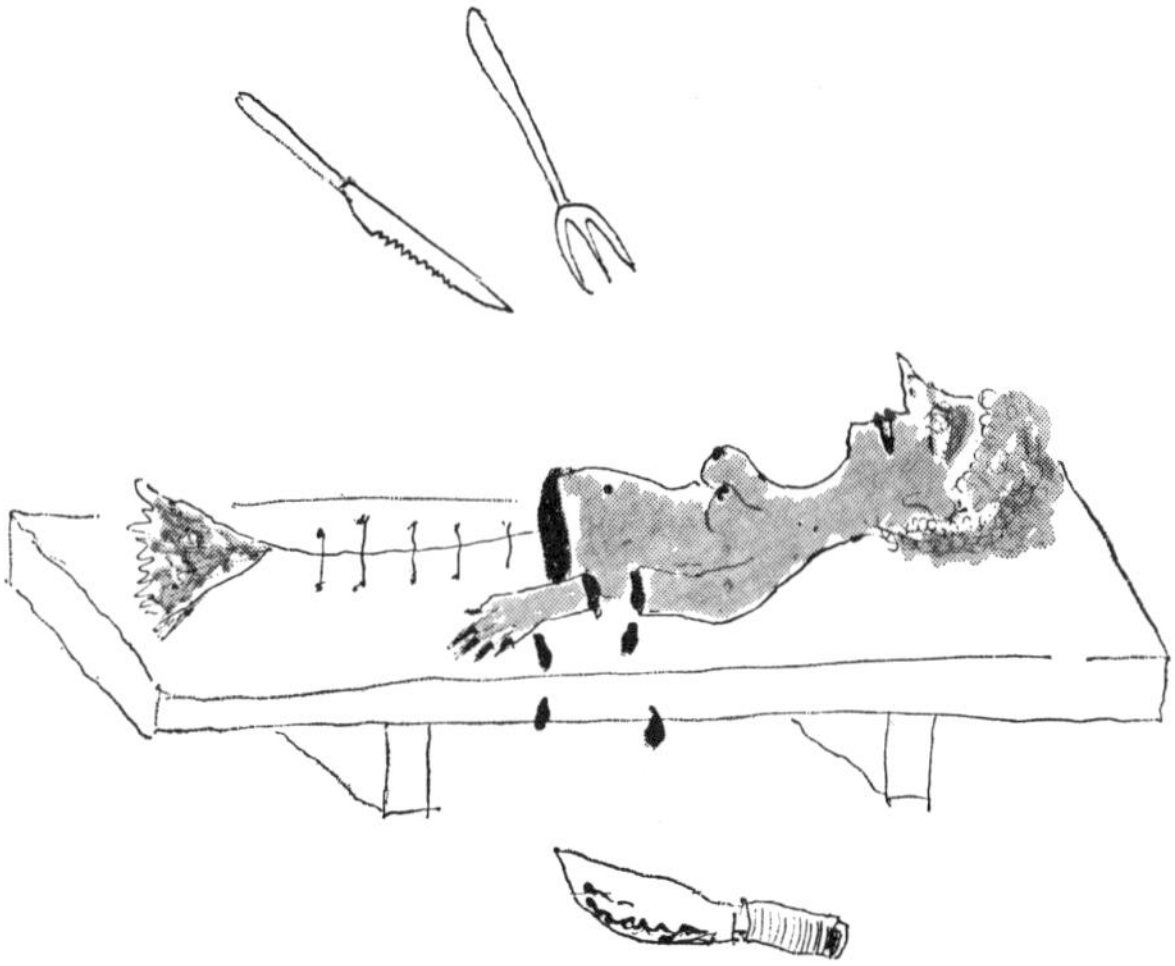

金貨

アメリカとヨーロッパの紳士方に、ご紹介したい娘がいます。英語のしゃべれる可愛いい子。バスト84センチ。ウエスト65センチ。ヒップ84センチ。ボブ髪スタイル。愛用の香水はジャンパトウのジョイ。この娘一時間につき金貨一枚が規約です。

現実的でおそれ入りますが、一時間につき一〇、〇〇〇円です。良家の出の美女で名は風。ウインドウとよんでいただければ結構です。登録ナンバーはW３３２５ですから、電話でそうおっしゃっていただいてもご用向きは判るようになっています。待合場所、契約の時間は本人と電話で決めて下さい。午後七時から九時までが好都合です。ここに彼女の前向きと後向きのヌード写真をのせておきます。顔はかんべんしてやって下さい。彼女のプライバシーのために。コールナンバー（オオサカ）２７１・４６８８

水曜日

亜麻色のカツラをかぶる日。
五人の男が亜麻色の私をつけ狙う日。
ヴァン・ローゼを一本飲む日。
ほっぺたが亜麻色の毛の下でばら色に染まるころ、五人のうちで、一ばんいやらしい
奴〝Z〟を選ぶ。Zと私は腕を組む。そしてちぎる。あとの奴には目もくれない。
亜麻色とばら色の体。Zの黒ジャンパー。
フン。勝手にしやがれ。
ぶどう酒の樽の上に仰向けにねむる。
ばら色の酒が股の間からしたたりおちるのを五人の男が飲む。手が届かない。
一人でねむりたい日——水曜日。

ジャック・ダニエル

青年は砂浜を水ぎわへ直角に走りながら麦ワラ帽を頭からとってすてた。帽子はヒラヒラと舞って砂におちた。走りながらシャツとズボンとを脱いですてた。シャツは風をはらみ、宙に舞い上って風船のように砂の上を走った。ズボンは枯木のようにそのまま砂に横たわった。

裸身の彼はスピードをあげて海へ、沈む赤い大きな太陽に向って泳いでいった。

沖からもどってきた彼は、ぬれた体のままズボンとシャツをつけた。たくましく輝やく彼の肉体とはうらはらに、太陽を背にした青年の瞳は暗い。

松林で少女が待っていた。彼女の木綿の長い服の裾が風でひるがえっている。彼女は下着をつけていない。青年は近づきながら、娘のひるがえった服の中身を一べつした。彼女は穴のあいた大きなエプロンに茎のない大輪のダリアとばらをどっさりとかかえている。娘のほっぺたは、ダリアのようにまんまるく紅が塗られている。狂った少女は花泥棒だった。どぎついほほ紅の真中にエクボをみせてにっと笑うと娘は青年の前に、エプロンごと花をさしだした。

青年はグレイのばらを一本だけぬきとった。娘は必死の誠意をみせて、背のびしながら青年の麦ワラ帽の中に、黄や紫のダリアと赤ばらをあふれさせた。みな茎と葉がなかった。青年は悲しそうな無表情のまま、花で一っぱいの麦ワラ帽子を小脇にして去った。デニムのズボンは青年が歩く毎にヒュッと音をたてていた。少女は放心して彼を見送った。

◇◇◇

私はダリアとばらのイメージに浸って酒を飲んでいる。その酒――ジャック・ダニエルは、私の心とは別にきらびやかに陽気で華麗であった。アメリカ・テネシー生まれの五色の香りと五彩色の美味は私を誘惑し、ゆすぶる。

「つまり、君、世界国家意識なんだよ。判るかね」

と隣りの客に力んでいたF氏は、ぐいと一口飲んでから、そっと私にささやいた。

「ボクね、このごろ可愛がってる娘がいるんだ。メキシコからつれてきたんだけど、一寸君も会ってやってくれないだろうか」

「どこで?」

「ボクのアパート。いまからどお?」

多少むっとしたまま私はF氏に従った。少なからずF氏に気のある私にとって、この問題はあまり面白くない。メキシコ生まれのキラキラした瞳の娘が一人でぼんやりとF氏を待っている図を想像した。

石の階段をのぼってゆく無言のF氏の肩。最近離婚したらしいという彼の噂はどうもほんとうであるらしい。中年すぎた〝静かなる謎の男〟というあだ名の彼の部屋の鍵が開かれた。

犬のようにもの珍しげに私はクンクンと匂いをかぎ、見まわした。どこにも女の匂いがない。メキシコ生まれはどこから姿を現わすのだろう。

「彼女です」

ふり返りざま、F氏が指さしたのは、何と本と本の間によりかかったうす汚れた小っぽけな日本人形である。

つまり、メキシコの泥棒市で、F氏はこの人形と出あい、異国の空で路傍に捨てられたこわれ人形の悲しい美しさにひかれて、大切に身柄を買受けてもどり、いまなお愛しているという。

袖はぬけおち、髪はうすく乱れ、ほほの胡粉もはげ、涙のあとで汚れた草人形。お前は黙してその悲劇を語らない。

太ったメキシコの泥棒が、そそくさと彼女を胸にかかえて逃げてゆく姿。この娘だけをつれて離婚してきた中年男の孤独。そんなおとこの心を草人形は知ってるくせに語ろうとしない。

おんな

脂肪がついてぼってりとしたばらの花びら。むしってもむしってもばら色は奥深く濃い。初めはうすピンク、朱がくわわり、赤がくわわり、紫がくわわり、ついには黒がくわわり、ミッドナイトローズ色になる。その奥のねばねばしたばら色の沼の中へ、とうとう足をとられた蜜蜂は底なしの沼へ崩れて、フーテンになった。ようやく這いでて逃げだした蜜蜂はばら色をした蜜をうめきながらしぼりだした。

ローズハニーは美しい器に入れられて世の人々からまた愛せられた。

〝おんな〟とよく似ているね。と誰かが言った。いつもねばねばした液をひそめて、そっとフタをして、上にお白粉をパッパッとはたいて、すましてお星様を見ている動物。実はお星様なんて全然見ていないで、液のうずきばかりを考えている動物。

ほんとは、一見、突貫小僧のようにみえる〝おとこ〟の方が、お月様などに気をとられて、おんなのことを束の間忘れてしまう。おんなはいらだたしさをおしかくして、おとこの鼻の先で、花びらをヒラヒラさせたり、シッポをふったり、ちょっとばらの液を一滴したたらせたりしてみせる。

そういえば、ママゴト遊びの女の子も、一見勉学風の女学生も、そして卒業して学問をすっかり忘れたティーンエージャー族も、お茶を習ってる淑女も、そしてお嫁さんも、奥さんも、テレビのコマーシャルガールも、ファッション・モデルもみんなみんなローズハニーである。みんなみんなただ一つのこと—ばらの液をおとこに吸ってほしいことしか考えていない動物—それがおんなだってさ。母親になったとたんに液がカラカラになるんだって。

小さなトゲの先で、相手の心変りやオクソクやヤキモチやらをネチネチとこねまわす動物なんだって—。

〝おんな〟の私はナルホドその通りだと、液をうずかせながらうなずいた。

ものほしげな顔—おんな、おんな、美しい仮面の奥にハイエナの顔がある。

でも私は、ときどき〝黄色い老犬〟のことを思うと涙がでる。あの忠実な犬は、主人を守って野獣と死闘をして、相手を倒したが、死んだ野獣から恐しい伝染病をもらう。傷ついて血まみれで、それでも主人を救った誇らかな顔で帰ってくる黄色い老犬を、人間である主人は、人間の掟によって伝染病をもった愛犬に目をつむって鉄砲を向ける。人間の生活を守るために、わが命を救った老犬を殺さねばならないのだ。

——私はそのことを思っただけで涙がでて止まらない。この涙の瞬間の不思議に純粋なときが、おんなの私にもたびたびある。こんなときはおんなの液のことばっかりは考えていられない。

しかし、液がわるいということはない。媚びない液があってもいい。

嫉妬に悩んだ碧《みどり》色の瞳をもつ狼が、肉も凍てつくツンドラの丘で悲しく誇らかにオスを求めて遠吠えする姿—そんな〝おんな〟ならイカすじゃあないの。ひからびた不感症のオトコより。

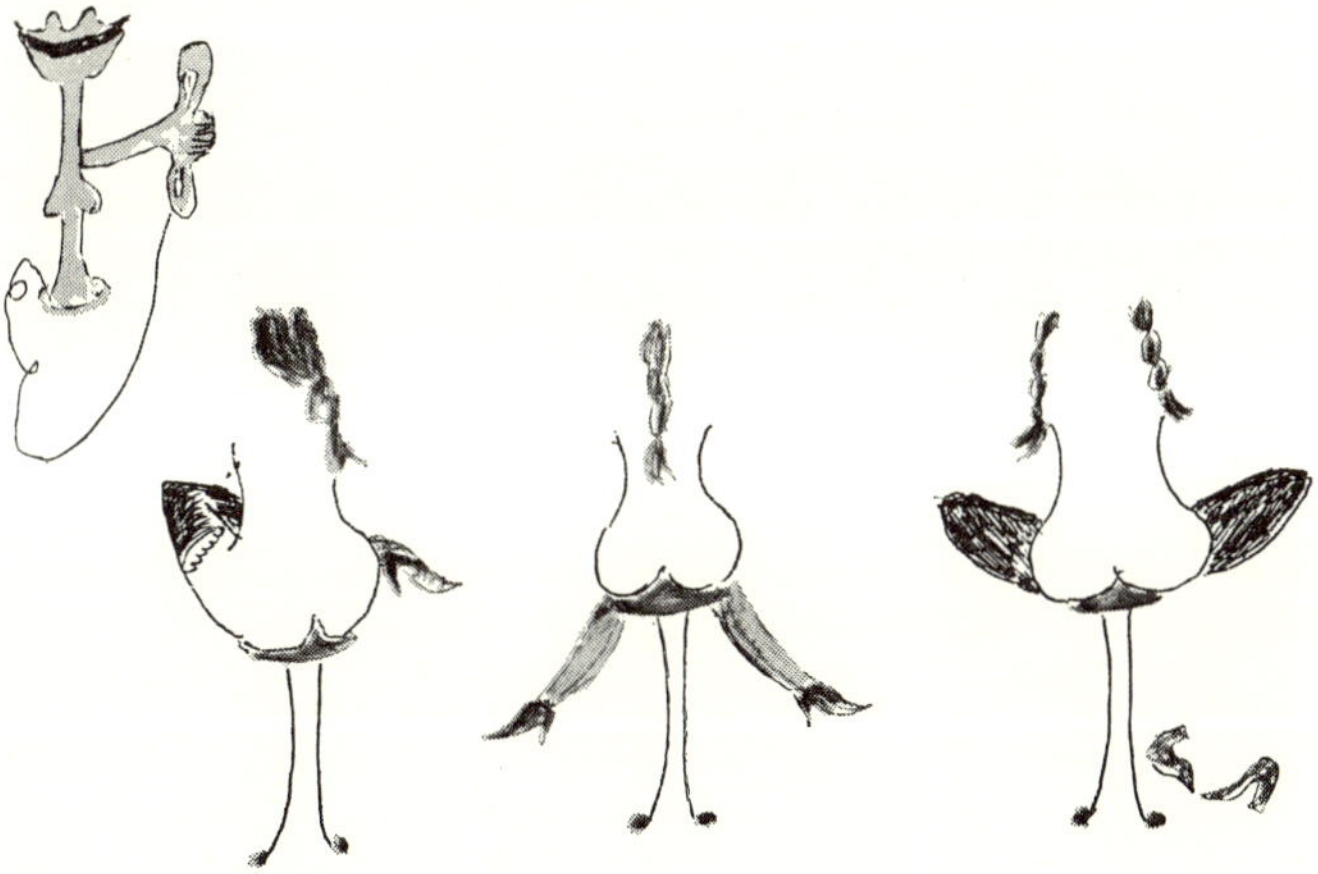

ホトケ

ホトケサマ
せめて夜の時計がもう一時間、時間が長けりゃ、こんなに後めたい気持で帰らなくてもいいのに。人生が短かいのは時計屋のせいです。
日曜日、誰にも遠慮しないで、あいつと二人、海と山へ行きたいのに、どうして家族の誰かに遠慮せにゃならないの？　あたしはそのために、日曜日―自由に遊びに行きたいばっかりにお嫁にもいってないのに……。

ホトケサマ
紺の靴をやっと買えましたけど、白靴をもう一つ買ってはいけないかしら。
消極的な彼はもっと積極的になる必要があるわ。ショッてるよ。全くね。こちとらが誘わなかったら永久に向うむいて歩いてゆくのよ。多分――インポだね。日本の男はみんな。だけど積極的な男はもっと消極的になる必要があるわ。これもショッてる一種ね。逃げてる苦労が判らんなんて鈍感にもほどがある。
だからみんな歩みよって、自分にない性格も合わせもつほどの大きな度量の人間にならなくちゃ。お腹の中に引き出しのいっぱいある人間に。

ホトケサマ
ぜいたくは申しません。私のももの肉もう半インチけずって下さい。どうしてあの娘だけがガボガボ食うてるくせにスマートなの？　エコヒイキです。私の最高のねがいは、ビキニで銀座を歩くことだってご存知でしょ。
ホトケサマ
どうしてこう何もかにも満足できなくて、この世は悲しいんでしょう。でもこのためにホトケサマがおわしますのなら――だったら言うこと聞いてちょうだい。

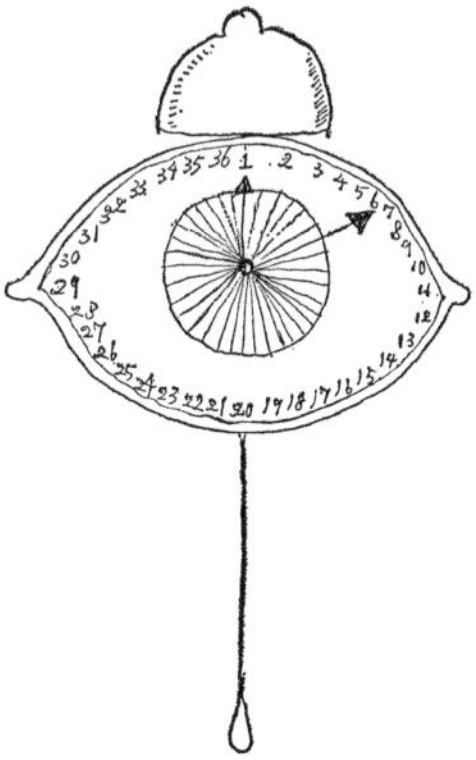

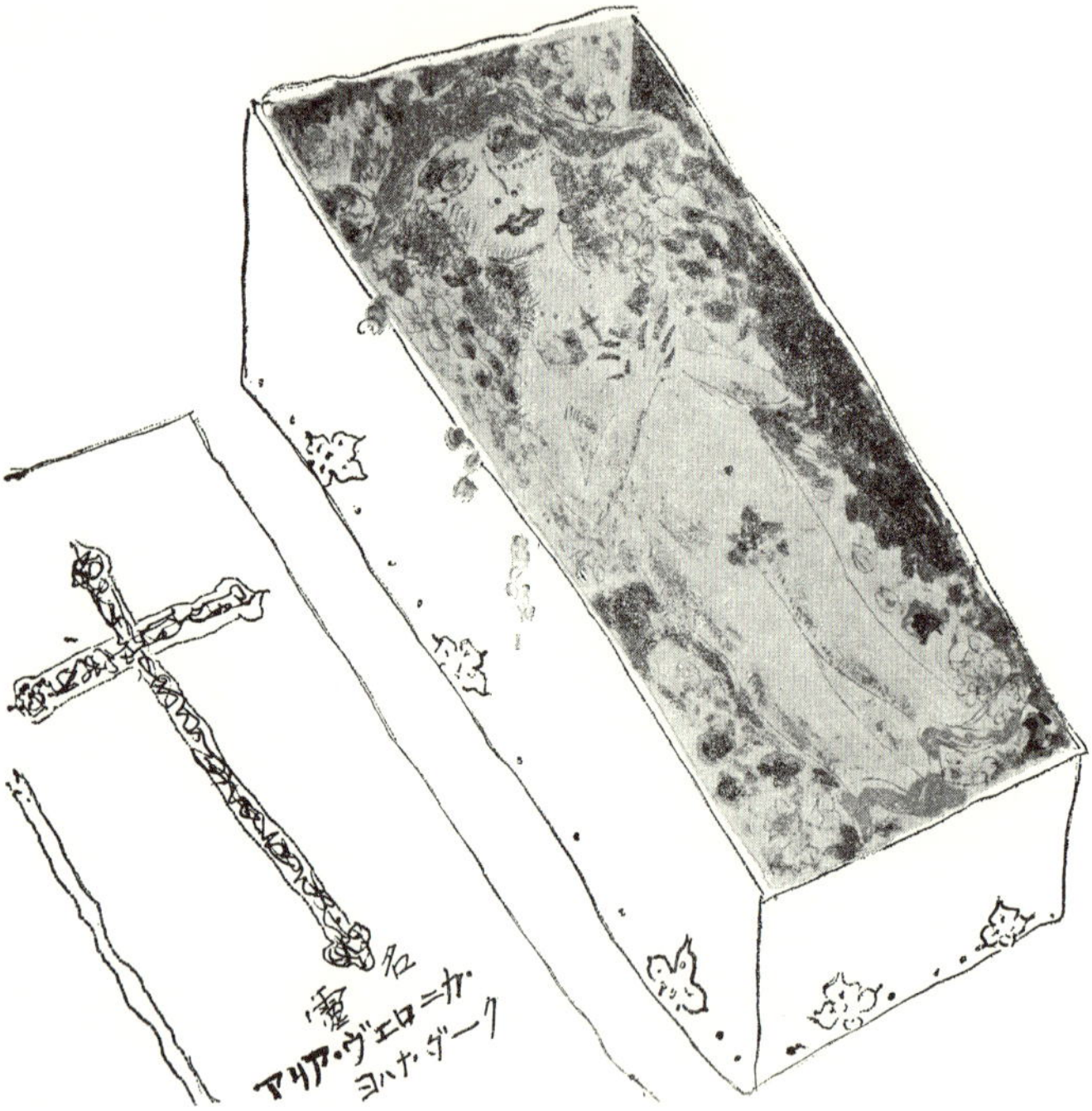
霊名
アリア・ヴェロニカ・
ヨハナ・ダーク

棺に納まったオフェリア
かなしみは華やかな花にうずもれ
うらみは白い棺に浸みた

棺は誰にもかつがれず
棺は土に　うずもれず
ふたたび小川に流された

棺に納まったオフェリアは
じっとしていた

スプリングマン第一話

1

砂あらしはおさまっていた。

今朝がたジープでたどりついた砂漠の中のこの廃屋の東方百五十キロには、彼がきのうまでいた港町ルマールがある。

砂塵のない日ならこの廃屋からオリーヴとぶどう畠にかこまれた赤茶けた港町が見えるかと思えるほどだ。

モロッコの草原が地中海までのびている。

一方、西は砂丘だ。砂をまきあげた空が地平線までつづいている。眼に映るのはこれだけだが、頭の中には、しらべぬいた正確な地図があった。

……つらなる砂丘の谷には、小麦の波がひろがっているはずだ。小麦の原と砂丘を一直線に奥地に進むと、砂漠のオアシス——アラブ人の街がある……。

彼はジープからはなれて、ゆっくりと青い麦の穂をわけながら、近くの丘に向ってあるく。丘に立てばもっとはっきりと砂丘のつらなりが見えることも知っている。しかし、そこからでもモウモウたる砂塵を空にまでひろげている乾いたハイダヴ河はまだ見えない。

彼は、これからの行動の苦しさと危険におそれをなしているのか、冒険をもっと頭でたのしもうとするのか、よういには動こうとしない。

……砂丘を西へ進む。足あとが麦の原に消える。そしてまた奥地へ向った足あとが砂丘に印される。それを繰返してゆくと、十七、八時間でハイダヴ河に出る。真夜中の三時ごろになるはずだが……。

……河をわたって街につくのは昼すぎになる。河をわたったあとでもう一度砂あらしがあればよいのだが。そうなれば十いくつの砂丘に残した足あとは消え、倒れた麦も砂あらしがうまくゴマかしてくれる……。

日が昇って一時間ばかり。腕にまいた気温計は、三十度に近づくが、乾いた強い風は酷暑を感じさせない。屋根の崩れた白い土の家は、濃い黒い影をジープに半分投げかけている。ジープと無住の民家はゆうべからの砂あらしにまみれ、古代カルタゴの昔から、じっとあったかのように砂に埋っている。

砂に埋ったジープからとり出したスコップを肩にして、彼はビッコのまねをしながら南へ歩きだした。百五十米進んだところで、衛兵のように自分に号令をかけた。

「左向き前へ進め！」

直角に向きを東に変えて、ビッコのまねのまま五十米進んだ。

すぐさま砂を掘りはじめた。

ジープでもかくれるほどの穴になるのに一時間かかった。

スコップを入れた地点はいつごろの時代のものか遺跡であったらしい。地表五十センチほどの砂土をはぎとったら、地下室があった。

ジープの横にもどった彼は、額に汗をうかし、ぬいだ上衣とシャツを片手に胸毛を、金色にひからせていた。

ルマールのホテルで、ついきのうまで一緒だったフランス女のリーが〃黄金のカーペットよ〃とよろこんだ彼の厚い胸板には鉄のメダイが下っていた。それは「ダビデの星」――彼はイスラエル人なのか？　メダイはまるで入墨のように強く、重々しく首から垂れていた。彼がジープの回りで細心に手はずにしたがって動くたびに「ダビデの星」は車の金具にふれて乾いた涼しい音をたてた。

ポンプをつかってドラム缶からガソリンを車に移してしまうと、大声で「ラ・ノビア」をうたい出した。

「真白きその姿　花嫁衣裳に……
……祭壇の前に立ち
いつわりの愛を誓い　十字架に口づけして
神のゆるしをねがう」

車にエンジンが入った。

砂は車の身ぶるいでしぶきのように地表に散った。車体に比しおどろくほどの大きな始動音。タイヤの半分も埋った姿勢のまま、ジープは軽くUターンして穴に向った。荷台のドラム缶とポンプは車がゆれるたびに重い音をひびかせた。


ジープで乗りつけた穴にベイルソンはドラム缶とスコップを埋めた。

砂をかけながら、リーを想った。腕時計は八時をさしている。

リーがルマールのエアーターミナルで、飛行場行きのバスを待っている頃だ。真向いの彼のいたホテルの窓のあたりを見上げている頃かもしれない。

廃屋からみれば穴のあたりは、もとどおりになり、なにごともなかった砂にもどっている。夕刻からやってくる砂嵐が、またあらたな風紋をつけてくれるはずだ。廃屋に車でもどってきた彼は、あとをふりかえりもせずにきびしい顔つきで土塀の中へ入っていった。

すぐに出てきた。

服を更えていた。裸の上半身に縦縞のカフタンを羽織り、頭にアガール（紐輪）をしめていた。農夫の姿だ。きびしい表情をさらに濃くしていた。グングン暑さを増してくる太陽の下で焼けはじめているジープのボンネットを開け、何かブツブツいいながらのぞきこむ。こんどはトンボ返りをして車体の下にもぐりこむ。シカメ面をして這い出てきた。どこかで頭でも打ったか、痛そうにおでこをなでながら時計を見た。

九時半。

ジープの出発をいそがなければならないのにまだ、すべきことがたくさんある。

彼はタバコに火をつけてから、口にチュウインガムをほうりこんだ。首からはずしたダビデの星をハンドルにひっかけてからエンジン始動。すごい出足でとび出したジープから、彼は砂の上にころげるように飛び降りた。ジープはベイルソンをほうりおとしたまま、野にはなたれたアラブの悍馬のように、まっすぐ海の方へ、ルマールの街の方向へ走り去った。

ベイルソンの表情はしずかになり、カフタンをぬぎ、砂の上にひろげた。ズボンだけになった彼の腹部に、肌にじかにコルトがつめたく光っていた。敷いたカフタンの上に靴をぬいで坐る。コルトを右手にもち、銃口をこめかみに。

「……」

そのままあわてて立ち上って、靴をきちんと砂の上に揃えてから、痛そうに顔をしかめて、再び自分の銃口をこめかみに。……発射音。

ベイルソンは、のけぞるように横たおしに砂の上にたおれた。それはハジキ倒されたような感じだった。

それから一分。発射音があたりから消えた。ウタタ寝から覚めたかのようにベイルソンは起き上り、にっと笑った。カフタンの砂を払い、アガールを頭にまきつけた。二分後には麻の袋を肩に早足に砂丘を下り、匂い立つ青い麦の原に姿を没した。彼の表情はあかるく、動作は機敏で、先ほどの重厚な姿勢は風のように西に向う彼の周囲からは消えていた。

ただ、さっき、廃屋の塀の中の砂上に指で書いた

『ルイ・ベイルソン。中部モロッコ、ジャン・バイル遺跡に死す。一九六五年四月一日、エプリルフールの日』

の砂文字と、海の方へ走り続けている無人のジープに、きびしいベイルソンの表情が残っているようだった。しかしその車の軌跡と砂文字もやがておそう砂あらしで消えてしまうだろう。

2

この計画は半月も前からルマールの街でひそかに準備された。

フランス女のリーは何も知らない。

ホテルの窓からは、いつも白い船を泊めている港が見おろせた。窓にからむツルバラの葉に照りつけていた陽がかげりはじめて、ブラインドから洩れる光線が、ベッドの二人の裸身に美しい縞模様をつくりはじめると、彼女はオレンジ色のペチコートをつけ身じたくをして出ていった。空港での彼女の午後の勤務がはじまるからだ。彼女が出ていったあとでは、いつもジャンパトウの「モマンシュプレー」が匂った。

彼は半月前に、隔日にしかこない単発機でこのルマールにやってきた。

空港事務所のカウンターから、

「ムッシュー、お発ちの飛行機のご予約は?」

とリーがにこやかに話しかけたのが、二人のきっかけになった。

「メルシイ・ボークー。それは……あなたのお気に召すままだ」

かち合った二つの瞳は笑っていた。五分後、エアーターミナルに向うバスの中で二人は並んで腰をかけた。

その日の午後から日課のように彼女の部屋の首ふり扇風機の下で二人は抱き合った。

彼の名はルイ・ベイルソンで上品なフランス語をしゃべるドイツ生れのフランス人。学者めいた風貌。均整のとれた長身。それ以上はリーだって知らない。知ろうとすると彼はアカンべをした。

そんな彼にリーは何かと面倒をみてやった。すえた汗と化粧品の匂いがたちこめる品のわるい遊び場をおしえてやったり、カスバの坂道をつれてあるいたりした。きげんのよいときは一時間でも二時間でも子供のようにスキップなどしながらついてくる彼だった。

しかし、彼がリーにこの半月の間にしてやったことは？　彼女を抱いてやったことだけ。裸になった彼女を肩車したり、肩車しながら狭い部屋中を歩き廻ったり、いつも同じアンデルセンの童話などしてやったりした。童話はきまって尻切れトンボになった。リーがつづきをせかすと、オオカミでも、猫でも、犬でも、〝二人は森の中でしあわせになったとさ〟でおしまいとなった。

こんな真昼のまのぬけたような時間に、リーは彼にこっそりとタダでおんぼろ飛行機をかしてやったことがある。ベイルソンが飛行機を操縦できることを知ったリーの好意だった。内緒なのでリーはわざと飛行記録を怠った。帳面上では飛行機はその時間、ずっと飛行場にいたことになったのだ。ベイルソンにはそれがうれしかった。

「愛にみちた時間がほしいの。この私の体はいつもそうよ」

「……」

「私の愛は散華よ。だから男は無償で私の体を抱けるのよ」

口をとがらせてかわゆく口ばしるリーだから、ベイルソンに飛行機をかしてやったのも無償の散華だったのだろう。

たった一本の滑走路兼誘導路。その脇の空ドラム缶。おきわすれたようなヘリコプター。小さな空港の勤務者はリーとベイルソンがこんな秘密をもったとは知らなかった。彼らもお昼のバスで街にひきあげ、ベイルソンたちと同じ時間に、相手を見つけて同じようなことをやっていた彼らだったから。

リーはベイルソンを知ってからでも体をもとめる男があると、タダで寝ていた。ベイルソンはたしなめた。

「男はいつも女を讃仰している。だからタダでゆるしてはいけない。男はよろこんで散華の献金をするだろう」

「男の讃仰の中のしあわせをもとめよ！　というの？」

「そう…リーを欲しがる男には応じてやるがいいさ。でもタダではいけないネ。男は散華を女の体に降らすべきだから」

「金をうけとるなど、わたしに……出来るかしら」

リーははずかしそうにしたが、二、三日後には、時間差までつけて、ベイルソンのいうように金を請求しているようだった。

「もう三万六千ディラハム（約四千フラン）たまったの。この金、あなたどうするつもり？　わたしがつかうのはいやよ。いつも〝私がほしいのでない〟とそのたびに自分にいいきかせて、やっともらっているのよ」

「……」

「でも、部屋に入ってからではいいだしにくいのよ。いつもカフェテラスのテーブルで切りだすことにしているの」

リーが遠慮がちにしゃべると、ベイルソンはリーの体からぬけだして千ディラハムを三枚、オヤツのようにリーの裸の乳房に並べてやる。リーはうらめし気に横になったまま彼を見上げる。リーは紙幣にさわるのがこわいもののように起き上る。ベイルソンはベッドに散ったお札をリーのバッグに納ってやる。そして裸身のまま鏡の前に立ったリーの背中に、

「マドモアゼル、ディラハムではいけなかったでしょうか？　それともドルで？　リラ？　いやマルクならお気に入りでしょうか？」

リーの羞恥をあばいたあと、彼女の耳に口をよせ、小さい声で、

「ドゴールさんが、シルヴィ・ヴァルタン嬢を愛しているんだって？……」

ふり向こうとするともう一方の耳に口をよせて、

「ムニャムニャムニャ」

ベイルソンは、きのうの朝、発車まぎわの空港行きのバスにとびのってきた。しかもピンク色のシャーベットをしゃぶりながら、

「この間の飛行で、ルマール空港から北方十キロの地点にギリシャ神殿の遺跡を見つけた。この遺跡は君にあげるよ。内緒だよ」

それはオトギ話のはなしぶりだ。

バスの車掌が来た。やりすごしてからリーは、

「ルマールから北へ十キロ？　海の中じゃないの？　ベイルソン」

「そう。もちろん海中に没している。俺が飛行したあの時間しか上空から見透すことが出来ない。あの時刻では、光線のかげんで大理石の列柱が三本みえた」

「……」

「ほんとうだよ。きょうジープを貸してくれないか? 浜までいって、あとは何とかハシケでその上まで行ってみたい……」

「コリント遺跡? それともドリアン遺跡?」

「それは、きょうたしかめる。コリントより時代の下ったイオニアのものだろう」

……古代の大植民地ギリシアがなぜ海中神殿をつくったのか。陸地が陥没したのか。海上運送中に円柱が沈没したのか。いや、きっと陸上げか、積み込み作業で失敗したのだろう……。

ベイルソンは、みどりの瞳を遠くの方にただよわせて話しかけているとき、すでにリーは海中の円柱に美しい裸身をからませ、船上のベイルソンを海中にいざなう人魚の自分を空想していた。

……かつて神殿のミコたちは、同時に娼婦だったともいう。これら教養あり身分の高い娼婦たちのくらしと、ここ半月ばかりのベイルソンにすすめられた自分の生活とが、リーの脳裡で美しい海藻のたわむれのようにダブった。彼女たちは体で、男からかせいだ金銀を神に捧げ、また神のゆるしを得て、ためた金銀でしあわせな結婚をしていったという。それこそ古代の人間の精神と肉体の尊厳のあかしなのだろうか……。

……ミロが、メディチのヴィナスのあの妖美で健康な肉体の美しさが、それをあかしているのだろうか。ドリアン、コリント、そしてイオニア――と時代の下ると共に衣を大胆に脱ぎすて、その裸身を神殿にそなえたアフロディテたち。それはギリシャの神々の精神の豊麗をものがたるものではないのか……。

しかし、リーは心の中でベイルソンの胸に吊されたダビデの星にこだわっている。

……ギリシャのミコたちは、イスラエル人を抱き得たろうか。スメルの男たちをその体に迎え得たろうか。その金銀をあえてギリシャの神々に捧げ得たろうか？……

しかし、リーはイスラエル人を抱いた。アラブも迎えた。トルキスタンからも金をとった。チュニジア人からも、黒い人たちをもよろこんで迎えた。

……私の体はいまではギリシア・ヘレニズムの大植民地の華麗な繁栄の中にあるが、果してそれがゆるされることなのか……。

心のわだかまりをリーが口にしたとき、ベイルソンは怒るような口調で、

「行為そのものの善とか悪とかを考えてみたとき、ギリシャのミコたちの行為は現代人の判断のように、人間の尊厳をそこなうことだろうか？

純潔とは後年に国家や社会が、その利益のために正当化し価値づけた功利的論理にすぎない。人間の尊厳を守るという名分で、われわれの社会は愛の形をとがめたて、それをとがめる手段を正当化している。宗教すらその利益のために個人を侵している。

人間の尊厳と讃仰は、それを守る手段によって侵された。愛は観念の世界でのみ評価され、われわれの日々の愛は、社会の讃仰を失い、実存はダラクの名で呼ばれている。

しかし、すばらしい愛、美しい愛をわたしたちが成し得ないのではなく、われわれの日々の愛がそのままで道徳的価値をもっていることを社会がみとめようとしないにすぎない」

バスは空港についた。車から降りるベイルソンにリーは、

「ジープは昼の飛行機から荷物をおろしてしまえば、あさっての昼まであいています。私から飛行場長にことわっておきます。ジープをおつかい下さい」

しかし、ジープは二日後、ベイルソンと一しょにはもどらなかった。

空港から五キロほど離れたルマールの海浜にドロにうまり、ガソリンを切らして乗りすてられていた。リーは漁夫の知らせで人より早く馳けつけ、ハンドルにかかっていたダビデの星をこっそりと胸にしまった。リーは神殿のことを口にしなかったので、誰もベイルソンの水難を想像しなかった。しかしリーは彼女が海中神殿の人魚に海中深くいざなわれたベイルソンの死を信じようとした。その人魚があたかも自分であり、ベイルソンが永久にアフロディテのものになったと思った。

人はリーから倦きたベイルソンの奇妙な逃げぶりをおもしろがり、ベイルソンの新しい女?をあれこれと声高に口ばしった。

しかし、リーが車からダビデの星をひろったことをつげると、人々は口をつむんだ。こんどは誰もがベイルソンの水難を頭に描きながら、それを口にせず、リーから顔をさけてジープから離れていった。昼の飛行機の到着が迫っていたのだ。リーもその人たちの群の中にいた。

まっ白の砂に接続した地中海の碧い海。海の魔神はリーがふたたび海浜にもどってくることを知っていた。魔神は白い泡に化身し、リーの裸身をなめるように愛でることを望んでいた。やせた白い裸に小さくつけた白いビキニ姿。ひどくくびれた小さいウエスト。首から鎖骨にかけての深いエレガンスな影。ゴルゴダの二つの乳房の丘。深くあおくくびれてとおった背骨。そして貝殻のようにこまかい影をみせる肩胛骨。高いヒールを履きなれた骨ばった足。つま先の小指の変形すら、アフロディテにとっては愛でるに値するイケニエなのだろう。体に肉をつけることを惜しむ現代のヴィナスの美学は、イオニアのそれより遠くへだたったものだったが、海中神殿を二十世紀の世界に贈る代償として海はもとめていた。

昼の飛行機を次の中継地に送ってしまうとリーは街にもどった。ベイルソンを迎えなれたベッドの脇で、いまは一人、窓もあけず夾竹桃の匂い立つ暗い部屋で裸になった。

彼女はこれから自分が何をしようとしているのか考えてはいなかった。リーの足もとには、悲しい花びらのように下着が散った。ブラジェアはあせたあじさいの花のように、ガーターベルトはピンクの桜貝みたいに、そしてペチコートはしぼんだ黒百合のように。

リーは白いビキニをつけて鏡の前に立った。白い姿が写った。美しいと思った。

鏡は青い海の底のようにリーの体をつつんだ。ビキニだけが白く浮いている。髪に手をやる。後のベッドにベイルソンがいるような気がする。背中に視線を感じて、ハッとふりかえったが、彼はいない。

リーは思った。これがベイルソンの失踪なら、私はかわいそうすぎる。彼はなぜ私の前にあらわれたのか? 何という尻切れトンボの恋なのだろう。ゆきずりの交渉なら、なぜ私にあんなことを強いたのか。

「モン・シェリー……」

口にだすと、かなしみがどっとおしよせてきた。

3

ベイルソンはそのころ、ハイダヴ河を徒渉して、オアシスの街――アニイバールを近くに望むアカシアの森の中にいた。ジャンバイル遺跡を去ったとき、肩にした麻の袋を脇においていた。

きのうの夕刻から、彼の思わく通り強い砂あらしがあった。遺跡から奥地へ向った彼の軌跡は消えた。海へ走ったジープは、いまごろ海浜でエンコしているはずだ。一昼夜の軌跡を消したジープは、彼をジャンバイルまで運んで、無人のまま折り返したことなど、当然、人に感づかれはしないだろう。

彼はキャブレターと車輪のキャンバーにちょっとした仕掛けをしたにすぎない。

脇においた袋から、黒い頭巾つき修道衣をとり出したベイルソンは、頭からすっぽりとかぶり、荒縄で腰をしめ、木のロザリオを長々と垂らした。

量の小さくなった袋を肩に、夜を待って裸足で森を出た。

アニイバールの街は、今夜は祭り。

動物のキモやコナを売る店。その隣りにエッソのガソリンスタンド。天井からオオカミの顔やシッポやネズミのミイラたちが下っている店。そのお隣りはパリのファッションを飾る高級おしゃれ店。ニンニクが匂い、かぎ煙草が匂い、そしてシャネル№5が匂う。

修道衣の男は、レモンの並木のアティカ通りを広場に向って歩いてゆく。

爆竹。ガナリたてる楽器。……広場には狂気に踊りさわぐ仮面の集団があった。

それは淫靡《いんび》な踊りであった。彼は羊の肉の匂いのする車座にまぎれこんだ。

オアシスの「星と砂の祭り」である。

魔女に扮した女がよってきて木の柄杓でベイルソンにぶどう酒をつぐ。モーゼの大男がニワトリの脚をしゃぶっている。焼きたての羊肉の大切れをほおばるプロメティウスの男。ぶどう酒にしびれてヘドを吐くヴァッカス。ツノをはやした裸の子供が、粟粒料理のクスクスを配って歩く。ピラトもゾロアスターも口じゅう粟粒だらけだ。

ペリシテ人の女神である人魚ダゴンが、六人の人魚姫をひきつれてお酌にまわる。彼女たちは下半身を魚の尾につつみ、乳房と瞳だけをのこしてあとは紗をまとっている。乳房の形と色とでアラブの女か、グリークか、混血か、土人かが判断できた。ベイルソンはグリークらしい人魚の乳首を一寸つまんだ。紗の中から人魚はアラブ語で彼をさそった。彼は人魚を抱いた。

突然、星占いの老婆が、木影からわめいた。そのとき、くちなしが強く匂った。

「おお、ウァルパガ。おおケマラ。カモロ。カルケンム……。」

老婆は一段と声をあげる。

「赤いイヌが神殿に入れば、神々はその神殿を見すてる。王座にイヌが横たわれば、その宮殿はやけおちる……」

老婆はたまりかねて、モーゼの耳をひっぱった。

「異邦人に注意するがいい。赤いイヌとはあの黒イヌじゃ。黒僧衣の男じゃ」

……

さわぎが消えたとき、ベイルソンは、そこらにいなかった。

銀行の角を曲ったところで、モーゼやピラトたちが、ひげをつけたまま追っかけてきた。ベイルソンは走りながら僧衣をぬぎ、路地の闇にすてた。彼は明るい灯の下の立ち呑み屋のカウンターでオレンジジュースを一息にのむ。

プンプンに肥えたチヂレ毛の子供がはだしでムニュムニュとよって来た。幼児の顔は悉達多《しったるた》の風貌そのままであった。ベイルソンはゆっくりと隣りの店を見た。ヒタイに入墨したおかみさんが猿の脳ミソの粉をすりつぶしている。その向いはソニーのトランジスターとシーメンスの扇風機を売る店。モーゼたちがその横を走りすぎた。

ビッコをひいた農夫は、彼らとは反対側――森の方へゆっくりと去った。

翌日、森の中の奇妙な古城の塀の下で土をこね、石をきざむ男がいた。その宮殿はアラブ風にも見え、スペイン風でもあり、ドイツ風でもあり、なんとも奇妙であった。

丹念に石と土とでつまれた少々イビツだが重々しい建物。入口にとりつけられた大きな鉄の戸と鍵。しかしその鍵はとりつけられたときからあかず、戸もひらかない。宮殿に入るには塀をよじ登らねばならない。よじ登って人はおどろくであろう。鉄格子のある窓からはカーテンとスタンドさえみえるのに、宮殿はガワだけだったのだ。屋敷は屋根も天井もなく、中身は野っ原で、ぶどうやオリーヴやナツメがなにくわぬ顔で茂っていた。

壁面の一部の石にはまるでラクガキのように人の顔がきざまれ、眼をむいてベロを出している。男はその怪獣のマスクをさらにこまかく仕上げようとしている。その後姿は全く孤独で夢遊の中にいる姿だ。

――不思議な男――

人々は彼のことを何となく風のうわさで知っていた。

春になったらどこからともなくやってきて人知れずお城をつくる男。――頭のイカれた貴族かも知れぬ。人は彼を――スプリングマン――とよんでいたが、誰もその姿を見たものはない。

男は背のびを一つした。その男はベイルソンであった。――彼はリーにさえ示したことのない春風のようなうららかな瞳でじっくりと我王国を見わたした。

といっても宮殿の内部は何一つ完成したものはなかった。しかし、内部の壁面の一部は、いやに細密で、天井のない密室の趣をなし、一隅にはどうみてもうまくない女像のレリーフまで彫られている。下半身はついに壁からはみでて床の上へとつづいていた。マリア像と横に書いてある。一本の柱に至っては下からてっぺん（といっても天井はないから空中で止っている）まで蛇がまきついており、ウロコが丹念に石で刻まれ青と赤のビー玉のひんがら目の蛇の目玉が、妙にこっけいな威厳でにらんでいた。「村はずれ」と記した立札が丘のふもとに立っているが石の階段はガタガタと曲りくねった末、丘の中腹、ナツメの大木の下でプッリと切れる。

アティカの街の人たちが、半月ほど前の夜、おどりの中にまぎれこんだ赤犬の噂と、また今年もやって来たらしいスプリングマンの話をしているころ――当のスプリングマンはベイルソンの名にもどって、パリの大学の哲学教室で友人と向いあっていた。

「それでは君は不連続と無意味の哲学の確立に価値を認めようというのか？」

友人のT教授は彼に聞いた。

「はっきり言い切れないが、我々個人の存在は国家や社会や宗教の合目性や確率やパーセントによっておかされつづけていることを我々はどう考えればいいのか。社会は価値の名において人間の尊厳を損い、脈絡と合理性の名において我々に不条理な生活を強いることを……」

「それで君はモロッコのスプリングマンの行為を認められるか」

「彼は無意味の哲学を実験していると思うネ。今世紀のあらゆる合理性という力に対する実存的抵抗ではないだろうか。

人間の尊厳をおかす合理性と脈絡とをおそれた男が、その価値に抵抗したとしても、それを狂的行為とはいえないのではないか」

ベイルソンは煙草に火をつけ、二つの街と、砂漠での自分の不連続に無意味に組みたてられた一ケ月の行動を反芻《はんすう》した。

窓からおそ咲きのマロニエの白い花がうすよごれてみえた。

午後の踊り子

オーレ・フラメンコ

土曜日のお勤めは二時半まで。次が日曜日だと思うと午後の陽ざしまで、ゆったりと長目にのびて、普通の日とは時間の内容も異なった様相を呈してくる。

私は二時半のブザーが鳴るやいなや、バッグともう一つ、レッスン着をつめこんだ大袋をひっさげて、オフィスを大あわてでとびだし斜めに走り出す。つまり斜め二筋向こうにフラメンコの練習場がある。

オフィスをとびだしたとたんに私は下着会社の社長ではなく、カミシモを脱いでアッパッパを着た女の子になる。私は踊り子だ。まるで女学生のように身が軽く、その前途がどうなるやも判らぬ危なげな斜めのよろよろ歩きで、胸をふくらませてとんでゆく。

昔もこんな気持ちのときがたくさんあったような気がする。するとあんまり変わっていないのかな。そんなことはどちらでもいい。私はひどく忙し気に歩く。一分たりとも遅れると、師匠は容赦なくレッスンを始めてしまうし、五分遅れれば二つほどの足さばきは終わってしまう。

角のコーヒー屋を曲がると、洗濯屋がある。この洗濯屋は外国で見かけるような間口の広いしゃれた構えで、ガラス越しに一家じゅうがそれぞれの分担の仕事に精出しているのがよく見える。出口に年とったポメラニアンとかいうちっぽけな犬が番犬よろしく座っている。

あまりの夏の暑さで、ある日、ポメラニアンはバリカンで全部毛を刈られてしまったので、白いお腹と卵色の縮れた産毛におおわれ、まるで、つるっぱげのバンビの子供のようになった。別の小犬だと思ってしゃがんで撫でると、いつもはしゃがれたヒステリー声で吠えていたくせに、威張った長髪の威力がないため、すっかりおとなしくなついてきた。だいたい純血種の動物のスタイルというのは、国連会議のようなもので決まっているのだろうか。耳が大きく、シッポの長いボクサーだって面白いと思うのに、そうしてはいけない法律でもあるのかしら。

私はまた斜めに歩く。五分もしたら練習場へ着くのだが、この道行きは、よくよく考えると、私の人生の中のハスカイの部の入口みたいなものだ。どっちかというと私はハスカイが好きだ。人生全部ハスカイだってかまやしない。

しかし今日は他の生徒もいるので、あたふたと走っているが、自分で決めて、一人の練習をしようと思うと、歩いている間でさえ、今日はやめとこうか、どうしようか。何のためバタバタやってんだろう。少しも上達していないや、……と無理にやめさせようという理由づけを片一方でやり、急に廻れ右をして帰ってきて、そして一日イライラしているときがある。

この前、人から「なぜフラメンコをしてるのですか?」と聞かれたとき「ビールがおいしいからです」なんて変なことといっちまった。

フラメンコを習って、もう十年あまりになる。「とにかく、毎日一時間は原則として練習を課しています。私は練習場の花です。練習することに意義があるんです」などと他人によくいっていたが、十年間、毎日やってたわけではなく、毎日やらねばならぬ、ねばならぬという意識がそういわせてしまう。自分のサボリをカムフラージュしてウソをついているような気がする。ウソをついてる間に、ほんとに毎日必死でやってるように思いこんでしまい、その割に何と下手なんだろうとがっかりする。体を動かすというのはそれほどめんどうなものだ。

師匠はスペインでの修業を終えて帰ったばかりの中川マリさん。この大きなビルの中の小さな部屋を棲家として獲得し、屋上にはバレー教室や空手教室があって、私達も悦に入って街を見おろしながら練習をしていた。

ところが、バタバタ踏み鳴らす足音がうるさいため、下の階の住民から署名入りの文句状がきて、地下の駐車場の一隅の、もと物置小屋みたいなところへ格下げとなった。

暗い駐車場の中のこの部屋は、外から見ると劇場などで舞台の上手《かみて》に簡単に造られる小さい家とよく似ている。すぐにでも黒子がきてばらすことだってできそうな即席小屋だ。広さはベニヤ板十二枚分で、四人並べばもう一ぱいだ。

先生はダンダラ縞の手編みの毛糸タイツで足ならしをしている。足の裏から鈴みたいにころころと音がころがり出てくる。私はよく人のいないとき師匠の靴をそっとはいて足ならしをしてみる。あの靴の裏に仕掛けがあるように思えてならない。

私は大袋から、そそくさと練習衣をひっぱり出す。初めにタイツをはき、その上に宇宙服のようなビニール製ズボンをはき、そのまた上に茶色の毛のタイツをはく。そして黒シャツを着て、さらに木綿の赤いスカートを着用する。まるで歌舞伎の馬の脚のようなかっこうになる。

この赤いスカートは、昔ジプシーの踊り手がお別れのかたみにくれたものだ。下段だけ二重のフリルになっている。何べんも洗いざらした木綿には、フラメンコ練習の汗の伝統がしみついている。私は誰が何といってもこのスカートは大切にし、誰にも貸してやらない。

私は踊りのレッスンのときは、まず練習衣に憧れと誇りをもっているのだが、思いきり汗をかいて余分の脂肪をはらいのけようとすれば、かっこうなんてかまっていられない。汗は流れて腰から脚を伝わり足の先までいって、靴がピチャピチャぬれて、靴はムラムラに汗のしみがつくから、いつもズズ汚れの中古を使用する。

こうしてややこしい着がえを終えると正面の鏡に向かう。いつもながらすっきりした形とはいえない。下半身が重くてハンディもある。うまく踊れたにしても鏡を見ると変な踊りに見える。しかし、とにかく今は仕方がないのだ。

私のクラスは上級生で三人いる。今まで個人レッスンしか受けたことがないが今度マリーさんがスペインから帰ってきて教室をやりだしてから、仲間の弟子があちこちから集まったので、このごろは数人と踊る。

不思議なことに少しでも脚に覚えがあるとそれぞれに自意識が強く働き、ちょうどサムライか西部の渡り者みたいに、めいめいが自分の得意の足ならしをやる。威嚇作業だ。あちこちから集まってきた同志もいわば、どこかの練習場にいたつわもので、そこがあきたらずにやってきた一匹狼だから、自慢のサパテアート(足さばき)をもっている。相手のサパテアートを聞いて、おヌシやるな！　てな具合なのである。何となく西部劇の鉄砲撃ちに似た趣がある。

だから「まあ、こんにちは。ごきげんよう」なんて挨拶はさらさらしない。そこにいるのだからコンニチハはいらない。敵意はないがなるべくサヨナラぐらいにとどめて散ってゆく。

さてマリーさんが先頭で、後ろに四人並んで三十分の足さばきが始まる。これは何十種もある脚の基本を、思いきり床をけり、たたく。この流れの中に身を投じることは、もうわめいても騒いでも最後まで他動的に足を動かしていなければならぬ——という、一種のサディスティックな喜びでもある。

一つの足さばきをこれでもかこれでもかと偏執狂のように繰り返す。体の奥底から汗が噴き出してくるのがわかる。人間ポンプとはこのことだ。

隣りの雪江氏も千代子女史も顔があからみ、無念無想の面持ち。今までよく一人でレッスンしていたときは、アーシンドイ、アーシンドイ、ダメダメダメダ、私は太ってるからだ。脚はよいとして心臓がダメだ。第一、ここの床は音が悪い、とあらゆることにケチをつけて、バッタリ床に座りこんで、シンドイシンドイを三十回ぐらいわめいてみる。

昔、スペインへゆく前のもっと無名時代のマリーさんと一緒にレッスンしたときは、わざと手拭いとりに行ったり、足がもつれたフリをして止まってみたりして、何べんも一息ついた。昔からこのマリーさんは自分へのレッスンのきびしい人で、しんどいという言葉は禁句であり、水すら飲むのを禁じていた。私はせっかく出した汗の十倍もガボガボと水を飲んだ。

微動だにせぬマリーさんの脚を見ているとしまいに腹が立って、そんなにうまくできるもんか。私は昼も働いていて疲れているし、マリーより早起きしてるし、踊りばかりするわけにはゆかんのだ。しんどいのが当然さ。マリーの脚は鬼の脚、とよくブツブツふくれっつらでつぶやいたものだ。

ところが今回からは四方に敵がいるのである。己が脚にかけて、溜息など意地でもつけぬのである。

自分の足音がどんな音をしているかを注意深く聞きながら、足を踏まねばならぬところを、自分のはそっちのけで、隣りの雪江の足音に私は必死で耳をかたむける。「チェッ。いい音だしてるな。

靴がどうも新しいのに違いない」などと思う。隣りがちょっとでも間違えると「ヘン！　あの足さばきは習ってないんだな。どうだい」とか、少しでも「フー、シンドイ」などと敵がつぶやこうものなら「バンザーイ」と、もう大声で叫びそうになる。何のためにやってるのかさっぱり判らないが、敵もさるもの、なかなか弱音を吐かない。

師匠のマリーの足は決して乱れない。今度は自分の脚は見ずに、鏡の中のマリーの脚ばかり見て足を動かす。まるで機械のように正確だ。あんなに正確でいいものだろうか。ときには人間らしくよろけたりすりゃいいのに。マリーの脚は鬼の脚！　偏執狂！　と私は昔と同じくまたつぶやく。しかし、この偏執さこそ芸術をつくり、鬼の脚こそ天使の踊りを踊り得るのだ。

隣りに並ぶ生徒は私より体重は二分の一ほどで、多分私より若いし、私より軽装だからラクに決まってるじゃないか。しかし、弱音が吐けようか。私の脚は十年も鍛えた武器だぞ。

「カモイさん、右踵《かかと》をもっとはっきり！」

私は思わず靴の裏を見る。この足さばきには自信がある。靴のせいだ。マリーが傍へ来て、耳を私の靴に傾ける。少しびびって変な音になる。床が悪い、と思って移動してみる。何とも恥だ。もう靴の中で汗がピチャピチャはねかえり、全身ヌレネズミのようだ。このころになると、しんどいのを通りこしてヤケクソの中に身をさらしているようで奇妙にさわやかになる。

私がフラメンコに興味をもったのは、何も夢みたいに、衣装を着て舞台で踊ることでは決してない。この拷問のような足さばきに魅せられたからである。

人間の足の裏からいろんな音がとびだす。いや肉体そのものから音楽が湧きでてくる。その人が立ち上り、その人の足が動くや、何にもない世界に、突如、妙《たえ》なる別世界が広げられる。人間の足が音を奏でる。初めに音ありけり。これがまずすごいと思ってしまった。そして無数の足さばきを獲得するのは、武士が武道を磨くように体の中に武器を秘める思いがする。

その人は呆然と街中を歩いていようがすきだらけに見えようが、いったん動くや、剣より強い武器がバネのように体中にみなぎり、とどまるところをしらない。

私は月夜の晩にキバをとぐ狼のように足の武器を磨くのである。ファッション・モデルの棒脚より、たとえ不細工な形をしていようと、それが必殺の中身であろうことは誰も知るまい。

三十分間のトレーニングが終わると、カスタネットの拷問が始まる。鈴をころがすようにどころか指と腕の拷問である。これは人間がもっとも素朴に足を踏み鳴らし、手を打ち、指を鳴らすという初原性の魅力がある。うれしいとき、シメタと思ったとき、大きく指をパチリと鳴らす。ジプシーたちには、カスタネット以上の音で十指を打ち鳴らす名手もいて、その人だけはカスタネットなしで、指を鳴らしながらセビリアーナス（カスタネットを使って踊るお祭りの踊り）を踊っているのを見たことがある。あるいは激昂《げっこう》のあまり舞台から口笛、歯ぎしり、床たたきまであるが、歯ぎしりはなかなか真似られない。


以前、サラ・レサーナとお師匠さんのミゲール・サンドバルとギター弾きのパコという人といっしょに六甲山へ遊びに行ったことがある。大阪の店に契約で来ていたころだ。山上のホテルのバーに陣取って、その日は嵐の前のような陰鬱な趣を見せる街を眺めやっていた。海も街もおぼろに霞み、冬を前にした木々は不気味にそよぎ、暗い雲がたちこめていた。パコは持ってきたギターを静かに静かにかき鳴らした。ミゲールはポケットからカスタネットをだし、ギターに合わせてさらにかそけく、テーブルの下で鳴らし始めた。

それは垂れこめた雲のせいもあるが、バーには他の客もたくさんいたからだ。サラは「バルセロナ物語」の映画の登場人物そのままに、あのときの身振りのまま指を鳴らし続けた。

かぼそいギターとカスタネットと指が静かなまま不思議な情熱を秘めて、酒場の空気も、垂れこめた暗雲もはらいのけるように、次第に荘重な曲を展開して、そして終わった。これはショウではないが、人々は静かに感動した。バーテンは客の意を代表して、グラスになみなみとつがれた赤いお酒を持ってきてくれた。グラディ・マリー（泥まみれのマリー）だった。方々のお客があちこちからグラスを捧げて乾杯の意を表する。この間すべては無言の優雅さであった。

私はヴァイオリンなんて弾けないから心の情のまま手の指がカスタネットを打ち鳴らしてくれるのを望んでいる。これは楽器も何もない時代に多くの人がそう思った感情に違いない。

そして私はトウシューズで飛翔することはできないが、喜びのステップをすぐその場で、この靴で打ち鳴らしたいものだ。これも原始の人の思いと同じものだろう。いつの日、そうなるのか。とにかく今は、汗まみれの情けない生徒にすぎない。

そのころ、ギタリスト、ユキヒコが風のようにはいってきて、絃を鳴らし始める。

黄金の脚と銀の指

スペインからマリーが今度帰ってきたのは、何回目かの帰朝で、帰朝といえば立派だが、お金が底をついたからだ。金に追われてやっと帰ってきたのに、当てにしていた古巣の働き場所のタブラオ（フラメンコを見せるレストラン）は、留守のまにつぶれていた。

六月の半ば。大柄で骨ばった彼女は、ぴったり体についたTシャツとジーンズで私のところにやってきた。マリーは肩幅が広く、脚の筋肉の盛り上がりがジーンズの外側からもそれと判って、踊り手らしく、体が意志をもって歩いてくる。色が浅黒く、目の玉だけ大きく、スペインのアイのコじみてきたな、と思った。

「またハダカになっちゃった」

とニヤと笑って白い歯を見せる。そのぶどう酒がかったピンクのTシャツと、発達した筋肉の長い脚で立っている彼女の姿が、ふところ具合いと同様にハダカに見えてドキリとした。黒髪だけがハダカの体を覆うように背中まで垂れている。

幼いときに父を亡くした彼女は、母と二人で暮らしてきた。その母も四、五年前に一夜にして急死した。まだとても若かった。

長屋の一角の住まいを訪れると、一匹の老犬と彼女は、気ぬけたように呆然としていた。仏壇などはなく、母の戒名を書いた白木だけがのっかっている小さな台の前で、二人はおし黙ったまま座った。何か一言言うと涙がこぼれそうだった。マリーは一晩泣いたらしいが、決して他人に涙も見せず、悲しみもグチも言わず、押しつけられた強引な運命を甘んじて受け止めているかにみえた。

翌々日から、また彼女の脚はいつものペースで黙々と踊りはじめていた。若さと踊りのみが彼女に力を与えていた。必死の努力だったかもしれない。

まもなく老犬が後を追うようにして死んだ。「ムーミンが血を吐いた」と叫びながら、そのときだけマリーは取り乱した。″母の死″に耐えた心は、ムーミンが支えていてくれたことを彼女は知っていた。犬の医者は、自転車にムーミンを乗せ、彼女はその後について病院へ急いだが駄目だった。

ムーミンの乗った自転車のうしろを泣きながら歩くマリーを想像すると、私は自分のことも思いだして悲しかった。私の母と犬も、同じような時期に前後して死んだのだ。

私の犬の死んだ日――私はマリーとフラメンコのレッスンをしていた。私は汗をぬぐい、服を着ながら彼女にこう言っていた。

「鼻吉（犬の名）がおなかの大手術をしたけどうまくいったのよ。とてもつよかった。全快したらお祝いにおにぎりを作って、あいつと山へ行くのよ。約束したんだ」

とちょっと浮かれ気味にうわずった声で、鏡の前で言ったとき、練習場へ私あての電話が鳴った。

犬が死にました――という医者の通達だった。スウーと血がひいて吐き気がした。その言葉を繰り返した。何か異常な気がする。あり得べからざることなのに事実であり、もはや過去形なのだ。裏切られた感じだ。逆転、などという文字が浮かんでくる。とても嫌な言葉だ。あの医者は頭がおかしい。そんな大変なことを、あれほどあっさり言ってもいいものかしら。

「そんなバカな……」

とマリーが、私の背後から言葉を半分言いかけて歩いてきたのを、私は覚えている。

自分の母が亡くなっても、他人に涙を見せなかったマリーが私の犬のために、うしろで泣いてくれているのが気配で判る。半分しか言わない慰めの言葉が、なおのことありがたかった。でもマリーがいっしょにいることを忘れて、私はひたすら孤独に歩いて帰った。犬の後を追って、荒れた野面をさまよっている気がした。


あのとき、マリーの犬のムーミンは、玄関の上がりがまちの下から首を出し、私を見て歯をむいてうなっていた。ムーミンという名からして、無口のマリーが呼ぶにふさわしい、めんどくさげな発音だった。「ムーミン」と口ずさむとき、彼女の口許はごきげんな表情になる。そして口の中へ逆に呑み込まれてゆくようなこの語音は、それ自体、彼女のように内向的発音なのだ。

ムーミンは顔面神経痛のせいか、ときどき片目と頬をくしゃくしゃとひきつらせて、私をにらんだ。死ぬとき、ムーミンはヒフ病で鼻面もすり切れ、体の毛は抜け、血を吐き、破れかぶれで傷だらけになっていた。黒い老いたこの犬はついに他人になつかず、主人のマリーにだけ痛々しい笑いを残して死んでしまった。だからマリーはすっかり一人ぼっちになった。老いさらばえた不幸な同志を失ったとき、彼女はそれまで耐えていた力が、いっぺんについえ去ってしまった。

いま、またハダカになっちゃった、という言葉は、さらにマリーらしくほんとにハダカなのだ。

ムーミンが死んで一人で住むようになったマリーの家に、野良猫の親子が連れだってやってくるようになった。食いものを与えるから来るわけで、マリーには決してなつかない。冬の晩、小さいストーヴに火をともして手をかざしていると、猫の親子もすましてやってきて、平行線上に並んでストーヴで暖をとる。マリーが撫でようとすると、さっと身がまえて歯をむき出す。マリーは苦笑いしながら、けっこう猫の世話をやき、ちゃんと食餌を与える。猫親子は食餌だけはきちんと食べて、舌で顔を洗うと、さっと表へ遊びにゆき、夜ともなれば、またもストーヴにあたりにやってくる。セロテープを踏んづけた子猫が、大あわてで横っとびにすっとんでゆくのを手をたたいて笑うと、親猫はイヤーな目つきでマリーをにらむ。

彼女の対人関係は、この対猫関係とよく似ていて、必要以上に他人の内側へ踏み込んだり、なつきすぎたりすることはなく、常に単独の姿勢がはっきりしていた。恋人があらわれても、彼女は心をあけっぴろげにはしないだろう。私とマリーとの交友にも、いつもある一線が引かれていた。

踊り方にも、彼女の単独姿勢が形で表現されているように思われる。そういえば、マリーの踊りにはあまり笑いがなかった。冷たい踊りといえば妙だが、彼女は情緒などというものは初めからけとばしていた。そのかわり、正確無比、鍛練、熟練、たくましさ、息の長さ――のようなものが、けたたましい足さばきに表現される。彼女はフラメンコそのものにも挑戦的だった。

踊りというものが、才能だけで果たしうる技ではなく、極限をゆく努力の集積だからかもしれない。マリーが他の踊り手と違うのは、そのすさまじいレッスン量にある。一緒にレッスンをしていると、みじんもたじろがぬ彼女の脚がにくたらしくなり、ついには鉄の棒に見えだし、〝マリーの脚は鬼の脚〟と私はつぶやく。

彼女が、あーしんどい、という言葉を禁句にしているのに比べ、私は一人でレッスンすると、シンドイシンドイを五十回もわめく。彼女のうしろで、もうあとは水を飲みたいという欲求だけで、私は無感覚にあえぎながら床をけっている。彼女が練習後の水を飲むのすら、欲望の三分の一にとどめているのに反し、私は流した汗の十倍、欲望の三倍ぐらいの水を飲む。斜めはすかいに見るマリーの毛糸のタイツにくるまれた脚は、微少な疲れも見せない。

十年前はマリーだって、まだやり始めのはずなのに、彼女の足は初めからしっかりしていたし、いよいよ磨かれた音が今も足の裏からころがり出てくる。それは地味だけれど、おいしそうな音だ。その同じ音を執拗に繰り返し、もう限度だ限度だと、私はフラフラしながら二十回ほどつぶやくと、ようやく次の足へゆく。このときいつも、マリーとの根比べのような気がして意地になる。私も下級生の先頭に立って、これでもかこれでもか、ダメじゃないかダメじゃないか、と足先で小突きまわしたら、どんなにスッとするだろう。

しかし、私は何人かといっしょにマリーから習いだしてから、同級生の手前、死んでも弱音を吐かぬくせがついてきた。

人間は一つの自分のクセ、習慣、リズムを身につけるのはよいことだ。「しんどい」という言葉を口に出したとたんに、その言葉によって、ほんとにしんどくなる。実はしんどくないのかもしれぬ。しんどいという言葉の代わりに、あーいい気持ちだ、いい気持ちだ、と言えば、ほんとによい気持ちになるのかもしれない。心が先か言葉が先か――などと思いながら、私はつとめて頭と脚を切り離すことを工夫した。

脚を独立させてやろう。ネジさえ巻いてやれば脚は一人歩きして、勝手に踊り出し、決して疲れないに違いない。

すべてを売り払って、踊りの修業に何回かスペインに行くたびに、マリーはいよいよマリー自身になってゆく。

当てにしていた働き場を失った彼女は踊りの衣裳の入った大きな籠のトランクだけが唯一の財産だった。その籠一丁を持って、とりあえず友人の家へ身をあずける。柳で編まれたこの籠は、トランク型の蓋《ふた》付きで、それを一本の鉄の棒と、昔風錠前でガチャリと止める。舌切り雀のいじわる婆さんが背負っていたツヅラに似ていて、大人のお化けなら二匹は優に入れそうだ。

この籠は舌切り雀のツヅラより少しハイカラで、使用するうち茶色は陽焼けして一層濃くなり、磨かれて飴色に底光りしてくる。部屋の隅におけば、このごろはやりのアンティックな入れもの兼テーブル風になる。籠からは地中海沿岸の田舎家の匂いがたちこめていた。

籠の中に、浴用タオルや、タオルガウンやシーツなどの生活的なものを入れれば、もっともふさわしい。スペインの海辺の娘たちは、たぶん新鮮な生活用品を詰め込んだ大きな籠を、お嫁にゆくとき持ってゆくのだろう。

ジプシーの踊り手たちは、必ずこの籠トランクに衣裳を何着か入れて、出稼ぎにゆく。楽屋で踊り手たちが籠の蓋をあけるたびに、私は羨ましげにそっとのぞく。籠の中には異国情緒がつまっていて、何を取り出しても珍しく見えた。

踊りに必要な髪飾りの造化、大きい耳飾り、くたびれた何足かの靴、縁が朱塗りで闘牛士などを描いた扇子、皮袋や毛糸袋に入ったカスタネット、フサのついた人絹のストール、スパンコールや光ったガラス玉をたくさん縫いこんだ黒いチョッキ、そのチョッキとお揃いの黒い帽子（コルドバ地方のソンブレロ）……などの小道具を、ジプシーたちは手品師よろしくつまみだしてみせる。

私は踊りの難しさも知らず、そんな手品に魅せられて、私も籠を持って世界をまわる一人前の踊り子になりたいと思った。中身も珍しいが、入れもののその籠自体が私は欲しくてならなかった。あの籠さえ持てば、一人前の踊り手になれそうな気がする。

マリーからお金で譲ってもらうことにした。店で買うと五万円もするのに彼女は五千円でいいと言う。中をとって三万円にした。少しでも生活の足しにと思ったのだが、最後の家財道具まで取りあげられたマリーはいよいよハダカ然としてきた。


マリーは、同じころ帰国したギタリストの青年ユキヒコと職場探しを始めた。ハダカ一貫になって、また一から職探しを始める——そんな彼女に私は同情どころか、ふと羨望の念さえ抱く。一から始めるというのは人生の始まりのように思えるし、未知の世界がいやでも眼前に横たわっているのだ。踊りの武器である脚だけを、ギターの音色を奏でる指先だけを、頼りに生きているのが爽快に浮き彫りにされる。

今日、その脚で、その指で、稼いで、その日の食いものと、熱い一杯のコーヒーで、汗の一日が終わるという単純明快な生き方は私の羨望の的だ。脚とか指だけを頼りの商売は人生にとって、いかにも危険な綱渡りだという人もいるが、私にはこれほど確かな手応えはないように思える。

とはいえ、マリーとギタリストのユキヒコは悲しみをぐっとこらえて、働き場を探し歩いた。この未だ無名の若いアーティストの脚と指が、いずれいつの日か、黄金の脚であり、銀の指になるであろうことを、いまは誰も知らない、と私は思う。

ギタリスト、ユキヒコのしゃべっている声を私はめったに聞いたことがない。無口のマリーとのコンビは、なぜかシーンとした闇の中でのつながりのように思われる。ところがいったんユキヒコの指が木の葉のようにギターの上に舞うや、えもいえぬ繊細な別世界があらわれ、マリーの足はけたたましく床をける。二人は十分おしゃべりなのだ。

マリーの足さばきの途中で、ユキヒコはふと手を止める。少し合わないのだ。マリーは言葉で応ぜず、無言のまま、足さばきを繰り返す。ユキヒコも応じるが、途中までいっては止める。

マリーが初めて口をきく。

「違っているの?」

ユキヒコはうなずくでもなし、あいまいに首を振る。

「どこが何拍子の何分の一違うと思う」

とマリーは再びたずねる。

「言えないけど、間違っていることだけが勘で判る」

とユキヒコは、自分に言うように小さい声で言う。

それから何十回目かに、マリーは何分の一の一拍子かしらないが、微妙なリズムのステップが足らないのを発見し、やっと音が一致する。ユキヒコは無表情にそっとうなずく。

音符なしに、踊りの図解もなしに、どうして判るのであろう。フラメンコは主流のリズムは決まっていても、踊り手によって一つの踊りが、いかようにも微妙に振り付けが異なるので、ギターはその足に合わせる。そして主流のリズムとリズムの合間には、ギタリスト独自のメロディーが盛り込まれる。従って名舞踊手の極度に高度な微妙な足さばきには、それに応え得る名ギタリストでないと和合しない。「スペインの騎士」と呼ばれた天才舞踊手アントニオ・ガデスは、さしずめホアン・マジャの銀の指と一致した。

ひたすらな美しい顔

ユキヒコはやせていて寒がりだ。私達のように体を動かさず、うつむいてギターを抱えこむだけだから、こちらが汗をかいていても彼は寒い。マリーは椅子の上に毛布を敷き、二十センチ立方ほどの小さな電気ストーヴを彼の足許に用意してやる。灰皿だけはバカに大きなライスカレーの古皿が椅子の下にある。火の気のないところでは、ユキヒコはよく左手でライターの火をつけ、その上へ右手をかざして暖めたりする。

彼は繊細だった。あの有名なギタリストのホアン・マジャのような動物的で旺盛な肉体と迫力を持っていたらなあとも思うが、この東洋の静かで、か細いユキヒコの体と神経は、また別の魅力を持っている。かそけき隠微、静謐をたたえて、人々の心の隅々にささやきかける。冷たい横顔を傾けて弦を一撫でするると、たちまちあじさいの露にも似た彼の彼岸世界が現出する。

私はマリーとか、ユキヒコとか勝手に呼びすてにしているが、この二人は日本でも優れたアーティストで、しかも我々の師匠であり、まだ弟子が育たないので、個人レッスンのときも二人にジキに習う。ユキヒコの弦の音に包まれるとき、私はもったいないなあと思いながら、別世界にたたずむ思いで目をつぶる。

小屋のような貧しいレッスン場の空気は、妖し気にかき乱され、揺れ動く。私は〝ユキ〟という恋人から、あじさいと百合としゃくやくと、小粒のエリカの花束を捧げられた思いになる。まるで音の花束といっしょに、私は体ごと大きなリボンで蝶結びにされているのに気がつく。しゃくやくは、白粉のパフのように私の頬や胸を撫で包み、白百合は天使のラッパのように澄んだ音色をささやき、あじさいの七色変化の音の中で、紫エリカの雨が降りしきる……。

踊っているとき、伴奏者の音楽に感動しながら体がそれに応えて動いたら、どんなにいいだろう。私は耳が感動するたびに、脚のほうがつまずいてしまうので感動するひまがない。しかし、踊る前の前奏で、練習のたびごとにこの音の花束で包まれるのは、私だけのゴージャスな数秒間だ。

ところで目を開けると、華麗な想いとは裏はらに、ビニールとタイツで猿まわしの脚絆のような脚と赤いスカートをはいた汗まみれの妙な女——私の姿が鏡の中にある。美しい弦のリズムに私の心は踊っても足が動くスベをしらない。私の体と脚はもどかしく、あわれな唖のようだ。

ユキヒコもマリーもスペインから帰ってみると、もとの働き場の店はつぶれ、新しく勤めた店もまたつぶれ、今は職場はない。レッスン場ではマリーは大声で生徒を叱咤し、ギターは美しくうたうが、レッスンを終えた二人がコーヒーを飲むとき、二人はいよいよ無口に、いよいよ静かに、下を向いたまま瞳もあげない日がつづく。日本でのフラメンコの早暁を目ざす二人にとって、今は悲しく貧しい時代だ。青の時代だ。

マリーの部屋は、同じビルの七階にある。六畳の畳の部屋の三分の一は踊りの衣裳がぶらさがっていて、その衣裳の襞を下からのぞくようなかっこうで寝なければならない。小さいキッチンに机が一つあるだけの簡単明瞭な生活を彼女は送る。昔、日本に稼ぎにきていたジプシーの踊り手のアパートを訪れたときと同じ匂いがここにもある。つまり、いらぬものが一切ないくせに、きちんとした生活の基底が厳然とここにある。何もない台所からおいしい料理がさっさとつくられる感じだ。下で厳しい踊りに疲れたマリーさんは上へのぼると、やさしくテキパキとおいしいコーヒーをたてる。ときどき私も上へあがって、玄関先で立ったままコーヒーをごちそうになる。そしてジロジロ見まわし、マリーの生活の匂いをかぎとる。私のと同じ、エスプレッソのコーヒー沸かし器がいつもゴシゴシと磨かれて光っている。私のはガス火でこげて真黒だ。

「今夜のおかずはね、さっきむいたのよ。小イモの煮たのとね、トコロ天とね……」

と彼女は皮をむいた小イモのカゴをひょいと見せる。小イモの皮のむき方までキリキリシャンとしている。簡素の極の基底にしっかりと立っている。一人の女の踊り手が今生きている。女が一人でコツコツとしっかりと、一歩一歩生きてゆくこんな姿勢を見るのが、なぜか私はとても好きで感動してしまう。私だって一人で生きているけれど、何て無駄が多いのだろう。マリーには一切の無駄がはぶかれ、その脚で稼いで、一人で生きているのがはっきり判る。

さて、上級生の我々三人は「ブレリア」といって、フラメンコのうちでいちばん奔放で情熱的な曲——一夜の宴のフィナーレにふさわしい舞いである——といわれてカッコもいいし、迫力に充ちた踊りの振り付けを習う。フィナーレにふさわしい舞いというが、私達が踊ると、せっかくのギターの音色を土足で踏みにじり、マリーの教えるのと反対の方へばかり体が動き、ぐるりとまわって鏡を見ると、そのかっこうは工事人夫のヨイトマケに見える。これは練習衣のヤタケタさにもよる。でも、新しい足さばきを苦労して習うのはひとつひとつと知識が増すように、新しい言葉を覚えこむように楽しみである。

私の仕事場はビルの四階、地下二階、八階と分かれており、一日中その三つを行き来するが、エレベーターを待ちながらその前で、新しく習った足さばきを復習する。エレベーターの待ち時間と、エレベーターの中で見知らぬ人の背中などをじっと見たり、見られたりしている時間の退屈さと、あの白けた感じは誰もが覚えがあるが、足さばきをやっているときに限ってエレベーターの奴はすぐさまやってくるのが不思議だ。

箱の中で誰とも乗り合わせていないときは、ついでにクルリとまわって両手をあげてポーズしたりする。と、こんなときに限って、いやに早く着いてサッと扉があく。そして真面目くさって両手をあげて、大げさにポーズした私を発見した廊下の人はびっくりしてしまう。もちろん、オフィスでトイレへゆくときは、廊下をフラメンコの足つきで進むから、なかなかゆきつかない。

上級生のレッスンが終わると、下級生の四人組が現われ、カーテンで仕切られた狭い脱衣室で着替えをしている。カーテンの内側からお尻がモゴモゴ動いて、やがて、てんでんばらばらの服装で出てくる。

このクラスには肥満偉丈婦が一人いて、彼女はいつも遅れて大急ぎで走ってやってくると、カーテンに入りもせず、いきなりスカートをスポリと脱いだだけで、鏡の前へ立つ。太子というニックネームがある。着てきたままのセーターと、スカートの下の毛のタイツだけだ。もう一人の新子は、原色の毒々しいローズ色のタイツと、調子っぱずれの桃色のショートパンツ姿。高子は服を脱ぐにつれて、ラッキョの皮むきのようにだんだん細くなり、緑のタイツと緑の靴スタイルは、まるでトランプのジョーカーの小鬼みたいだ。谷子はゾロリと長い水玉スカートで、まずは河内カルメン型。

師匠のタイツは、手編みのブルーと緑のダンダラ縞なので、ちょうど節分の日、豆に追い出される青鬼スタイルだ。

練習を終えた私は、タイツやビニールズボンをこっぽりと石膏の鋳型をはずすように脱いで、下半身から靴の中まで流れた汗を拭く。このときは何とも一仕事、労働を終えたあとのようによい気持ちだ。この瞬間のために練習をやっているようなものだな、と思いながら、壁ぎわの椅子に座って脚を組み、酸っぱい夏みかんにかじりつく。

これが酸っぱければ酸っぱいほどおいしく、砂糖などつける人の気がしれぬ。この一切れの酸っぱいみかんの味が判ったことぐらいが、フラメンコの収穫かな。夏はこうは言ってられない。冷たくても生ぬるくてもいい、一杯の水か麦茶が格別にうまい。

後に時間割の都合で、この一年下の下級生と私とは同じ土曜日のクラスになるが、肥満偉丈婦なんていっていた太子がいやにやさしく、必ず氷入りの麦茶をタッパーで持ってきて、下級生らしく自分はあとにして、まず私に飲ませてくれる。私は先輩ぶって最初にタッパーからガブ飲みをする。唇の両端から茶色の麦茶がしたたり落ちて胸まで流れてゆく。誰が発明したのか麦茶は世の中で最高においしく懐かしい飲み物だ。しぶしぶ次へタッパーをまわす。二回目は氷の切れをガリガリとかじる。タバコを取り出すと、すかさず太子がライターをつける。先輩っていいものだ。

さて、壁ぎわの椅子で脚を組んで、下級生の練習を先輩らしい顔つきをして見聞きするときの、余裕たっぷりの気持ちもまたすばらしいものだ。

この下級生のかっこうたるや、どう見ても踊りのレッスンというより、女子プロレスチームに見えてきて、そのギクシャクした足さばきは、まるで女子キックボクシングの足つきだ。この小屋は○○ジムと看板替えした方がいいな、などと私は自分のかっこうは棚に上げて、少しせせら笑いながら、ゆっくりと煙草をくゆらす。

あの足つきは何ともまずい。飛んでいって直してやろうか、そんなに肩へ力なんか入れて力みかえらなくてもよさそうなもんだ。ヒザから下だけ、あるいは全部力を抜いて、足先だけに力を入れるのだ——などと、他人のを見ていると、下手さかげんがほんとによく判るんだなあ。下級生の足音は、次第に真剣度を増し、リズムをもって高潮してくる。

下手なりに一生懸命。力まかせに歯を食いしばって床を蹴る。上手になりたい一心の下級生のなりふりかまわぬ姿を見ているうち、私はふと、彼女達は何と魅力的だろうと思いはじめていた。生意気な娘も、ふざけた娘も、ズルイ奴も、おしゃべりな子も、ぐっと歯をくいしばって一つの技術に一心に取り組む。いやでも真正直な、素直な必死な顔つきにならざるをえない。上手になれば演技ができるが、下手な今の時期にむきだしに出る生の顔。

そこには媚びも、悪だくみも、ネタミも、へったくれもない。ただひたすらな若い汗のしたたる美しい顔がある。このように真底ひたむきなものなら、神サマは何でも許してくださるだろう。

私はオフィスで、よく仕事をしている女の人の顔を美しいと思うこともあるし、そうでないときもある。髪の毛が殆ど目にかぶさって片目だけで鋏を持ったり、帳簿の中へ、そのまま顔を埋めて仕事をしている女——どうみてもうっとうしいので、せめてピンで留めたらどう？　と尋ねてみた。すると彼女は「おでこを出したら似合わないの」と答えた。

つまり、女は仕事中でも似合わぬ髪をしてはいけないのだ。そこには男がいないけれど、男の眼をつねに意識している女の姿勢を私はかぎとってしまう。

長い前髪の中から目の玉の下半分だけをのぞかせている娘。真中で分けた髪が目の玉どころか、顔も頬も胸もおおいをかけて、その中からそっと小さい目をのぞかせてソロバンをする娘。横分けの前髪で完全に片方の目と頬を遮断して垂れさせている娘。このごろは男だってこんなの多いのだ。何しろわずらわしいヘヤースタイルは、私には媚びにしか見えない。だから男の場合は、コビの字を男へんにしてもらおう。

そういえば、口紅の色が今日は真紅、その次の日が貧血したような青肌色、次は黒血がしたたりそうな色と、次々すごい色を塗ってくる人がいるので、私はその独創性に驚いて、どこで思いつき、どこに売っているのかと聞いてみた。すると「アラ、テレビのコマーシャルでみんな知ってるわ」と言う。隣りの女性達を見たら、ほんとに全員、貧血色や黒血色なので、またびっくりした。一生ガンコに同じ口紅を塗るかたくなな女よりよっぽどいいけれど、その娘の言うとおり、何のことはない、みなコマーシャルどおりなので、それからはみんな同じ顔に見えて弱ってしまった。

脱線しちゃった……。


今練習場の大鏡に向かい、首飾りも、宝石も、ドレスもなく、もちろん化粧もせず、汗まみれの奇妙な練習衣に裸体を包む娘達が、力限り己が体にむち打っている。汗のにじむ顔や体の肌はピンク色に透明に輝き、唇をかみしめた彼女達の媚びの影のみじんもないアルカイックな顔を見るのが私はとても好きだ。足さばきの上手下手より、彼女達の魅力に私はうっとりとなり、ひきずられ、そしていとおしく思った。

彼女達の恋人が、この舞台裏をそっとのぞき見したら、きっと改めて新しい未知の彼女を発見した思いがするだろう。その汗は太陽の下の海辺でもなく、テニスコートの赤土の上でもなく、ホテルの青いプールでもなく、緑のゴルフ場でもない、薄汚れた五坪の地下の掘立小屋の舞台裏で流す汗だ。

みんなは小屋をベニヤで敷きつめ、鏡を張り、小さい空気清浄器を置き、少しでも広く見せようと、白ペンキを塗り、カーテンもつけた。この暗い地下室へ集うとき、みなの顔はさも秘密地下組織のカマラードじみた顔つきになり、何となく目的を同じくする同志の気になり、けっこうこのボロ小屋を、いや小さい小屋のそのゆえに愛しはじめていた。

私も下着屋をはじめたときのオフィスは、わずかの一坪だった。あのころは世の中のどこを見わたしても広く見え、もったいなく思えて仕方がなかった。しかし小さくとも初めての独立した自分のお城としてうれしかった。まるでピストンの圧縮作用のように、小さい一坪という面積は、私の情熱を深く静かに沈潜させた。

この地下の小さな教室も、マリーさんにとっては初めての独立した自分のお城であり、私達にとっても愛すべき修練場だ。

表通りからも、勇ましい足音や、カスタネットの誇らかな音が、地下から響き上がってきて、聞こえる。日の経つとともに、何となく弟子達が集まり増えていった。

こげついたパエージャー

あのころ、青年のつくるパエージャーは、よくこげついたまま客の前へ運ばれた。

私は、この店へ出演していたジプシーの踊り手の、チャロというおばさんに、彼女の下宿先でいろいろのスペイン料理を習ったが、パエージャーが入門料理だった。ダシを先に小さいナベで作っておく。これは出来上がりの全体の分の味だから濃い目につくる。マギーのスープの素、サフラン、塩、コショウ、パプリカ。そしてハマグリはダシだけとってあとはとっておく。

一方、平たいナベで、赤ピーマン、玉ネギ、カシワ、生の米をオイルで充分いためて、そこへダシを入れ、水を適当に入れながら煮こんでゆく。イカまたはタコを少々入れると、歯ごたえがあり、味もコクが出てくる。

私は水の代わりにビールを入れる。なぜなら日本のお米は上等すぎてねっとり出来るので、ビールを水代わりにすると、パラリと乾いた米の出来上がりになることを発見した。出来上がる前にエビやハマグリやグリーンピースも入れる。ナベを囲んで、各自のお皿に取り分け、レモンを絞って食べる。

スペインの各家庭全部で、パエージャーの味が異なり、独自の方法を持っているんだと、チャロは甘そうな口つきで言う。料理の上手な人は大体においてて説明も手つきも、みなヨダレを誘うようなとてもおいしそうな表現になる。踊り手たちは料理においても、いっぱしのプロフェッショナルのように断乎とした自信で、胸を張って教えてくれる。

しかも女ばかりでなく、歌手のおじさんも、ギタリストの男たちも、こと食いものとなると、台所にしゃしゃり出て、各自の腕前において毅然たる舌つき、口つきとなってくる。お皿片手に味見をし、目を宙に据え、あげくにスペイン語の早口で、けたたましい口論となるので、私はケンカと間違えて、止めにはいったりする。

味付けのアレンジなどは決して許されない。白ぶどう酒がなかったので日本酒でいいかと聞いても、断じていけないと言う。そこを何とか融通してもらえないかねと言っても、スペイン人は生活法や食いものにはガンコで妥協できぬ。ガンコさは別として、生活の守備の堅牢さを、彼女たちの料理から私は早くも嗅ぎとる。これは洞窟民族（?）の血だなと合点しながら、ムンムンとサフランの匂うパエージャーに首を突っ込んで食べる。

チャロは、ジプシーの秘薬よろしく小さなびんに黄色いサフランの粉と、赤紫のサフランのめしべなどを少量詰めて、思い入れたっぷりの手つきでプレゼントしてくれるので、これがかつてのサフラン戦争のサフランかと、私はこの歴史のびん詰めを大切に持って帰り、台所の抽き出しにそっとしまう。

いつだったか安岡章太郎先生のお宅で、料理上手の奥様に、少々のサフランをもったいぶって差し上げたら、安岡さんがのぞきこんで「アッ！　サフランだね。○○軒のおやじさんにも半分わけてあげなさいよ」と貴重そうに言われるので、なるほど貴重なものだなと思った。

私にパエージャーの味を教えてくれた、この「タブラオ」のことを紹介しなければならない。

フラメンコの歌やギターや踊りの見られるレストランを「タブラオ」というが、十数年前、大阪四ッ橋筋のとある古ぼけたビルの地下一室にこの「タブラオ・マドリッド」は誕生した。四ッ橋筋の堀江界隈は、夜は暗い街並みだが、タブラオの赤いネオンが、場末のカフェ然とした感じで闇の中に浮いている。

あそこでスペインダンスをやってるらしいよ、という噂を私は耳にし、あのころ、その店の前を通るたびに、ここが外国船の出入りする港のように思えて、異国の匂いを鼻をうごめかして嗅いでいた。

ある晩、その穴倉へおそるおそるはいって以来、フラメンコ病にとりつかれて、やがて毎晩のように出入りすることになる。この穴倉へのセメントむき出しの曲がった階段を降りるたびに、毎度のように私は胸をときめかした。S字型の最後のカーヴは速足でかけ降りる。気がせくのだ。地下室の奇妙なカビの匂いと食べものの匂いと、そして地の底からしみ出るようなギターの音と、しわがれたジプシーの歌声が耳に大きくなったとき、私はひとつの部屋に突き当たる。

目の前に開けた四角い空間は、さらに暗く、なにかに押さえつけられたような重圧を感じるのは天井の低いせいばかりではないようだ。陰にこもって爆発するようなフラメンコの歌声の迫力である。闇に目が慣れて、いろんなものがじんわり見えてくる。天井一面をおおうバラの造化。側面はカウンター。正面に小さい舞台。サロンは十セットほどの大小のテーブルと椅子。

暗い壁面には刺繡と房つきのストールや、牛の耳、牛のツノ、銅のナベ、スプーン、コルドバ地方の黒い帽子などが田舎っぽく飾りたててある。ライトで浮かび上がった小さい舞台に、いまやあでやかな衣裳がひらめき、踊り子がケタタマシク靴音を鳴らしている。

いまだスペインもフラメンコも知らなかった私は、物珍し気にこの部屋すべてを吸い込み、まるで自分が昔から望んでいたかのように溜息をつく。

店の主人は長髪長身で、スペイン仕立ての黒いスーツに身を固め、少しキザだがなかなかイカス。ショー・タイムになると照明をパチリと入れ、自分はそそくさと舞台の椅子に腰掛けて、二分の一ほどの大きさの少年と二人でギターを弾く。

主人の奥さんが、大きなダミ声でオーレとか、アーサーとか叫びながら、スポットを赤にしたり青にしたりして踊り手に当て、合間に手拍子や足拍子も入れて一人で騒がしくする。私達は舞台の踊り手と、マダムと両方を見ながら真似をして、オーレやアラーと叫び、次第にいっぱしの掛け声をするようになった。

「アーサーって何よ」と聞くと、

「水ってことで、女のつまりエロスの水で、あんまり品のいい言葉やないけど、そう叫ぶのよ。ええぞオーってとこかな」と、マダムは言う。

彼女は口に飴玉を頬張ったようなむっちりふくれた頬つきと、大きい口を持っている。もちろん飴玉など頬張っているわけではない。客とすぐ仲良しになるが、きかん気のガムシャラで、よく働く。

他の客もオーレとかアラーという掛け声がうまくなり、酔うと大胆になって「大統領！」とか「ホラショ！　ドッコイショ！」と声援をおくるが、この店では踊りをチャラカスものはあまりいない。

ベラベラしゃべって、舞台に熱中しない客がいると、マダムは「チェッ！　イケスカンわ。しゃべるんだったら、よその店行けばいいんだ」とブッブッひとりごとを言って「シィーッ！」と大声で合図したりする。

踊りに関心のない友達は、あきれ顔で、

「どうみてもフラメンコってのは芸術じゃないな。さしずめアワ踊りかな」

「能だったら三歩あゆめば三千里だが、スペ公はほんまに三千歩床を蹴りかねないね」

「ありゃ欲求不満のかたまりで、一種のヒステリーダンスだね。踊ってる方はそれで解消されるとしても、見てる方がたまったもんじゃない」

「あの靴の踵《かかと》でヤケに床を蹴るあれはね、靴にクギが出ていて、イライラしてるんだってば」

と、言ってきかぬ人たちもいる。

ある喫茶店のママなどは、

「へぇー感心だ。一生懸命踊って、絶対手ぬいてないなあー。うちなんか客がたてこんだら、水増しコーヒーなんてつくるときがあるもんなあ」

と、妙な風に感心する。

踊っているときに食いものをあまり食べると、マダムからおこられそうなので、せっかくのパエージャーも冷たくなる。

私はこの店のカウンターごしに、コックの青年からもパエージャーの作り方を習う。この青年がまたフラメンコ狂で、料理はそっちのけで舞台に熱中し、カウンターの中で足を踏みならし、手を打ちならし、夢中のあまりカウンターから飛び出しそうになる。だからよくパエージャーがこげつくのだ。歌手のジプシーのロサレスおじさんはそれを見ては、噴き出すまいと口に手を当てる。

青年は合間をみてスペイン人から足さばきを習いだしていたが、四階の階段の踊り場でレッスンすると、その震動たるや、さすが男の子だけあってすさまじく、とうとうその下の階の天井の照明器具がガッパリ落ちてしまった。

青年の名はテルオといい、コックをやめてのちには舞台に立つが、みんなは「テルゴン！」と日本名で声援をおくった。やはり慣れぬときはカンカチコになって、唇をかみしめ、白虎隊のなりそこないみたいな踊りになった。泣きそうな顔で幕のうしろへ下がったとき、客席の私の隣に座っていた師匠ミゲール・サンドバルは「テルオはナーバスになってる」とすかさずとんでいって、幕のうしろへ消えたのを憶えている。勇気づけ、欠点を指摘し、励ましている異国の師匠と弟子の姿を、舞台裏の薄暗い電灯が照らしていた。下手くそでも、ものの初めの新鮮さみたいなものまで、この小さい店ではさらけ出してくれる。

フラメンコ踊りに何かとケチをつける人たちも、夜ともなれば穴倉の奇妙な世界を珍しがって、次第に足繁く通いだし、店の方も半年交替ぐらいで日本人の踊り手以外に、新顔のスペイン人、ジプシーの歌い手、踊り手、ギタリストを呼び寄せて活況を帯びてきた。

私は日が暮れるや昼間の服はかなぐり捨てて、フリルのたくさんついた水玉の木綿のスカート姿とか、絹のパンタロンの裾をひらひらさせたり、ときにはソンブレロ・デ・コルドベスと呼ばれる男ものの黒い帽子を目深にかぶってはタブラオに現われる。いわば別世界へゆくために、変装を自分に課した。

私は自分の虚構の世界のための服を作りはじめていた。

よく人は素敵なドレスを作っても着てゆくところがないと言い、もしそんなドレスを所有していても、いざとなると、目立って照れくさいとか何とか言って、遊び服を着ようとしない。こんなのを貧乏性といい、遊びと演技のない人だと思う。タブラオの穴倉自体が別世界であり、そこには演技がみちみちているので、私の遊び服、フザケ服にとっても、もってこいのよいサローンであった。

毎晩のように変装して、私は隅っこのカウンターにはすかいに座り、踊りを見る。

歌手のロサレスがいつか横に座って、グラス片手に歌の意味を片言英語で説明してくれる。

「わたしをよくもあいつは、ふりやがったな。フン！　他の女と去っていった。今夜はくやしいから血のしたたる黒牛の肉を食うてやるぞオ……と、言ってるんだよ」

そう言いながら、彼はガブリとウイスキーを飲む。ロサレスは大酒呑みで、声はいよいよしわがれてゆき、大きな鼻の先も酒やけがひどくなった。三十代か四十代か五十代かさっぱり判らないが、田舎のおじさんという親しみぶかさで、さもジプシーの歌こそ世界の中心であるかのように、大真面目な顔で教えてくれる。途中で意味が判らなくなって首をふると、今度はゆっくりとスペイン語を発音してみせる。ロサレスは、ゆっくり言いさえすれば、バカな私にも何とか通じると思っているらしいが、判らぬ言葉はやっぱり判らないから、判ったフリをしてうなずく。

「こんなのもある。新しい歌だ。

黒牛が池に映るお月さまに恋をした。内気な黒牛は恋をうちあけられずに、毎晩ナツメの木の茂みからそっとのぞいて月を見る。

月は長ーい美しい髪を櫛でとかして鼻歌を歌っていた。牛はやっぱり黙って月を見て、そして帰った。次の日も、その次の日も。トボトボ帰る黒い牛。ドレス姿のまーるい月。涙流した黒い牛。ぽっかり浮かんだ白い月。涙乾かぬ黒い牛……」

ロサレスは語尾をひっぱって終わりの一ふしをうなり〝かわいそうな牛〟と言った。牛は何だかロサレスおじさんに似ているような気がした。

「もっと悲しいのもあるよ。

ジプシーの娘の愛した黒牛が、その日、闘牛場へ出る日だった。

娘は落ち着かず、片隅でそっと見守る。やはりクロは死ぬのだろう。あの瞳。私をよくなめたあの舌ざわり。子供のときからのクロとの思い出がいくつも浮かび、娘は呆然としていた。

ところがさっそうと登場した闘牛士は娘のフィアンセだ。娘はいったいどちらを応援したらいいのだろう。満場の中で、鮮やかな演技が繰り返され、牛は次第に傷ついてゆく。そのとき、空中高く赤いマントが舞い、逆転劇が眼前にあった。

闘牛士がはね上げられた。娘も観衆も息を飲む。

人間を殺した牛は即刻殺されねばならぬセレモニーどおり、馬に乗った老闘牛士が槍をもって現われる。

それは娘の父親だ。

やがて血まみれの黒牛が引きずられてゆく。

娘は自分も牛といっしょに死んで、引きずられてゆきたいと言って、泣くのだった」

ロサレスはまた最後の〝泣くのだった〟をスペイン語で歌い、語尾を悲し気に引っ張ってみせた。

「もうやめてちょうだい！」

私はロサレスおじさんを揺すぶりながら、死んで引きずられていったけなげな黒牛のことを想い、ロサレスの哀愁のメロディの中へ酔いしれていた。

舞姫カルミーナとパキータ

舞台ではカルメンが踊っていた。

彼女を仲間たちはカルミーナと呼んでいる。やせて、目が大きい。カルミーナは奇妙に孤独で、しかも我儘《わがまま》娘で通っている。他の踊り子たちとは、はなれた心で生活している。例えば他の店からの臨時の仕事などがあると、みんなは金儲けのため大喜びで衣裳を詰めた大きい袋をかついで出かけるが、カルミーナは、何が気に食わないのか、たいてい断わっていた。理由は判らない。

いつごろからか、彼女は一匹の白い小犬を飼いだし、近所のアパートでいっしょに暮らし、毎晩犬といっしょに出勤し、三階の楽屋入りをする。

裸電球のともった寒々した楽屋は、壁一面にぶら下がっているフラメンコ衣裳のために、よく話に聞く放浪のジプシーの馬車の内側をのぞく気がする。その衣裳に埋もれて、ジプシーは化粧をする。カルミーナは半裸のまま、鏡の前で、いつも夕食をする。それは決まったようにミンチボール一皿とビールの小びん一本である。

彼女が肉を一切れ口に入れるや否や、それまでおとなしく一人で遊んでいた白い犬は、彼女の真下へやって来て、クソマジメな顔で吠え始める。彼女が無視するにつれ、吠え声が大きくなり「一つぐらいくれたっていいじゃないか！」とわめきだす。

カルミーナはいつもは猫可愛がりのくせに、こと食いものとなると、目をつり上げ、

「お前なんかにやってたまるか。このバカ」

「一切れだけでいいって言ってるじゃないか。ケチンボ」

「ウルサイ！　あっちへゆけ」

と、二人は肉一切れで大ゲンカとなる。スペイン語は、ただでさえ、ケタタマシイが、ケンカにはもってこいの歯切れよさだ。

私は見かねて「一つだけやってよ」と、犬のため頼んでやると、カルミーナはガラリと笑顔になり、まちがえて私に丸いミンチボールを一つくれたりする。

ある日、昼下がりにばったり道でカルミーナに出会ったのでコーヒー店へいっしょに入った。デパートへ行ったため、犬は疲れちゃったのだと言って、何だか雑布みたいにぐじゃとなった犬を抱いていた。犬は彼女の膝の上で、他愛もなく眠り続けている。カルミーナは犬を撫でてあやしてから、コーヒーをすすり、

「この犬はワタシの子供だ」

と、この前ケンカしていたくせに、今日はいやにしんみりと言う。このようなとき、他人にはみせない犬にだけ通じるやさしさを彼女はもっていて、それが真直ぐ私に伝わってきてほほえましい。いつも孤独で気が強く、変人とされているカルメンであるだけに、犬とのひそやかな交流は彼女の心のかくれ家のようにみえた。

　バーゲンで買ってきたらしい何枚かのネッカチーフを袋からつまみ出して私に見せる。私たちは他の国へ旅すると、なるべくその地方の特色のあるものを探すが、スペイン人はどこへ行っても自

分の好み、自国の食生活、母国の言葉、自分の何々をあまり崩さない。カルメンが選んだネッカチーフは、いかにもスペインらしい原色や、水玉などで、私は珍しそうにメイド・イン・日本のそれらを見た。

カルミーナは犬をあやし、やさしい気持ちになっていた。そのやさしい心のまま、赤い水玉のネッカチーフを一枚、私にプレゼントしてくれた。二人の間にはたどたどしい片言日本語とスペイン語しかなかったが、妙に静かで、あたたかい午後の一刻だった。

そんなやさしいカルミーナのことを、タブラオのマダムは、いつも無茶苦茶に悪口を言う。つまり我儘で利己主義な点が、店では使いにくくて頭にきていると言う。

カルメンのソロのアレグリアスが始まっている。楽屋で見た半裸のガリガリの肉体が、すっかり神秘的な緑一色でくるまれ、スカートの奥からは濃い黄色と黒の襞《ひだ》が泡のように盛り上がっては蹴散らされる。

私の横で頰をすり寄せて見ていたマダムも、

「フム。こうしてみるとカルミーナもきれいやなあ――」

と感嘆した。しかし、すぐさま、

「あの足の指の間に、垢がたまってるなんてことは誰も知らんやろなあ。風呂へ入らんのやから」

と、ひとことつけ加えるのを忘れない。

マダムはまるで「うちの商品はどこかに落とし穴があって、そこからホドけてきたり、洗濯したら目も当てられないのよ。だまされちゃ駄目よお」と、自分の店先で、自分の商品のケチをつけているのを忘れている。

客である私の方から、

「カルミーナは化粧すると、グレコの描くマリアに似て美しいねえ」

と言えば、

「化粧の下の肌ときたら、臭いの何のって、フケッ！」

と言う。そういえば、ここの主人まで「内緒だけど、一ぺん抱いてみたら臭いの何のって！」なんて声をひそめて言ってた。

「でも衣裳も見事やわ。本場のはいいねえ」

と言えば、マダムはまたすかさず、

「あの娘はダラシがないから、アレだって垢だらけさ。靴かて磨かへんのやから汚いし、照明でごまかしとるだけよ」

と、ことごとにカルメンをこきおろして、ヤケクソみたいに〝オーレー〟と、どなってから、入ってきた顔見知りの客のところへとんで行く。

マダムだけにかぎらない。この店の人達はこれがスペイン風というのか、自分の気にくわぬ出演者が舞台に出てくると、わざわざそれを客に向かってこきおろす。つまり、これも通ぶっての解説の一つであろうけれど、果ては気に食わぬ客のことまで、別の客に大っぴらに言いふらすのには困ってしまう。だからいつもウチワもめもアケッぴろげになるし、マスター夫婦のケンカも客につつぬけになる。

脚の悪い〝鉄ちゃん〟というギターの青年がいたが、

「俺もびっくりやぜ。昨日の晩はあの階段の中途でマスターとマダムが大ゲンカでね、マスターが上から脚で蹴とばしたもんで、マダムが落ちてきた。そこで俺は受け止めようとしたけれど、オレ脚が弱いだろ、マダムともつれたまんま、ゴンゴロゴンと下まで落ちたのさ」

と、これもまた客の私達の前で大げさに報告する。

入れ替りにやってきたマダムは、ピエール・カルダンの花模様のスカートを高々とまくり上げて、脚の黒アザを指さし、

「どう思う? 女をこんな目に遭わすなんて許せないわ。あの男、絶対キライよ」

あの男とは、自分の夫のことだ。彼女は私をつかまえて、涙を浮かべ、毎度のようにもろもろの悩みを訴える。彼女はいつも何かに憤慨していた。それは人間的であり、可愛くもあったが、よく考えると私たちこそ昼間の悩みのうっぷんばらしをするために、夜ここへ来ているのであって、マダムは客の悩みの聞き手になってくれないと困る。

でもここでは反対だった。私が親身になって、いろいろ相談にのったり、心配したりすると、突如彼女は泣きだして、

「ありがとうよ。友達からこんなに親切にされると、急に私かて人間らしい気になるわ。うれしいわ」

と、店の中でオイオイと泣く。

しかし、私たちの呑み代、及び席料は、もちろんその日も格別に安くなっているわけではない。

深夜は酔客が多く、客と出演者のケンカもおっぱじまる。普通のナイト・クラブの出演者と違っ

て、フラメンコの技術者（?）は、アーティストとしてのプライドがいやに高い。客の無神経な言葉はすぐ勘にさわる。

ギターの鉄ちゃんは、脚の悪いのも忘れて、ケンカっ早い。

「表へ出ろい！」と叫んで、真っ先に勢いよく深夜の四ツ橋筋へ飛び出す。こういうときになると、カルメンの血が踊る。彼女は急に友情が厚くなり、鉄ちゃんを救《たす》けるべく、他の踊り手三、四人をひきつれ、ビールびん片手に階段をかけ上がる。フラメンコ衣裳の裾をたくし上げ、腕まくりしたカルメン達を、街灯が照らしだしている風景は、舞台より劇的である。フランシスコ・ゴヤ描くところの光と影のエッチングの世界だった。

そうかと思うと、マスターと、歌手のエンディケが出演料でまたまたもめている。スペイン人は決して自分を安売りしないどころか、見えすいたケタを乗っける。高すぎる！　とマスターは思うが、あのへんなジプシーの浪花節《なにわぶし》に似たダミ声は、何ともジプシーでないと出ない声だ。話し合いの結果はナグリ合いになり、三階の楽屋の椅子は必ず二ツ三ツぶっ壊れる。

翌日、でっかいエンディケは、みみずばれの頬を撫でながら、あのマスターの腕力たるや凄いものだ。鬼だ！　などと客席で報告するといった事件も稀ではなかった。あとで聞けば、マスターは空手のかなりの名手であるらしい。

店の中で毎夜繰り返される、このヤタケタ騒ぎが、なかなかすぐれたフラメンコ画帳のように我々には思われ、その騒ぎの中で、繰り広げられる華麗な踊りに、またも手拍子を打つのだった。

半年や一年交替で出演者の新手がどしどしスペインからやってくる。

ある晩、薄暗い店のカウンターの隅で無表情な横顔をこちらに見せて、ひとり煙草の煙に包まれている踊り手がいる。それがパキータと私の出逢いの夜だった。無愛想、偏屈さはカルメンと双璧だが、私はカルメンと同じく、このパキータにも魅きつけられていった。

いつも黒セーターと黒ズボンのパキータは、舞台ではローズピンクの襞のいっぱいついた衣裳で、笑顔も見せず、少年のような歯切れのよい身さばきで踊る。決して派手な踊りではないので、人々はつい横見をしたり、話などして何となく見ているが〝今に見てろ〟と私は肩に力を入れ、パキータを見つめる。長く激しい踊りが次第に高調してくると、人々は思わず、やや、や、や、と何か異常な力で舞台に吸い寄せられる。〝どうだい〟と私は思う。

まず女っぽさや媚びがみじんもない。しなやかで細い体でしか表現できぬ踊りだ。敏捷《びんしょう》で切れ味の利いた魅力。小さいパキータが胸を張り、スカートを蹴散らし、世界を向こうにまわした女一匹！　といった吠えっぷり。まさに伊達《だて》女マハの踊りだ。

私がフラメンコが好きなのは、一つの世界へのこの徹底した吠えっぷりにある。パキータのすさまじいサパテアート（足さばき）には〝天晴れだ〟〝健気だ〟といった感動詞を呼びおこす。

私はそのころにはもう、フラメンコを習っていたので「一曲何か教えてほしい」とパキータに申し出た。

彼女は無言でジロリと私を見る。その目つきは「なにい？　お前さんがフラメンコだって？　シャラクセエ！」といった、江戸っ子のべらんめえ風にみえる。彼女は煙草を片手に、面倒くさげに立ち上り、突如、もっとも速いリズムの、ドブレという脚さばきを六拍子続けて、一瞬に踏み鳴らした。

私に「やれ」と命ずる。早すぎて何拍子かてんでわからない。「もう一度」と頼むと、また自動仕掛けのバネのように脚が動く。

「うまい！　オートラ（もう一度）」

また脚が鳴る。こんな名手の技を真横で見るのはうれしい。

「お見事！」と拍手したら「ありがとう」と言ってから、彼女は急に気がつき「お前がやる番だ。私は教える方だ」と言って、初めて笑った。それからは手とり足とり「タラント」という一曲を三か月も練習した。

パキータはたいていは黒いセーター姿に、赤いスエードのブーツや、ときに雨用ゴム靴のときもある。そのゴム靴さえ私の靴より、よい音を鳴らす。手を上へあげると、セーターの下から白いお腹や、おへそがちらりと見えてチャーミングだ。

そんなふだん着とドタ靴で踊っても、ホコリまみれの汚い練習場がたちまちあでやかになった。一つの動作をたいへんていねいになめるように踊ってゆく。踊りは肉体的なものに決まっているが、パキータに肉体化された踊りは、非常においしそうに思えた。私はゴクリとつばをのむ思いで彼女の動きを見る。

パキータと並んで大鏡の前で踊ると、なぜか、ヤセ薬の「使用前」「使用後」が並んでいるようで、いつも私は劣等感をもった。

何か月か経って一曲がやっと終わったとき、パキータはごほうびだと言って、髪飾りの赤ばらとローズ色のばらを、一ひら一ひら、ていねいにほぐして、よい形づけをし、プレゼントしてくれた。私は小学生みたいにうれしかった。

その造化は、糊づけされた素朴な少し分厚い木綿で、こってりとしたばらである。フランスの造化のような、あえかなエレガントなものでなく、日本の造化のカチンとした小器用なものでもない。やはりフラメンコばらだ。これをまげの横や、頭のてっぺん（後の方）にカンテラのように飾る。このカンテラ式飾り方は前からだけ見て美しいような平面的なもので、仏像の光背を思わせる。だから市場の花屋の姉ちゃんが作ってくれる仏花——椿か何かの葉っぱの上に、キンセン花や千日草をのっけて、藁でキリキリシャンと巻いてくれる——あの平面的な花とたいへん似ている。

そのばらのごほうびはお別れのしるしでもあった。パキータに帰国が迫っていた。

「少しずつ、少しずつ、ていねいに、毎日レッスンやることね」

と、言ってくれた言葉は、ばらの花びらをていねいにほぐす彼女の手つきや、なめるような踊り方ととてもよく似ていた。美しいものは高度な職人的技術の集積の上に初めて花咲くものだと、彼女は言っているのだと、そのころやっとわかりかけていた。

ジプシーである彼女の土俗性の中に、私を強く打つ普遍的な要素があったし、彼女のもつ哀しみが、いつも私をとらえていた。ニヒルで無口で体が弱かったけれど、少年のように小気味よく、いさぎよく舞っていたパキータ。

スペインに帰ってから失恋して、今は舞台にも出ていないと聞いたが、あの天才的な踊りを秘めて悩んでいる彼女を思うと切ない。

六度三分の踊り

舞姫サラ・レサーナのことは、映画「バルセロナ物語」の主演女優としてよく知られている。日本にも何度か舞台公演に来ているが、そのサラ・レサーナがこの南の四ツ橋筋のタブラオにも出演していた。スペインと大阪の間を行ったり来たりしていたが、合わせて二年ほどにわたった長期滞在だった。

大柄で、大輪のダリアに似た華やかなサラは、映画「バルセロナ物語」でのときのように、魅惑に満ちた足つきで私たちの前に現われた。まさに彼女はマハである。私の前に今生きているマハであった。

サラの師匠格であり、ディレクターでもあるミゲール・サンドバル氏もいっしょだった。ミゲールはマホではなかった。グレコ描く貴族の風貌をもち、長身痩軀《そうく》、落ちくぼんだ鋭い眼、堅く横に結んだ唇、黒く薄い髪、とんがったアゴ——といったあんばいである。ムチのように強く鋭くしなう体。強靱な意志。それでいて、教養的であり、また殉教徒的な物腰をも感じさせた。

私はやがて、サラと対照的なミゲールの、肉体を感じさせない哲学的とすら思える踊りにひきずりこまれてゆく。踊り子になりたい！　と私は突然思って、すぐさまミゲールに申し出た。

ミゲールはとたんにサディスティックな師匠に変貌した。狂的な信仰に生きるイエズス会士みたいになって私に向かってきた。異端審問処に呼び出された女のように、私は責められ、鍛えられた。まずこうである。「お前には、不要な脂肪がつきすぎである」と、車裂きのような床体操、逆吊りのごとき屈伸体操なるものが毎日続く。床体操は床に寝ると心臓に負担がかからない。反動をつけずに屈伸や、踊りに必要な筋肉運動をそれぞれ二十回単位でやる。三十分たつと、ミゲールが頭を見よ、という。鏡を見ると頭の先から猛然と湯気が立っている。とにかく、いかなる美容体操、いかなるヤセ薬にもビクともしなかった、わが体重は、この拷問を三か月も続けるうち、二十数年ぶりに十八歳ごろの体重に戻ったのである。

あとの三十分はフラメンコの足さばきと振り付け。ひどいスパルタが何か月か続いた。

このように他人に向かって徹底的にどなり、むち打ち、叱咤し、執拗《しつよう》な繰り返し——人間が人間を心からドナリうる自信、この相剋《そうこく》の重さを私は受けとめた。

私はミゲールから習った「喜び」の踊り——アレグリアスを大切に体へたたき込み、初めての怖いもの知らずで、店のマスターに願い出た。

「一週間だけ踊らして欲しい。ギャラはいりません」

たった一つの踊りが財産だ。昼間働いて、夜は踊り子、というのが憧れだった。

ところが、ジプシーが譲ってくれた緑の衣裳はバカ重くて、クルリと回ったつもりが、スカートがついてこない。今度はスカートが円の中心になって、私が放り出されそうになる。大丈夫かしら？

太ったロシオやカルミーナが半裸のまま、メーキャップをしてくれる。どうも、目の上の強すぎるアイシャドーが、ボクシングで殴られたアザのように見える。ツケマツ毛は、つけたとたんに頭蓋骨に蓋をはめたような気持ちになる。これはやめよう。あのちっぽけな、ゲジゲジ虫みたいのが落ちたら、私はびっくりして踊りを忘れるだろう。

踊りの出だしがフト気になる。

歌い手のロサレスが「オレがポンと床を踏んだら出よ」と言う。

カルメンたちは舞台の後手の椅子にズラリと並んで座り、手拍子と黄色い声を張り上げて歌いだした。歌うというよりワメキだした。私は心臓が止まりそうになった。

歌の意味は知らないが、多分「お次の番だよ、サアサ、オドロヨ」とでも言っているに違いない。人の気も知らないで。私はやっぱり申し出るんじゃなかったと急にオジケづいた。

「ホーラ、ジョキート、ガンバレ！」

ジョキートとは、スペインなまりでヨーコの男よびである。ロサレスが晴れやかな声でうなりだした。ポン、そーれ！

みんなから背中をボンとどつかれた形で、踊りだした。狭いタブラオの舞台が運動場のように広く思える。私は方向音痴だ。右へゆくべきか、左へゆくべきか、どっちだったか忘れた。クルリと回って、とにかくポーズしようとしたときだった。

こんなことが世の中にあっていいものだろうか。私の右足の靴が脱げて、ホームランのごとくお客の頭を飛び越え、店の隅の暗闇の彼方へ消えていった。いつも私の座る定位置のカウンターごしに、もう少しでフライパンの中へ入るところだったと、あとでコックのテルオが大げさに言った。

こういうときジプシーは、ハダシででも同じ足音をたてねばならぬらしい。ギターは依然として続いている。ロサレスはあきれたあまり、両手で頭をかかえて歌い続ける。

客席はざわめき、暗い中から一人の客がおずおずと、片方の靴を捧げ持ってきた。茫然として突っ立ったまま私は靴を受け取る。

私は足の小指にマメができていたので、綿を指に巻きつけてから靴をはいていた。綿はどこへ行ったのだろう。綿、ワタ。片方に靴を持ち、私は這いつくばって、ゴソゴソと舞台の上で綿を探し始めた。この忙しいときになぜ綿を探すのか。妙なことに私は、野原でツクシンボでも呑気に探しているような気になっていた。多分このとき強度の貧血状態におちいっていたのだろう。すべてがスローモーション・ピクチャーのようにゆっくりと動いてゆく。

あった！　ロシオの足許だ。ロシオのバカ。ゆっくり綿で小指を巻く。可哀そうな私の小指。こんなになるまで練習した健気な小指。マメがつぶれそうだ。針でチョット突いてウミを出した方がいいのに。針は楽屋にしかないのだ。やっと靴をはいて、立ち上がった。

長い長い時間がたったような気がした。奇妙な無声映画を見ていたような。いやいや、その主人公は私だった。這い回って綿など探したりしたのは、恐怖の保護本能かしら。私はまだぼんやりしていた。どこから踊るのだったか、すっかり頭がカラになった。ミゲールに叱られる。

学生のとき、演劇会で岡本綺堂の「鬼の腕」をやった。武士に扮した私が名乗ると全員はひれ伏した。舞台へ出る寸前まで、長い名前を名乗りまくり、威張ったまま舞台へ出た。さて「それがしは……」と開き直ったとたんに、先程まで叫びまくっていた筈の自分の名前をケロリと忘れて、頭がカラになり、血がスーッと足の方までひいてゆくのが判った。その何秒かの間に、過去一か月のクラス全員の芝居の猛練習を思い出し、私の一言で破滅となった……と茫然となったときのこと——つまり、何十年も前のチョンマゲ姿の私を、フラメンコ衣裳の私は、ついでに思い出していた。

ロシオたちが一段と声を張り上げて歌いだしたので、急に正気に戻った私は、またもドッカレた感じで踊りだした。何となくギターとテレコテレコでグイチのまま終わっちまった。

カルミーナがあとで背中をさすって慰めた。

「私もよく靴飛ばすことある」

……でもカルミーナのは飛ばすのではなく、ちょっと脱げたのだ。それは私も見たことがある。平気で彼女は踊り、歌手も平然と靴を拾い、知らぬ間にカルミーナにはかせたのが、まるで演出のギャグのように、うまく流れていた。

前列にサクラがわりに、友達を呼んであった。「オーレ！」と叫んでくれ、と頼んであったが、みんなは「アラーッ?」と言った。花代が千円届いた。私はギターの兄ちゃんと五百円ずつ分けた。

マスターは「お客の頭にケガさせちゃまずい。もう止めてくれ」と、私はクビになったのだ。


ああ、私のフラメンコは、いろんなことがあったなあ。あれやこれやで何年たってしまったのだろう。あれから十年ほどもかかって、やっとトボトボとでも踊り、衣裳に靴、それにステージの数も何となく重ねてきたのに、私はいま踊れないのである。ヒョンなことから、去年の十二月初め風邪をひき、こじらせてしまった。

私は寝床で一人回想にふける。

そういえば、ろくな思い出はないなあ。まるでハプニング演出家みたいに、しかも演出もせぬのに毎度毎度何かが持ち上がった。私はマスクの中で溜息まじりに、でたらめな初舞台のことを思い出していた。

こうして私はもう三か月もマスクをしている。いろんな人がすすめる薬を、義理と人情にからまれて、みんな飲んでいるうち、風邪は気管支炎へと移行していた。ふだん健康な私は病気に無知で、少し元気になると、すぐフラメンコ・レッスンをした。すぐさま悪くなった。知らずにそれを繰り返していた。

セキをしながら仕事は出来るが、踊りは絶対に駄目であると、みなが言う。この「絶対」という言葉がまるで何かの宣告のように聞こえる。ちょっとぐらい、いいじゃないか。

ある日、吐き気がし、頭が痛く、呼吸困難。このまま死にそうな気がした。動けない。この吐き気こそ二日酔いに似て、他のいかなる症状より私の嫌うもので、これこそ死にたくなるのだ。医者を呼ぶ。やせていまにも折れそうな老医者が、老いに耐え、毅然として現われる。神サマのように見える。

私は老医者にしがみついて全告白をしたくなった。医者が告解の司祭のようにも見える。またしてもイエズス会の修道士めいたミゲールの面影と重なり、私は老告解師にこう言う。

「実は三か月もセキをしてフラフラになっているのは、内緒でフラメンコを踊ったからです。お許し下さい」

告解師はうなずきながら、ロザリオをまさぐり、まだ他にないかねと言う。私はついでにこう言う。

「私は踊りたいのです。あと何か月セキをしたらいいのでしょうか?」

医者は体温計を老眼鏡スレスレに近づけてじっと見つめた。その姿はいかにも最後の祈りをしてくれている司祭に見える。ロザリオはパラリと私のフトンの上に落ちる……。それは体温計だ。体温は三十六度三分しかない。

私は急にがっかりした。三十九度三分だったらどんなにうれしいだろう。三十九度三分あれば、死にたくなるにふさわしい熱なのだ。告解師が横にいても不思議ではない。

セキをしながら、呼吸がなくなっていって死ぬなんて何という幸せだろう。フラメンコを踊りたいと思いながら、三十六度三分の熱で死ぬなんて、なんというナンセンスだろう。私一人の死なんか、なんてことないのだった。――と私は枕にうつぶせのまま思った。さとった！　と思った。でも死にたくないや。

私はセキとセキの合間の微妙なところにアゴを乗せて、束の間のやさしい気持ちでセキと仲直りし、少々セキづいてもあわてず、怒らず、十分の一ぐらいのちっぽけな幸せのうえに安眠をゆだねる、奇妙な喜びを少しずつ味わっていった。

少しずつ良くなり、悪くなりを繰り返す。私はマスクの中ですっかり疲れて涙を流した。セキの奴が背中で聞いているのだ。マスクの中で十年もたったように思えてきた。人が走ったりすると驚いてしまう。叩いても死なない態のようだ。小猫が跳び上がってもフシギにみえる。ゼンソクの子が言っていた。蟻だって息をしているのに……と。その子は死んでいった。

私はマスクとオーバーにすっかりくるまれて、目の玉だけで同級生の踊りを見る。あのたどたどしかった妹分達の足は見違えるほど自信に満ち、しっかり大地を蹴っている。続けるということは何という確かな手応えだろう。彼女たちは汗をぬぐい「ダメやなあ！。暑いッ！」と叫んだ。私は悪寒に震えている。

去年の夏は、いつもの年より酷暑であった。そのうえに着込んでレッスンし、そのハンディの大きさに、ふーと気が遠くなる思いまでが心地良かった。頭から足の先まで汗をかき、私達は麦茶をむさぼり、山盛りの氷イチゴやミゾレを食べて、舌も唇も真赤に染め、ビールをあおり、毎日毎日大きな西瓜《すいか》にかぶりついた。私のお腹には一夏に五十何個もの西瓜がはいった。

毎朝出勤寸前に大あわてで袋の中へ練習衣、タイツ、毛糸のタイツ、ビニールタイツ、それからタオル、カスタネット、扇子、着替えのパンティ、ブラジャーなどをそそくさと突っ込んで肩にかついでゆく。あれはめんどうで、いつも何か一つは忘れて、先生のマリーから叱られた。しかし、めんどうでも楽しい日課だった。あの袋をかつぐと、健康な女学生に戻って学校へ通うようだった。後輩の友達の机の横手に、私の譲った赤い水玉の練習スカートを突っ込んだ袋を見ると、なぜか妙な気がした。九十歳の私が人生を振り返っているような目付きで、私はそれらを見る。

彼女達は、これ見よがしに若さを誇って足さばきを繰り返す。

あなたたちは一生バタバタやればよろしい。私は？　どうしよう。いやいや、私には彼女たちの、その少しも前に進まぬような足蹴りそのものが、人生の一歩一歩のように映ってくる。

私の足は止まってしまった。

私はもう駄目だ。

私は死にそうで、三十九度三分あると思っていたのに、実際は三十六度三分しかなかった。私は見事に踊ったつもりでも、他人から見れば、六度三分の踊りではなかろうか。私のなにもかも、生きてるすべては六度三分という、悪い通知簿ではなかろうか。

きっと私のオデコに六度三分というレッテルが貼ってあるに違いない。だから私が死にそうだ、と言っても誰も本気にもせず、同情もせず、せせら笑っていたのかもしれない。私は三十九度三分になりたい。

三十九度三分の燃焼に満ちた舞いを舞いたい。私はマスクの中で年をとってしまった。

脚の折れたバレリーナか、またはかつてのムーラン・ルージュに名をはせた花の踊り子が年老い、うらぶれた街の女になり下がって、街灯にもたれて回想するように、私は次第に体ごと白いマスクの中にのめりこんでゆく。

おんな二人の旅

今年の春は、二月ごろが馬鹿陽気で、ばらの花や桜までが浮かれて咲き始めたと思ったら、三月、四月には冷たい雨風と太陽とが交互にやってきて、ばらの花は半分咲きかけて硬直状態におちいったりした。あれは笑いかけた頰っぺたが、カチンとこわばるのによく似ていて可哀そうだ。

私の気管支炎もしつこかった。冷たい風が吹くたびに、治りかけていた気管支炎は、容易にセキから解放させてもらえず、私は溜息をついた。敵の捕虜になって、拷問にあい、もう終わりかと思ったらまたもや、これでもかこれでもかといじめられているような感じだ。十字架上のキリストの苦しみがいつまでも続き、天の父まだ我を試みるや……などと大げさなことまで考えた。

つまり私は病気と仲良しにはなれなかった。もしも私が舞踊家なら、もう失脚なのだ。舞踊家ではないが、元気で踊りはねていた健康なこの間までの日常と、肉体とをしきりと想いだした。肉体とははかないものだ。病気をもっている方が精神が健全になるといっていた誰かのロマネスクな逆説を改めて考えた。

それでもマスクの中にいる私の目の前で、桜は咲き、そして散ってゆき、外気は輝かしい太陽の季節を迎えようとしている。

私はその輝きの中で、ずーっと昔のエーゲの旅を思いだす。あのとき、今ごろは私はもうエーゲ海で泳いでいたのだ。

もう十年も前のこと——。

友達の昭子と一緒に無目的旅行を思いたち、とにかくギリシアとスペインへ行こうと国を出た。私はいつも海外旅行は女友達とゆくことにしている。女ばっかりだったら、よくもてるにちがいないと思うから。男友達とゆく人の気がしれない。

ギリシアとスペインとはなぜか、白と赤のようにきわだって異なっている。音楽でも、ギリシアは海へ向かって歌い、スペインのフラメンコなどは内へこもる。私はのちに、ギリシアから買って帰ったブズーキのレコードをカセットに入れて、毎朝毎夕、通勤の自動車の中でよく聞いた。夜は例のタブラオで狂熱的なフラメンコに酔いしれて、さて車の中へ入ると、すぐさまカセットをオンにする。とたんに四角い自分の空間に哀愁のギリシア音楽がみちて、白い別世界となる。

こんな好みはとても矛盾しているし、日本人独得の無茶苦茶流かもしれないが、私は両方ともの世界が好きだった。

昭子と私はギリシアの白い世界に、たちまちトリコとなって、ぐずぐずとアテネやクレタ島で茫然と日を過ごした。

ギリシアに一目惚れしたのは、アテネの街の海の近く、カラマーキーにあるナイトクラブで、ブズーキや歌を聞いたせいだった。ブズーキというのは、琵琶のような形をした楽器で、淋しく美しい音色を奏でる。そして、岡田真澄さんをもう少しギリシア風にしたような青年歌手ジョン・カラディスが、古典的なダークスーツで現われ、まっすぐ立ったまま絶唱する。不思議とギリシアでは派手な身振り手振りがなく、直立不動、無表情、東洋的スタイルで上を向いて、ひたすら歌う。

その歌もいかにも東洋と西洋の接点のメロディで、どちらからみてもエキゾチックだった。上を向いて歌う様は、海の彼方への遠吠えのように、かつての栄光に充ちた古代ギリシアを呼び戻そうとしているかのような深い哀感がある。

私たちは東洋にいて、子供のころからギリシア神話を楽しみ、ギリシア・クラシックを良しとする先輩に包まれ、当然のようにミロのヴィーナスのデッサンを描いたりしている。現代のギリシアの街を踏みしめ、パルテノンの丘を遠望するとき、古代ギリシアがあまりにも遠く、あまりにも身近にあるのを感じて驚く。

話は少しとぶが、この間、私は友達の韓国の人ばかりのパーティへ招かれた。そこにいる三、四十人の婦人は、殆《ほとん》ど朝鮮を知らず、日本に生まれ日本で暮らしている人で、京城で五年間も子供時代を送っている私の方が、実際の朝鮮の地を知っていた。私は朝な夕な眺め暮らしたアリラン峠のことなどを得意そうに話していた。そんなとき一人の婦人が、古典的なアリランをマイクの前で歌いだした。

私は凝然とした。その声は本格的なオペラの声であった。それは天へ向かうのと反対に、地底に向かって吠えるような深く悲しい古典アリランだった。故郷を知らなくても血が歌わせており、聞いている者全部の血が同じように叫んでいるようだった。私達日本人が外国で、日本を偲《しの》んで歌うときは、果たして何を歌うのだろう。

ジョン・カラディスが古代を呼び戻そうとしていると感じるのは私たちだけかもしれない。さしずめ、静御前の〃しずのおだまきくり返し……昔を今になすよしもがな〃と、ブズーキがだぶるのである。

昭子と私は絶唱にこたえて、声援と拍手とわめき声をおくった。日本で流行歌手に黄色い声を張り上げている女学生をうんと軽蔑していたくせに、ここには日本人がいないので、昭子と私は「大統領！　横綱！　大関！」と無茶苦茶に叫んで、ついでに舞台にまで飛び乗ってサインをしてもらい、うれしさのあまり、キャーッと両手を挙げて飛び上がってみせる始末だった。

ところが、日本語を知っている人間が一人いた。「ヨコヅーナー」と言いながらグラス片手にアメリカの老紳士がテーブルへやってきた。大の日本ファンで、一度日本へ行ったことがあり、ヨコヅナもオオゼキも知っていた。老紳士は得意になって、近くの客をつかまえては「日本のヨコヅナを知ってるか?」と聞く。みな「知らん！」と言う。「バカだな。日本のヨコヅナだぜ」「ああカミカゼか?」

老紳士は「女だけでナイトクラブへ来ちゃあぶないから、ボクがついていてあげる」などと言って、我々の席へ座り、ついでにみなおごってくれた。女同士の旅はこんな余得がある。

彼はジョン・カラディスをテーブルに招いてくれた。私たちはジョンのレコードを買い、それにもサインしてもらい、彼に浮世絵の安物ハンカチーフをプレゼントした。「次の舞台は、あなた方日本の娘さんへ捧げよう」と言って彼は舞台へ戻った。

その後、日本へ帰って私と友達はレコードがすり切れるほどまわして、ギリシア語でその歌を覚えた。旅に出てのみやげは、音と匂いを持ち帰るのがいちばんだと私はそのときから思っている。日本でかけるギリシアのレコードからその街々を歩き廻っていた旅の日々がよみがえる。だから街に流れている流行歌の方がよけいにいい。車の中でふと聞くイカス流行歌を「それナニ?」と運ちゃんに曲名を聞き、そしてレコードを買いに行く。そういう歌は上等でないから、日本には入ってきていない。

また匂いは、その国でとれた匂いがよい。例えばソビエトの香水は大げさなクレムリン宮殿を描いた箱の中の、醬油びんのような器に大まかなロシアの香りがこめられていたりする。

ところで、ネライダの暗い客席の合間を縫って、ギリシア美人の花売り娘がやってきた。籠に山盛りのくちなしのブーケを彼女は私たちのテーブルの上に籠ごと全部置いた。あわてて私が「ブーケは一つでいいよ」と言うと「いえいえ、ジョンから日本の娘さんへプレゼントです」と言う。ジョン・カラディィスの真夜中のステージは延々と夜明けまで続くのだが、その歌が高潮するにつれ、客席のあちこちで白い皿が割れた。これはドイツ人がビールで乾杯したグラスを放り投げて感動を表わすのと同じだが、ギリシア人は無表情にあらぬ方を見ながら、片手で白い皿を床に落とす。隣りに座っていたヒキという女性は片手でグラスをつかんだまま、しなやかな指ではじいてピシリと見事に割った。

暗いナイトクラブ、ネライダにくちなしの匂いが充ち、あちこちで白い皿が割れて、飛び散った。それは無残な歓喜といった表現が当てはまる。私たちはそのくちなしの花を抱いたまま、やがて恋人となる少年の待つクレタ島のヘラクリオンへと旅立つのだが……。

ここで旅の話はスペインへと飛んでゆく。グラナダにあるジプシーの故郷、サクラモンテへ一直線にゆこう。

グラナダの私たちが泊まったホテルは床はゆがみ、大きなドアはきしんでいたが、床には回教風な青磁のタイルが敷きつめられ、壁画には色鮮やかなアラベスクの壁掛け、ベッドカバーも同じくアラベスク模様で、私と昭子は、このいかにも人間の巣といった感じの部屋が気に入り、たちまちハーレムの女たちといった風で悦に入り、顔を見合わせた。

ギリシアのクレタ島では、真白い二階建ての小さいホテルで、すべては白、床は粗面の大理石という簡潔さがすてきだった。

私はゆく先々の国の生活様式がすぐ気に入って、帰ったら自分の部屋を真白いギリシア風にしようと思っていたが、スペインへ来ると、とたんにスペイン風穴倉にしようと気が変わった。多分、フランスへゆけば、エレガントなパリ風、英国へゆけば、クラシックなイギリス風、ポルトガルへゆけば、ピンクと白のお菓子のような部屋――という風にどんどん変わってしまい、さて帰国したら何が何だか判らなくなって、結局混血児的な妖し気な部屋をつくるだろうということも判ってきた。

私が羨ましく思うのは、あの乾燥した大陸の気候風土でなければ生まれてこない造型性である。サクラモンテのジプシー小屋といっても、何と美しいのだろう。丸くくり抜かれた洞窟のような白い部屋は、天井から鈴のように、サジ、ナベ類が黄金色に光ってぶら下がっている。この生活用品が唯一の素朴な装飾で、壁ぎわにずらりと並んだ木の椅子に、ジプシーの踊りを見るお客が座る。

この部屋が踊りを見せるから美しく飾られているわけではない。その隣りのジプシーの住んでいる小さい家をちょっとのぞいたが、すべては白い壁と、ベッドと壁飾り布だけの単純明快に整頓された部屋だ。クレタ島でも村の貧しい青年の洞窟を見せてもらった。ほら穴の中は真白で、ベッドとタンスだけであとは何もない。テーブルに一切れのパンがのっているのまで絵画的である。

いつも考えるのだが、私が旅人の目で眺めるから珍しく美しいと思うのだろうか？　と頬をつねってみてもやはり美しく見える。壁の落書きまで芸術的に見えたりする。

ジプシー小屋といっても、それは風が吹いても飛ばない重たげな土の家であり、白一色の壁を例外なく、年寄りたちが丹念に塗り込める。戦争体験者の誰かが言っていた。中国の華北あたりにも民家の洞窟があるようだが、洞窟の中には不要なものが一切なく、ベージュ色の土のままの壁と、ベッドとアンペラのみの端麗な居室の住み心地は最高だとかいう。

つまり、いらぬ道具がないという簡潔さと、気候風土からくる、なにものも心までも乾燥させてしまう生活……、それらが私の目に美しく映るのだろう。

私たちは入口脇の壁ぎわの椅子に腰掛ける。部屋のぐるりに三十人から四十人。客はアメリカ人が多い。アメリカ人の顔と服装の色と形は妙に一昔前の婦人雑誌のカタログに似ていて、こういった場に並ぶと、そのパステル調がフワリと軽薄に浮いてみえる。日本人はどうだろう。いやに眼鏡が多い。姿勢が悪い。しかし何ヵ国も旅していると、しまいには小さくてむずかしい顔をした日本の老紳士がいかに頭がよいか、複雑で皮肉がよく判るか、で懐かしくなってくる。これは言葉が通じるからかもしれないけれど……。

木の茶椀が一つずつ配られ、大きな木の壺に入ったシャングリアを木のひしゃくで、なみなみとついでくれる。

入口にはジプシー家族七、八人が陣取って座る。一ばん小さい少年も家族の一員として大人並みの闘牛士のような服を着て、手拍子を打つ。青年も歌手もいちように土くさく、陽焼けした顔から目の玉をぎょろつかせて、ギターと歌が始まる。

私はそのころ、ベルギー人、ヤン・ヨアーズの書いた「ジプシー」という本を読んでいた。書いた人は学者だが、少年のころ、街にやってきたホロ馬車のジプシー家族に魅かれて何となくついてゆき、ジプシーに寄食して生活を共にする。月日が流れて年も移る。ふと、少年は自分の家へ帰りたくなる。はだしでたんぼ道を歩き、途中でポケットから靴を出してはきだしたとたんに白人の子に戻り、何くわぬ顔で自宅へ帰る。家の応接間で客としゃべっている父は画家だが、この子がまたホロ馬車へ行っていたことを知っていて、にっと笑うだけで、依然として客としゃべり続ける。こんなことを大学生まで繰り返した彼は、のちにジプシー家族の中で暮らした自分の青春と、彼らの生活と心を本にする。

サクラモンテのジプシーたちはホロ馬車生活を忘れて定着し、電気冷蔵庫も持っている。踊り手の女たちは、いま家の洗濯をすましたばかりという生活の匂いの濃密なおばさんや、子供に乳をやったばかりという若いお嫁さん、そして末っ子の娘など五、六人、次々と舞う。一人だけ家族と似てなくて、フランスのジャンヌ・モローそっくりな女性がまじっていたが、彼女のヒフはやはりやつれ、服装も垢じみていた。

わざとジプシーの特徴をだしているのかどうか判らないが、彼女たちはフラメンコ・シューズではなく、市場へでもゆきそうなやたけたな安物サンダルで、しかし床のコンクリートに、したたかなフラメンコの足さばきを響かせる。末娘の少女は、ボロをつないだような大きなスカートと、右肩のところが少し切り裂けた綿ブラウスを裾結びにし、少し胴の肉が見えるかっこうで、ナベのぶら下がる真下で踊りまくり、仰向けのまま床へばったりと倒れた。いや倒れたのではなく、バンブーダンスのように脚で自分の体を床すれすれまで支えて、見事と思った瞬間、すかさず鳥のように飛び上がり、黒いパンティスと素脚を見せて最後のポーズをした。

オーレ！　トレビアン！

光の島、クレタ島

去年の暮れからの風邪。一進一退の末、とうとう私は敗退して、五月に入っても深夜の医者呼びなどを繰り返す。

痛みつけられ、マスクにおおわれ、懐かしき日々の追憶は、再び白いギリシアへ。

私と昭子は、歌手のジョン・カラディスからもらったくちなしの花を抱えたまま、アテネからクレタ島へ。太陽と風と潮に誘《いざな》われて運ばれていった。ここは光の島。

海岸沿いの小さいホテルで私達は目を覚ます。あまりにも白い世界で目覚めたので二人は驚いて跳びはねて床に立った。その床が粗面の大理石である。足の裏からギリシアを感じながら、二人はゆっくりと朝のコーヒーを飲む。それぞれ地中海映画のヒロインのつもりになっていた。このゆったりした一滴のコーヒー色のコーヒーを飲むためにここへ来たのだ——と昭子が言う。

カサブランカという、やはり白い街のカフェで、フランスの女が一人、コーヒーを飲んでいた。白い肌に黒いサングラスがはめこまれているので、瞳の色は判らない。何を考えているのか身動きもせず、女のまわりは煙草の煙がたちこめるだけ。けだるそうに組まれた片方の脚が、革のスツールに投げ出されている。私は街に出て、再びカフェへ戻ったが、女はまだ同じ姿勢のまま、茫然とコーヒーを飲んでいた。

あのような倦怠のコーヒーを飲みたいと、かねて私は思っていたので、クレタの朝のコーヒーはそのようなポーズで飲むことにした。ポーズはともかく、私達は直線裁ちの短いギリシアのアッパを着て、ハダシのまま、一冊の本とオレンジを持って砂浜へ行く。エーゲ海色のサングラスをかけて気取って本を読む。エーゲの海の色は、波打際まで緑青色で指先が染まりそうだ。それと同色のサングラスをかけると、あたかもエーゲ海を瞳のしずくの中にたたえて歩くような感じになる。

私たちは泳ぎ、眠り、目覚め、静止した刻のない刻に囲まれ、オレンジを食べる。

だいぶ考えないと、なぜここにいるのか判らなくなる。エーゲの島々をアレコレ島めぐりする予定だったが、今となっては、なぜそのようにアレコレ廻らねばならぬか、が判らない。そのうち眠くなって二人はバッタリ倒れて眠る。

お腹が減ると村の食堂へ行く。案内知った家のごとく台所へ直行して、大きいナベに煮こまれた豆のオリーヴ煮、タコの煮つけ、ムサーカ、タラモサラダなどを注文する。

一家族でやっている村の食堂は、母親も子供も揃って豆の皮をむき、ランチどきや、夕食どきともなれば、糊とアイロンの効いた赤白のチェックのテーブル掛けを、ピンと音たてて伸ばしてテーブルに掛ける。そしてよく磨かれたナイフやフォークをいそいそと並べる。都からはずれたこんな田舎の村の端っぽの安食堂でも、この食べるということへの儀式めいた緊張感が私は好きだ。

少しでも食べるのが少ないと、それは体に良くないと、エプロンがけの主人がでて来て説教するが、こう何もかもオリーヴ油だらけだと何を食ってるのか判らなくなる。二人はある日、舌先を変えようと、筋向かいの食堂へ入ったがやっぱり油っこい。こちらの食堂の主人は通りを眺めるフリをして、何となく我々を監視している。お得意さんをとられたら大変だし、メンツもあるわけだ。

私は日課の午睡から目覚める。昭子は村の少年マノロからサガポー（あなたを愛す）の歌を習っている。なめるように這うように流れる虚しいギリシアのメロディは光の島と一対のものだ。

何人かの村の少年達が遠まきに寝そべって、何となく東洋の女二人を眺めている。そのうち、その輪がどんどんせばまって、ついに鼻の先ほどまでやってきて、哀調を帯びたサガポーを鼻先で歌う。何を見ているのだと聞くと、ただ見てるだけだという。

ふとその輪から離れたところに、暗いカゲリのようなものが私をとらえる。緑色のセーターを着た少年の、その深い緑色のせいか、あるいは暗い灰色の瞳のせいか、午後の砂浜にそこだけが暗いカゲリに見える。まばたきもしない瞳を追って、うしろを振り向くと、ただ海があるだけ。少年は私を見つめている。右の眼が風のそよぎのようにかすかに無表情に動く。誘《いざな》いのしるしだ。不吉な運命のような目の玉にさそわれて、私は夢遊病のように立ち上がり、少年の横へ行って寝そべる。当然のように私をうけ入れた少年は、自分の名を砂の上へ書いた。コースタース・クリスティ。十七歳。

その日から私と少年は、毎日村はずれを手をつないで歩くのが日課となった。少年は美しく無口だったので、私には村の風景も無声映画のシーンのように眼に映る。崖があると、少年は大人の男のように先に跳躍して降り立ち、私を助け、岩かげでオシッコをするときは犬のように見張りをした。

私の発音するギリシアの名は英語発音で間違っていると、教師のように言う。クレタ島のヘラクリオンのポセイドンホテルではなく、クリッティのイアクリオンのポシィドン・ホテルとなる。

昭子はマノロという十八歳の青年に恋をされたが、私のクリスティと違って、その名の如くノロマな感じで、ずんぐりむっくりのアラヴ型。どうもイケスカンと彼女は逃げまわるが、とうとう結婚まで申しこまれる。昭子は日本に旦那がいるのだと、結婚指輪を見せるが、マノロはそれでもかまへんと言う。

朝からホテルの窓の下でマノロは昭子を待つ。「しつこいマノロだ。たのむから今日は病気だと言ってよ」と昭子は言う。しかし、芝居のシラノ・ド・ベルジュラックならともかく、恋人が窓の下で花を持って待つなどという風景は、とくに日本などではサカダチしたってない貴重なものだ、と私は力説した。で、二人いっしょに寝起きの裸のまま、窓から首だけ出して、ほほえんで手を振った。

昭子はマノロからもらった、ボッテリしたピンクの薔薇一輪を、満更でもなさそうに枕許に飾った。花までしつこく、もっさりした形だ。次の日は石ころを持って帰ってきた。つまり、昭子が愛に応じない、お前の心は石だと言ってくれた石である。これもまんまるく、もったりした形だ。昭子はフフンと笑いながら、重いのにその石を日本へ持って帰るという悪趣味さである。

私のクリスティは、風のように消えて、なかなか現われないが、どこかの岩かげから突然姿を見せたりする。ある日、クリスティもマノロもその友達も、オンボロ自動車を借り出してきて私達を乗せ、ヘラクリオンの街をドライヴとしゃれた。車には小さいレコードプレイヤーがありドーナッツ盤を乗っけると、たちまちブズーキが流れ、少年達が声を揃えて唱いだす。ヘラクリオンは坂が多い。坂道になるとプレイヤーは逆廻りして歌声が間延びした。クリスティはあわててチクオンキのネジを巻くようにレコードを直す。白い町並み――突如現われる青緑色の海――また坂道――。何となくあわてもののイタリー映画もどきだ。「その男ゾルバ」という映画のロケ地だった山の上の、とある小屋へ車は着いた。

私達が陣取ったテラスの粗末なテーブルには、ウッゾというお酒。レチーナワイン。豆。ギリシアコーヒー。クルミ入りのパイのワクラバなどが並んだ。

クリスティと友達のヤンキーがつと立ち上がってゾルバダンスを舞う。ヤンキーとは、彼が英語をしゃべれるのでみながそう呼ぶが、その英語は無茶苦茶もいいところ。背の高いヤンキーは気がやさしく、昭子にはマノロを、私にはクリスティをひっつけるべく世話をやき、自分は一人でにこにこしていた。いちばん年もいっていて――といってもたった十九歳だが――兄貴分よろしくふるまった。ちょっとおかしいのは、日本の女二人がいったい何歳であるか、は全く無頓着である。多分二十二か、三か、四か、五か？　そこらへんでウヤムヤとなる。

ゾルバダンスはいろんな踊り方があるが、アンソニー・クイーンが、あの踊り出す一歩を踏み出したとたんに大地が動きはじめたような感動がある。つまり、これは直線が描く男達の踊りで、女は背景である。高潮してくると、跳躍して空中でひるがえったり、クリスティはいきなりヤンキーの腰に足を巻きつけ、サカサマにぶら下がった。これはトルコ風の肉感的なものである。

ここで私と昭子は、ゾルバダンスとブズーキに夢中になる。

また砂浜の日課に戻る。そして、もう二人の発つ日が迫っていた。クリスティは海を向いたまま、横の私に「ネロ」と言う。私は暗示をかけられたように、ストンと横に寝た。もう一度「ネロ」と言う。ネロは寝ろではなく、水というギリシア語で、水はいらないかと彼は聞いている。

少年は白い銀貨をホーリ投げては、てのひらで受け止め、表か？ 裏か？ を当てさせる。表はエンブロース、裏はピーソという。エンブロース？ ピーソ？ の繰り返しが何時間も続く。銀貨が太陽にキラと輝いてひるがえり、砂に落ち、またひるがえる。

少年は私のことをヨコラーキィとギリシアなまりで呼んだ。

「ヨコラーキィ、ケッコンしよう」

「え？ 誰がダレと？」

「お前とボクだ」

「だめだわ。ヤポンは遠い」

私はうなだれて首を振る。

「ボクがヤポンへゆけばいい。エンジニアになるから、どこでも働けるしお前を養える」

少年は砂にまみれたてのひらを示した。がっしりしたエンジニアの手だ。すぐ二十歳になるという。

「ありがとうよ」

私はうれしかった。ことは簡単明瞭に思えてきた。夕暮れ近い海風が私と少年に触れる。このまま少年が大理石の鋳型にはめられ、血は凝結し、エーゲに沈んだ薔薇の木になればよい。その美しさを決して女達は独占できないだろう。少年の美はうつろいやすく、悪の血の渦巻いていることも私は知っていた。

私達は日本へ帰ってからも、しばらくぼんやりしていた。昭子の家へゆくと、昼からスペインで買った黒いドレスを着用し、ギリシアで求めた古風な感じの金の靴をはいたまま、畳の部屋から現われた。ブズーキの曲も流れてきた。私たちはそのやるせない哀調を聞くと、体も心もぐじゃりとなって倦怠感に押し包まれる。二人は肩を組んで、街を茫然として歩き、コーヒー店へ入ってもどこへ入っても、外国でのようにワリカンで払い、物も言わず、やさしい愛し合う姉妹のように寄りそう。そしてめいめい、自分自身と語り合う。

まっ白な日々につながる華麗なギリシアの夜に魅せられていた私は、自分に何を求めていたのか。喧騒と混乱。規格化され、めいめいをわざと見失おうと努めているかにみえる日本の日々への憤りだったのか。私は、かつての若き輝かしき日々のように、心の底から私を揺り動かしてくれるものを旅の中で探していたのか。

異郷。ギリシアの白い砂浜で、暗いギリシアの夜の街角で、ふと、私が私でありたいと無性に考えだしたとき、私がなんであるのか？　と子供のときから、ついぞ考えていないことに気づく。

昭子は今、私の目前で覚えたギリシアの唄をうたっている。それはデタラメなお経のように聞こえる。私はぼんやりと聞く。〝あなたは何をしようとしているのですか？〟と、自分にたずねてみる。ここはギリシアではない。

それから一年ほど経って一九七〇年夏の終わりの午後、私は、ギリシアとスペインへの追憶をこめて、一つのショウを試みた。

コスチュームはＥＶＥ８０８と名づけた。そのころ、日本で友達になったフラメンコのサラ・レサーナとその師匠ミゲール・サンドバルと、ギターのパコ・モレノが、すすんで友情出演をしてくれた。ステージでは、ギターとミゲールの歯切れのいいカスタネットが鳴り出すと、サラは私のつくったＥＶＥ８０８なるものを着て、踊りとも歩きともつかぬ自由奔放さで舞台狭しと舞い歩く。それに新内《しんない》の三味線と鼓の音がからむ。モデルさんたちは、サラとは対照的に全くの東洋的無表情――能の仕草で舞台を直線的に、前後、斜め、左、右と区切り歩く。この意表の突然の組み合わせ、遊び着の変容。それが私のクレタ土産だった。最後にサラとミゲールのガロティンの踊りでショウは終わる。

十年前と同じように、このショウでも、私は自分のショウを客席から見ていない。楽屋にいた。ステージの裏の狭い一室に、半裸のモデルたちと着つけ担当の人たちといっしょに、息を弾ませてつめていた。でも私は観客に対する姿勢が、今度は冷えているのを知る。冷えているといえば語弊がある。いつごろからか私は客席とのかかわりあいを冷たくしていた。

ショウで私自身を掘り起こそう。私自身をハプニングしようとも思っていない。かつてのショウでは、幕開きとフィナーレのあとでは、私自身に快い断絶のようなものを求めたけれど、ショウの最中はいわば麻酔の中にいるようなものだったが、今はそうではない。

今はショウの制作、準備中、幕開きの直前、最中、フィナーレ、それらは時計の針のように正確に、静かに一つの直線上につながっている。

ハプニングは、もう私の求めるものではない。私は他者愛をしばらく休ませてもらい、ショウと私のナルシシズムに私を捧げていた。

ファビアンヌの絵日傘

ヒマがあれば山歩きをする男友達が、ドイツ、スイスの田舎へゆけば、干したマグサを真白いシーツでくるんだ牧歌的ベッドを作って泊めてくれるよ、と言った言葉に憧れて、私は干し藁のベッドと古風なウールのネマキを求めて、バルト海の北から南スイスへと汽車の旅をし、いろいろ田舎へ立ち寄ったことがある。

しかし、山裾まで強引なアプローチをしていない私の旅籠《はたご》では、ウールのネマキはともかく、どこにもマグサベッドで泊めてくれる、しかも馬小屋のある田舎家なんてものには巡り合わなかった。今度はヒマがあったら山靴をはいて、ヘルメットにハーケンで身を固めてでも、アイガーのふもとあたりまで行ってみようと考えている。

さて、ローザンヌあたりで汽車をおりて、田舎風旅籠を探すと、タクシーの運ちゃんは、山の上の旅籠屋みたいなところへ連れていってくれた。そこは庭付きレストランで、二階二間が宿泊できる部屋になっている。私はマグサベッドで寝ていると隣りから馬か羊がのぞいてくれたりするところばかりを勝手に想像していたので、馬がいないじゃないの？　と聞くと、もっと山の上へゆけば牛がいっぱいいるという。

でも、この部屋は都会と違ってゆったり広く、黒猫が廊下からすまして入ってきたりして、その感じはつい二、三日前までいた北海の感じを残していて、ちょっとしたムンクの絵の雰囲気だ。窓を押して両方へ広げると、白雪の針峰が連なる。それを右から数えて、モンブラン、マッターホルン、モンテローザ、ユングフラウ。下の庭の木の下では、さっきの運ちゃんがまだのんびりとコーヒーを飲んでいた。

面白いのは土、日曜日になると、この庭は、車で下の町からやって来た人でいっぱいになることだ。レストランで作った様々な焼きたてのお菓子を大きな屋台の上に並べると、人々は好きなケーキをお皿に取って、庭のテーブルでティータイムを楽しむ。

このお菓子屋台はなかなか気に入ったが、他の日は客もいないし、自然は美しく整頓されすぎ、やっぱり一人旅は淋しいやと思っていると、秋雨がそぼ降り、妙に底冷えがしてきた。これで何日も自由に人としゃべっていないから口許も変にだるい。ついでにスイス人はみんな冷酷に見えだした。表面はとにかく彼らはみんな豊かな金持ちの土地っ子で、私だけが貧しい旅人にすぎない。

ある日など町の在郷軍人がそれぞれ意気揚々と武装して、二十人ばかりがこの旅籠の食堂を占領して集会。あとでビールを飲んで、チーズを食って宴会。高歌放吟。私は面喰らってますます淋しくなってきた。聞けば定例の常会だという。私は食堂を追われてしょげかえる。これではピーテル・ブリューゲルの「ゆたかな台所」「まずしき台所」の二枚の版画そのままである。

追い出されたような気になった私は、また重たいトランクを持って汽車に乗る。何を目当てにこんな苦労をしてるんだろうと、トランクの重いのにやたら腹が立つ。

ぼんやり窓の外を見ていると、険しく厳しく美しいスイスの風景が、南へ下るにつれて次第に甘ーいボナール的景色に変わってくるのに気がついた。無数に立ち並ぶ並木の、綿菓子のようにまあるく茂った葉が風になびいている。と同時に人々の言葉がいかついドイツ語からいつしかまろやかなフランス語に変わっている。それは新潟から熱海あたりへ来たような感じだが、それより一つの国で半時間も走ると、言葉も人柄も顔付きも異なってくるのが面白い。

国境を越え、丘陵を越えて、汽車は懐かしいローヌ河のほとり、リヨンに着いた。初めて来たところなのに、なぜ懐かしいのか判らない。私達は映画や本で昔のリヨンの都のことを知っているため、再度来た感じがしてしまう。そして冷たいスイスを去って、ここはその名前からしてあったかそうなリヨン。これはフランス人が発音するとライオンと聞こえてなつかしい。私はほっと救われた気がする。

駅前のホテルに陣取って友達のムッシュー・ジャッキーへ電話した。

彼はリヨンの絹織物をいっぱい詰めたトランクを十数個持って、毎年日本へセールスに来る。もう十数回日本に来ているからジャッキー君はなかなかの日本通だ。スペイン国境寄りのバスクの出の彼は、スペイン語をしゃべるとスペイン人そっくりにも見え、英語をしゃべれば、折り目正しい英国紳士にも見え、もちろんフランス語のときは粋なパリジャンになる。アラビア語も得意で、フロシキをかぶってサルタンの真似をするとまたそっくりだ。背丈も手頃だから日本人にも似ていると自分で言う。歩くときは、アラン・ドロンのようにちょっと体をはすに揺すって斜めに歩く。あれはフランス人の癖かしら。いかにも体一丁で世界を股にかけてのセールスマンそのものの男——ジャッキー・イゴレンである。

十分もしないうちに、あわただしくジャッキー君が現われ、挨拶もそこそこに「一人でこんなところへ泊まってはいけない。ボクの家へ行こう」と、やっと広げたカバンをそそくさと荷造りする。私はこの宿が気に入っていた。フランスの宿らしい花模様の壁紙と真赤なカーテン、お揃いの赤いベッドカバーが私を迎えてくれたところだ。国境一つでこのように様変わりして、さすがにフランスはフランスだと、その花の壁紙に包まれて悦に入っていた私の手をひっぱって、彼はあわてて宿を出る。それでも宿の主人は私に、メルシィ・ボークー・マダム！　を言うのを忘れない。

再びトランクを置いたところは、ジャッキーのアパートだ。オランダ人のミケという奥さんが私を待っていた。日本人より日本的なおとなしくやさしいミケに、つい私は日本語で何度もしゃべりかけるクセが今でも抜けない。夫婦の寝室を私にあてがうと、彼らは居間の方を急ごしらえの寝室に作りかえた。ジャッキーはやたらよく動きまわり、ミケがスパゲッティを作っている間に、インスタントみそ汁を作り、私がテーブルへつくと伴奏に日本のレコードの流行歌をかけた。美空ひばりの「真赤な太陽」じゃないか。

私はお腹が減っていた。寒くて淋しいスイスの旅で疲れた体を、あったかいスパゲッティがくるんでくれる。夢中で食べている私にジャッキーとミケはまるで背中をさすらんばかりに「女の一人旅はいけないよ。友達がいないといけない。それは淋しい限りだ。一人はいけない」と言う。

レコードがきれると、すかさず立ち上がって裏面をかける。私には二人の親切がスパゲッティといっしょに胃の腑《ふ》に染み込むのが判った。感謝の言葉を述べようとして単語が思い出せず、豆字引きをひいていると、突如涙が溢れ出し、私は字引き片手にオイオイ泣き出した。単語が見つかった。つまり……。うまく言えない。ミケがしゃくりあげる私を風呂場へ連れて行って涙をふいた。

こうしてここの客人になるとジャッキーは、私の日程をこと細かに決めた。日程表によると、古いリヨンの街へ行く日、ミケとデパートへ行く日、ジャッキーが勤めているG社の副社長で、中世からのリヨン貴族であるというギグ氏と絵の展覧会へ行く日、マダム・ギグによるリヨン中の画廊まわり、そして週末はジャッキーの田舎の別荘行きなどだった。

ジャッキー家にはもう一人、四歳のフランソワーがいる。夫婦に子供のないのがいつも悩みの種であったが、四年前、ベイルートの孤児院からこの坊やを養子としてもらってきた。

ジャッキーは言う。「子供を産むのは自然だが、この子は神の導きでベイルートへゆき、そこで巡り合ってきた。だから私にとっては自然というより、もっと奇跡のように授かったという気がする。大きくなれば、はっきりとお前は養子で、私はお前を選び、愛し、そして育てた――と彼に言うのだ」と。

週末の別荘行きは、客人の私をまじえて親子三人が大はしゃぎに車に乗り込む。別荘といっても、リヨンより少し北寄りのヴィレという村のジャッキーの祖父の家だ。

マコン・ヴィレなるワインの産地で、ぶどう畠が黄金色に波打つ中の、また懐かしそうな田舎家へ着くと、ジャッキーの祖父、父母、八歳の姪のファビアンヌが私達を迎えてくれた。

知らぬドイツとスイスをあちこちと田舎家を求めて苦労して歩いたあげく、こんなに簡単にリヨンのはずれの田舎で歓迎されようとはおかしなものだ。この庶民的な大家族は、私まで家族の一員よろしく、すぐさまいっしょくたにして、しきたり通りバケツを持って近くの墓地へと行く。先祖のお墓を掃除して、花を飾る。外国の墓地は上から眺めると、いろいろな形の白い墓石に花束がそれぞれに盛り上がっており、墓地の周囲をこんもりと緑葉樹が取り囲み、まるでちらしずしのようにおいしい眺めだ。外人は日本の墓地を見て、ワビ、サビがあるというけれど、私は花いっぱい、リボンいっぱいのにぎやかさで、この世もあの世も礼讃している、うれし気な墓地が好きだ。

ブルガリアあたりは、墓地を「喜びの園」と呼び、墓石のイラストレーターが面白い絵や詩を書く。「お前は今、俺の墓の前で立っているのだろう。ああ出来れば代わってやりたい！」なんて書いてある。

さて、夕食になるとジャッキーは胸を張って、あらかじめ書いてある席順を読みあげる。食事をセレモニー然として扱うのが、まるで映画もどきで面白い。

ジャッキーのお母さんの手作りの田舎料理はおいしかった。キューリの煮もの、ニンジン、インゲン豆、キノコのいため煮、ニワトリの蒸し焼き、ブラックソーセージとリンゴのいため煮、庭でとれたサクランボのケーキ。お母さんは腰に手を当て胸を張り、自信満々と「味はどうかね？」と言う。

私はクローニンの小説などで、貧しい貧しいといっているくせに、その家の台所の豊かな料理、いつもぐつぐつ煮えているスープ、手作りの果物ジャムのびん詰めなどのこと細かな描写を読むと、なにが貧しいのだろう？　とツバを飲みこみながらよく思う。

リヨンの田舎料理は私にとっては、どんなパリの高級レストランよりも豊かで、たっぷりした自然の味に満ちていた。その年の穫れたてのワインになりかけの青い新鮮なワインを、裏の倉庫の桶からなみなみとついできてくれたのがまたおいしいので、最高のお世辞を言うと、シャルル・ボワイエを素朴にしたようなお父さんが、何本でも日本へ持って帰りなさいと言う。私は税関を思い浮かべて、何と言って通ればいいのだろうと考えた。
四歳のフランソワーが、みんなにサラダをついでやろうとしゃしゃり出るが、何しろ手許《てもと》がおぼつかなく、ときどき落としたものを手づかみで食べたりする。
ジャッキー「手づかみで食うのは豚だ」
フランソワー「ボクは豚じゃない」
ジャッキー「もういい。つぐのはやめろ」
フランソワー「ボクは豚じゃない」
いきなり、父親は子供の頬をパシパシとブンなぐった。フランソワーは風呂場へ駆け込んで思い切り泣くと、ケロリとして出てきて、父親のアゴを撫で、和解を求めた。しかし、まだ、ボクは豚じゃない——をくどく繰り返している。他の家族は一切ノータッチである。この一対一の父と子の関係を私はワインのほろ酔いのまま、興深く眺めていた。
ミケはオランダ人、ジャッキーはスペイン国境寄りのバスクの産、フランソワーはアラブの血を持つベイルート生まれ。そしてジャッキーは世界中を駆け巡り、日本の私の家でスキヤキを食い、私はリヨンでブラックソーセージを食べる。この一家もいま旅人のように寄り添い、一つの暖かい火を囲む。
ジャッキー「みんなこうして集まっているときは幸せだ。でもすぐボクはいつもここから帰るとき父母にサヨーナラを言う。父母も祖父たちにいつもサヨーナラを言っては町へゆく。いまにフランソワーが大きくなり、ボクにサヨーナラを言うだろう。サヨーナラは淋しい」

私は少女のファビアンヌの手をとって村へ行く。ナルシスではないが、なぜか小さいときの自分と手をつないでいるように思われた。それほどこのまわりの村や、子供の素朴さが何十年も前の私の幼いころと似通っていた。

フランスの子供は、やたらとお菓子やオモチャをもらえないので、アメ玉一つでも犬のように素直にびっくり仰天する。フランス語をしゃべっても私が判らないため、途中から少女は手真似でしゃべりだした。村はずれの小さいホコラにお地蔵さんのようにマリア様が祀《まつ》ってある。少女は十字を切って祈ってみせ、私にも祈れと言う。そして寝る前もそうせよと手真似で言う。判ったと私も手真似で答え、二人は押し黙ったまま、まるで唖同士のように黄昏の村道を歩く。

村の中央にジプシーのメリーゴーランドがきていた。私は縁日みたいに錯覚して、紙の絵日傘や紙の造花や羽飾りを買った。昔、親から買ってもらった日本の絵日傘には富士山、桜や舞妓《まいこ》さんが描いてあった。一本の絵日傘を少女にやると、目を丸くしてツバを飲みこむようにして喜び、金髪人形のようにすぐさして歩く。

これらのジプシーから買った妙なものは、日本へ帰ってからショウのとき使うのだとジャッキーに見せたのがいけなかった。あとで、日本へ帰ってトランクを開くと、少女にやったはずの絵日傘も入っていた。律義なジャッキーが、ファビアンヌから取り上げ、ファビアンヌが泣く泣く絵日傘を折り畳んでカバンに入れている様が思い浮かんだ。

サクランボの赤紫のシミがついたままだった。ファビアンヌの涙のあとのように思われた。

不在証明の女

ひとり旅というのは、なかなかしゃれていると思う。とくにそれが思い出となったときに、ひときわ光彩を放ってくる。けれど、旅の日々はちょっと淋しいことは事実だ。夜、遊びにゆくのに女一人では困るし、感激したときなど、肩を叩いて喜びあう相手の肩がやはり必要だ。

私は女同士の二人旅が気に入っていて、何度か仲良し友達を誘った。しかし、一ヵ月もいっしょに寝起きを共にするので、途中でお互いに愛想をつかしたり、白けたりしては、せっかくの旅が台無しになる。

東京の友達——陶芸家の妙子——を誘ったのは、彼女が呑んべえで、お互い愛想づかしもさんざんしている仲なので、これ以上愛想づかしをしないだろうと思ったからだ。

ロンドン、パリ、ギリシアに決めて、いよいよ日が迫ったとき、ふいに彼女は、

「あのねえ、ちょっと私、新しい彼を連れてってもいいかしら?」と言う。女同士で旅すれば外国ではもてるのに、この人そんなこと知らないんだなと思ったけれど、とたんに気前よく「いいわよ」と私はいともあっさり答えた。

「で、ねえ、今いっしょにいる彼氏の手前、具合が悪いからさ、その新しい彼はあなたの彼氏と

いうことにしたいの。いいでしょ」と妙子は、もう勝手に決めてしまっていて、押しつけるように言う。顔も知らぬのに、その妙な男と私は恋人同士として旅することになった。

あとで次第に腹がたってきたのは、私は妙子を好きだからいっしょにゆこう、というのがキッカケであり、二人の旅としてプランをたてたにもかかわらず、妙子は、私を道案内役として、あくまでも自分に都合のよい旅——つまり男なしの旅はおもしろくないとばかり——新しい彼氏との旅を考えていたことになる。

これでは、私にはまるで恋人などとんと縁がないみたいではないか。見もしない男を私の恋人としてゆくほど、私は恋人に払底しているのだろうか。向こうが彼氏といっしょにゆくのなら、こちらも彼氏をひっぱってくればよいわけだ。そしたら何も二セットのダブルコンビにしなくても、男と女の一セットでゆけばよい。向こうは向こうで勝手にゆけばよい。ところがなぜか私は好きな彼氏を選んでいっしょにゆこうということを考えたことがなかった。旅こそ一人という自由。または女同士の自由と決めていた。この考え方も妙なことかもしれない。

大人が旅をするのは好きな異性といっしょにゆくのが自然で、一人が自由という考え方のほうがおかしいのではあるまいか。だから常に〝女〟として生きている妙子が、女一人、または女二人の旅など不自然で、もったいないと思うほうが当然なのかもしれない。

なんだか判然としないまま、出発当日、羽田で妙子の新しい彼氏で、私の新しい恋人——X氏——に紹介された。細腰でやせて、長髪、それに口ひげという私のキライなタイプを絵に描いたようなX氏は彫金師だった。妙子にすれば文化人に囲まれすぎて、いささか辟易《へきえき》しており、このキザ男に逆にちょいぼれしているというのも判らぬではない。

でも男性彫金師というのがどうもウサンクサイな。魚屋の兄ちゃん、鍛冶屋のデッチ、沖仲仕、道路工事人夫なんてのはどう？　うんと男っぽいのに……、などと私はX氏をジロジロ見ながら思ったけれど、こんな考え方も少しおかしい。もっとおかしいのは、妙子のほうが、何の理由かしらないが、立てかえとか貸すとかいう理由で、どんどこ彼氏にお金を払わされていることだ。ま、そんとところは他人の金でくわしいことはよく判らない。

ロンドンへ着いたとたんに、このX氏だけが、役人にコヤッ怪しいとばかり調べられてるのでいやんなっちゃうな。あのヒゲがいかん。

古びた宿に着いた。

「部屋かわってね」と、妙子とX氏が大きい部屋へ。私は小部屋へ。私は早速カメラを持ってぶらつこうと、カメラをいじりまわしてるうち、へんな風にカメラが動かぬようになった。小さいカメラの中に象の鼻でも入ってるように、フィルムをいくら出そうとひっぱってもビクとも動かない。足でカメラを押さえて、こじあけんばかりにひっぱる。機械オンチは情けないなと泣きそうになりながら、バカな努力に時間をつぶした。

「ありがとう。あたし幸せだったわ」と、妙子とX氏が入ってきた。何が幸せだい、と私はヤケクソにカメラを振りまわした。つまり、幸せというのは「二人は今いっしょだったの」という意味の妙子独得の表現で、わるびれないのはいいとして、自分中心すぎる表現だ。

「ずーっとカメラと闘ってたの？」と、X氏は同情して、私からカメラを取り上げた。二人が初の旅先で、幸せにベッドインしてる間じゅう、私はカメラに、ヤイヤイ言ってたかと思うと滑稽だが、私は羨ましい気持ちはサラサラない。だって一人身の私には旅先で誰かが待ってるような素敵な気分なんだ。彼氏と旅すると盲目になるか、あるいはヨーロッパの男に目移りして、彼氏が色あせてみえるか、に違いないなどと思っていた。

寝食を共にすると人間の内側がいやでもみえてくるもので、初めは幻をみていた妙子も、三日目にはこの妙な男——X氏——の底をみてしまって、急激に熱が冷めていった。そして不幸せそうな顔になった。

ソーレミタカ！　と他人が不幸せだとつい気持ちがよくなり、私はいそいそといつもの旅のように、町を歩きまわった。妙子は歩くのが苦手で、ホテルの部屋にこもり、料理を運ばせお酒ばかり飲んでいる。

パリではとうとう私と妙子は共謀して、X氏をまいて、二人は肩を組み、カフェでワインを飲み、さんざんX氏の悪口を肴《さかな》に乾杯した。妙子はスリラー物語でもするように、X氏の正体を次々と巧みな弁舌であばいていった。それは非常に興味深い人間分析でもある。他人の悪口ほど酒の肴にうまいもんはない。カンパーイなど言っていると、ヤヤヤ、見たような顔が近づいてくる。X氏だった。彼は決して決して一人歩きができない臆病な男だ。女のアタシタチが掘出し物があるといって喜ぶ裏町、下町を、彼はこわいと言う。そのくせ一流店で銘柄つきライターなどはちゃんと手に入れる。これは私には悪趣味としてしか考えられない。

朝ともなると、また妙子と私は仲の良い姉妹のように、カフェテラスへ陣取り、コーヒーを飲み、道ゆくパリジャンを眺め、その生活を想像し、旅の自由の味を満喫する。ヤヤヤ、またうまいこと嗅ぎつけてX氏現わる。

最後のギリシアのクレタ島では、私は得意気に妙子を一年前来た同じホテルへ連れていった。砂浜で口笛を吹けば、少年が現われるといって妙子をひっぱっていって、口笛を吹いたが誰も現われない。

X氏は砂浜なんて興味がないらしく、テラスでタオルを腰に巻いて日光浴をしている。私は妙子を連れて村の食堂へ行って、勝手知ったギリシア料理を注文した。そのあまりの油っこさに妙子は「まあ、この国の人はこんなまずいもん毎日食ってんの?・」と素っ頓狂な声を出し、レチーナワインだけ飲みだした。食堂の小僧さんは私の意を介してアッというまに、少年クリスティに連絡し「来たよ」と私に知らせた。

通りへ出ると、クリスティがオートバイに乗ってやって来た。十七歳が十八歳になっている。少年から青年へと変身していた。当り前なのにびっくり仰天し、私はクリスティに頬ずりした。驚いたことにレチーナで酔った妙子も懐かし気に少年に頬ずりした。

島の宿はたいへん安いので、妙子はアチコチ部屋を借りまくり、X氏の目をくらますべく、毎晩違う部屋で寝た。とうとうある朝、あきれたX氏は先に帰ってしまった。バンザーイと二人はまたレチーナで乾杯し、少年達を先頭に、田舎のナイトクラブなどへくりだした。

赤いライトのついたトイレくさいクラブは、今は、はるけくも遠い大和の国は河内のカフェにいるような錯覚もしたが、大人の遊びをやっと知り始めた少年たちの駆け出し用(?・)のクラブらしく、色刷りの観光案内書などには決して載ってはいない。またもやるせないブズーキとゾルバの狂熱が私たちをつつみ、過ぐる年に続いての奇妙な時間の復活である。私はたっぷりとその中に身をおいた。

何となくこの旅は、妙子と二人でX氏をいかにしてまくか? ということばかりに固執してきたし、スパイもどきにX氏からかくれ歩き、店へとびこむや、バンザーイと乾杯し、悪口にうつつをぬかし――を繰り返していたようで、旅先は常に我々の悪口のテーブルの背景でしかなかった。そしてやっぱりアテネへ着くと、X氏が空港で待っていた。

この旅はろくろく何もみていないことにあとで気がついたが、妙子と各国のお酒をふんだんに飲んだことぐらいが思い出だ。

もうこんな女呑んべいにだまされて、妙な恋人旅行は真っ平だと思っていたのに、歓迎しないものは必ずやってくる。私は日本でもう一度、阿呆な役を繰り返す羽目になる。

ある金曜日の夜、東京からいきなり電話がかかった。妙子だ。夜の十一時半、ベッドにもぐりこんだところだった。

「あーらしばらく。わたし元気になったわ。ようやく旅をしようという気分になったの」

つまり妙子は体を悪くして、陶芸の仕事からしばらく遠ざかり、世間をみようともせず、いつか行ったら自分の部屋だけは丹念に飾り立てて（彼女はそんな才能は十分にもっていた）日本間を洋風にし、狭いながらも扉一つで外界とは隔絶した別世界があった。もちろんX氏とは別の彼氏と同棲しており、隠微な巣という感じ。そしてそこに彼女はじっとしていた。

「よかったわね。どこへ旅するの？」

「だからさ、明日土曜日に大阪へ行くわ」

「あら、あたし土曜日にフラメンコの会で踊るの。見に来てくれるの？　うれしいわ」

「だからさ、あなたの踊りの会へ行くという名目でゆくのよ」

「なに？　名目。一人で？」

「あら、この前言ったでしょ。新しい彼氏といっしょよ」

そういえば、この前またまたみつけてきた新しい彼氏のことをほのめかしていたのを思い出した。彼女は年下の彼氏が新しく出来ると、きまって人にみせびらかす。

「だからさ、あなた、踊りがすめば、夜あいてるでしょ。会いましょうよ。彼もあなたにぜひ会いたいって」

「でも踊りがすめば、バンザーイってみんなでパーティするからダメだわ」

「何時に終わるの、パーティは？」

「判らないけど多分疲れてるなあ」

「じゃあ、月曜の夜会いましょう……」

電話が切れてから、徐々に腹がたってきた。大体、私は他人の恋人なんかに全く関心がないのに、その見もしらぬ恋人が、私に会いたいというのもおかしい。

妙子が今同棲中のもう一人の彼氏に対するカムフラージュのために、私の踊りを見にゆくという名目をたてたわけである。とにかく、彼女の電話のあった夜の私は、明日に控えたフラメンコの会のため、いささか興奮していた。カルメン座という私たちの新しいグループの旗揚げ公演で、座員一同、自信のないのと、うれしいのと両方で、胸をときめかせ、早くすんで一杯飲むところばかりを想像しては溜息をつくという大変な晩で、他人の恋の逃避行など頭に入る余地がなかった。新しい恋人といっしょの妙子にとっては、カルメン座とか旗揚げの踊りなど言ってる私なんかサゾカシ幼稚で、子供じみてみえていたに違いない。

さて、そのカルメン座のやたけた騒ぎが終わって月曜日、約束通り夜のドレスも用意して私は出勤した。

今大阪にいる妙子から電話がかかった。

「あら！　この前は遅くにごめんなさい。つまりねえ、あたしの新しい彼がねえ、九州へ出張のチャンスにいっしょに途中まで行かないかいって誘ってくれたわけ。で、彼は月曜日の昼間だけ、ちょっと博多へゆけばよいわけで、夜また大阪でおちあって、あなたもいっしょに飲もうかと思ったの」

「ええ待ってるわ。夕方何時がいい?」

「いえ、ところがねえ、昨日もその前も大阪で彼と飲んじゃって二日酔いなの。それに、今博多へ行った彼からも電話があって、時間がズレそうだから東京へ直行するって言ってきたの。だからいても仕方がないから、あたしも帰るわ」

「ナーンだ」

「でねえ、そんなことはないと思うけど、家にいる彼から電話でもあったらさ、あなたの踊り見に行って、二人で遊んで、飲んで、それで二日酔いになっちゃったということにしといてね。彼親切だから、あなたにお礼の電話でもせんとも限らないからさ。じゃあね、バイバーイ」

と、電話は切れた。

今度は、ほんとうに腹がたってきた。妙子は要するに、私の踊りを見に来たわけでもなく、私に会いたいわけでもなかったのだ。彼氏について来て、彼氏の都合次第であっさり帰ってしまい、もう一人の彼氏のために、私をニセのアリバイ作りに利用し、二日酔いまで私のせいになってしまった。

妙子は姿もみせず、電話一本で私をサンザンイタブッて混乱させた。

私は少し前の妙子との奇妙なヨーロッパ旅行を思い出し、あのときはやたらとお酒を飲んで忘れてしまったが、今度はいまさらのように腹がたってきた。

私だって大人だから、友人の恋の逃避行ぐらいにはいつでも一肌ぬいで利用されてあげるよ、ぐらいの友情はもっている。だから、その通りあっさり頼んでくれればいいわけなのに、あのまことしやかなお膳立てが気にくわぬ。私を必要とするような、しないような、あのもってまわったややこしさ。要するに私は馬鹿にされているんだ。彼女の口先三寸でどうでもなるお人よしとみられているわけだ。私の中には大人として通用しない、変なものがあるのではないだろうか。

私は腹立ちまぎれに、利己主義妙子が今度の彼氏からいっときも早く愛想をつかされて、フラレテシマイマスヨウニと祈った。

深夜の救急車

ある日、突然、救急車で運ばれて、この病院へ入院して、そしてもう三週間もたってしまった。私にとって、救急車も入院も初めてだったから、三週間は三年もの月日のように思われた。こじらせた気管支炎はやっと治ったようだが、さりとて健康人でもなく、病人でもなく、少しセキをしながら妙にどっちつかずで中途半端な病室での日々がつづく。

窓の外は、突き抜けそうな青い夏の空に変わってしまった。いつもの年なら、どこへ泳ぎにゆこうかと気もそぞろなのに、夏の空を見ても何も感じなくなった。この郊外の小さい病院の私の部屋は、三階の屋上の端っぽにある四角いミニミニ病室なので、よけいに世間から隔離されて、一人だけ宙に浮いている気がする。

夜更け、いきなり私はゼンソクのように息が出来なくなり、救急車に乗せられて、サイレンを鳴らして夜道をすっ飛び、酸素マスク、吸入、点滴、心電図――と私のまわりは一転して、看護婦さんが何人も有機的に動き出し、友達や弟がとんで来て、あわてている様子――などは随分ドラマチックだった。

息が出来ないときは、生き埋めになった炭坑夫のように苦しく、やっとのことでゼンソクの友達に「息ができない」とオロオロ声で電話した。友達が来てくれるまで、大きな犬が足許にぴったりくっついて心配気に顔を見つめていたが、撫でようとしても手が動かない。

救急車が来ると犬はサイレンにつられて、真似をして同じように遠吠えし、近所中の子供がとび出してきて見まもる中を、私は犯人のように連行されて乗りこんだ。救急車は警察から来るものと思っていたので、私はこわかった。中には、ベッドがあり、よくタンカで死体を運ぶような人が白ヘルメット姿で二人もいる。白ヘルメットの人はやにわに私の顔へ手錠でもはめるように、酸素マスクを当てがった。ふっと呼吸がらくになる。私はベッドの端を力いっぱい握ったつもりが、白ヘルメットの男性の片腕にしがみついていた。

白ヘルメットの人は顔も見えず、無言で、ＳＦ映画の宇宙飛行士のようだ。何というやさしさが、その太い腕から伝わってくることだろう。少し息が出来るようになると、もう私は、この宇宙飛行士のおかげで助かったのだなどと、とたんにセンチメンタルになり、救急車に乗ってることがやたらうれしくなった。私みたいな一人の人間のために、こんなに大切にしてくれて、サイレンを大げさに鳴らして、ソコノケ、ソコノケと夜道をサーフィンのように突っ走るなんて——。

点滴とは死ぬ前にするものだと思っていたから、私は仰天した。そうではないと判ると、今度はその大きな注射が頼もしく思われる。私の体は太っているから小さい注射などはどこへ消えるか判ったものではない。点滴の大きなたっぷりした液体は、私の気管支をゆったりと洪水に浸してくれる。画家ダリのヒゲのように酸素の管を鼻からさしこむ日が続く。

でも、こんな大げさなドラマチックな時期はたちまち終わってしまった。

木枯《こがらし》紋次郎に似たお医者様が、一週間のちにレントゲン写真を見ながら「肺ガンでもありません。ゼンソクでもない。単なる気管支炎です」と宣告してドアーから消えた。

単なるというのがどうもひっかかる。いかにもつまらん、しようもない病気だと言われたような気がする。二週間のちには二枚のレントゲン写真を手にして、紋次郎先生はまた宣告した。

「もうのどの先の方の炎症だけです。重大な病気じゃない」

私はまた妙にがっかりした。重大でないなんて困るのだ。医者から見放され、友達もナーンダ大したことないのかと軽んずるように思われる。

病院の廊下を歩くときは、不思議と病院的足つきになる。ここは外科の有名病院なので、私まで妙に他の患者さんのように、片足をひきずったような形で歩いてしまう。体自身は、気管支と別人のように元気になっていった。

牢獄に入るとやはり大物は殺人犯で、コソ泥やポン引きは小者然とするように、病院の中で、病気が重大でないと判ると、何となくコソ泥がまぎれこんで仮病をつかっているような気がする。重大な病気でないと存在価値がない。

といっても私は半年の間に、ちょっとよくなるとすぐ義理と人情のために忙しくなったり、フラメンコレッスンをしたりで、何度もこじらせたから、重犯の前科者としてなかなかこの部屋から出所できない。自分の家の方は、いまは自分の家のようでもなく、といってこの病室を愛しているかというとそうでもない。所在まで宙に浮いてしまった。所在なしとは、こういう状態をいうのだろうか。

すべてに倦怠感《けんたいかん》しか感じない。いまから何をしたいかという希望もない。あーいやだと叫ぶ〃いや〃なこともない。大変無感覚になってしまった。とくに会いたい人もない。やっぱり救急車とか、臨終とかいうのは人の生死にかかわるのでドラマチックなのだ。

そういえば、私の犬が面会に来た日だけは、無感覚状態の私も朝からそわそわと興奮し、いまやそれだけが生きる希望のように思われた。

十何回も三階の窓から首を出しては、表通りを眺める。十二時きっちりに友達が犬を家から連れてくることになっていた。いや、できるだけ来るようにしましょうと言っていたから来ないかもしれない。病院と隣りのビルの境目に見える表通りは夏の陽光に照り返り、サングラスや夏服の人がぞろぞろと歩いている。

もし来なかったら、一日じゅう窓から首を出したり引っこめたりを繰り返してそのことのために病気がきっとひどくなるだろう。

実は一階の急患室に四、五日いる間に、一度だけ犬は面会に来た。その病室は柵のある窓ごしに表通りに面していた。犬は長い鼻を柵ごしに突っこみ、点滴の片腕を天井のレールから吊ったまま、ベッドから這い出した私は、犬と頬ずりした。

やつれ果てた主人を見て、犬はひゅんひゅんと鼻から声を出して鳴いた。あげくに柵をくわえて破ろうと振り回したので、病室がぐらぐらと揺れ、あまりの大きな犬の鳴き声に早々と連れ去られてしまった。よく映画で見る牢獄にいる恋人との面会を無理矢理に槍を持った役人が来て〃時間だ〃と切りさかれるのに似た風景だ。

私は昼ごはんのおかずのオムレツをそっくり箱の中へ入れ、ガウンのポケットに犬の好きなビスケットとチーズも入れた。家にいるときは高級な間食はさせないが、会いに来たら気前よくやろう。びっくりするだろうな。

ヒュンヒュンと鳴き声がした。とび上ってのぞくとそれは自転車のキシム音だった。もう来ないのだ、きっと。病気をひどくしてやる！と思ったとき、本物の犬が吠えた。来た。いる。私は三階から一階まですばやくかけおりた。いままで病院的足つきで、パジャマの裾をひきずるように歩いていたくせに、私の足はいやに速い。階段で婦長さんとばったり会う。寄宿舎の舎監の先生のように、婦長さんは驚いて私をにらむ。

大きな茶色の長い鼻、深い毛に抱きついて、私と犬は泣いた。

ソーラとオムレツをやると、素直に箱の中に鼻を突っ込んでもぞもぞ食ってしまった。目を見合わせて、ニッと笑う。キッチリ正座した犬は太い手をさしのべて私の肩をたたく。しゃべることはなにもないのに何というあたたかい命だろう。私の涙を見ると、やにわに首をさし入れて私の顔をなめまわした。私がテレビを見て涙を流したり、本を読んでもらい泣きしたりすると、ひどく心配気に顔をなめにくるくせがあった。うっかり鼻をすすりあげることもできなかった。悲しいドラマを見て、何べんも泣くのが重なると〝弱ったなあ。面倒が見きれん！〟とばかり、横で仰向けにひっくり返って、下から私を見て笑う。アバババなんて言ってるつもりらしい。

早く治ってすぐ帰るから、留守番してるんだよ。犬はうしろを振り返り振り返り帰っていった。

犬のうしろ姿を見ているうち、もうすべてのドラマが過ぎ去ったような気がしてきた。

私は隔離された宙に浮いた一室でぼんやりする。退屈や空虚さにも不思議と無感覚になった。しかし、誰も知らない心の平安があった。「お前はここを出てはいけない」というと、この小さい部屋、小さいベッドが私の自由の場だと認識する。いままですべてが自由だと、自由が自由すぎて判らず、世界の果てまでも旅をしたりした。いま、出てはいけないということで、私はベッドの中に自由をはっきり見出すことができた。シーツに〝自由〟と書いてある。

小さい部屋で目を覚ます。看護婦さんがお早うと熱をはかりにきてくれる。太った栄養士さんが朝食をもってきてくれる。九時すぎると懐かしいママみたいな婦長さんが「昨晩はセキはどうでしたか」と日々新たなやさしさでねぎらってくれる。病気に無知な私は婦長さんからいろんなことを習った。面白いお医者様の来診のときは、毎度妙な質問をする。「羊飼いはゼンソクになるのでしょうか?」「あとどれ位セキをしたらタンがなくなりますか」「あと何リットルあるのでしょう?」その度にお医者様は変な風に頭をかしげ、婦長さんは私の意を通訳した。

この小さい部屋でのリズムに身を投じると、私なりの平安がある。人は誰でもどんなときでもそれなりの安らぎや幸せがある。だから自分が想像できない境遇だからといって同情などするのは本当は越権行為なのだ。

夜が訪れると私は飴玉をしゃぶり、ベッドによりかかり足をぶらつかせ、テレビのチャンバラや西部劇を見る。

私はひどく幸せな気になった。これは誰にも判らないだろう。みんな私を同情しているけれど、この静けさには誰も入ってこれない。

のちに退院してからも、私はあの隔離された空中に浮いた小さな部屋と小さいベッドと私の平安をなつかしく思い出す。

屋上には洗濯場があり、附添婦さんたちは朝の六時前から洗濯に余念がない。ポルトガルの洗濯女の映画もどきに、それは騒々しく、私は早朝から目が覚める。屋上に並べられた植木の花を愛でるうれし気な声にさえ腹がたつが、息のつまりそうな相部屋のベッドの谷間の床に寝ながら、病人の世話をする人々の、唯一の解放の場は屋上の洗濯場だった。

老人の病人から便器をぶっつけられたと言って、附添婦さんの一人がおでこをさすった。もう一人は、やっとおばあちゃんのウンコが出たと言って喜んだ。

附添婦さんたちは人間の肉体の目を蔽《おお》うような醜悪な場や残忍な現場へ、平然と出入りすることができる。それは女が子供を産むのと同じような力強さと執着とたくましさがあるように思える。

ある午後、いつものように腕に点滴をしていた。注射嫌いのくせに、この大きなたっぷりと液をたたえた点滴に、私は親しみを覚えはじめていた。吊り下った点滴のビンが私を養うおとなしい牛のような気さえする。ミルクをのませてもらっている気になる。名残惜《なごりお》し気に最後の一しずくを見おくってから、枕許のブザーを押した。いつものように看護婦さんの声がする筈なのに、返答なし。あわてて何べんも押す。故障かな。留守かしら。首をのばして窓から屋上をうかがう。いつもは騒がしい洗濯場も廊下も、その日に限って誰もいない。もう一度ブザーを押す。自分ではずせばいいのに、腕につきささった注射針やバンソーコーを見ると、こわい。ブザーは故障にちがいない。起き上って注射吊り器から、点滴のビンと管をそおーっとはずす。ガウンを着ようと思ったが、手から長い管やビンがつづいているので、着れない。私は妙なパジャマ姿のまんま、靴をはき、私の腕からつながったままの点滴のビンをかかえて、二階へおりた。

詰め所には看護婦さんが一人もいない。廊下にも誰もいない。どうしたのだろう。病院中が休みかしら。どの部屋の患者さんも息をつめてかくれている。いやみんな治って誰もいない空の病室かもしれぬ。ふと見ると、透明な長い注射管に、私の血が、腕から逆流している。管が真赤に染まっている。私の血だ。いまに体から全部流れだすのだろうか？　呆然とつったっていると、やっと一階から一人の看護婦さんが現われた。この人は、いつも冗談を言いちらす面白い年配の人だった。今日は冗談じゃないんだ。私はとんでいって「はずして下さい」と小さいカスレ声で彼女の耳にコソコソとささやいた。「あらら。可哀そに可哀そに。こわかったでしょう」と即座になれた手つきで、長ーい管をはずしてくれた。

何てことないのに、ちょっとした午後のスリリングな思い出だったなあー。

真赤なばらを胸に抱えてフラメンコの師匠のマリーさんが現われた。

私はフラメンコへの執着すら割合淡泊になってきていた。つまりここへかつぎこまれる一週間前に、第二回カルメン座の舞台を無事にすましたからだった。別に舞姫でもあるまいに、舞台へ出て死ぬなんて、それでもいいじゃないか、とへんな覚悟で出演した。

病気は相当悪かった。慎重を期して、その二、三日前は家で休み、その日は注射をし、トンプクを持参した。

病気でなくても舞台はいつも、私にとっては危い綱渡りのような気がした。何が起きるか判ったもんじゃない。マリーさんは私に舞台予行練習を中止させた。いざというときは私の分も踊るべく、大きな衣裳袋を二つもかついで二人前の衣裳を持って来ていた。みんなが口々に〃体大丈夫かい？〟なんて言ってくれるとよけいに私は張り切って胸をたたき〝死んだっていいんだ。いいんだ〟などと大仰に言った。

あとで思えば舞台裏の大部屋で、丹念に化粧し、髪を結い、花を飾り、ドレスを着る作業は楽しく賑やかだが、カルメン座は新米揃いだから、他人のことなどかまっているひまはない。一見にぎにぎしく見えようと、自分の踊りのこと以外を考える余裕など頭の中にはさらさらない。まだこの期に及んで鏡の前で、踊りの順番を泡食って練習中の下手組もいる。この下手組は、踊りよりも衣裳づくりに明けくれて、体の何倍もある裾幅の特別広い派手なスカートを作ったため、裾さばきがうまくゆかず、今ごろもたついてあわてている最中だった。

私は、マリーさん、ギターのユキヒコ氏、それに私とよく三人でいろんなレセプションなどで踊らされて経験豊かな身であるにもかかわらず、下手組のことを軽蔑は出来ないほど、毎度曲芸でもするような、落ち着かない気分になる。いまから舞台へ出るという幕のかげで「あっ、のどがカラカラだ」とせっぱつまった声を出す。マリーさんは平然として「水を飲んじゃダメです」と言う。

「おしっこがしたい」「気のせいです」

「頭が痛ーくなった」「ウソです」

「お腹も痛い。あー、どこもかも痛い」

とムチャクチャにわめく。やがて拍手とライトの中へにこやかに笑って押し出されるというのが常である。

野球のピッチャーが五万人の観衆と、凄腕《すごうで》の敵方十数人を相手に、たった一人で、僅か一本の腕で、あの広い球場の、それも一段高いマウンドで、己れが許す最高の技術を、しかも己れが方法論で、悠々と体で示して見せるとき、いつも私は溜息まじりに、歌舞伎の名優を見る目つきで眺めてしまう。しかも一瞬のちには何が起こるか判らない。己れが最善をつくすことを体という形で見せてくれることに驚いてしまう。

投手のちょっとしたクセ。うしろを見るちょっとした目つき。腰を曲げて砂をとる手つき。すべては彼のペースであり、大観衆がその一挙手一投足にのみこまれる。あの自信。なぜ彼らはあそこであがってしまって、とんでもない自滅作業をしてしまわないのだろう。

もし私がオリンピックの平行棒の選手だったら、自らすすんで積極的に落っこちてばかりいるだろう。もし私が歌手や俳優だったら、完全に曲をとばしたり、セリフをど忘れするだろうことは間違いない。いったい私なんか何の自信があるのだろう。精神的には何もないから、せめて体でと思ってフラメンコなどしたら、もっとないことが形で証明されたようなものだ。

師匠のミゲール・サンドバルが言っていた。舞台では、世界中で自分がもっとも美人だと思いなさい。そして最高の踊り手だと自負しなさい。さあー、胸を張って世界一！

この世界一のことをいつも必ず思うべきだと思っているくせに実行できたタメシはない。すんでしまって思い出すのだ。いつも決まって泡食ったまま舞台へ押し出される。

六人で踊るカラコレスは、みな無地の衣裳で大きな扇の舞いだった。ブルー、赤、ベージュ、緑、黄、黒の鮮やかな衣裳で踊り始めた。私はヤッパリ、マチガイナク、またも失敗した。私の扇は練習ですり切れてセロテープだらけなので力いっぱいポンと開くとき、果たして扇だけがすっ飛んでしまった。落としたり、または落としても拾ってはならぬという掟を破り、ゴソゴソと拾いにまで行ってしまった。これも病気のせいだ。隣りの太子が「私もいっしょに落とさないでゴメンネ」などやさしいこと言ってくれたなあ。

他人の踊りはどうだったかしらないが私のソロ「タンギージョ」は妙なところだけうまかった。最後に黒い帽子を投げなくともよかったのだが、ついこれは借りものだったので思いきり飛ばしてみた。自分のだったら帽子がヘコむので投げはしない。それは舞台のちょうど端の角まで、皿投げのようにスッキリ線を描いて飛んでゆき、一瞬止まってコロリと客席に落ちた。

これで私のフラメンコも幕切れかしら。しかし踊らずにソーッと長生きするなんて。やっぱり思いきりこの足で床をタタキつけなきゃ生きてる気がしないなあ。

マリーさんが、スタイルブックの一枚を指し示して言った。

「この白い夏のセーター、編んであげましょう。編み終わったら、病気は終わりよ」

仮縫室

ある婦人下着専門店のご主人が、確信あり気にこう言った。

「ボクはこのごろカメラに凝っちゃいましてね。いいことを考えついたんですよ。仮縫室に自動シャッターのカメラをそなえつけてですな。お客様がブラジェアをつけたいろいろの角度からのポーズの写真を撮るのです」

「ハハーン?」

「初めは女店員が撮ってさしあげる方がいいと思いましたが、自動シャッターがいいでしょう。一分後にその自分の写真をとっくり眺めて、いかにそのブラジェアをつけると胸のスタイルが美しく変わるかが、わかるわけです」

「そんなお店、あたしだったら、そのことのために行かないわ」

「おや、なぜです?」

「自己嫌悪に陥るだけよ。第一、レントゲン写真をとられるのと似ていて、おおこわい!」

買い物下手の私のいちばんのニガ手は、あの仮縫室の小部屋である。買い物の最中は、まるで夢の中をさ迷っているようで幸せなのに、いつもこの小部屋で、服を着た姿を鏡にうつして、冷たい現実に戻り、失望落胆する羽目となる。

原因は、買い物をするときの支離滅裂な私の頭の中である。

今年こそ、夏の終わりは肌の陽焼色がいっそう鮮やかに浮きたつような、少しあえかなピンク色の長袖スーツを着たい。いかにも木綿の肌ざわりが目から感じられなければいけない。しかもただのピンクではダメ。オレンジをまぜて少々くすませる——などと、その服を着たときの我が姿を想像しながら、いそいそとショッピングに出かける。

ところが、道中、向こうから素敵な女性が現われる。真白なすごくビッグなワンピースをがばと着た上に、小粋な栗色のスエードのチョッキと、同じく栗色スエードのブーツときてる。サングラスで、その瞳はシカと判らなかったが、何だか嘲笑する如き視線を私に投げかけて通りすぎた。陽焼色もいいが、秋先に純白というのは本当に見事だなあー。夏に白は当たり前だが、夏を通りすぎて、もう一度しつこく白——を押すべきである……とここで簡単に私は白いドレスを買うことに心変わりする。

さらに歩いてゆくと、またイカスのが歩いて来た。大きなクレープデシンの紫がかった複雑なプリント柄のビッグなワンピースだ。長袖だからさわやかに吹きそめた秋風を体にうけとめ、流しているような粋さである。その彼女は少し寒がりらしく、紫色のタイツを下にはいていて足首でタイツはプツリと切れ、さらにハイヒールである。

ハハーン。柄物もいいなあー。それに着てるものとコントラストをつけながらタイツやTシャツを体の内側につけるのは、ドキリとするぐらい面白いし、第一、私は踊り手だから、いよいよタイツ姿を外衣に応用する時期がきたのだ。私はタイツの足音にキラリとガラス玉をはめよう。と、ここで私はやたらとタイツ主体の服を考え始める。ここらへんで当初の趣旨である陽焼色云々は、どこへいったか霧散してしまう。

自分でもこうガラガラ心変わりするのは、おかしいと思うのだが、さらにおかしいのは、向こうから歩いてくるイカスと思う人が、青年であろうと、八歳の子供であろうと、すぐさま心が傾いて本気にそんなのが着たくなる。

自分の年齢、体重、スタイルなど、全く忘れてしまって、どのドレスにも一目惚れで好きになり、全部自分に似合うように錯覚するのだ。私は衣類をつくる仕事をしている関係で、よくインタヴューなどされ、今秋の衣服プランのアドヴァイスを一言おねがいします――なんて言われると、驚いてしまって物も言えない。私自身がこんがらがって悲鳴をあげてるのに、こんなことを他人に伝えたら、いかなる波紋をおこすだろう。

あんまり好きなものがありすぎるからこそ、私はそれら全部をつくって売る仕事を選んだのだ。作るのは好きなものをたくさん作れるが、一つ所有しよう、えらび出そうというのは本当にむずかしい。

とにかく日常、私はものを買うときには、一目惚れするとか、〝運命的出遇い〟と自分で決めてしまうくせがあり、その一目惚れもたくさんありすぎ、要するに混沌たる錯覚の中で、一着の服をかかえて仮縫室へ入る。

古くさい自分の服をホーリ投げ、さて、着てみる。その花柄のドレスにつつまれた乙女のような自分。パーティへ出かけて注目を浴びる私。彼氏と腕を組んでホテルのロビーをすまし顔で歩く私――を想像しているヒマもなく、そのドレスから胸は半分はみ出て、脇のファスナーが開いたまま、という自分を鏡の中に発見する。

このときのゾッとするいやーな気持ちは、太った女ならみんな経験ずみのはず。これだから、私は仮縫室はキライなんだ。

私は小部屋の中で白けた現実にひき戻され、あー人生も終わりかと何べんも嘆く。

ついこの前も、パリのサン・ジェルマン・デプレの一軒の店で、アレコレアレコレ着ては脱ぎすてを繰り返していたら、私が脱ぎすてた一着の黒革ジャンパーを売子さんがつと羽織って鏡の前へ立った。これは袖がなく、胸と裾に白いガラス玉がズラリとついている。小柄な売子さんのお尻までがすっぽり革でくるまれ、お尻の上で宝石と革がキラとゆれる。その下は細いデニムのスラックスとハイヒールだ。私は目を見はった。

「ものすごくよく似合うじゃないの」

「そお、私これが好きで、毎日着てみるの」

「買いなさい買いなさい。そんなに似合うのに何を迷うことがある?」

「いやいや高すぎます」

「いやいや高くないです。ぜひ買いなさい」

何だかどちらが売子か判らなくなった。パリの娘さんはたとえボロ布をまとっても何でも似合うのだ。あんなに似合いすぎるのも迷って苦しいだろうなあ。素敵なドレスだと思って近づくと、何と我が社で作っているような綿ネルプリントの田舎着だったりする。スタイルがいいのだ。スタイルのいい人間は頭の中まで、理路整然とした思想をもっているのだろうか。私はヨーロッパ旅行に憧れているくせに、ショッピングしている間じゅう、どの一人をとってもスタイルのよいヨーロッパ人を呪った。日本人に生まれて損をしたと思った。サントノーレ通りですれ違う日本人同士が不思議と顔をそむけるのは、日本人の形の無様《ぶざま》さに己を見る思いがするからかもしれない。といって、やたら笑い合って肩を抱き合う必要もないだろう。

私はすっかり憂鬱になって、ホテルのおかみさんにまで腹が立った。小さい家庭的なホテルをと望んでいたくせに、小さいホテルのおかみさんがやたら威張っているのが気にくわぬと改めて思いだした。電話をかしてくれと言ったら、お隣りのカフェでかけてくれとすまして言う。その電話もパリときては、何かひょいとしたハズミでしか通じないような気がする。これが芸術的なの？　エトワールのまわりの車の運転ときては、まるでスケートの選手のカーヴの曲がり方と似ている。信号もなく、それぞれの判断で、クレープのひだのように、何となくシワシワと曲がるのである。とても感覚的な運転だ。

安宿にはエレヴェーターがなく、私達は曲がりくねった階段を四階まで登山のようにフーフー言って登る。ところが廊下の電灯は何秒かたつと途中でプツリと切れて暗闇となるので、上から降りてきた老人とぶつかったり、ころげおちそうになりながら、「フランスのケチー」と私達は大声でドナルのだ。

フランス人より達者なフランス語でベラベラしゃべったら、少しはコンプレックスがなくなるだろうか。こうなれば、ケンカ言葉ばっかり練習してフランスの江戸ッ子みたいに、文句とケンカだけして暮らしてみようか。ある一人の日本の青年は「断じてボクなんかアメリカへ行ってもコンプレックスなんて感じないぜ」と言っていた。「俺より背の高い分だけアイツら頭がカラでバカだと信じてるから、エレヴェーターなんかで見上げながらプッとふきだすのをこらえるのに懸命さ。あんまり背丈の高いのはバレーボールかバスケット位にしか使いようがないや」などと言っていたが、なかなか見上げたものだなあー。絵に描くときモデルが八等身だったりすると少しも面白くないのはよく知っている。均整がとれている人間ほど心はイビツだと思ってやろうと無理に私は思う。そういえば、この前日本でみたファッション・ショウで、外人モデルばかりの中に、それこそ顔も身体も扁平で、美人どころか、オートバイ乗りの不良の兄ちゃんみたいな顔の女性が一人いた。ところが一見その男の子のようなモデルは風のように笑い顔もみせず、現われたり消えたりしていたが、ニコニコ愛嬌ばかりふりまいている愛らし気なモデルよりも、うんと個性的でしぶい魅力を次第次第に現わしてきた。とくにはすかいに動くときの豹のような精悍さとやさしさが次第に私たちをひきつけていったのを思いだす。

ある日、パルテノン裏のRue du Pot de Fer――つまり鉄ナベ通りの、イタリー料理店で詩人のジャンヌさんと会うことになった。私は日本からもってきたハイヒールを出して、ウォーキング・シューズと、はきかえて出かけた。

ジャンヌさんの友人二人もやって来た。一人はカテリーヌさんとよぶ。ショートカットの髪に眼鏡をかけ、素足にツッカケサンダルでにこにこして現われる。笑うと前歯が二か所隙間ができていたずら娘のように可愛い。ところがこの人は出版社をもっており、自身も詩人で評論家だった。もう一人、もそっと現われたのは、黒木綿ジャンパーを無造作に羽織った男性。クリスティアンという。縁なし眼鏡の奥でアインシュタインばりの目の玉がぎょろつき、顔半分ほどの口ひげがある。かつてとかしたこともないようなくしゃくしゃなヘヤスタイルで、ジャンパーの袖には穴があいている。この人は精神科の医者だった。

私は妙にほっとして、途中で持参のウォーキング・シューズにまたはきかえた。隣りのテーブルに偶然やってきたのが、彼らの知人のエクアドルの婦人で、心理学の教師らしい。話が活発に次から次へと移行する。パリでは日本語熱がちょっとした流行だという。なぜかと聞いたら、「さあ円高だからかしら」なんてジャンヌさんが笑う。

街の店員さんにまでシットしていた私は、こんなグループの中では、フランス語は使えぬくせに、急にふるさとのグループへもどったように和やかな気持ちになっていた。そこには知的な会話があり、知識や思想や美術は国を超えて話し合うことができた。スタイルコンプレックスはけしとんで、やさしい心になった私は、所謂「知識人・文化人」を否定していたくせにやっぱり私も知識人の一人かな？　などと思った。

話が脱線したが、仮縫室へ舞い戻ろう。日本でも外国でも私は仮縫室は嫌いだ。不思議に、あの狭くるしい部屋では呼吸困難になって、冬でも汗びっしょりになる。早く素敵な自分になりたいとあせるからかもしれない。ときには袖つけの縫いがピリリと音をたてたり、背中の布地が汗まみれになったりする。ヤケクソで髪ふり乱して、また脱いでクシャクシャのまま、のろいをこめて店員さんに返す。日本じゅうの女性は栄養失調だ――とブツブツ言う。

スマートな店員が「ウエストはいくらですか？」など聞こうものなら驚いて「知らないわ。秘密だから言わないの」と言う。巻き尺をもってこられると、医者の聴診器のように錯覚し、じっと息をつめ、思い切りおなかをひっこめて測ってもらう。このときに私が感じるのは、医者と、あの小部屋と、車で違反したときの取調室とは大へん似ているなあということだ。つまり裸にされて抵抗できない。

服を着るだけの仮縫室でも、このように悲観的なのに、その上にポラロイドつき仮縫室なんてほんとにおそろしい。

機械やメカニックにつよい男性であるこのご主人は、写真のメカニズムにのみ偏執して、私のような太った弱者の女の神経のことはケロリと忘れている。海外旅行用につくるあの顔写真だって、どれも犯人写真みたいではないかしら。モデルのようにやせてスマートなら裸やブラジェア姿のタテ、ヨコ、ウシロの写真もいいかもしれないけれど、そんな人は別に写真をうつす必要はない。多くの人は動いていてこそ美しいが、じっと止まってタテ、ヨコ、ウシロの写真を撮れば、それこそゲッソリして死にたくなって仮縫室から出てくることだろう。

「なぜ自分の不細工さを、えぐり出して、これでもかこれでもかとおしつけねばいけないんですか？　それより錯覚鏡の工夫でもして、床上がり何センチ、傾斜の角度などのバランスで、実際よりスマートにみえる姿見があるはずです」

街で通りすがりに、ウインドーに映り去る自分の姿は、わりかしよくみえるのに、太陽の下で手鏡などじっとみてごらん。ソバカスからニキビまでみな見える。夕陽の影で自分の姿が、幾分長細く道路に映るのは、たとえ一瞬でもその気になるから不思議だ。

「よい気分にさせて、似合わぬものでも似合うと思ってうんと買ってもらった方が儲かるじゃありませんか。錯覚を売るのが私たちの仕事ですよ。何も真実を売る必要はない。真実なんてどこにもないんです」

と私はやたらと力説した。

ご主人は錯覚を売るのは、どうも真実に対して罪悪ではないかと首をかしげ、

「つまり、〝美の錯覚〟ということですな」

と無理に自分に言いきかせ、納得したようなせぬような顔つきで言った。

胸囲何センチ、体重何キロが真実なのではなくて、自分のうちなる何かのひらめき、何かの特徴、何かの欠点、それらがかもし出すさまざまの錯覚こそ美の真実ではないかしら。

ことに女の美しさは、つかみどころなく揺れ動いているもので、鏡やカメラに不動にやきつくのは、まさにその一端の錯覚が映っているにすぎないのである。

ピエトラ・サンタのクリスマス

昭和三十三年ごろ、私は日本ドキュメント・フィルムの亀井文夫さんの指導で下着の映画を一本監督している。題は「女は下着でつくられる」。スタッフは十名ほど。俳優さんやストリッパー、モデルさん達も十四、五人ほど。

このとき、なぜか俳優さんにまじって私の友人——大山の昭ちゃんが、大阪から馳せ来たりて、応援してくれている。

昔のことだから、この間にどんないきさつがあったのか忘れてしまった。しかし私が何かしはじめたら、いつも横にいて、私をたすけたり、元気づけたりしてくれる女友達である。この昭ちゃんのことは、ギリシア旅行の道づれでもあり、前にも登場した女性である。

私が初めて映画館で下着ショウをして世間をさわがせたときも、よいしゃーとばかり一肌ぬいで、マネージャー、兼小使い、兼応援団、兼着せ替え役などをすすんでやってくれた。これらはお金のためでなく、何か新しい若者同志のハプニングの情熱への参加であり、新しいものへの肉体的な理解であり、彼女自身も常にそうした行動をつづけていた。

映画はルンペン部落へ、ヘリコプターからたくさんの下着が舞いおりてきて、全員がそれを着ておどったり、いろいろな生活が始まるのだが、昭ちゃんもルンペンの一人になってくれたわけだ。

ルンペンの中にはヌード・ダンサーの奈良あけみちゃん、ジプシー・ローズ、小奈良ちゃんといった大ものや、名もなき新劇青年たちがいた。

ドキュメント・フィルムだから、ロケ先で天気待ちが多く、現地の安宿どまりで三か月かかった。まるでドロまみれの修学旅行のような思い出だ。

雨が降るとマージャン組の絶え間ない音がしてイヤだった。あの部屋はダラク部屋だと私たちは名づけ、昭ちゃんと〝もし俳優さんになるとして、こんな待ってばかりの仕事なら考えものね。バカになるね〟などと二人で話し合った。

私は専らジプシー・ローズや新劇の青年に本式のジルバダンスをハダシで習った。

奈良あけみちゃんは、当時プロレスの力道山に恋いこがれて、熱をあげていた最中で、テレビに力道山がうつったりすると、大騒ぎとなる。そんなら力道山から、レスリングの手ほどきぐらい習っているのかと聞いたら「アタリキさ」と言うので、私と奈良あけみちゃんはいよいよ試合をすることになった。

ジプシー・ローズがレフェリーで、シキイごしに隣りの部屋が見物人である。

私はもともと女レスラーになろうかとさえ思ったほどだし、幼少のころより男兄弟、男友達の中で、戦争ごっこに始まり、力自慢は自他共にゆるし、未だかつて、女なんかには負けたことがなかった。

だから大柄とはいえ奈良ちゃんぐらいは、コテンのパーにやっつけて、馬のりになってさんざいたぶってやった。奈良ちゃんも相当強いのだが、女の強いのはたかがしれている。私は女だけれど、こういう力争いは、男仲間に鍛えられたから、奈良ちゃんは決して私に歯がたたなかった。

彼女はくやしさのあまり、私のズボンにかみついてボロボロにひきちぎった。こういうところだけ、女のヒステリーの特徴がでる。あとは手がでないのサ。

でも奈良ちゃんもジプシー・ローズもやさしい人で、夜ともなれば、一升びんをボンと横において、女ばかりでのみ比べをした。

「そのセーターいかすわー」と言ったとたんに、ジプシー・ローズは、パッとセーターを脱いで、私にプレゼントしてくれたりした。昭ちゃんも、ジプシー・ローズの化粧している横で、ものほし気にみてたばかりに、彼女の化粧道具一揃いをもらったりして喜んでいた。

のちに、大阪道頓堀の劇場へ、ジプシー・ローズが出演しに来たとき、私は一人で楽屋へたずねて行った。ガランとした彼女の仕度部屋は畳の間で、裸電球のついた鏡の前に、半裸で彼女は化粧中だった。

白くむっちりした少し脂肪太りの裸は見慣れたものだった。彼女の専門が裸だし、私の映画中もずっと裸だし、宿屋では裸でのみ合った仲だから。

一つだけある椅子に私を座らせると、その足許に座ったジプシー・ローズは、私の両脚を抱きかかえたまま、私の顔をまっすぐ見あげて、

「さあ顔をみせてちょうだい。どうしたの? 可愛い人」

と言うなり、はらはらと惜し気もなく涙を流した。そして決して涙など拭かないで、目もそらさず、赤い小さな革ケースから煙草をとり出すと、火をつけて、私の口にくわえさせた。そして片手をのばして灰皿をとると、私のアゴの下に受けるようにそれを持った。

何だか、これから舞台で始まる芝居の練習みたいだが、これは、いま思い出しても、美しいシー

ンで、人生の本当の演技の小さい一コマのように浮かんでくる。

私はうれしいのと恥ずかしいのとで、そっぽを向いたまま「可愛いタバコ入れね」なんて言った。

「さあ上げるわ。肌身はなさずもっててちょうだい」とまた気前のいい彼女は、中に入った煙草ごと、赤い革ケースを私のポケットに入れた。

あれからしばらくして北の国の巡業中、ジプシー・ローズは自らの若い命を断ってしまった。私はとり返しのつかぬ思いで、いまも胸がいっぱいになる。

ロケ先へ話をもどそう。

私たちはルンペン姿のまま、新宿へよく踊りに行った。いまのヒッピー以上のルンペンスタイルだが、みんな踊りの名手ばかりで、人々にまじって踊りまくった。

この中にストリッパーの小奈良ちゃんがいた。小さい奈良ちゃんなので小奈良ちゃんというが、名前は忘れた。彼女はアクロバットの名手で、途中で、突如、天井高く靴を投げすてたかと思うと、オンボロズボン姿のまま、アクロバット、サカダチ、宙返り、でんぐり返り……などがジャズのリズムにのって、見事にくりひろげられ、それは舞台衣裳でないだけによけいに新鮮に目にうつり、踊っていたお客達も、自分の踊りを忘れて呆然と見守った。

彼女はあとでカウンターに座って私の耳許でささやいた。

「舞台で踊ったのなら、お金がもらえて、今日はみんなにおごれるんだけどなあ。でもあんたにプレゼントしたんだよ、今夜の踊りは。大阪へ帰っちゃっても忘れたらいやよ。アタシのこと」

このロケ中は、私もスタッフも、みないつでもお金がなく、貧乏学生グループのように何とか工面して飲みにゆくお金をひねりだすのが常だった。

昭ちゃんが、自分で作った手彫りのブローチを納品してまだ集金していない店がこの東京にあった！　と大声で言うので、みんなはゾロゾロとついてゆき、彼女が店へ入ってゆくと私たちは電柱の影で待っていた。

そして彼女の集金してきたお金を路上で輪になって勘定すると、万歳――とばかりダンスに出かけた。

映画はなかなかすすまず、イライラと天気待ちばかりがつづくと、何だか遊んでるようで、事実遊んでいたのだが、大阪の自分の会社に対して相すまぬ思いで、何もしらせなかった。したがってお金も全くなくなり、靴の底に穴まであいた。

ある晩、シワだらけのレインコート姿で、昭ちゃんと二人、よく知っている新聞社のF氏のところへ行った。F氏は社のえらいさんだが、小っちゃい頃からよく知っているから、

「実はお金が全然ないし、お腹もへったし、靴も穴があいたし、ごちそうしてよ」

と、半ば脅迫めいて面会に行った。

それじゃあ、おごってやろうとばかり、何だか赤坂の料亭のお座敷へつれこまれて、二人はすっかりごちそうになった。

「もう着るものもすり切れて、靴も穴があいたし、ホーラこのブラウスもボタンがとれちゃったあー」

と、またくり返していると、料亭のおかみは「まあー何もかもなくなるなんて、羨ましいわー」と言った。美しい着物姿のおかみが、なにもないのが羨ましいという意味がどうしても判らなかった。

あとで思えば、昭ちゃんも私も裸一貫で自由なのが羨ましいというような意味だったらしいが、おかみさんは自由ではないのだろうか。料亭のおかみは女しかできぬ職業だと思っていたが、見えない義理人情にしばられているのだろうか。

話が義理人情のことになってしまったけれど、そのついでに、昭ちゃんのことを、もっとよく書いてみよう。

彼女こそ義理人情の真っただ中に生きてきて、見事に生きぬき、自分の自由を自らの手で獲得した女性なのだから……。

この人のえらさは、三人の？　父が亡くなってから、病気の母親をみとりながら、五人の弟妹たちを、まことに朗らかな顔して育てぬいたことだ。その間のことは大へんややこしい筋書になるが、養女に二回ほどいったり、もどったり、その間に母親の再再婚などで、五人の弟妹たちは三つほど姓がある。

母親の何回かの結婚相手は全部交通事故で不慮の死をとげているから、交通事故遺児の元祖みたいなもの。

このごろ毎日のように一家心中などで、小さい生まれたての赤ちゃんまで親のエゴの犠牲になっている新聞記事をみるたびに、私はいかりを覚える。昭ちゃんの爪のアカでも煎じてのめばいいと思う。

昭ちゃんは、自分と名前の違う五人の弟妹と、病気の母のために、何でもやった。

洋服布地を大風呂敷につつんで、いわば、こっちで仕入れて、あっちで売るブローカーもやった。

これはなかなか儲けて、お客をあつめて、十九歳で芸者をあげたりして大接待などしたのは彼女ぐらいだろう。

ダンサーも飛び入りでやったが、大阪南の大キャバレーでたちまちのうちにナンバーワンとなる。日展系の木彫家のモデルをやっているうちに、もともと素質があったのだろう。彫刻の技術を覚えてしまい、初めて作った塑像が、そのころ大阪にあった関展というのにあっさりと入選する。それで真一文字に彫刻家になる修業をするのかとみておれば、そんなことはケロリとして、こんどは生活のために、コツコツと手彫りのブローチとか、コンパクトとかを彫りだした。少したまると方々の店へ売りにゆく。売り方がまたうまい。

ここぞと思う店へ入って、その店のケースの中のペンダントなどを、ためつすがめつ、買い手のような顔で眺めまわす。自分が彫ったブローチはつとめて店主に見えるように、これみよがしに首をつきだし胸許をちらつかす。

店の女主人は、とうとう、それはどこで買ったの？　え？　あなたが自分で彫った？　ぜひうちの店にもおかしてよ、とくる。ところが彼女は、

「決してそれには応じないのよ。のどから手がでるほどお金がほしいのに、にんまり気高く笑って、この次つくってくるわ言うて消えるんや。ま、ジラしの手やな」

昭ちゃんは、本能的にそんなテクニックを知っていて、いつもポケットから、ノミと木ぎれをだして、口笛とともに手を動かす。

そして同じポケットから、その日の日当をだして、ホーラこれだけかせいだ。と私によくみせびらかして羨ましがらせたが、おかず代をひいた残りで気前よくコーヒーをおごってくれた。

当時、二十五年前ごろ、私たち仲間は貧乏で、すべてに飢えていたけれど、みんな何かに燃えていた。

「サイナラー。みんながんばろな。カモやん元気だしてな」

と朗らかに言って、ちょっとしょげていた私の肩をたたくと、喫茶店のドアーから夜の町に彼女は消えてゆく。あとに残った司馬遼太郎氏——当時は産経新聞の文化部の記者で、福田さんだからフクさんと呼んでいた。フクさんは、

「あないに朗らかそに言ってショーちゃん帰ってったけど、一歩でたら違う顔になってるんや。……えらいなあー」

とポツリと言った。

昭ちゃんの弟たちは順ぐりに当番でおかずをつくり、慣れぬ手つきでたどたどしい料理をしながらも、当番の役得でさんざん台所で味見をするので、肝心の食事のときはおナベにはおかずが少ない。

「アッという間にナベのものはなくなるんや。油断でけへん」

と昭ちゃんはたのしそうに言う。日曜日は全員をひき連れて、バスに乗って母親のいる病院へゆく。

昭ちゃんは、いつもフザケているので、他人ばかり笑わしているが、ふと、昭ちゃんと五人の弟妹が夕食を食べるところを想像すると私は涙がこみあげてくる。

でも昭ちゃんに涙なんかみせたくないからトイレへとんでいって、何だかしらないが、しゃくり上げて泣いてからもどってくる。こっちも必死で生きていたから、すぐ涙の奴がでてくる。

チャーミングな昭ちゃんを追っかける金持ちの男も多かったが、彼女はやたらと逃げまくっては、若いボーイフレンドを追っかけるくせがある。揃ってみな金がなかった。

中には大学のマラソン選手がいて韋駄天《いだてん》で追っかけてきたりした。よくもてたんだなあ。生活も大へんだったが、恋愛も忙しかった。

よく世間では〝ワタクシの若いころは、働きづめで、そんな恋や愛などのひまも余裕もありませんでした〟――という人がいるが、貧しくても苦しくても何もかもいっしょくたにやってくるのが青春というもの。その気になれば、すばらしい人がたくさんいる。その気にならねば何も見えない。防空壕の中でさえ恋は芽生える。

別に恋とか愛とかでなくても、ある一つのことを一生懸命考えて、身の廻りをみまわすと、そのことに関する答えが、いろいろところがっていて、謎ときの鍵をひろうことができるものだ。

昭ちゃんはとうとうカメラマンの青年大山洋治氏と結ばれるが、もう別れるか別れるかと思ってたら大まちがいで、とてもとても幸せになっちゃった。もしこの世に報いというものがあるなら、昭ちゃんこそ当然すばらしい報いを受けねばいけない。そしてそれを十分に受けた。

しかし、一人でみんなのため働いていた貧乏なときも彼女は幸せだったに違いない。不幸だと嘆くような、不平、不満、か弱さなんて、この河内カルメンには存在しない。

大阪の一級地に自分の木彫りの店ももち、木彫教室ももち、ご主人と二人で住む面白い見事な家もつくり、平和な生活のペースがこの二十年ずっとつづけられた。

ところが、ある日「スパゲッティ屋を開店しました。来てちょうだい」という案内状がきた。私のオフィスの近く、心斎橋筋脇の繁華街。早速でかけてみた。ひょいと何かのはずみに何かをすることの好きな彼女であることは知っているが、なんでスパゲッティ屋をするのだろう? と考えた。白いテントにピエトラ・サンタと書かれた店の階段を真直ぐに降りる。石と固い頑丈な木の階段は、踏み心地でよく判る。柔軟で、がっちりしている。靴の裏からの触覚がゴージャスだ。昭ちゃんは屋台のスパゲッティ屋でもするんやろかと思っていた私の思わくは、この階段をふんで地下に降りてゆきながら全くくつがえされ、次第に驚きに変わっていった。

重い扉をあけると、四十坪ほどの白い地下洞窟がくりひろげられた。

白壁はドームになり、清潔で個性的である。左官屋さんに、乱れ塗りを依頼すると、どうしても上手すぎるせいか、乱れた凹凸が、そのまま同じ波調をくり返す。それもスピードが早いため、途中で文句がいえない。左官さんが帰ってから、大山さんらがまたていねいにコテで修正すると、その乱れ凹凸に微妙な深み、厚み、味がでてくる。これは比べてはいけないが、私の家の壁でもそのような経験をした。「わざとガタガタに塗ってちょうだい」と注文すると、左官屋さんは首をひねって、親方に叱られるなあ——といいながらも、その手サバキの早いこと、アッという間に一部屋塗ってしまう。ところが、ガタガタが同じ波調でくり返されるので、それでは面白くないし、第一、あまりうねりの多い壁の中にいると疲れる。左官屋さんが帰ったあとで、手で修正しはじめたが面倒で私は途中で止めてしまった経験がある。

ピエトラ・サンタの白いドームは腰のあたりからレンガ積みである。岡山近在の陶器の石窯をそっくり買って、自分で解体して、自分で車でせっせと運んできたものだという。

普通のレンガより、火がよくとおっているので白っぽく、色も形もまちまちで、ときどき窯変していて紋様などが不用意にでてくるといった面白さが、出来たばかりのこの店に、古い歴史をもった部屋のようなおちつきを与える。

壁とレンガを、がっちり下で受けとめるのが、白いイタリー大理石だ。これだけで店内には一切装飾はない。

ちかごろの装飾過多、デザイン過剰の店の多い中で、こういった空間をつくった大山さんは美事だ。

この細長いドームは奥の方で、さらに白壁で仕切り、別室がある。十人ほど入れる。

この奥の部屋は囚人の部屋のつもりでつくられたらしいが、私は囚人部屋を、さっそく予約してひきあげた。私には一つの思わくがあった。

囚人部屋を見たとたん、昔通った地下の穴倉――フラメンコ・タブラオとその日々を思い出した。そこでフラメンコ師匠マリーさんやギターのユキヒコ氏、同級生の踊り子たちといっしょに、昭ちゃんの穴倉を改めておとずれた。

囚人部屋は、古く黒く頑丈な大テーブルが真中におかれてあるだけだから、あの最後の晩餐会のような雰囲気と思えばよろしい。

ホステスよろしく昭ちゃんがやって来た。

初めに注文した前菜を食べかけていると、

「次のを早よ、考えて注文しとかんとダメよ。遅いといったって、そっちがわるいんだから――」

と威張って昭ちゃんは言う。そこでめいめいがメニューをまわしあって次の料理を注文する。やっときたと思ったら、次のを考えなさいと言う。いっぺんに注文したらいかんのかねと聞くと、そうはゆかん。何せ開店そうそうだし、今夜は客が多いし、何が何か判らんのだ。少々のことはガマンしなさいと言う。

何だか、こちらこそワケがわからん。

そのくせ、昭ちゃんは、柿などかかえてきて「これはね、サービスよ。隣りの家のをちょっとぬすんできたんだから、これはただにしとくからね」と、私の横に座って皮をむきだした。昭ちゃんはだんだん錯覚して、自宅へ友達が遊びに来たのだと思い、やたらに喜んで、お勘定など払ったら怒るのではないかしらと私は危ぶんだ。

みんなは何を注文するかということばかりが話題で、何もまだしゃべっていないことに気がついた。

しかし、スパゲッティとワインは申し分なく地中海の味がした。

ユキヒコ氏が、しずかにギターを弾きだした。アーチ型の壁に、ギターの妖しい音色は丸く心地よく吸いこまれてゆく。私たちは、ユキヒコ氏の指に耳をひっつけるようにして聞く。

それらの曲は私には初めて聞く曲のように新鮮に聞こえる。いつも踊るのがせいいっぱいで、しかも自分の足音が邪魔して、このように純粋に聞いたことがあまりないからだ。

壁一つへだてた隣りの部屋のお客も、何となくシーンと静まって、我々の部屋の音に耳を傾けだした。

一曲終わると、隣りの客たちの要望で、部屋の境目に椅子をおき、昭ちゃんがあわててもってきたマイクを前に、ダイナミックなフラメンコギターが改めて演奏されだした。

私達のフラメンコ教室はまだ貧乏だからたくさんのギタリストがいるわけでもなく、また難解な技術のため、ユキヒコ氏のお弟子さんもどんどんうまくなるわけではないので、一教室ごと、このユキヒコ氏に伴奏してもらうわけだ。これはありがたく、もったいないことだった。

足ぶみもさだかでない頃から、このような名手につきそわれて伴奏してもらえるのでは、いやでもすぐれた音感の立派な踊り手にならねばなるまい。そのわりには下手だけれど私は得意でうれしかった。みんなが聞いているこのすてきな音色を出す人――この人は銀の指のもち主です。シルバーフィンガーです。私はいつもこの銀の指にあやつられて、踊っています。と叫びたいような気になった。

いま、隣りの部屋の人もいっせいに、この人が白土征彦氏であることは知らずして、すっかり心ゆすぶられ、洞窟もろともフラメンコギターの音色に染まる。

私はワインの酔いとともに、ギターの音にみちびかれて、昭ちゃんといっしょに行った地中海の旅を思いだしていた。

マドリッドのタブラオでは、二人はまた大声で、日本語の掛け声をかけて浮かれていた。舞台の歌い手が、歌の合間に突如、私達二人を指さし、スペイン語で早口に何かしゃべって、また歌いだした。ギョッとしていると、再び、語りの口調で指さしてペラペラペラと言う。

隣りの人に英語で聞いてみたら、

「そこのハポン（日本）の娘さんよ。今夜舞台がはねたら、深夜のデートをしないかい?」「え? いかが? きっとノーに決まってら。いいよ。いいよ。アスタ・マニアーナ（明日またね）娘さん!」

と言ったそうな。

だから大分たってから私と昭ちゃんが喜び勇んで「オーレー」を連発したときは歌手のおじさんは、もう歌い終えて幕の向こうにひっこんでいた。

隣りに座っていた美人はどうもスペインの有名な女優さんにちがいなかった。来る人ごとに彼女に挨拶し、彼女は優雅な仕草で手をさしのべ、接吻をうけていた。

昭ちゃんはつい真似をして、帰りぎわにわざわざ彼女に接吻した。

もう一つの下町の飲み屋も興深かった。普通のスペイン家屋をそのまま飲み屋にしてあるので、いろんな部屋がいくつもあり、一つの部屋ごとに大テーブルが真中にあり、椅子が周りをとりかこんでいる。

そこへ座って、ワインだけをのみ、おしゃべりをしたり、隣りの青年の弾くギターに耳を傾けたりする。

次の部屋へ移行すると、暗い片隅に、白髪に黒ドレスの上品なマダムが、両脇の若者たちのやんちゃなおしゃべりを聞きながら、ワインをのんでいる。

やおら、老マダムが杖をついて立ち上がると、三人の青年がきびきびとエスコートし、表でタクシーを呼び、マダムを送って帰ってきた。

あの老婦人は週に一度はこうしてワインと、若者のおしゃべりやギターを楽しみに一人で遊びにくるのだと聞いた。こういった老婦人が一人で悠々と食べたり遊んだりしている姿をよくヨーロッパではみうけるが、私はとても気に入っている。

ピエトラ・サンタのギターの最後の激しいかきならしが響いて、曲が終わった。私は現実にもどる。

昭ちゃんがやって来て、

「ありがとう。うれしいわ。私、涙でるわ」

と言って突ったったまま、顔を手でおおって泣きだした。

さっきは横で柿をむきながら、来る客ごとに愛想笑いをするから、もちろん心から笑うのだが、おかげでシワがふえた。来てくれる客の回数によって愛想笑いも深くするのだ——などと言っていたが、いま泣いているのは真底泣いている。

無口でおとなしいマリーさんは、いきなりジーンズのまま、はねるような形で、ブレリアの曲を、狭い空間の大理石の上で、おどりはじめた。

街は一九七九年、クリスマスの夜である。

料理のうまい人が、料理のつくり方を教えてくれるときの口許を見るのが私は好きだ。それはとてもおいしそうで、その唇の中には私の知らないご馳走がいっぱいつまっている感じがする。口許にチラとみえるツバだって、よく磨かれた真珠のようだし、言葉つきも、ねっとりと丹念に練られた粘っこいクリームのようだ。

私がときどき通う福家医院の奥さま富美子夫人は、大連生まれで、料理の名人である。風邪などひいてこの医院で、ちょっと注射をしてもらうと、私はそのまま廊下をわたって奥の住居へゆくのがたのしみである。

ドアーを一つ開けると、表の診察室の匂いとはうってかわって、ビスケットの甘ーいミルクの匂いがただよっている。富美子夫人は私を座らせ、焼きたてのお菓子と紅茶をいれてくれる。「輸入肉の安いのが手に入ったのよ」と言って、冷凍もどしをした十五センチ四方の分厚い肉をべっちょりと手のひらにのせ、舌なめずりせんばかりの顔で、みせてくれたりする。

ある日は、テーブル掛けの大きなチェックの布地の反物を机に合わせて切っていたり、いつも富美子夫人のまわりは、生活の新鮮な匂いに充ちている。

家庭の台所仕事なんて、もう飽き飽きしたわという声は、よく人から聞くが、彼女の口からそんなことは聞いたことがない。ご馳走をつくって、食べ終わって、食器を洗って、棚へしまいこむまでがたのしいのよと彼女は言う。三度三度の食事を彼女はセレモニーのように大切に重んじる。というのも彼女は若いとき腎臓を片一方とってしまって、一時は死の危険にさらされた。医者の家庭では病気の重さや、残りの人生など内緒になどしないらしい。それでは可哀そうな二人の子供のために自分が生きてる限り、毎日クリスマスのようにすばらしい食卓をつくってやろうと、毎晩ローソクをたてた華麗な食事づくりに専念した。

ところが食事がよかったせいか、腎臓片方で、いまも元気においしい料理づくりに明け暮れている。毎夜のクリスマス料理で大きくなった子供二人は、いまは一人は医者に、一人は医者の奥様になっている。

そういえばこの部屋は、いつもローソクがたくさんある。昔の大連時代の話もときどきしてくれる。

「近所に白系ロシアの、たしか貧しい駅員さん一家がいたの。ある日お茶の招待を受けてたずねていったの。貧しい家だけれど、一歩入ると、花模様のカーテンをちゃんと二重にして、お揃いの椅子カバーもキチンとしてね。小さい部屋だけれどもとてもきれい。で、ここは狭いから今日は庭へどうぞと言うので、庭へ出て驚いた。

つまり四角いアズマ屋？　が何と朝顔でつくられ、葉と花でおおわれているのね。色とりどりの朝顔のボックスを想像してちょうだい。その中のテーブルでサモワールとキノコ入りピロシキをご馳走になったわ。ロシア人は妙にキノコが好きねえ。そのお盆を捧げもってくるのが水着姿の娘さんで、日光浴を兼ねているってわけ」

彼女の話が、初めて聞く遠い外国の話のように珍しく思われる。

そして私は、彼女から、なるべく簡単で、おいしい料理をそそくさと習って、帰ってから富美子夫人的手つきを真似て料理をする。

私の庭にも朝顔ボックスのように、ジャスミンボックスとか、ペチュニアボックスとか、ブーゲンビリアボックス、スイートピーボックス、豆ボックスなんて作って友達を招待し、お好きなボックスへどうぞなんて言ってみたいもんだ。

ある日曜日、三、四人の友達を招待することになった。

いかなる趣好でもてなすか？　のアイディアはいろいろあるが、問題は料理の腕前である。

例えばお重箱パーティという名目で、家にある陶器の重箱、塗物の重箱、お正月用重箱などを総動員して、ごちそうを詰めこむ。

テーブルの上には、お重箱とお箸ととり皿のみの簡素なる有様だが、いったん、蓋をあけると、種々雑多の日本の珍味が少しずつ凝縮されてつめこまれている――などというのはどうでしょう。おくゆかしいパーティだと客は言うだろう。そういえば京都のある古い小さい旅館で、畳半分ほどの大きなお重箱料理があると聞いたが、ぜひ行ってみたいし、私もそんなのが欲しい。

ところが器ばかり欲しがっても中に入れる粋な料理は全然できないから、当分お重箱パーティはおあずけである。

もう一つ――田舎風パーティ。

三年前、南仏の田舎のレストランへお腹をすかしてとびこんだ。テーブルの上に、その家で作ったパテ、ハム、チーズ、パンがむき出しのまま盛り上げてある。そしてその横に庖丁。それらがドランの絵の構図でおいてある。少年が山もりのサラダとぶどう酒を運んでくる。ダンロの上に分厚い肉と、ジャガイモが湯気をたてている。この定食で、デザートも含め、たらふく食べて、千八百円だった。

私は田舎風パーティとして庖丁の良いのさえおいておけばいいのだ。ことはカンタンだと思ったが、自家生産のハムやパテやチーズがないから、個性をだすための素材選定が必要である。

ところで、友達遠方より来たるとあれば、私は家では主人だが、侍従長や召し使いがいないから、いかにして友人を喜ばし、いかにして料理をほめてもらえるかと思って、早朝からいそいそと一人で準備をする。

大体が得意とする料理のレパートリーが数少ないので、五つ知っていると、五つ全部ととのえないといけないみたいな気になる。ところが五つとも全くお国違いの料理だから、同時に食べたらお客の胃袋は変になる。

とにかく市場へゆこう。そこで考えるとしよう。ところが市場の活気にあおられて、あわててアレコレ買って、いったん帰って、頭を冷やし、足らぬものをまたもや買いに行く。

スペインのパエージャーはスペインおじやだが、私は私流日本のおじやと、地中海のリゾットというおじやも知っている。ぜひとも三つやりたいが、おじやが三つというのは、やはりおかしいからパエージャーにしよう。

ところで家伝来の長崎風鯛茶もぜひやりたいが「パエージャーと鯛茶を両方したら、両方とものの味がゼロになります」と、電話で、富美子夫人から叱られた。

その他、カサブランカの揚げものと、ドイツ料理のキャベツとソーセージのアレはどうだろう？少しでも出来るものが同時に浮かんでくる。

テーブルの秩序としても、友人の舌や胃袋の順序としても、そんなもの、みんな出したらおかしなことになるし、二回目に招くときはもうネタがなくなってしまう。

どうしよう？　と思っているうち、片方でナベの油がジュージューいいだした。

えーいみんなつくってしまえ。分量を少しずつにして全部並べれば豪華だし、友達は感心して、やあーこんなにたくさん知ってるのオーとほめたたえてくれるところを想像する。サラダは先に冷やそう。花もいけよう。

途中で、アレとコレとをいまつくっているのだと何度も自分に言い聞かさないと、ワケがワカラなくなりそうだ。台所は俄然戦場と化す。なぜ侍従長がいないのだろう。いま何と何をつくっていて、何が先で何が後か、侍従長がいれば、ハッキリするのだ。一人の頭では無理だ。

四つか五つの料理が、いまやパズルのように台所にひろがって、お互いに作用しあって、全然別種の料理が出来上がりそうな不吉な予感がする。

犬の奴がウキウキしだして、手伝うどころか、ひょいとカマボコをぬすんで逃げてゆく。コラアーとなって追いかけたついでに、私は傍の椅子にひっくり返って、フーと溜息をついた。

何だかフラフラする。よその家の奥様ってみんな凄腕なんだなあー。私が招いたくせに、招かれてのんびりやってくる友人が憎らしくなる。少しは手伝ったらどうだってんだ。いやいやがんばろう。この際、もはや友人の胃袋の都合などかまっちゃいられない。ぜがひでも全部平らげてもらわないと困る。ちょっとでも文句をつけて残してミロ！　断乎として私は立ち上がる。

友人が到着するころは、何だか気ぬけして、長距離ランナーの走ったあとのようにひどくねむーくなる。

そして、やがて、料理が失敗に終わったことに気がつくのだ。つまり全部アッアッのうちに食べてこそおいしいものばかりを、早くからつくって全部テーブルにおいたため、どれ一つとしておいしくないのである。


私は人をもてなすこと、人と人との対話にひどく神経質である。

人様としゃべっているとき、私が「あのォー」と言ったら、その人がお茶の用意に立ち上がり「そのオー」と言うと、お菓子をとりにゆき「そして」と言うと灰皿をとりかえにゆき、いよいよ熱をこめて話しだすと、フキンでテーブルをふきだしたりするに至っては言語道断。怒り心頭に発する。こんな嫁さんをもつ旦那さんの孤独の心境がよく判る。

だから、友達のための料理も、私が決して立ったり座ったりせぬようにとの心づかいで、早々とつくって並べてしまったのだった。

ふとキリストの話さえ思い出す。

キリストがマリアとマルタの姉妹の家を訪れると、姉のマルタはもてなしの料理づくりで大忙しとなり、妹のマリアは主の足許で口をあけ、われを忘れて話に聞き入ってしまう。姉は怒って少しは手伝いなさいと注意すると、キリストはそれを制していわく。〝私の話を一生懸命聞いてくれることこそ最高のもてなしなのだ〟

私はこのマリアとマルタの両方のもてなしを同時にやりたいと思うあまり、一人でフラフラになり、台所と客間をいっしょにし、話を中断せぬために早朝から料理をつくり、友人の前にヒタと座りこんでしゃべることに専念しようとした。

マリアとマルタを同時にやりたいというねがいのためには、料理の統一と内容を吟味せねばならない――と改めて私は悲愴な顔つきで、客の帰ったあとの夜半の台所で考える。

楽しい筈の料理づくりがどうしてこう悲愴になるのだろう。

料理は楽しくつくり、楽しんでゆっくり食べんといけないなあと思っているところへ、知り合いの東京のあるレストランからメニューの表紙を飾る絵を頼まれた。

そういえば、すごいレストランに限って、メニューはいよいよゴージャスにまるで昔の教育勅語みたいに捧げもってきて、客も昔の小学校の校長先生みたいな手つきで、この詔書？ をおしいただき、おもむろに左右へ開き、眼鏡などかけ直してみる風景によく出くわす。これらには格調ばかりがあって食べるたのしさとか味覚をあまりそそらない。メニューはそれをみただけでよだれが出そうなものがいいと思って、描いていたら、料理中のコックさんの絵に私自身がのりうつり、いやにあわてふためいてフライパンをふりまわしている図となった。テーブルにはお客の代わりに猫と犬がすましてナプキンをかけ、猫が犬のを失敬して食っている絵柄となった。

こんな絵のメニューなんて不潔だと言われてボツになるものと思ったら、レストランの主人はひどく喜んで大阪までお礼に来られた。

このレストランは東京郊外にあって、男兄弟二人が腕をふるっている。その弟氏曰く「大阪にヴィストロ・ヴァンサンクってあるでしょう？　メニューのお礼にご馳走したいのですが、どこにありますか？」と言う。私のオフィスのすぐ近所にそれはある。

私はよくその店へゆくので、いつものように、冷たいジャガイモスープとトリ肉を注文した。ところが、その弟氏は私の全く知らないものばかりを注文する。

ふと見るとお魚や何かをゼリーでかためた美しい前菜だ。そしてナイフで切って少しずつ私に分けてくれた。他の料理も順ぐりに一切れずつ私の皿へ分けてくれる。

すばらしくおいしいものばかりだ。私はろくに名前も知らずに、フランスのシツコイのは真平ご免なんて、よく言うがあれは間違いだなと反省した。次第にそのコック長の弟氏が、手作りで食べさしてくれているような錯覚をしてしまった。

こんな料理のプロは自分の家で自分でつくるのは何だろう？　と質問してみた。

「とても簡単なものばっかりですよ。ボクのお茶づけです」

と言って教えてくれたのを、すかさず私は紙ナプキンにメモをした。

ジャガイモをうすくタンザク切りしたものと、きざんだベーコンとをミルクでことこと煮て、くずれそうになった一歩手前でとけるチーズをのせて、少し煮て、そのままでもよし、さらにオーブンに入れてもよし。

名前　ポンム・ド・ヒィアーズ。

私は帰ってからすぐさま、このプロフェッショナルに習った料理をやってみる。私のレパートリーの新入りである。

マリーさんがふらりと、私の会社へ現われた。ちょうど私は、仕事と絵を描くのと両方していたのでどろどろの上っ張り姿のまま、飛んでいった。

「市場の帰りよ。はい、これおみやげ。松茸入りコンブとね、ドーナッ。谷子ちゃんは?」

事務をとっていた谷子はすっとんできて、マリー先生の籠をのぞいた。

「はい黒パンをあげます。新ちゃんは?」

新ちゃんは女セールスマンだからもう外へ出かけていた。

「じゃあ、新ちゃんのは冷蔵庫へ入れといてあげてね」

私は新ちゃんの包みの中身が気になった。そして谷子と二人で、マリーさんの籠の中を、物欲しげに、またのぞいてみた。何だかどっさりうまそうなものが入ってる気がする。

「あのー新ちゃんのは何よ?」

と聞いてみた。

「でっかいいなりずしよ」

フフとマリーさんは笑って、

「じゃあねー。今日は三時から私レッスンなの。しっかり仕事すんのよ」

と手を振ってドアーの外へ消えた。

こうしてときどきマリーさんは、私の会社の三人の弟子のところに立ちよって、ごほーびのようにいろんなものをくれる。

スペイン製のようなねっとりしたクンセイの肉とか、ドイツ製干しソーセージのときもあるが、ガラリとかわってトコロ天とか、インゲン豆なんてときもある。私たちは、でっかいくせに子犬よろしくマリーさんの籠によってたかる。

私は社長の自分の椅子へもどって、ドーナツをほおばり、マリーさんのことを考えた。

そういえばマリーさんは若く美しく一人身なのに、なぜか私にとって姉上のような気がする。私の方が年上で、しかも社長なのに、いつも彼女の方が上手《うわて》なのだ。それはフラメンコにおいてだけ彼女とつき合うためだろうが、人生すべてにおいて彼女の方が、何もかもうまく完璧なような気がする。私は彼女に脚さばきを習いながら、彼女のようにはうまくゆかないように、ついでに彼女のすべてにコンプレックスをもつようにすらなった。スタイルもいいし、風邪もひかない。

私はこの春に一ヵ月も入院して以来、気管支に烙印を押されてしまった。さっきもレッスンのあとの汗の始末を、こんこんとマリーさんは説得してくれた。レッスンのたびに帰ってからセキをしてるのを、秘密にしているのに、なぜか敏感に嗅ぎとって、彼女は私にきびしく忠告する。

マリーさんがスペインから帰って裸一貫で踊りはじめ、たった三人の同志で、アルテ・フラメンコを結成して、冒険にも似た初舞台をふんだのは、わずか二年前だった。あのときは五、六人いた弟子たちが必死で切符を売った。

舞台げいこを見守る人さえいなかった。みんな着せつけや照明やと手分けし、私一人が暗い客席に座った。誰の推薦がなくとも、証明がなくとも、誰も見にこなくとも、私はマリーさんの踊りを信じていた。もう十年も彼女を見ているのだ。しかし、いま衣裳を着て舞台に立ち、ライトに映しだされたマリーは、いかにも新鮮にそして大きくみえた。

ぶっつづけに一人で五つも六つも踊りまくった。

誰もいない暗い客席で私は一人で涙を流した。一人がそれだけのロングランを踊りこなすことの至難さは誰も知らないだろうが、こんどはみんなにも判るはずだ。

御堂会館は不思議に満員になった。

第一部はユキヒコ氏ともう一人の青年とのギターがずーっとつづくのである。これは高踏的すぎないかと私は文句を言ったが、ユキヒコ氏は無言で押し切った。

ところが舞台の袖の人も、おくれて入ってきた人も、このギターの音にひきずられ、まるで深い谷の底におちこんだように静寂の中にとけていった。

そして第二部。深紅の衣裳につつまれたマリーさんが、ゆっくりと重厚に現われた。彼女はつぎつぎとこなす踊りの衣裳替えは、伴奏や歌の合間ですまし、踊りの化身と化した彼女が、つづけさまに五曲ほど踊る。

私は後援会も何もないマリーさんに、最高の花束をおくるべく、例の市場の安花だが、山のように買いだめをした。前列の人はテープや小さい花束を思い切り投げてもらう。女の人は投げるのが下手なので、私の頭にもテープのかたいのがとんできたりしたが、テープと花束の乱舞の中でのフィナーレのマリーは本当に美しかった。

もう体力も限界のはずなのに「オートラ」「アンコール」の拍手で彼女はほんとうにフラフラなのだが、わざとフラフラにみせたギャグのルムバをおどる。

マリーは笑いながら、奴っこさんだよおーみたいなポーズで、苦しい呼吸をととのえて即興にギャグに転じたこっけいなルムバをおどる。

大きな花束を私は客席からとんでいって、舞台の下から背のびしてマリーさんに手渡した。しっかりとマリーさんはたしかに握手をしてくれた。私はファンとしてスターに握手したのはこれが初めてだ。

その日、彼女が黄金の脚のもち主であることを、ユキヒコ氏が銀の指のもち主であることを多くの人が知った。いろんな人が舞台の下から花束を捧げる。花束花束。舞台は花束で埋まった。帰りの人々は溜息をついた。何か激しい旋風が舞いすぎていった。踊りに関係もないような学者が、今年の最高の舞台でしたねとしずかに言った。

客席には宣伝してくれる人や、有名な人はいなかったが、たしかに見て感動してくれた人ばかりがいた。

だから、あの日から二年たったいま、何と百人近くのお弟子もちになってしまった。地下のレッスン場は相変わらず、小さく貧しいが、それは私達の誇りですらあった。

二、三日前にマリーさんとユキヒコ氏は、私達の古弟子七人ほどをイタリーレストランへ招待してくれた。弟子たちは、みんな技術のうまい下手は別としていい人ばかりだ。あまえて、うっとりして、腹いっぱい、弟子たちはたらふく食べた。弟子たちは下手な者でも決して棒を折って止めてゆくものはいなかった。それどころか、初めに習ったセビリアーナスという踊りが、まだうまいことゆかずに次々出来る初等科へもぐりこんでは苦戦している者もいる。

新ちゃんは、みんなの衣裳をひきうけて縫っているうち、いつしか衣裳づくりの名手となり、ユキヒコ先生からフラメンコ衣裳師としての名前もつけてもらった。

「カサ・ヌエヴァ」という。だまって縫えばいいんだという意味かと思ったら違っていた。ヌエヴァは新しいということで、新ちゃんの「新」と「新しい衣裳づくり」の意味を兼ねており、なかなかしゃれた発音でもある。フランス語ならメゾン・ヌーボーかな？

あわてものの新ちゃんは、はじめのころは先生の仮縫いのときにお尻が十センチもはみ出てひどく叱られた。叱られた新ちゃんは、右肩にレッスン着の袋、左手に大きい風呂敷包みを抱えて家出娘みたいなかっこうで、黙々と部屋を出ていった。いっしょに帰りながら「どうした？」と言う私に答えもせず、真直ぐ前を見つめたまま、ハラハラと涙をこぼしサヨナラも言わずに新ちゃんは行ってしまった。新ちゃんの涙はあまりにも美しいので、私は慰めることもせず涙を見ていた。みんなの何かひたすらな涙や笑いが、小さい練習場に、こうしてうずまいていった。

招待されたレストランでのみなの話題は、今年の年末のマリーさんのアルテ・フラメンコの第三回公演のことになった。こんどは初めて弟子のカルメン座の中から何人かが先生のアルテ・フラメンコに賛助出演し、いよいよ一つのグループ、舞踊団ができかけていた。残念ながら私は病弱につき出演できない。病弱でなくても、団体行動をぶちこわす恐れがあるから駄目なのだ。

イタリー料理とワインの酔いの中で、短い二年間のいろんなことが浮かんでくる。一人たのもしい好敵手がいた。谷口さん——通称グッちゃん。あっという間に結婚し、あっという間に赤ちゃんが出来、いましばし踊れない。ソーレみたかと、その間に追い抜こうと思ったら、私は入院などしてしまった。

一年前のある夏の一週間、北新地の高級中の高級ナイトクラブで、マリーさんとユキヒコ氏と私とグッちゃんが特別出演することになった。そのクラブのフラメンコ週間である。

マネージャーが勢いよく紹介の弁を述べると、私たちは衣裳に身をつつみ、パリのカンカン踊り子よろしく、控えの間からとびだす。

それは夜の八時から十二時ごろまで、一晩三回踊る。まさか会社へ行って、昨夜は新地で夜中まで踊っていたなんて言えないのでねむいのをがまんして、すまして会社へ朝早くから出勤する。六時になって仕事が終わると、サヨーナラといって家には帰らず、マリーさんのアパートへゆく。

「一寸ねさせてね」とマリーさんの部屋で横になっている間に、毎晩彼女は二人前の夕食をつくってくれる。

薄目をあけて見ていると、彼女の台所仕事は、踊りと同じく、テキパキし、キチンと片づき、手早い。

野菜をたくさん入れたおそばを焼いたもの。蒸したてのアサリ貝。ジャコとキューリの酢のもの。手づくりのおすし。簡易パエージャー。などなど毎日アレコレと少量だがカロリーの高いものが、あっという間につくられる。

彼女は一口、口に入れると、お箸をおき、手はひざにおいて、ゆっくりかむ。とてもお行儀がよく、無駄がない。私もその通り真似て、お箸をおいて、ゆっくり咀嚼《そしやく》する。この通り家でもやれば、スマートになるのだと思うが、私にとっては少し量が少ないように思われる。

時間がせまると、私は毎度のようにソワソワし、落ちつかず、暗い気分におちいるが、マリーさんは、清潔な音をたてて歯をみがいたり、飾り花の手入れをしたり、余裕たっぷりで出かける。

ナイトクラブは派手だが、急づくりの楽屋は、そのビルの二階の事務室で、冷房はすでに切れており、水とレモンが運ばれる。

マリーさんは、レモンをしっかり一滴のこさずしぼって、少量のレモン水をのむ。

グッちゃんは衣裳を着ながら、ハミングやブツブツ一人言を言うが、ときどき、アッ！　と声をあげる。私にはよく判る。

つまり踊りの順序をど忘れしているのだ。他人があわてるのを見ると、私はほっとする。

階段をおりて廊下を渡り、クラブの裏手の化粧室へ入るまで、グッちゃんと私はそれぞれにアレコレと大騒ぎを演ずる。相手があわてるとうれしくなるが、自分のはもっとおぼつかないから、人のことどころではない。その間マリーさんとユキヒコ氏はまるで静かだからフシギなものだ。

化粧室には、外国式に年取ったおばさんがいて、お客にタオルをだしてサーヴィスし、チップをもらう。鏡を見て化粧直しをしている私をつくづく横から眺めて、

「きれいやのお。姉ちゃんら、何かね。昼間もどこか喫茶店かどっか行っとるの？」

とおばさんが聞いた。

「そおよ。昼は昼で別のとこで働いてるの。夜は踊り子よ」

と私は健気そうに答える。これこそ昔からの私の夢だった。

「ソーラ出番だ。がんばってな」と、おばさんがお尻をポンと叩くと、とびだすという順序であ

る。

それまでは嫌だが、花やかなクラブの中でライトに当たり、お客の前へゆくと、つい浮き浮きと踊り子稼業冥利につきるといった気になってしまう。

いつもは客席にいるであろう私が、演技側にまわって客を眺めると、どうも酔っぱらった客側の方が酒演という演技をやっているようにみえる。

グッちゃんという女性も妙な人で、お酒ものまぬのに酔っているみたいで、何をしでかすか判らんといった風に踊り出す。だから私は心配して、ここでは味方意識がつよく、がんばれ！　正気になれ！　と夢中で手拍子と掛声をかける。別に彼女は酔っているわけではないから、大胆に、まちがいもせず、さっさと踊ってのける。

私の方が危い。クラブの楽団のタイコやドラムが舞台の傍においてあるのを、けとばしたり、ショールをひっかけたり、毎日何かがおこるが、それでも客を前にして踊るというのは、やはり真剣勝負であるため、一回ずつ目に見えてうまくなった。

ある日はギタリスト、ユキヒコ先生に、はじめて「今日の三回目のは完璧でした」とほめられたときは、うれしくてぶったおれそうになった。

だっていままでいろんな舞台で、ユキヒコ氏に迷惑ばかりかけていた。一章節ボンとぬかして踊ったり、出初めからへんなときに踊りだしたり、いつもいつも彼だからこそ、すぐさま、ごまかしてアレンジしてくれた。

些細な失敗も他人には判らずとも、彼はのこらず知っていた。いわば主治医みたいなものだ。だから客よりも、ユキヒコ氏にほめてもらえるのは、私の最高の勲章のようなものだ。

このクラブは高くて有名だから、あまり友人は呼べなかったのに、三人のふだんおつきあいしている奥さまたちが、わざわざ見に来てくれた。休憩時間に衣裳のまま、ホステスのように友人たちの座席へゆくと、ほんもののホステスが「何飲まれます?」と言う。高いから、あわてて「水ください」と言って、楽屋でもクラブでも水ばかりのむ。サクランボがでてくると、私は小さい声で友人に「ここではサクランボ食べちゃダメよ。一個いくらだと思ってんの?」と言うと、ほんもののホステスが小耳にはさんで「ケチ」といって私をつねった。

私はあとで、マネージャーに「私の友人たちは普通の家庭の奥さんだから高いと目をまわしますから、おねがいですから、ボラないで下さい。値を安くして、ボった分だけあとで差額を私が払いますから」とサイフをもって言いに行った。マネージャーは眼鏡の奥で二ツ三ツ目をしばたたいたかと思うと、けげんな面持ちで私を見つめ、急に胸を張ったような形で「冗談じゃございません。わがクラブが、ボっているなどとんでもございません。お友達のは普通よりお安くいたしてございます。ご心配なく。さあ踊って下さい」と言った。よくよく考えると、わがクラブはボルので有名でございますとはマネージャーとして言えないのは当然である。ボルという言葉の表現がおかしなことになったのだなと大分のちのちになって思い当たった。

踊りがルムバで終わると、私たちは手を振りながら「アディオス・アミーゴー、アスタマニアーナー」などといっぱしスペイン語で客にわめいて、客もまたお気に入りの踊り子に言うように別れの愛の言葉を叫び、すっかりいい気になって暑い楽屋へ消える。

楽屋には新ちゃん達が、アイスキャンデーやタコ焼きなどもって待っててくれたりする。

私はゲストなので師匠よりもギャラが高く、一日五万円也。師匠は三万円だった。これはマリーさんが交渉したものだ。五日間で二十五万円もらった。私は師匠二人に差額をうやうやしく捧げもっていった。うれしかった。脚で稼いだという気がして、あみタイツの自分の脚をやさしく撫でてやった。グッちゃんも札束をパラパラとめくってサイフへしまいこんでニヤリとした。

あのままの調子で店ででも稼いでいたら私はものすごくうまくなっただろうなあー。

私はみんなといっしょのクラスで習うほかに、個人レッスンも受けている。

隣りに友達がいないからごまかしがきかない。いままで習ったものは、アレグリアス、ソレア、タンギージョ、タラント、……ずい分習っているのに片っぱしから忘れるのはどういう頭の構造になっているのだろう。一種の白痴ではないだろうか。

この前の週に習ったのがなかなかでてこない。

「どこまででしたか?」とマリー先生が言う。覚えているところまでをやってみせて、

「ここまででした」と言う。

マリーさんはじっと考えこみ、少し脚を動かし、あれこれ思いだそうとしている。先生もたくさんに教えるからいちいち覚えていないらしい。私もすっぱり忘れたのだから、一からやってもいいのになと思っていると、

「こんな脚もしたでしょう?」と、奇妙な脚さばきをしてみせる。

「あ、そうそうでした。そこまでです」

「いや、その次こんな振りもしたでしょう?」

「あっそうでした。思いだしました」

やっと思いだした。すかさず私は先生に向って、

「覚えといて下さいよ。先生」と言う。

「私の言うセリフよ。忘れないで下さいね」

……と、思い出すまでに大分時間がかかってさて授業が始まる。

日曜日に寒い庭で何べんも何べんも練習したはずなのに、マリーさんの前で一人で踊ると、ばきが下手だから音がでないのだ。いや床と靴がわるいんだ。意地になってもう一度初めから踊り直す。同じ箇所へくると、急に脚がもたついて、悪い方へ悪い方へとゆく。先生が同じように叱る。

「ダメ、その脚なってません!」と叱られる。練習したのは言い訳になどならない。現実に脚さもう一度やり直す。そのうち頭で判っていても、体が疲れてきて、汗と冷汗と両方で顔はくしゃくしゃになる。

マリーさんが横でいっしょに踊ってくれる。手の振りが、まるでピカ一の白鳥のように美しいので、鏡の中でうっとりとみとれてしまう。みとれるとケロリと順番が判らなくなる。第一、鏡にうつるマリーさんのすっきりした体ともたもたした私のスタイルの差。手つきの差。脚つきの差。そのあまりの差にだんだん自己嫌悪に陥ってくる。叱られるのと自己嫌悪で、私は白痴だ、私は白痴だーと心の中でくり返しているのに気がつく。先生も私を白痴と思っているに違いない。マリーさんの目つきが、次第にケイベツの色を帯びてくるのが判る。他の上手な生徒の誇らかな顔が浮かんでくる。

「違う」とマリー先生がドナった。「バカ!」といわれたように思う。

汗でぬれた練習衣を着かえる。涙でぬれた衣のようだ。私は妙にしょげかえって肩をおとしてトボトボと教室を出る。人生の落伍者のような感じがする。私は何のとり得もない人間だ。一つの踊りがあーも出来ないというのは、私の人間というものを形でみせてくれたようなものだ。

それにしても、マリーさんへの羨望は、ときにコンプレックスに変貌する。

一度でいいから代ってみたい。

「胸を張って!」とマリーさんが叫ぶ。これ以上張れんほど胸を張る。

「張るだけじゃダメ。肩をおとして!」

張って肩をおとすのはひどくむずかしい。

「そら顔をあげて! 下向いちゃダメ」

あわててツンとソッポを向き天井をにらむ。

「アゴはひいて!」

ここらへんで混乱してくる。上を向いてアゴをひくとは何事だ。そんな無茶ができるかってんだ。

アゴなんてひいてやるもんか。

あー私もいっぺん下級生のところへ行って思い切りドナってみたい。

「その脚の音、聞こえない!」

「もっとつよく」

「体重かけりゃいいってもんじゃない。脚の中に根性を入れろ!」

「ダメダメダメ。脚をつけかえなさい」

「脚をつけかえる前に心も入れかえなさい」

「今夜は八時までその同じ脚をやる！　ワタシは帰る！」

なんてのはどうだろう。


マリーさんが親鳥のように空中に鮮やかな曲線を描いて美しい飛び方を教えてくれる。空中に飛ぶには滑走が大切なのよと、微妙で小刻みな脚のきざみ方から、しだいに力強いステップに変わり、ついに飛翔する。私もつい飛べそうな気になって真似をするが、羽が弱いのでバッサリ落っこちて尻もちをつく。私には羽がない。

このように自信をもって子鳥をとびたたせる図を見ていると、私は羨ましくなってくる。

私はたった一人でもいい、誰かに、何かを伝え、絶妙なる自信をもって手本を示してやることができるだろうか。

ナニモナイ、ナニモナイ……


みんなは最後のコーヒーをのんで、イタリーレストランを出た。秋雨がぱらついてきた。私の気管支はまたセキこんだ。

なぜか脚を痛めた元踊り子が、かつてのライトを浴びた舞台を回想するように、私は自分の踊りが過去形になるのではないかと悲しかった。

砂丘に消えた絵巻

私は何とはなしに、誘われるように粟ヶ崎のレヴューのあとへ向かっていた。粟ヶ崎とは、金沢平野を日本海が洗う一郭――内灘闘争のあったあとだが、私は、そのまた昔の粟ヶ崎レヴューのあった時代の夢を追っかけて、その浜へ向かった。

晩秋のある日、金沢へやってきた私は、子供時代を過ごしたこの古い街を、放送局の生番組のスタッフと一緒に、私の想い出をもとめてアチコチの街角街角をさまよっている間に、昔のレヴューのことを思い出していた。

金沢の人は粟ヶ崎のことをアワンサキという。その昔、といっても戦前のことだが、粟ヶ崎には赤屋根の遊園地があり、その中の大きな劇場では、レヴューや芝居をいつも賑々しく公演していた。これはいつごろ出来て、いつごろ解体したのか私は知らないが、とにかく私の子供のころはその全盛時代であった。大阪の宝塚のように、金沢の宝塚であり、オアシスだった。

春のおどり、秋のおどり、夏のおどり。冬のおどりはあったかしら？

その日々の催しは、原色豊かなポスターとなって金沢の街々に貼られ、人々は、新しい季節を迎えるような新鮮な喜びでそれらを迎えた。

休みの日、アワンサキのレヴューと芝居を見に連れていってもらえるのが、子供にとっては最高にゴージャスな日だった。

そんな待望の日の前日に、こんなこともあった。お隣りの病弱の友達の家から、明日はたくさんの親類縁者の子供たちを集めてお菓子を山と積み、源平合戦をやるけれど仲間入りしないかと誘いをうけた。その遊びとお菓子の魅力にひきずられて隣りへゆくべきか、アワンサキへゆくべきか、私は二者択一をせまられた。深刻に悩んだ揚句、やっぱしアワンサキを選んだ。

どの家も一家族全部がおしゃれをし、お重箱入りお弁当をたくさんもって単線電車に揺られて、ゆったり時間をかけてゆくのが、その日のフルコースの前菜で、電車が客で混み合い、スピードがゆっくりなほど私達はうれしかった。大人たちもけっこう楽しみ、電車の中は社交場の如く賑やかで、活気があり、のんびりしていた。

そのころ私の家はそんなに金持ちではなかったが、それでも呉服屋さんは反物を背負ってよく母を訪れた。手さばきよく次々反物を半分ずつ広げて見せては、今度のアワンサキの春のおどりに合わせてとか、○○座の芝居ゆきのときとかいっては、母は柄や色を選んでいた。呉服屋を迎えたその日本間は芝居の話でいつもひとしきり花が咲いた。ひどくソッパの呉服屋さんの顔は、さしずめ当時の平和使節のシンボルである。

それに比べて私達のこのごろの生活はいけない。義理買いしたような芝居の切符片手に、仕事着のままそそくさとタクシーで劇場にかけつけ、そこには私と同じように義理買い客も何人かおり、中には教養を鼻にかけた顔をし、ホールをうろついて顔をうってまわり、玄関で買ったパンフレットなどまるくまいて、立ち話する風景などイヤダなあー。しかも中身が面白くなく、客はまるで俳優に叱られてるみたいな難しい芝居を見て、幕間にあわててコーヒーの立ち飲み、というのはどうもイケナイ。

本来、芝居や音楽会というのは、そこへゆくためにアレコレおしゃれをし、終わってからゆっくりと夜半までお酒など飲みあかして、その夜の観劇を話し合うまでが観劇であろう。

何年か前、大阪の新しい歌舞伎座へ招待されたときは面喰らってしまった。つまり、昔からのマス席なので、座って飲み、かつ食べながらの観劇かと思って喜んでいたら、食物は幕間に地下のレストランで食べねばいけなかった。ところが幕間のレストランは超満員である。ガラス越しに黄昏《たそがれ》の表通りを見ると、すし屋や酒場などのネオンに充ち充ちた街の通りをそぞろ歩いている人々が妙に羨ましく、歌舞伎座が檻の中のように思われた。何のことはない。観劇というのが、このごろでは苦行の一つになっているのだ。だから私は舞台が始まると地下へ行って食べ、幕間になるとマス席へ戻るというへんな具合いになってしまったことがある。

アワンサキのころは楽しかった。

子供の私達はゆっくりと電車にゆられながら、時間が惜しいとも思わず、無限の刻《とき》を電車の中でたっぷり楽しんで砂丘へ向かう。

そのくせ砂丘に赤屋根が見え出すと、気もそぞろで、毎度叫び声を発し、降りるためにあわてだした。大人も同じようにわくわくしてたにちがいない。

赤屋根の下は、ステキなレヴューガールが勢揃いして待っている異人館なのだ。でも客席はタタミのマス席で、各家族はお弁当を広げ、お酒をくみかわし、幕の開くのを待つ。チューブ入り明治チョコレートはそのころの最高のお菓子で、その日はそれを口にくわえて、少しずつチューブをおしては、しゃぶる。いつもはラムネだが、その日はサイダーも飲めた。

幕開き前は胸がときめき、黒子の拍子木の音は、そのまま私の心臓の音のように速くなっていって、気が遠くなりかけたとき、最後のチョンで気がつくと、舞台には別世界がくりひろげられる。

黒子をかぶったおじさんの日ごろの素顔も私は知っているし、頭を撫でてもらったこともあるが、黒子こそ私達に未知の世界を披露してくれる道案内者として私は尊敬していた。彼は幕の中身を知っているのだし、彼は芝居の進行も知っている。それが私にはえらい人に思える。さしあたり大人になってからの私が覚えた言葉でいえば、彼は演出家、舞台監督さんなのである。

舞台の前方にあるオーケストラボックスに座って、いろんな楽器を持っていた楽団員も、その横に並んだ三味線ひきも、みんな大芸術家に思えた。この三味線ひきのおばさんの旦那さんは役者で、一人娘のアーちゃんは踊り子である。一家は長いこと私の家族とも親しかった。いま思えば、田舎まわりの貧しい三人家族なのだが、家じゅう全員が芝居をやっているなんて、何とすばらしい芸術一家だろうというのが、子供の私の誇りでもあった。

役者さんの名は村井といった。大変器用な役者で、アワンサキの芝居の練習のときはみんなの演技指導もした。楽屋の裸電灯の下の火鉢を囲んで、化粧を落とした役者達はユカタの上に丹前を羽織った姿で、台本よみをした。衣裳もなく舞台に立っているわけでもないのに、丹前姿のお姫様は妖しい声で色っぽいし、サムライは力強く、ときどき火箸をつかんで、ヤアーと見得を切ったりするのを、私は感心してどこかから見ていたのを思いだす。

この村井さんという役者は、絶えず私の家にたのもしいおじさんとして座を占めていた。病気で吐きそうになって泣いていた私の看病など、母よりも上手で、そーらと言いながらミルクを飲ませ、背中をさすり、うまく吐かせて、たちまち私を元気に生き返らせてしまうので、命の恩人のように思ったものだ。いま思えば、あんなとき、舞台で客の心理をつかむ要領で、私をあやしつけたのだろう。やっぱり名人だったんだと思う。

冬のある日、庭一面に屋根まで埋まった雪を村井さんを大将に私達兄弟三人はコシキダ（木のスコップ）を持って大作業を行った。庭全面が見事な雪の迷路トンネルになった。生きた造型教育であった。出来上がったトンネルを見て、満足そうに笑う村井さんの顔は、舞台で拍手を受けているときと同じ顔だった。

村井さんはチャンバラなどの他にも、獅子舞いの獅子や龍の布地の中に入って、舞台狭しと、おどりまくりすべりまくるのも巧みで、龍の中から顔を出しておじぎをするとき、両手とおなかにはローラーをまきつけてあった。こんなのは朝めし前だった。

村井さんの家は転々と変わったが、粟ケ崎の砂丘に役者さんばかりが住む長屋みたいな所にいたとき、私はわざわざ泊まりに行った。

カラスがいて、目を白黒させながら村井さんの命令をよく聞いた。この長屋は私には芝居の中の造りつけの家のように思えたし、住んでいる人々も生活も、芝居そのものに思えて興味深かった。

隣りの若夫婦が長火鉢に向かいあって、何かしきりとしゃべっている。そこへ遊びに行こうとして、その女の泣き声に私は足をすくませる。女のうらみつらみの訴えをぬすみ聞いて、私はもらい泣きをするのだが、このとき手に持っていたお茶わんを落としてぬすみ聞きがバレてしまう。役者さんは舞台だけでなく現実の生活にも暗い涙をしょっていることを思い知ったが、ここいらで私の記憶はうすれてしまう。

春のおどり——赤い雛壇に人間が扮したお雛様一同が座り、うつらうつらと春の日に、桜の花びらが舞いおちる中でいねむりをしていた。

下段の者から順ぐりに春の舞いをおどる。金太郎もおどり、お姫様も舞った。下手からフーフー言って舌切り雀のイジワルばあさんがツヅラを背負ってやってくる。ホクソえんでツヅラをあけたとたんに舞台は暗転し、ツヅラから出たお化けの舞いにばあさんは気絶する。パントマイムだが、いかにもうららかな春の宵らしく、私はいまでもこれは良い出来映えの春のおどりだったとうなずく。

チャンバラ芝居は、私達の戦争ゴッコの手本となった。赤ダスキをかけた堀部安兵衛が高田馬場へ韋駄天走りのときは、黒子が何丁目、何丁目と墨で書いた紙をめくる。その紙の前で安兵衛はただひた走りに走る。私達はマス席のへりにのりだし、ちょんとお尻だけのっけて息をのんで応援する。

レヴューのスターはミラノ・マリコという宝塚からきたスターがリーダーであった。若い踊り子は彼女から振り付けを習う。

黒いエンビ服に黒絹タイツ姿のミラノ・マリコは、ステッキを巧みにふりまわしながら「ウチのパパー、うちのママー」の歌を身をくねらせて歌う。むっちりと中年太りだが貫禄があり、魅力があるなあと思った。
また大きな鏡を割ってしまった女の子が、主人と同じ扮装をし、主人が立ち向かう鏡の向こう側で、主人と同じアベコベの動作をするコントがあった。鏡を拭いたり、タバコを吸ったり、腰をかがめたり、音楽に合わせたパントマイムのおどりが面白く、ナントステキなアイディアだろう！と私は大感嘆した。
ミラノ・マリコが、ある日、二、三人の踊り子を連れてわが家へ父を訪ねてきた。私にはレヴューの踊り子は外国人のようにみえた。もちろん座敷で彼女たちと同席などはできっこない。玄関に脱がれた三足のハイヒール。黒、茶、グレイ。私は泥棒猫のようにそおーっと玄関へ行って、ハイヒールに足をつっこんだ。足の裏から伝わるなまめかしい大人の女の肌ざわり。心臓が飛びだしそうに高なった。いまにも座敷からミラノ・マリコがでてきそうだ。しかしあだっぽい足の感触の誘惑から逃れられない。さりとてミラノ・マリコに向かって靴をはかして下さい——どころか、コンニチワも言えない。フーッとタメ息と冷汗が両方出てきて、夢中で順番に三足全部のハイヒールに足をつっこんでゆく。ついでによつん這いになり、手もつっこみ、なめてみようかとさえ思う。

すべては平和で華麗な幼児の絵巻物だった。

あれから、まもなく日本は戦いの日々に入り、敗戦を迎え、さらに十数年、はるかに日は流れ、私はいま深紅の秋の夕陽の落ちかける青灰色の北国の海の前に数人の放送局の人たちと立っている。生放送だから黙っているわけにはゆかない。さっきから、ミラノ・マリコ、ミラノ・マリコを連発していた私は急にもう言葉がなくなった。ただ眼前の影像に想いを深くする。

一直線の砂丘にアカシアの林がどこまでも続いている。六月には白い花がレースのひだのように砂丘を彩るだろう。内灘の闘争のあとには戦争中の兵器庫が黒く砂に埋もれてみえる。

北の海は太平洋の朗らかさに比べて深い憂いに沈む。

海も砂丘もあるのに、あの赤屋根のレヴューはまるで拭い去られたようにもうない。

この砂丘にくりひろげられた束の間のあの日々の華麗な舞いは、砂丘の蜃気楼《しんきろう》のようにいまはもうみえない。

幼い私に、ふんだんに夢の種をまいていった踊り子やサムライはどこへ行ってしまったのだろう。村井さんやミラノ・マリコにいまここで会いたいと思った。

一風変わった彼ら——旅人たちの群れが砂丘の彼方に次第に消え去るのを確かめでもするように、私は目を遠くに走らせる。


ヘレン・ケラーが「もし三日間だけ眼と耳と口がひらいたら私は何をしたいか?」という文章を書いたのを読んだことがある。確かこんなふうな文章だった……。

まっさきに私は、いつも傍にいてやさしくいたわってくれる大きな犬をよっく見て愛してやり、さて、真先に劇場に駆けつけ、目と耳と口で、人間の喜び、悲しみ、歌、おどりの中にとっぷりと浸る。それから……さて、あと数時間で約束の日がやってきて、再び眼も耳も口も閉ざされる。どうしよう。やっぱりもう一度大急ぎで劇場へとんでゆくだろう——。

このような感懐——人が芝居やレヴューによせる喜びを私がもっとも堪能したのはアワンサキの子供のときだった。

でもいまは？　芝居のポスターにもなぜか胸をときめかさなくなった。

しかし、きらびやかなフラメンコ衣裳を着て、カルメン座でおどる私の中に、多分アワンサキのレヴューの情感が波うっているにちがいない、とミラノ・マリコは言うかもしれない。

あとがき

私の目の前の白いテーブル。白いコーヒーカップ。私はそれをとり上げて、ゆっくりとコーヒーのほろにがい味を舌の上にころがす。まわりはエーゲ海の青緑色をのぞけば、すべては白い世界だ。太陽も白いし、時間も白い。私は私の白い羽を思い切りのばして、しばしのいこいを自分に与える。

背中から生えた羽は、こうして私をいろんなところへ遊びにつれていってくれる。でも私は天使ちゃんじゃないから、いつもいつもストンと地面に落っこちて、羽は妙な風に、まるで墜落した模型飛行機のようにゆがんだりする。

羽は私勝手の遊び専用羽だし、無用の用だから、落っこちても誰も助けてくれない。だから、私はいつも痛めた羽はツバをつけてなめて手入れをよくして可愛がってやる。そしてまた新しい遊びの旅をつづける。

一年にわたって婦人画報で「女の遊び場」という遊びの頁を与えられた。

それをチャンスにさらに「遊び場」を加え、書き下ろしを含めて、改めて一冊として『午後の踊り子』と、新しく生まれ変わった。刊行に当っては、角川書店編集部の豊嶋和子さんにお世話になった。

いつも私は喜び勇んで、原稿用紙の白い頁を、羽をつけてとび廻った。

旅もしたし、フラメンコも踊った。

フラメンコときては、羽をもってるにしては下手もいいところで、靴はぬげてとび、扇子は落とし、舞台からいつ体がころげおちるか判らない。だからわたしはいつも放課後の生徒だ。

午後の踊り子さ。踊り子は病気もし、入院までした。でも羽をもっている限り大丈夫。

この羽？　大分すり切れちゃったなあ。

鴫居羊子

M嬢物語——鴨居羊子人形帖

父が贈ってくれたお雛様

女の子のいる家はどこも三月には赤い毛氈《もうせん》をしいた雛壇とお雛様たちが飾られる。金沢は雪国のため春の訪れがおそく、したがって一ヶ月おくれの四月がお雛様の月となっていた。

雛壇は、私は買ってもらったことがない。兄と弟の男兄弟だからだと思っていたが、よその家では男兄弟の中に女が一人いたら、よけいに大切にして家中人形だらけらしい。私の家では私が生まれると〝なーんだ、こんどは女の子か〟と、客がくると〝そーらめんどうだから押し入れにかくそう〟とばかり押し入れにほーりこんだらしいことをあとで聞いた。そうとも知らず私はお雛様を欲しがりもせず、もっぱら男の子のチャンバラごっこの仲間入りをする。男の子がぜひとも鯉のぼりを欲しがらぬように私もぜひともお雛様を欲しいとは思わなかった。あの型通りの類型性が、あまりぴんとこなかった。

しかし、一ばんでっかい雛壇を飾ってある家へは、よく遊びに行った。私の関心は、お雛人形ではなく、もっぱら雛祭り用の色のついた干菓子《ひがし》やお白酒なるものだった。小さい籠の中に盛られた美しい干菓子は少しもおいしくなかった。お白酒より卵酒の方がうまいと思った。

ある家では、ママごとのような小さいお膳、小さいお椀、小さいお皿で雛祭り用の御馳走をセレモニー通り食べさせてくれたが、何杯食べてもおなかが一ぱいにならなかった。

ある日の午後、二階の畳の間で、私は紙の着せ変え人形を作っていた。そのころ、それは流行《はや》っていて、どこの家の女の子も気に入ったお菓子の空箱をもっており、その中には作りかけの着せ変え人形のいろいろが入っていた。手内職の続きのように彼女達はひまがあるとその箱から人形をとり出して洋服作りにせいをだした。ボディの裸の人形の上に、いろんな服、スカート、ズロースをひっかけてつけてゆく。帽子もカバンも髪飾りも作った。靴が一ばんむずかしい。

私は何体も作った。色鉛筆でプリント模様を描き、そしてそれぞれ違う服を着せた。針金で作った眼鏡をかけた近眼の子もいる。

床の間代わりに部屋の端から端まで、長い違い棚がつづいていた。その細い違い棚の上に着せ変え人形をずらりと並べた。もっていたフランス人形もグリコのオマケも一しょに全部並べた。私は大人になるまでグリコのオマケをたくさんもっていた。動物のおくるみ人形は一匹もいない。ほんものの犬や猫は好きだったが、ニセモノの動物のおくるみ人形は全く私には何の興味もなかった。

これら自分で作った人形達をこうして並べてみるとなかなか大したものであり、お雛壇よりも充実しているように思えた。畳にねそべってフーッと溜息をつきながら、片ひじをついてわが人形を眺める。ここで大人なら一服つけたいところだ。

長い午後だったように思える。さりとて母や友達に見せるでもなく、それから私は外へ遊びに行った。

金沢には粟ケ崎といって日本海に面した砂丘がある。戦後、内灘闘争のあった浜だが、戦前には、宝塚をまねたレヴューの殿堂があった。赤屋根の大劇場があり、そこへ遊びにゆくのは金沢の人の楽しみで、日曜ともなれば、各家庭毎に、お重箱につめたお弁当をもって単線電車にゆられてこのオアシスへ出かけた。

町々に〝春のおどり〟〝秋のおどり〟〝夏のおどり〟……と粟ケ崎のレヴューのポスターが賑々しく貼りだされるとき、それは金沢の人に新しい季節の到来を、花に先がけて知らせていた。

家庭の婦人は、そのお芝居に合わせて春や秋の着物を新しく仕立て上げた。

各家庭を大風呂敷をかついで訪れる呉服屋さんは、さしずめ当時の平和使節で、反物が放射状にちりしかれた奥座敷では、芝居の役者や新しいレヴューの踊り子さんたちの話題に花が咲いた。

ある年、春のおどりの新しいレヴューの台本を、私の父が書いた。私は枡席の木の縁にのっかってカタズをのんで待っていた。拍子木の音と共に緞帳《どんちょう》があくと、舞台一面の緋毛氈の雛壇に、それぞれの人形に扮した役者がずらりと並んでいる。お内裏様、左大臣、右大臣、三人官女、五人囃子、家来いろいろ、金太郎、一ばん下の段にはミラノ・マリコという当時のスターがモダンガールになって、ハイヒールをはいている。黒いタキシード姿の太ったコメディアン。

桜の花がチラホラと舞い、全員がけだるい春の曲に合わせて、うつらうつらといねむりをしている明るくうららかな春の図である。やがて下の段から順番に、それぞれの舞をやる。子役の金太郎は、拍子木だけに合わせて凜々《りり》しい男舞いを舞った。

ミラノ・マリコはお尻をふりながらモダンダンスを踊る。ミラノ・マリコは、宝塚から流れてきたスターで、金沢の里見町にあった私の家にもときどき、妹弟子達をつれて訪れた。古い武家屋敷の玄関に、すばらしい流線形の華奢《きゃしゃ》なハイヒールが三、四足ぬいであった。まるでいまにも走りだしそうな精悍なかもしかを連想させる靴だ。私は四つん這いになって、泥棒猫のように玄関にしのびこみ、片脚ずつ、そおーっと足をつっこんだ。つっこんでは、ひゃーっと溜息をついた。胸が高鳴った。いまにも座敷の障子があいてミラノ・マリコが現われそうだ。それでも生まれて初めて味わう足の裏の何ともなめらかな、なまめかしい曲線の奏でる感触から逃げることができず、私はハイヒールを順ぐりになでまわし、何なら舌でなめてみそうに魅せられてしまった。

そんな背の高いハイヒールが、ちゃんと足の裏にくっついて、ミラノ・マリコは見事なモダンダンスを踊った。コメディアンは「うちのパパー」の歌を踊りながら歌う。お雛様まで優艶《ゆうえん》な着物の舞いを舞いおわったとき、舞台は俄かに暗転し、下手《しもて》から、でっかいつづらを背おったいじわる婆々が、ヤッコラサーと現われた。ほくそえんでつづらをあけると、さらに舞台は、音楽が消え、気味のわるい笛の音とタイコだけで、つづらから現われたお化けの舞いとなる。婆さんは腰をぬかす。やがて、若侍や金太郎がお化け退治の舞を踊るとめでたくお化け退散。

再び春の宵となった舞台では、ふりしきる桜吹雪の中を、みんなが踊る。お内裏さんも、ミラノ・マリコも金太郎も、いじわる婆さんもみんなが浮かれて踊る。踊る。まさに世は春たけなわ。

私は見事な出来だと精一ぱいの拍手をおくった。

この春のおどりの大きな舞台のお雛壇こそ、父が私に贈ってくれたお雛様だったことを、いまにして私は知る。

赤い雛壇は、さらに大きな大きなピンクのリボンでくくられて枡席にちょんと坐った子供の私の前へさしだされた。

私はいつでもそのリボンをとくことも、結ぶことも自由にできた。リボンさえはずせば、半世紀も前の音楽と花吹雪の中を、お人形達は踊りはじめる。リボンを結めば、再びお人形達は、舞いおわり、口をつぐんで、黙してしまった。

屋根裏の宮殿

小学校の五年生のとき、同級生の土居わかさんの家へ招ばれた。土居さんは体が弱かったが、なかなかの勉強家で、一ぱしのサムライ?といった感じ。のちにさっさと修道院の尼さんになってしまった。

貧しく小さい土居さんの家は、教師の家らしく、つつましさに充ちている。病弱の兄と妹の二人兄弟を、なめるようにお母さんは大切にし、娘の友人の私を珍しい動物でももてなすように御馳走を山ほど作って、何かと世話をやいた。

土居さんの小さい部屋へ行って、あっと驚いた。大きな古びたフランス人形を彼女は大切にもっているのだが、その人形に関する着がえの洋服、下着、靴、勉強の道具、カバン、洗面用具。ありとあらゆるものを丹念に彼女は作っている。冬ともなれば手編みのセーターに帽子に手袋。まるで妹の世話でもやくように彼女は面倒をみた。

その屋根裏の部屋はまさに屋根裏の宮殿だった。人形をたくさんもってほっぱらかしておくのとは違って、土居さんは一人の人形に徹底して、愛の道具をせっせと作っている。ていねいな偏執が充ちていた。

私が男の子とチャンバラごっこで大さわぎしている間に、土居さんは独りで屋根裏にその夢を塗りこめていった。

　私は急に自分がバカみたいに思えてきたが、あまり羨しいという気もなく、お母さんの運んできてくれたラーメンをすすっていた。つまり未《ま》だ、私には人形に対する愛着心みたいのが芽生えていなかったのと、妙にその完璧さに大人の匂いを感じとったからだ。なぜか教育者の親が、そうさせるようにし向けた感じが直観で判る。

　もし、土居さんが、お母さんに内緒で、宿題もせず、こっそりかくれて、人形のためにいろいろと作り、私に片目をつぶって、そおーっと秘密裡に押し入れの奥の人形の世界を見せてくれたのなら、もっと感動したかもしれない。

　親や兄弟や夫婦が肩をくんで仲良く何かを一しょに作る――なんてのはどうも納得ゆかない。親しい者同士こそ、歯をむいてケンカしてた方がいいと思っていた。

　しかし、体の弱い子のこういった一つのことへの偏執の世界が私は気に入った。これはたしかに土居さんの人形になり切っていた。この人形の世界では彼女は王者であった。何をするにも土居さんの命令がまかり通り、どのような些細なことにも彼女の神経と美意識がみなぎり、彼女はここでは自由そのものであり、健康で饒舌だった。

手遊び人形はかなしい

私は手遊び人形を数体もっている。いずれも街でゆきずりに、あわてて買ったもので、時代ははっきり判らない。別に調べてみようとも思わない。どちらにしても江戸の末期から大正初期までは下らないだろうと思っている。

古い日本人形を特に好きだというのではない。好きか嫌いかといわれれば、もちろん好きである。しかしちょっとこわい。うす気味わるい。

こわいものみたさというか、こわいから、街で見かけると手に入れたくなる。街は主に東京か旅先が多い。

東京へ行ったり、旅行などすると、異国に旅しているように錯覚して、いやに物珍しく、異国人の眼で、うろつきまわる。この前など、間ちがえて、原宿で日本の古い着物を買ってホテルでガウン代りに着ようとしたら、何と子供のお祭り用の着物で、腕がニューと出てしまった。

予期しないところで、予期しない古びたうす汚ない、うす気味わるい日本人形に出会う。渋谷のときもあるし、上野や浅草、または博多、北海道のススキノの古道具屋だったり、ときには百貨店の特設の道具市であったり、リオデジャネイロの裏通りであったりする。

そのときの、古びた小っぽけな人形との出会いのときの、あの気持はなんだろう？

小さな、いたんだ、あわれな人形たちは、いろんな存在の中から、私の網膜に飛びこんでくる。あだし野の無縁仏のあの数々の仏たちのように、私をとらえ、そしてはなさない。

一見、私には、百円くらいに見えるものが、三千円、五千円といわれることもある。自分の服を買うときは、あれこれと値段や形に思い惑うが、人形のときは惑わない。それは人形の魑魅魍魎《ちみもうりょう》にみせられているからだと思う。

目の前に一つの小さい人形がいる。この目前の人形のうしろにあるものに魅《ひ》かれる。この人形の仲間たち、そしてこの人形を抱いて遊んだ女の子たち。その子供たちもいまはきっとあの世の人になっているに違いない……。

目前の古びたいたんだ小さい手遊び人形を見つけると、そんな空《むな》しの世界にすぐさまよってしまう。彼女ら、彼らの空しの世界に、その人形を手に入れることによって自身も入ってゆこうとする。二千円が、二万円がそのパスポートである。

それは甘美な、浮遊の世界である。うらみの充ちた不浸の世界である。

古いうす汚れた店頭の手遊び人形は、無雑作に新聞紙にまるめこまれて手わたされることもあるし、ていねいにいとおしむように、薄葉紙にくるまって手篤く手わたされることもある。

無縁仏に供養の気持をこめて、人形を受けとる。でもこの人形は、またもや人に身売りしたことがかなしい。

いたんだ小さい人形を、私はそそくさとハンドバッグに押しこんで、逃げるように立ち去る。

この人形を愛したあの子、この子は、しあわせに生きたのだろうか？　その子の家は立派に、いまも栄えているだろうか？　この人形のように、家も身も売りわたされ、没落していったのではないのか？

人形の髪はほつれ、毛は半ばぬけ、着物の裾は乱れ、カノコの赤いべべは、ところどころ破れている。だから、いとおしい。立ち去れない。無惨な華麗さ。いや無惨だからこそ華麗なのだと思う。細い眉、ミカ月のようなきれ長の眼、半ば開いた朱の残る唇。はじめから不幸を背負った、薄幸の美しさをもった人形。やんちゃの末、家も身も崩してしまう放埒《ほうらつ》を約束している美形の童。

私は買ってきた人形たちを、ガラスの箱に入れ、それを「お大事箱」と称する大きな引き出しの中へ納っておく。決して観賞したり、人目にさらしたりしない。

大事に闇にもどし、空にもどしてやっている。私がこの世にいなくなったら、この子たちは、また古道具屋に身売りしたり、他人にもらわれてゆくだろう。

手遊び人形はかなしい。美しくてもかなしい。美しいからかなしい。うす気味わるいからかなしい。

分身のように離さないお人形

古びて、くちゃくちゃになって、少し破れていたり、ヨダレがついたような人形を、無造作に、それでも自分の分身のように、決して離さないで持って歩いている子供と人形との関係を見るのは好きだ。人形が肉体化された感じがする。飾りもの、置物でなく、実際に一役買って人形が働いてる感じだから、生きものみたいな気もする。だから道すがら、そんな風な子供と一体化したうす汚れた人形の中に、ひどく魅力的な人形がいて、立ち止まって見送り「ちょっとそのお人形、お姉ちゃんにゆずってくれない?」とねだりたくなるような人形にときたま出会うことがある。しかし、そんな人形はその子の分身にちがいないから、もっとでかくて高価な人形とかえっこしようと言ったって、子供は変な顔をして、よけいに人形をひしと抱きしめて逃げてゆくにちがいない。

ずっと昔、フランスのリヨンかどこかの空港で、十二、三歳の女の子が大きい人形をきっちり抱えてベンチの端っぽに行儀よく坐っていた。その真横に父親らしき男性が、またキチンと眼鏡をかけ、鞄を横へおき、娘と同じかっこうで坐っている。まるでキッチリ屋さんの見本のようだ。「どお!この人形!」と、親子で威張っている感じだ。でかくて立派な人形だ。そこへひょこひょこと、六、七歳の幼ない女の子が、人形に見とれ、つぎに女の子に見とれ、口をあけ、ヨダレをたらさんばかりに、穴のあくほど人形欲しげに見つめつづけ、辛棒たまらなくなってソーッと人形の足の先をつまんだ。おすまし屋のベンチの子はあわてて人形を持ちかえ、父親をふっと見上げる。父親は表情もくずさず、目の前の幼ない子など見向きもしない。

人形を欲しがる幼ない女の子の方が、よっぽど人形より可愛いいのに、外国ではあんな女の子はザラにいるからだろうか。誰も見向きもしない。そして明らかに、金持ちの子とそうでない子との差の意識が、そのキッチリ屋親子にはあった。

幼ない子の母親やその仲間のおかみさん達の一連が、すぐ斜め後にたむろしていて、「ダメよーこっちへいらっしゃい。マリー」とか言って、女の子にトランクから人形をだして「ホーラね」と与えた。

ところがそれは片脚のもげた古人形だった。女の子はヤケクソのように泣きわめきながら古人形を床にたたきつけ「あの子の人形がぜひとも欲しい」と指さしながら、キッチリ屋の女の子の人形の前へ行き、真直ぐ立って、おいおい泣きだした。

この直接的な願望の表現。単刀直入な申しこみ、まことに爽やかで好ましいのに、キッチリ屋は親子とも微動だもせず、やがて父親は腕時計を見たと思うと、二人して立ち上がってゲイトの方へ立ち去った。

母親達はむちゃくちゃに泣きわめく女の子をあやすのに、片脚のもげた古人形をせい一杯ふりまわした。

私はその脚のもげた古人形が好きだった。やんちゃなその女の子の生活のしみが一ぱいついた人形。

しかし私にはその女の子の無念さもよく判った。彼女は見たこともないハイカラで豪華なレディの人形に呆然自失したのである。

その無念さはよく判るが、私にはこのような思い出をもったことはない。つまり、人形と一しょに育った想い出があまりないのだ。それより子供乗りの赤い自動車に乗ってる隣りの子が羨しかった。ベンツでも見るような手の届かぬ思いで眺めたものだ。私達兄弟は中古の自転車しかなかった。

ところで昔の家族総出の写真を見ると、小学一年生ぐらいの私のひざの上には、ちゃんと小《ち》っこいママー人形がしっかり私の小さい手で握られている。

この人形はいつもらったのか覚えていない。多分、当時、紙の箱におさまったママー人形は、おもちゃ屋にザラに並んでいた安物の一つに違いない。箱のフタを明けると、箱のふちには昔の和菓子箱のように、紙レース飾りがついていた。その中に目をつぶってママー人形は入っている。

どこの女の子もあのような人形はみんなが持っていたのに、あの人形たちはどこへ消え去ったのだろう。

私は子供のとき金沢に住んでいたが、金沢のわが家へはじめておとずれた長崎の伯父さんの家に私と同じ女の子、つまりイトコがいることを知り、まだ見ぬそのイトコへ、写真で大事に持っていた人形をプレゼントしてしまった。親戚が遠いのでその味を知らない私達は、目の前に現われた伯父さんを物珍しげに眺め、近寄ってさわり、そして伯父さんから親戚代表の匂いを嗅ぎとった。伯父さんは年をとっており、近眼か老眼かの上にさらに虫眼鏡で新聞を読むのが面白かった。だから「なつかしいおじいさん」の匂いもついでに嗅ぎとり、おじいさんのためなら何でもあげたくなった。いともあっさりと人形をあげてしまって、いまごろになって惜しいことをしたなどと思い悩むところまで、いまの私と子供の私とは似ている。

いま世界中が、アンティックドール、アンティックドールと叫んでいるように、古い人形はもう生産されず、値段だけがやたらと高くなるばかりだ。なぜ作らないのだろう？　あの動く精巧な目の玉を見ていると、遠い外国の地の、違う国の人間や都や、ボンボンや洋服やいろんなものが見えてくる。青い目をしたお人形、アメリカ生まれのセールロイドの人形の歌が聞こえてくる。

人形の流転、女の流転

何だかとても大きなビルのてっぺんの、とてもえらい人の部屋へ入っていった。どうしてそうなったのかさっぱり思いだせない。そんな高い空中に浮いたようなところで、そのお人形をもらったので、あれはまるで夢みたいな、うそみたいな感じがする。

あのおじ様は、呑み屋で会ったのかな？　当時私はオモチャに凝っていて、紙のパイプなど作っていた。パイプの先は唇だったり、目の玉だったり、指だったり、その先っぽにタバコをさしこんで悦に入っていたら、そのえらいおじ様と意気投合して紙パイプをあげちゃったんだ。

するとおじ様はとても喜んで、自分の大事な人形をとりにおいでという。その通り訪ねて行ったら、秘書なんかいて、通された部屋はいかめしい社長室だ。それがどこの社長かがまだ思いだせない。

とにかく待っていると、この前のおじ様がにこにこ顔で現われた。呑んでたときの顔と全く違う。急にこちらもだんまり顔でおじぎをした。

「ほーらこの日本人形ですよ。メキシコへ行ったとき、向うの泥棒市で見つけたんです。いやこの人形と出遇ったんですよ。昔の日本人形ですぞ」

おじ様がくしゃくしゃの包み紙の中からとりだしたのは、背丈十五センチほどの、うす汚れた日本人形で、それでもちりめんの着物を着てオカッパの真直ぐな黒髪だ。おそろしくいたんで、みじめで、うらびれた印象だが、造りは本式の日本人形の作法で作ってある。古典的な人形作法といっていいほどだ。

頬のトノコが少しはげているが、艶のある土人形の頬は美しく、お白粉《しろい》ぬりの感じが妖しく、妙にスゴ味と妖しさが入りまじっている。振袖のたもとからは赤いカノコの長襦袢《ながじゅばん》ものぞき、紫と赤の市松模様の着物柄もところどころ破れてはいるが、可れんな柄と色をとどめている。しかし全体にこびりついた汚れと垢が妙に人間とカビの匂いがしみているようで、小さい怨念《おんねん》がこもっているように思われる。これは外国の古い人形とは少々異る怨念だ。

私は手の平の上にお人形をのせたまま、そおーと坐った。いまにもお人形がこわれて散ってしまうように思えた。かるくて可れんな気がしていた。

この人形の流転《るてん》に想いをはせた。人形の流転は女の流転に似ている。あわれにも妖しく、肉体的な未知を含んでいる。

太ったメキシコ人の泥棒が、夜の町角で、この人形を拾い、ひっつかむや大急ぎで馳けだすところを想像した。白っぽい丘のひろがりの上へ点在する家々。夜ごとのしじまを黄色いお月さまがてらしている。そんな夜には日本人形はいかにもエキゾチックに見えたし、これは相当高価なものだ——とメキシコ人はにらんだ。破れているのは、それだけ時代が古いから値うちがある——盗人は、一目散に夜の丘を走った。

昔、黒馬物語という映画を見た。

幸せな黒い小馬が少年の手から次、次、次と人手にわたってゆく。横柄な地主の手からサーカスへ。城主の娘へ。そして娘からその恋人へ。恋人である軍人は黒馬と共に印度《インド》の戦争へ。戦いが終ると労働者の手にわたる。そして重荷をひいてむちうたれているとき、貴族の婦人が買いとり再び幸せになる。

馬は何も語らないので、馬と映画を見ている私たちにしかその間のいきさつが判らない。暗い馬小舎で、むちうたれて働いた一日を終えた黒馬が、しずかに横たわって、深い溜息をついたとき、人は馬と同じような大きな溜息をつく。暗い馬小屋で黒い馬の流す孤独な涙。何という長いしんどさなのだろう。一人の少年だけが、夢中になって馬につきそってその汗をぬぐってやる。しかしその少年も黒馬の長い前歴の一つすら知らないのだった。黒馬は自分のかなしみを自分だけでその長い鼻の中にのみこんでしまっていた。

私は小っぽけな人形を見ている間、ふっと黒馬物語を思いだしていた。人形も黒馬と同じように、その流転は誰も知らず、こうして旅から旅へ、人から人へ、いつのまにかメキシコからまた日本へ。新聞紙にくるまれてこのようなモダンなビルディングのてっぺんで社長の鞄の中からとりだされ、またも女の子の手へ――。泥棒市で陽にてらされて、肩から胸へかけて着物ははげてしまった。はげることとより、あのセリ市のようなドレイの値ぶみに、この人形はどのように耐えてきたのだろう。

盗まれた人形の絵

何回目かの私の絵の個展の何日目かであった。北浜街にある古い建物のT画廊は玄関口から画廊の部屋まで長い玄関の間があり、中ほどで三段ほど中段になっている。だから玄関の間も一つの部屋として両側の壁面に絵を飾る。なかなか変化があって面白い部屋の造りだ。

昔はこの画廊は「静かなる部屋」という名の喫茶店で画廊の壁面は窓で、堂島川がゆらゆらと流れるのが見える乙な部屋だったという。川ごしに公園の中の古典的なれんが造りの図書館や、今はない風雅な趣きの市庁舎も見えた。

こんな環境の中で個展をするのは楽しみだった。

この中途にある部屋の左側の壁に人形の絵をかけておいた。

それは目を閉じた人形が、片脚をポンとあげたままねむっている上へ、小犬も人形にしがみついたままねている――という「いねむり人形」という題の絵である。私は友人と歩きながら、人形の顔がマリリン・モンローにちょっと似ている。

「ね、モンローに似ちゃったの――これ……」

と、指さそうとして、アッ!と言った。

そのいねむり人形も犬も、かき消すように姿がなく、その額ぶちの場所だけ、空間の壁面がポッカリあいている。

私の絵が盗まれたのだった。

人混みにまぎれて、画廊の人のような顔で、みんなの前でゆっくり額をはずしてもっていったらしいという結論が出た。

自分の絵が泥棒にもってゆかれた——という実感は、私自身が、横抱きにかかえられてつれ去られる感じとよく似ている。私は黒い魔の手が背中にしのび寄るのを感じた。泥棒には黒いツノが二本生えていた。指の長い爪が、額の上から人形の頬あたりにしっかり食いこんでいる。

そのうす気味わるさと同時に、泥棒にすら盗まれるほど、あの絵は良かったのだ——という妙な誇らしさもあたまをもたげた。すなわち盗みたくなるほど魅力的な絵であったわけだ。

〝消えた人形〟——これが私より有名なすごい画家の描いた人形だったら、ミステリー人形として世間をさわがすだろう。

画伯の人形——謎の失踪
人形泥棒、白昼堂々人形をさらう
黒覆面人形を襲う

ま、私の絵なんて、号一、二万の安もので、消えた人形も、ややややぐらいで噂にものぼらずじまいとなった。

個展もすんだある日、ねそべってテレビを見ていた。ヤヤヤッ?!!!妙なものがテレビに写っているのだ。

見たような人形の絵が、横向けに写っている。私はその絵の通り首と体を横向けにしてブラウン管を見直した。マリリン・モンローと犬とのひるねだ。盗まれた私の絵だ。

「いねむり人形」じゃないか。

テレビのニュースが叫んでいる。

その当時、春信の浮世絵が、ある画廊から盗まれて話題になっていたが、当人が自供し、盗んだ絵を全部返したというニュースで、絵盗人はさる会社のエリート社員だが、数十点に及ぶ盗んだ絵のリストが発表された。夕刊にも出た。

春信から鴨居羊子まで――とある。

無事舞いもどった私の人形は、やっぱり片脚あげて、犬と一しょにいねむりしている。これを盗った人もやっぱりモンローちゃんを愛してくれたのだろう。

私は、これあげます――と、その心やさしい人に言いたくなった。

キューピーさんと美意識

「日本における大正ルネッサンスのひとつとしまして、アメリカ産のセルロイドのキューピーをあげることができます……」

ミスターXは演説調に声を張りあげた。

人形を愛するのは、女ばっかりかと思いきや、男でもキューピーを愛する人が多い。ミスターXは物心ついた幼児期に、セルロイドのキューピーを愛した一人である。特に黒いキューピーを愛した。

「大正時代にこのセルロイド製のキューピーが大量に日本へ上陸します。いかにもアメリカらしい〝軽さ〟がありますね。アールヌーボーやデコの退廃、ラファエロ前派の象徴主義的重さ、エコール・ド・パリの主観的芸術性から離脱しているのが、キューピーの軽さなんです。この軽さがかんじんな点です。この時点において、アメリカはすでに今日の、つまり美術の分野ではポップ・アートを予告しているのです。

俳優さんなら、マリリン・モンロー。ヨーロッパの女優――例えばデイトリッヒ、ガルボ、イングリッド・バーグマンなんて重々しいのに比べるとモンローちゃんはいかにもかろやかでしょう。キューピーちゃんの元祖はキューピッド。すなわち愛の使徒ともいえますが、それよりもギリシアの前期のテラコッタ、後期のヘレニズム時代の彫刻にも〝愛の証《あか》し〟として幼児像が登場していますし、ジオットの受胎告知では、天使は羽をはやして青空をかろやかに飛翔しています。美しい絵です。

さてセルロイドのかるくて安いキューピーちゃんは天使ちゃんとしても、身近なペットとしても誰からも愛されました。この子は男でもない、女でもない。そして大正時代であるにもかかわらず、公然と〝裸〟のまま店頭へ出たのです。性解放が、今日とはとても距離がある大正時代に裸の人形としてお目見得し、誰にも文句を言わさず、みんなに愛された。そして安価でした。大正サラリーマンも手がるに買うことができた。

大正サラリーマンは明治の月給とりとも、昭和のサラリーマンともちょっと趣きが違うのだが、この話は長くなるし、話の節が混乱するので止める。

女の子はキューピーに幼ない恋慕の情をもったし、男の子はキューピーに渋い、まだ混乱した形にもならない恋を求めていました。

たまたまセルロイドというかろやかな素材のゆえに、キューピーの肌はなめらかで、桜の花びらの肌のように美しく、宇宙からやってきた美の女神でした。つまり人間にして人間離れしたところが愛されたのです。

頭の先はとんがり、おなかはぽんとつきでて、お尻には、見事なY字の逆三角形があります。少しペタンコ尻で短かい脚。これは子供のシンボルでもあり、日本の子供にも似ていました。足は分厚くベタ足です。子供に愛されたゆえんです。肩に羽のコンセキのあるものもあります」

……ここでミスターXは突然、机の引き出しから手の平にのる小さい仏像のような、御地蔵さんのようなものを二体とりだして机の上にポンとおいた。

「これはいわゆるビリケンさんとよばれるものです。頭がとんがっているでしょう。北部ヨーロッパのバロックの、それもスイスあたりで生まれたもののようですが、可愛いいでしょう。アメリカの西部開拓時代、西へ西へと黄金を求めてヨーロッパ人が行きましたが、そのときビリケンさんを旅のおまもりとして、もち歩きました。ここに刻んである年号――一九一四年。これはもうゴールドラッシュがすんだあとの、何かの記念品でしょう。これもアメリカ製です。頭のとんがったビリケンがセルロイドのキューピーになったのは間違いありません。

セルロイドは、かるくて、すぐへっこんだりします。大へんこわれやすい。よくガラスのようにこわれやすいとか、繊細だといわれますが、セルロイドもガラスのようにこわれやすいゆえの美があります。ガラスというのはこわれやすさの一つの美意識です。

その、そっと大事にあつかわねばならないセルロイドのキューピー。幼時における異性との初体験と美意識です。ちゃんと手も足も関節も動き、首も動く。ちょっとしたゴムの仕かけですが、この仕かけは大正の子供にとっては今日の子供のロボットに対するような驚き以上の驚きでありました。

日本の人形は大体、シンメトリーではありませんが、キューピー君はまさにシンメトリーです。そして裸です。これは子供のもつ要素ですね。アンシンメトリーは大人の美意識に入ります。そして子供は着物を着せられるのを嫌がるでしょう。できれば裸のままいたいというのが願望ですね。

キューピー君はいつも裸です。子供の裸願望は裸のキューピーによって身代り、安定しているのです。

子供がキューピーと遊びながら、その頭やお尻をへっこましたり、腕をへしおったりするのは、幼児体験の中での幼時崩壊、すなわち幼時訣別です。幼児期はまたたく間に、過ぎ去り、次の児童期の用意をしているのです。

大事に大事にしながらも、ある日、キューピーをふみつけたり、へっこませたりする——これは幼児から児童へと変わってゆくことを意味し、やがてキューピーとの訣別がやってきます。多かれ少なかれ、このようにして、何となく幼児と別れてゆくのですが、あーボクは少し違っていたなあ。ひょっとしたら、天才的インテリジェンスの子供だったのかもしれない！

もっと残虐に、庭の木の横に穴を掘って、未《ま》だ真新しいキューピーを埋めることによって訣別したのであります。

ああ何たる残酷！　これは自分であって自分でない自分自身を埋めたのです。三島美学に似ているとは思いませんか！　キューピーよさようなら。

ボクの場合キューピーの代わりにイチマさんがとってかわりました。イチマさんはもう少し複雑で、毛も生えているし、着物も着るし、つまり幼児から児童へと転身したのです。

ボクの人形体験記——キューピーの美意識——をこれで終ります……」

奉納人形

ある冬の日、深く雪の降った日の暮れ、私は葛城山系の西の突出部、鉢巻山で迷っていた。葛城山頂から尾根つたいに来たのだが、最後の鉢巻山で尾根道が足もとから消えた。海に向ってくだる小道が見つからない。前方にも南にも白く海が見えるのだが、その紀伊水道におりてゆく山道が、山頂で消えている。

雪のせいである。ままよと、強引に、まっすぐ山下りをした。せいぜい二百メートル前後の山である。斜面はほとんどが、椿、トベラかビシャコがしげみ、それが足にからむ。

小一時間——と思ったが、半時間ぐらいだろうか？　泣きべそをかいて、くりから谷のように、さか落としに下った。そしてやっと人家の裏手に出た。

そこが、人家の庭に出たと思ったのだが、加太、淡島神社の境内で、宝物殿の裏手だった。これが、私と淡島神社との出会いである。このとき、うす闇の中で、格子ごしにのぞいたときの、うず高く積まれた奉納人形のかもす、すごい印象はわすれられない。もう二十数年前のことである。

いまはこの宝物殿も鉄筋コンクリートになって、新しく立派に様《さま》がわりしている。人々から奉納された人形たちも、いまは、まるで、売りもののように美しくきれいに並んでいる。

淡島神社は延喜《えんぎ》式内の旧社で、諸病——婦人病の病気平癒《へいゆ》、安産、子授けの所願で名を知られる。お祭りは、二月八日の針祭と三月三日の雛祭、この日は雛納めと雛流の神事。春の大祭の四月三日、四日の雛祭など。

社務所でもらえる御宝物の刷りものの終りに「外《ホカ》に古文書、玉、羽子板、雛人形等数十点あり、別に一般奉納品櫛《くし》笄《こうがい》の数山をなす」とある。

私がその日見たのは、この一般奉納品の御倉を格子窓からのぞいたのである。

奉納人形と椿、トベラ、ビシャコのからみあいに、過ぎ去った日本の影を見る思いがする。

ハンス・ベルメールの人形

そのときの私の心の輝きを忘れることはできない。ハンス・ベルメール Hans Bellmer（一九〇二～七五）の幾体かの人形との出会いは、珍しいとか、奇妙だとか、気味がわるいとかいう印象をもつ、私との、異体の出会いではなかった。

私は自分自身の、異形《いぎょう》への秘めたる信仰を、私より先に、私の告白を勝手にゆるしなく果たされてしまっている……というおどろきであった。

私はこんなおぞましい不思議な、腹の立つ経験をかつてしたことがない。

たとえば、私が数人の友をさそって、どこかの銀行に強盗に入ったとする。犯行は成功し、私は大金持ちになっている。そして数年か、数ケ月後に、私の仲間の一人が、私の知らぬ間に犯行のすべてを白状してしまっている……といったおどろきに似ている。

私の犯行はこの地球上にあってはならないのだし、あろうはずがない自分の犯行が、現実に行われたことを証明されたおどろき、あわてぶりである。

ベルメールの一連の人形が、私と異体でないところがおそろしいのであり、その人形の存在が、私の心をイナズマのように輝かせ、白光させたのである。

この人体の、いや女体以外の何ものでもない形体が、人体ではないのに人体以外の何ものでもないという表現。私はこうして自分自身が書きつづけながら、われながらこの表現を通俗で下手だと思う。単細胞の連続体。人体的関節の女体的遊び。こんな言葉をいくら並べてみても、彼の人形を言い得ることは出来ない。

文字による通達手段は、このように断ちきれてしまっているので、私はここに仕方なく二枚の彼の人形の写真をカットして入れる。

それによってあなたと私との共通感覚、共犯感覚の成立、存在をいのる。

しかし、私はいまだかつて、この種の人形を、物体的存在としてつくったことはない。私の人形は心の中ではいかに異形であろうと現実はまさしく人形であろうとしつづけた。しつづけているうちに異形な人形になった。その種のものは、私は「人形でない」と思っている。それは私のある種の神経的なものの造形的肥大でありすぎるので、つねに消滅させてゆく。形としてそのまま保存したり、写真にすらとって残していない。また、この機会にあらためて、再現してみようとも思わない。

しかし、この異形への潜在欲望は、私につねに働いている。私は職業上、しばしば下着の展示会なるものを、ホテルのホールなどで行い、マヌカン人形を多数使用する。飾りつけと称する前日の会場構成で、私はしばしばマヌカン人形をバラバラにし、つみ重ね裸のまま会場のメインに放置する。まるでアウシュビィッツの有様である。

これは一九五八年以来つづいている、私のつくった数百の商品への拒否宣言であり、同時にそれを商品として以外見て欲しくないという私の高姿勢のせいである。

しかし、こんな行為と、ベルメールの人形とを共に論じることは出来ない。

彼は人形としてあれを愛している。人形として、造型として、いや生きている妹、姉、妻として、愛しつつ、自らの手で、長時間の手作業を通じてつくり上げたものである。

ベルメールの性の、負の造型である。彼の人形への愛は、イーコールの左にあった巨大数字が何かのはずみで、イーコールの右に移り、マイナス数字になっている。私のマヌカン人形の解体と放置は、愛ではない。自己愛でもなく他者への愛ではなく、自分の商品たる下着に対する無言の拒否、否定である。これは、私の、私自身へのかぎりない高姿勢の証しである。

形はたとえ似ていても、ベルメールのそれと、私のそれは、マイナスとプラスの差がある。この行為の鍵を知られることは、私の銀行強盗を人に知られることである。ベルメールがそれを知っていると判って、私の心が白光したのである。おそれたのであり、彼に関心をもったのである。

私はベルメールの人形を、一体でもいいから本気で欲しいと思った。いまでもその気持は少しもおとろえていない。しかし、似たようなもの、ニセモノをこの手でつくろうなどとは思ったことさえない。それはニセモノの美術品をだまされて買ったり、わが手でつくって売りつけたりすること以上に次元の相違することである。

彼の画集、資料は機会あれば入手している。彼のデッサンも所有している。しかし、他者の饒舌な解説、行動、記録には興味はない。あの人形を見れば、判るじゃないかと言えば放言になるだろうか。

彼の人形デッサンには、人形の硬質の質感とは逆に、やわらかい、大らかな、ときに疎放?ともいえる筆のはしりがある。鉛筆は多分4Bを超える太目のものである。そのあたたかみ、やわらかさが、なぜ、人形になったときに、あの硬質感をもつのだろうか。造型の作業中に、イーコールの右に移行してマイナスの存在になっているからである。

彼がイメージしたとき、それは、すでにマイナスの美であったのだろうか? それとも?

最後に一節を加える。彼の人形は、その物体によって完全な造型存在であるし、写真も等価の造型存在として、確認される。実作品を超える写真撮影そのものが、彼の人形つくりの目的でもあったのだろうか?

この一点ですら他の人形作家は彼におよばない。

山賊人形

浅野孟府さんの〃山賊人形〃との出会いには、ちょっとした三題噺《ばなし》めいたものがある。そのことから順を経て書いてみたいのだが、それよりも孟府さんの〃山賊人形〃を見たときのおどろきから書いてゆこう。

そのとき、会社の応接室だったが、先生が無雑作に、包みを開かれたとき、あっ！と私は声をのんだ。

異様なカタマリが出てきた。事実はカタマリでなく集団であったのだが。それが私の目には異様な生きもののカタマリに見えた。もっと言葉を探せば、香り高い葉巻でも出てくると予期して開いた包みから、トカゲの数匹も出てきたというおどろきである。もっと表現を探してみよう。梅干しだと思いこんで口に入れたものが、チョコレートだったりした、あの数秒間の？の、時間も味覚も思考も停止する一瞬間だった。

浅野孟府さんは、二科会の彫刻の長老である。いまはもう無所属になっておられるが、大正から昭和にかけての彫刻史におとすことのできない硬派の作家である。私との会話では、いつもそんな口ぶりや素ぶりは影もないのだが、若いときから、左の、闘士だったらしい。私とは世代がうんと違うので、しかとは判らない。

八十をはるかに越えた作家が、若いときの気象そのままの姿を、いまも見る。ある抽象作家の個展のパーティだったが、最年長の孟府氏が長身を皮ジャンに包んで、若者をはるかにしのぐダンディな青年ぶりだった。私は先生とその夜、ハシゴ酒をした。

ある日、私の作る人形の話が出た。そのとき、先生は「ボクも人形を作ったことがある」とポツリとおっしゃった。

彫刻家と人形。これは別に不思議ではない。しかし、土と石と銅とセメントという造型。硬質の世界の人が、情緒か情念か、怨念か色かの軟派世界へ入ることは、たとえ遊びにせよ、私には不思議に思えた。

しかし、そのとき私は別にその作品のことを気にせず、一つか二つ、テラコッタで人形風とでもいうものを作られたものと思っていた。

それから半年がすぎた。先生と私は〝山賊人形〟を前に、向かい合っていた。「見せると約束したのを思いだしたので持ってきた」とおっしゃる。

私の「人形観」はここで大きく地鳴りがし、くずれ、山が谷になり、谷が山になる鳴動がつづいた。そのあとに余震が数分つづいた。このおどろきの大きさは、ベルメールの人形を知ったとき以来のことである。一九七八年、春。

体勢をとりもどした私は、素材は？　製作の目的は？　山賊は何人いるのか？　と数え、男、女、ボス、婆々、片目、ヒゲ面、片足のない男——などを確認した。手にふれるのが、ためらわれるようなアカと汗のヨゴレの感覚にみちている。同時に爬虫類のもつ冷感をさしむけてくる。

私の質問に先生は「素材はゴムと皮と針金だ」と答えてくれただけで、それ以上のことは何故か口ごもられた。

先生は山賊達を私のもとに残して帰られた。私は早速さわり、眺め、考え、どうして製ったものかを調べた。はじめ皮と思ったものがゴムであり、ゴムと思ったものが皮であったり、全体にブラウンの基調の、すごいヨゴレの悪《アク》の感覚は、製作時に、すでに出来ていたものか、経年変化によるものか不明だった。

私のおしゃべりより、写真がそのときの私達のおどろきを再現してくれると思う。

さて三題噺というのは、こうである。

ある日、ある宵、道具街（大阪八幡筋）で、ふと足を止めた。私の目は、茶碗やカブトや軸ものの中に、ブロンズの彫刻を見つけた。ハテナ？　マイヨール？　まさか？　ルノアール？　まさか？　私には他の作者の名前はそのとき誰一人思いうかばなかった。

「これいくら？」

何気なくたずねてみた。

「一万七千円」

めんどうくさそうな道具屋の返事である。私はそれを抱かえて帰った。高さ約四十五センチ。腰をややひねって歩くポーズの女。サインなし。誰の作品でもよい。これはすばらしいものだ。「私はついているのだ」というのが、その夜の実感だった。一九七〇年の春。

それから数年したある日、浅野先生がたずねてみえた。「こんど東京都美術館で二科の記念展があるので昔のものを出品するのだが、手許に適当なのがない。それで、あなたが二十年前にU画廊で買った私の作品を思いだした。それを貸してくれないか？」という話。私は「よろこんでお貸しします」と答えながら、「アッ」と思った。そうだ。あの一万七千円のブロンズは浅野先生の作品だーとひらめいた。なぜいままで気づかなかったのであろう。

「先生、実はサインはないのですが、先生に見ていただきたいブロンズがあります。ポーズはこれこれ。サイズはこれこれ……」

「あゝ、それはボクの二十五、六歳の年の作品だ。もちろんサインなしだ。酒代のかたにその頃、どこかのBARに渡したのだ」

一週間後、二人は応接室で向かい合っていた。

「これはボクの青春の作品です。しかも若気のいたりで手ばなした、ボクにとって幻の作品です。あゝこれはいい。こんどの出品はこれにします。色つやもこれはすばらしい」

五十数年を越える歳月の再会である。

「先生、これはマイヨールですか、それともルノアールですか？　ロダンとは思えませんが……」

先生が勉強なさった先達の名をたずねたのである。

「いや、これはセザンヌですよ」

「?・」

数週たって昭和五十一年四月、私のもとに東京都美術館から出品依頼状がきた。その頃には「いや、これはセザンヌですよ」とおっしゃった意味は判っていた。セザンヌのあの〟水浴図〟の連作の中に、彼女の仲間がいるのである。

このあたりで、私は先生の作品がつねにみせる、一種、素気ない、硬質の造型感覚が理解できたのである。

デビューしたわが娘の晴れ姿を見に行くように私は上京し、東京都美術館に向かったのは当然である。

先生の〟山賊人形〟はこのストーリーに交錯した、ショート・ショートである。

先生がその作り方を教えて下さらないのは何だろう? 私の世界とは違うとおっしゃっておられるのだと思っているが……。それとも、ちゃんと教えていただいたような気もたしかにする。先生の作り方を聞きながら、あまりにむずかしそうで、私の方で途中から、ウワの空で聞いていたのだと思う。

あの鳥羽絵にも似たデフォルメ、いや変形といった方がしっくりする。その変形は抽象にまで至っている。それらが総合されて、すごいリアリティと、リアリズムをもって存在している。

世間に〟目の正月をしました〟という言葉があるが、私は〟目の正月〟をしたのだろうか、それとも、この目で、造型の地獄を見たのだろうか?

ヨーロッパの中世古版画や、ピーター・ブリューゲル、ボッシュの世界にも通うのである。

捨て猫次郎吉

犬が子猫をひろった

私の家来のでっかい犬――セパードとコリーのアイの子――名前は鼻吉。そいつがいるために、決して猫なんて飼えないものと、長年決めつけていた。

ところがその鼻吉が、捨て猫をひろってしまったんだから仕方がない。

つまり、ある雨上がりの秋の朝、もう四、五年も前になる。犬と私はいつものように朝の光にくるまれて海岸べりを歩いていった。一雨ごとに肌寒くはなったが、秋の陽は透明度を増し、瞬《まばたき》するたびに光はキラキラと光り、氷がくだけるように輝いていた。

いい季節になった――海に向って、思い切り背のびとあくびをした。

もうすぐ十一月だというのに夾竹桃の白い花は最後の季節を飾り、他の木々が冬の準備におおわらわにもかかわらず、一人賑々しくさえずっている。五月から夏へ――そして秋の終りまで、何度も何度も、ピンク、赤、白――と咲いては散り、散っては咲き――をくり返す。ほんとに夾竹桃は経済的な花だ。真夏の陽が照りつける頃が最高潮で、花々は一ひら一ひらむらがる蝶のように群れとなって夏を謳歌する。

ここ香爐園の海岸は、昔はA新聞社の旗のたった有名な水泳場の浜だった。砂浜の奥には古く丸い砲台もある。戦争と平和の両方の砂浜である。いまはどちらも使われていない。

海はどんどん埋立てられ、隣の芦屋の方は大きな埋立地が誕生し、日本一高く、大きなマンションのあるシーサイドタウンとなった。

せめて囲まれた小面積の海がそのまま海水プールにでもなれば、私は朝、一泳ぎしてから出勤するという長年の夢がかなうのだが。海はいまは泳げないが、ここの砂浜は、夾竹桃の森があり、夙川に沿って、山の上から海まで、桜、松、夾竹桃が着物のひき裾のようにひろがっている。

私は毎朝、夾竹桃浴をしてこの海べりで遊ぶ。夾竹桃は不思議に子供時代の思い出に充ちている。麦ワラ帽とセミ取り棒をもって夾竹桃から夾竹桃へとセミのように走っていた子供の私――過ぎ去る夏の刻を惜しいとも思わず、永遠にその夏が存在するかのように、傍若無人な、ぜいたくな子供。そして、いま大人の私もその夾竹桃のもとで、犬と一しょに毎朝のように小さい事件に出くわしては時を過ごしてゆく。

でっかい網であの木の花を全部一網打尽にひっとらまえて、私のものにしてしまいたい。あるいはでっかいでっかい太いリボンであの木の花に、のしをつけるように蝶結びにし、この花は私のものだと札をさげときたい――というのが、私の夏の欲望だ。

……などと思いながら、夾竹桃の林をぬけ、角を曲がったとき、私は視線の片隅に、へんなものをとらえた。本能的にそれは捨て猫だと判ってしまった。私はあわてて視線をそらし逃げだしかけた。

ところが吹けばとびそうな小っぽけな薄茶のその子猫は「助けてくれえ」と鳴きじゃくりながら、必死の形相で私達を追っかけ、大きな犬の脚にしがみついた。私は衿の後ろをひっつかまれたように、戸惑い、立ち止まった。

私がもっとも驚いたのは、でっかい犬の鼻吉が、とび上がらぬばかりに興奮し、つれてゆこう、つれてゆこうと私を見上げて、そそのかしたことだ。

子猫にとって大きな犬の毛の感触は別れたばかりの親猫を思いださせた。犬という存在を理解するには子猫は小さすぎ、恐れもせず夢中で鼻吉の脚にぶら下がっている。あまりの飢えと苦しさで恐れるひまもなかった。

私はなぜかせかされるように片方の手に子猫を抱き、片手で犬の鎖をもち、家をめがけて走りだした。子猫は鳴きながらふるえ、そのふるえが手のひらから私につたわり、いまにも子猫の命が消えてなくなりそうに思える。子猫も犬も私も三人とも何か泣き叫びながら走っている様子を早朝出勤の人々はけげんそうに見送った。

この朝の不意の出逢いの一瞬のために――わが家の犬と私だけの淋しい一家は一変してしまった。その日の朝は、捨て猫たちが、ごろごろと同居する賑やかな一族に変貌する運命の朝だった。

子猫は、ミルクをのみ、ダシジャコを食べ、ほっとした。雨にうたれ、何日間かの大きな苦難を精いっぱいうけとめていた子猫は、耳の中も泥だらけ、片目も腫れて細くなっている。私がせっせと乾いた布やお湯をしめらした布でふいてやると、犬もまけずに、手伝いよろしくせっせとなめまわす。小っぽけな子猫は犬がなめるとすぐびしょぬれになり、よろけてころげた。

お菓子の空き箱に砂を入れて、猫の横におくと、誰に習ったものか、箱の中でちょっとしゃがんでオシッコをし、ていねいに砂をかけた。犬は驚いて、子猫のオシッコがすむと、自分も真似をして箱の中へオシッコをした。

タオルにつつまれた子猫が長椅子の端っぽで、ねむりについたとき、犬は長椅子の横に正座し、番をした。鼻吉は自分こそ猫を助けた恩人だ——という顔をし、ついでに男のくせに自分が産んだのだという顔つきもした。犬は、子供の犬とか猫とかが眠りにつくと、決して起こさないで、じゃれたいのをがまんして見守る習性がある。だから私が猫に近づくと、鼻にシワをよせて犬はうなった。

私はもう子猫に「次郎吉」という名をつけていた。昔から花籠の中に花と捨て猫が入った絵を描いて「捨て猫次郎吉」という題をつけていた。籠の把手に華やかな色の風船をたくさん結びつけ、捨ててあった淋しい広野を彩った絵もある。絵はもう誰かに買われていったが、とうとう本ものの次郎吉を拾う羽目となった。

実際の次郎吉はリボンもなく花籠も風船もなく、ドブから這い上がり、犬の脚にしがみついて助けを求めたのだが、これは何というドラマだったろう。小さい猫の大きな勇気だ。

それにしてもダシジャコ一匹で生き返る小さい命を、あっさり、空き缶のように捨て去る人間が、ツノをはやした鬼のように思えてくる。

わが家では、久しぶりにやってきた小さい動物のため、生まれ変わったような、幸せな、やさしい次の朝を迎えることになった。

二階の寝室で私は目をさました。鼻吉もベッドの下から起き出てアクビをした。そして二人は同時に同じことを考えた。子猫が家にやってきた！　どうしてるだろう？　私と犬は同時ににやっと笑うと、もつれ合って階段をころげおり、食堂へ走った。鼻吉の方がドタバタと一歩早く、私はつきとばされて、部屋の角の壁にへばりついたかっこうで、子猫のいる部屋へやっと入った。

長椅子は私の位置からは真横を向いている。いまや、いそいそと走りより、おはようという犬に、子猫は背のびして鼻をすりよせ、動物同士の親愛の情をこめた挨拶をし合うのを、私は斜めに壁につかまったまま、眼にした。

私が先に子猫を抱きあげなかったのが、いやにしゃくにさわった。つまり、命びろいして、次の日、目覚めた子猫の眼に初めにうつった映像がずーっと子猫の将来にとって、鼻吉こそ命の恩人――はては親だと思いこませてしまったのだ。

しかし、この好奇心か親切かしらないが、やたら子猫にやさしい犬のため、私は長年飼ったことのない猫と一しょに暮らすことになったし、現在は六匹も七匹も捨て猫たちが同居し、鼻吉は全員から慕われる王者となった。


次郎吉は薄茶と白のトラで、お腹も顔の真ん中も白。鼻のワキとアゴがうっすらと薄茶なのが、すっとん狂で面白い。よっくみると片方の弱い目が少しグレイがかっており、じっと見つめると、くしゃくしゃと顔をふって、あらぬ方を見る。見えぬのかもしれないが、この片方の淡いグレイがかった弱い目が――一つの個性となっている。シッポは短い。

初めの日だけはほっとして元気だったが、放浪した苦難が体を痛めたものか、二日目から目に見えて次郎吉は弱っていった。

小さいイワシ一匹を柔らかく煮て、さまし、身をほぐしてやると、喜んで食べる。だが、すぐ胃が苦しくなり、じっとうずくまり、食べたものを吐きだす。水だけのみ、そっと長椅子にうずくまってねむる。

犬は猫の食べ残しが何とも羨ましく、猫がねむると、そおーっとイワシの残りを食べた。

猫は急激に弱っていった。鳴き声もかすれ、ただ赤い口のみをあけて、何かを訴えるのだが、声にならない。

次郎吉は律儀正しい猫で、弱った体で、何とかしておりて、一人でオシッコをし、水を少しのみ、また椅子へのぼって、ひたすらにねむった。

犬はいつも孤独だったが、小さい相棒ができて喜んだのも束の間、一しょにふざけようと思った子分がこんこんとねむってばかりいるので、手持ち無沙汰のあまり、縫いぐるみの小象をくわえてきて、ヤケクソのようにふりまわした。オモチャの小象は、友人が犬のためもってきたもので、犬の大切な宝だったが、子猫に与えて一しょに遊ぼうと思ったのだ。子猫と同じ大きさのオモチャの小象を、ねむっていた目をうっすらあけた次郎吉は見た。遊びたい心がはやるのだが、体が動かない。でっかい犬が小犬みたいに床にころがって小象とふざけるのを、子猫はうつろな目でおっかけた。

九州の田舎から逞《たくま》しい海の青年が二人、遊びに来て家に泊まっていた。

この二人——A君B君がやってくると、私は犬の特訓を依頼する。

二人は犬を従えて夙川沿いに山のてっぺんまでゆき、その山上の湖で、〝ホーラショ〟と犬をかかえてなげこむ。犬はおったまげてヒューンと泣きながらも元気に岸まで泳ぎつく。私が毎朝、海で泳がしているので水泳が得意だ。

これが毎日くり返されると、「ホーラショ」と言っただけで、犬は、ホーリこまれたようなかっこうで、自ら湖にとびこむクセがついた。

ある日、何を思ったか犬と一しょにA君もとびこんで泳ぎだした。いくら壮健とはいえ、三月か四月の水は冷たい。途中で、こぶらがえりをおこしたA君は「おーい、助けてくれんね」と岸のB君に頼む。煙草をふかしながら、そっぽを向いてB君は「何だ。何だ。誰が助けるもんか。手前なんか水ん中で死んじまえ」とうそぶく。

したがって、ずぶぬれの犬と青年達が、妙にむっつりしたまま戻ってきたりする。この荒っぽい二人の青年は、病弱の子猫を見おろし、犬に対するのとはちがうやさしさで看病に専念する。子猫の目の手当てと、イワシを煮てはほぐして与える仕事をくり返した。

律儀な子猫は、椅子からおりて、イワシを少し食べ、オシッコをし、またのぼってねむるという、目の前の小さなことを一生懸命に黙念と行い、あきらめずに〃生〃を望んだ。

私は子猫を見ながら感動していた。この綿毛のような、たよりなげな小さな生命が、ひたすら生きようと努力している力に感動していた。ドブの中に捨て去られたときも、子猫は、何も言わず、誰もにくまず、自分に与えられた苦しみと闘った。

私は自分が病気したときと比べてみた。すぐに苦しみを声にだし、もう死にたいと思い、いやいやもう少し生きたいと思い、なぜ私だけがこの病気になるのだと怒り、元気な他人を憎んだ。

子猫は小さい胸の中に、病苦をひっそり抱きかかえ、病気のリズムと己が命のリズムを調和させ、少しずつ息をし、少し食べ、体を動かさず、静かに、命を休ませ、そして自然への復帰に身をまかす。

二日すぎ、三日すぎ、次郎吉は声もでず、丸い孤独な背中をみせてこんこんとねむる。何のヘンテツもない薄茶の小さい捨て猫はその病弱において個性的だった。伏せて、ただねむるだけの子猫が家じゅうを支配してるようだった。

小さい猫がふさぎこんでいると、家じゅうの者が、喪に服したようにうなだれ、大きな青年も犬も私もうなだれ、目に見えぬ暗い魔の影が家を覆った。私は小さい命をひろったのではなく、大きな悲しみをひろったのだろうか。

しかし子猫は死ななかった。

次郎吉は、ドブに捨てられたときその死の淵から這い上がったように、しっかり一歩一歩病苦から這い上がった。そして病気をふりすてた。

一匹のイワシを食べ終ると、急にうつろだった目が、パッチリと音たてて猫の目になり、ピョンととびはねて犬のシッポにじゃれだした。それは奇跡のようだった。

家じゅう全員が、ぴょんととび上がった。

次郎吉はゆっくりあくびをし、背のびをすると、子細あり気に鼻吉の長い鼻を鼻の穴の方からずーっとさかのぼって目の玉まで辿りついた。何て長い鼻だろう。鼻の上にボクのっかちまうなあ。順ぐりに家族たちを見まわした。青年たちは熊みたいだナ。女主人は太った天使だ。次郎吉は自分を捨てた家族よりも、少々異なってはいるが心だけはやさしいと思われる、この別の家族にとり囲まれ、やっと子猫にもどった。

あの日、息もたえだえの子猫が、片目は腫れたまま、虚無的なうす目をあけていたとき、それはもし自然が眼をもっていたら、そのようであろうと思うような冷たい眼であった。死にかけている小さい動物の背後にも、冷徹な自然はひそかに息づいているのだった。

しかし、いまは両方の目とも治り、二つの目が猫らしく、くるりとまわって、くるくると輝きだしたとき、もし自然が初めて笑ったら、このような目つきであろうかと想像された。

病弱次郎吉は、たどたどしいながら、わが家の天使のように走りまわり、鼻吉のよき子分になっていった。

薄茶は、どこかはかなくはあったが、天使の羽の色に似て、ときに金色にもみえた。

ひろってきた小さい命が、いまにも消えそうになったが、再び生き返り、やっと子猫らしくはしゃぎだしたので、家の者全員が峠をのりこえた感じで、やれやれと安堵し、一そう緊密な同士となった。

子猫は平和の象徴のようだ。ある有名な彫刻家の面白い彫刻を想い出した。

それは、家があり、庭もある彫刻で、庭の真ん中で年寄り夫婦が何となく景色を眺め、猫がその横で一匹ぼんやりとつきそっている。その題が「家族安泰、天下泰平」とあった。この作家の気持が、ついでのような猫一匹にこめられ、強調されているのが、私にはよく判る。

ふだんは自覚しなかった、わが家の平和が、次郎吉の快復とともに、次郎吉を中心に鼻吉、私、その他——とうずを巻いて、にこやかな団円をくりひろげていった。

その上、初めっから兄弟分のように親しいでっかい犬と子猫——の図柄は、わが家の自慢であった。写真を見せても友人は疑い、訪れて実際を見てからやや納得した。

小さすぎる次郎吉はどこへ行ったかすぐ判らなくなるので、何でも知ってる鼻吉に「ジロキチをもってこい」と命じる。犬は洗濯機の裏あたりから、次郎吉の首筋をくわえてきて、気色わるげにポイと私の前へホーリだす。猫の親が首筋をくわえるのを犬も知っているのだろうか。まさかシッポをくわえるわけにもゆくまい。

大きな犬の皿にミルクをそそぐ。犬の胸の下から次郎吉も首をだしてミルクを飲む。子猫の飲む量はささやかなものなのに、犬はとられまいと大あわてでピッチをあげ、長い鼻をストロー代りに吸いあげる。まるでバキュームカーのポンプのように、みるみる皿のミルクが吸いこまれてゆく。

犬と猫の大小の皿にそれぞれ食事を入れてやると、お互い、いやに相手のがうまそうで気になって仕方がない。いつのまにか、大きな皿に子猫が、小さな皿に犬が首をつっこんで食べている。鼻吉は食いながら、これは大へん損ではないかとフト気がつき、大あわてで大皿へもどる。どうも子猫の奴が気になる存在だ。大きい肉のかたまりがでてきた。犬はまたあわてて肉塊をくわえて庭の隅へもっていって後ろを向いて食べだした。

天から降ってきたキジキジ猫

昔は、私は犬とつき合うのは専ら野良犬専門だった。それは野良犬は経済的に独立しているからだ。犬を鎖でつないで、きれいな犬小屋をつくってやったとて、そんな座敷牢生活なんて強いることはとても可哀そうでできない。よく昔の武士が、殿からおとがめを蒙《こうむ》って蟄居《ちっきょ》を命ぜられるが、犬の場合は、〝愛の鎖〟という美名にかくれた牢屋である。

その点、猫は、鎖なしで一しょに暮らせるし、猫は勝手に屋根や塀づたいにどこへでも散歩にでかけ、食事つきの自由ときてる。

たまたま一しょに暮らす犬も、セパードとコリーのアイの子でつまりF1の雑種だ。血統書つきもいいが雑種の面白さは、レディメードではない意外性にある。私から見ると純血種の同じ形、同じ耳、同じ鼻つきの犬は、よくも隣の犬と間違えぬものだと思うほど、ブラ下がりのレディメードの服にみえる。

犬を何匹も飼うのは大へんだが、猫だったら、文句なしに雑種をアレコレ物色して自在に好みの柄、色の猫を愛せばいいと思っていた。

しかし、猫屋敷のように大ぜいの猫と同居したいと思うほど私は猫気狂いでもない。たまたま捨て猫次郎吉と出逢って、鼻吉の発案で一しょに暮らせるようになっただけで十分だった。雑種日本猫の典型みたいな薄茶と白もまんざらでもない。カラフルで油絵のモデルに次郎吉はもってこいだ。

ところが、私と犬と猫だけのささやかな生活の中に、つぎつぎと捨て猫達が増えてゆくのだった。二匹目は、キジキジ猫の三吉。これは寒い朝、玄関先に誰かがホーリこんで捨てていった。天から降ってきたのだと錯覚して、私は思わず空を見上げたものだ。脚もこげ茶と薄茶のダンダラ縞だ。縞の靴下をはいて、猫に化けた小さい天使が降ってきたのを、ひょいとうけとめたというかっこうで、私はその猫を抱いていた。

次郎吉と犬が、やあーといって出迎えるとキジキジ子猫は〝カッ！〟と声を上げて怒った。禅宗の坊様が言うように漢字で〝喝！〟と言った。

私は猫二匹なんて、とても一人では飼えないと思いこんでいたので、すぐに隣の白木みのるちゃんのお父さんの家や、市場の酒屋のおじさんの家へ走っていって、子猫を飼ってくれる人はいないかと聞いてまわった。

寒い朝だった。素足につっかけで走っているうち、心の中にも冬のからっ風が通りぬけ、私も捨て猫と同じ冷たく悲しい気持になっていた。それにしても人のうちに捨てるなんてあんまりだ。やさしい心の人なら捨てないでいろんな人に頼むだろう。心があれば私の家の呼び鈴を押すだろう。泥棒に入られたより私は腹が立った。

しかし走りながら、もう私は「三吉」という名をつけてしまっていた。三吉は捨てられた不当な運命を呪っているらしく不機嫌で怒っていた。手のひらにのっかるほど小っぽけなくせ、子猫のこきざみなふるえが、はげしい孤独な怒りのように私に伝わってきた。

そのころ家に新しい通いのお手伝いのおばちゃんがやって来ていた。少し以前来ていたお手伝いさんはでっかい犬がこわかった。私は犬によく言い聞かせたのだが、心底打ちとけられなかったらしい。お手伝いさんが私の衣裳部屋を掃除しようとハタキをもって入りかけると、部屋の入口にふんばった鼻吉が、白眼をむいてうなるのである。だからいつも私の部屋はなかなか掃除ができず、ホコリだらけだった。お手伝いさんはとうとう用心棒のように、庭にあった太い杖状の木を部屋の隅にたてかけ、いざというときにはこれで応戦すると言っていた。しかし、そんな棒をふりまわしたら、犬は本気でかみつくに決まっている。

こんどの新しいおばちゃんは、動物好きで、初めの日から犬と猫に目を細め、鼻吉と親密な握手をかわした。

いかつい骨太のおばちゃんは、体に似あわず神経がこまやかで「わては何でもキッチリせんと気がすまん」と言ってパンティにまでアイロンをかけたりした。

ある日おばちゃんは「鼻吉が好いてくれるのはいいとして、わてのゆくところ、どこにでもひっついてきましてな、トイレにまで来て、前にちょんと座ってますんや。いくら年寄りでも女やもん。やっぱり恥ずかしいわ」と言ってアハハと笑った。

「でもうちは団地の小さいマンションで、じいさんと暮らしてまっしゃろ。動物と一しょにいたいけど禁止ですわ。この家へ通うのは楽しみです」と言う。

だから「三吉も一しょに飼いましょ飼いましょ。一匹も二匹もこんなチッコイのは変わりまへんがな」

おばちゃんは、何十人もの子供をたくさん育てたように、頼もしげにエプロンの上から太ったお腹をポンと叩いた。

私はうれしかった。昔――拾ってきた野良猫や野良犬を、お母さんが家においてもよろしい！とやっとうなずいてくれたときの安堵とよく似ている。

三吉がやって来た最初の日は、近所を走りまわり、会社では全員に「猫いらないか、猫いらないか」をくり返し、折しも暮れの集金にやって来た人々にも猫を売りこんだ。「名前は三吉、キジキジの素敵なダンダラ縞。縞の靴下をはき、シッポの生えた天使ちゃん。さあ天使の子猫はいらないか！」とくり返した。いくら叫んでも叫び損だった。忙しい年の瀬に、猫の手も借りたいというのに、のんびり子猫をもらうなどという奇特な人はいない。初めは子猫を捨てる人への憤《いきどお》りがあったが、次第に、みんな笑うだけでたった猫一匹ぐらい飼ってやれないという友人全員に腹がたち、そのうち、あごがだるくなり、妙に疲れてきた。いまごろ私の家にギコチなくおさまっている三吉は、私がまたしても三吉を売りさばこうとして、叩き売りみたいに叫んでいるとは夢にも思っていまいと思うと、私は次第に自分が悪徳猫売り商人のように思えてきた。

が、やがておばちゃんを交えて、新しい三吉を入れて賑やかなわが家となった。ギコチない三吉はおずおずと次郎吉と遊ぶようになった。犬は猫達の仲間入りがしたく、しゃしゃり出る度に三吉から〝喝！〟〝喝！〟と言われては、頭をかいてしりぞいていたが、その喝も次第に氷がとけるように言わなくなり、犬は三吉の鼻先をなめてやった。

小さい猫同士はどんどん大きくなり、双児のように仲良くなり、連れだって悪いことをしてまわり、次第にベビーギャングとなった。

片目のぼんやり次郎吉が棚の上へのぼる。三吉はまだたどたどしく、家来のサンチョよろしく棚の下で待っている。

兄貴次郎吉の動作はいとものろく、何度も棚からころげおちそうになりながら、自分の体の二倍もの食パンの包みを、紙ごとくわえてきて、あぶなげなかっこうで、三吉に合図して、ポイと下へおとす。そして二匹が、やったあーと万歳を三唱などして食パンにかじりつく。二匹とも子供なのでその動作はいたってのろく、見ているとスローモーションフィルムのようだ。私は長椅子でねそべって、それらを観察し、同じく椅子の下にねそべっている鼻吉に「とりに行け！」と命令する。どっこいしょと立ち上がった鼻吉は、二匹をおしわけ、サッサとパンをくわえて私のところへもってくる——という一幕である。

ベビーギャング達が棚へのぼると、犬はその長い鼻でしきりに私に知らす。仲間を売るのはいけない。が、しかし、といった逡巡をともなう鼻のふり方をするので、鼻さす方向を見ると果たして二匹が揃って棚さがしをしている。これはいまでも変わらない。私が他のことで気ぜわしくして知らん顔をしていると、真っ直ぐ私の目の先へ鼻をつき出し、正座する。お風呂や二階にまで、のこのこ来て、深刻な顔つきで何か言うのである。忠義ぶってはいるが、大ていは猫が食べものをあさっているときばかりだから、実は自分がほしいと思っていて、ガマンしていたにもかかわらず——という犬の腹の底がよく判る。

ある日、二匹の子猫は自分と同じぐらいの大きさの人形を部屋の隅で発見し、全身の毛をハリネズミのようにさかだててフーッと威嚇している。次郎吉がへっぴり腰で人形のお尻の匂いなど嗅いでいる。

ちょうどそのとき、電話が鳴った。お隣のおじさんだ。

「夙川の上の方の家で、何匹も猫を飼ってるご隠居さんが、困ってるなら、ついでやからひきとる――って言うてはるけど……」

一瞬、私は何の話かさっぱり判らなかった。あー三吉が来たとき、誰か飼ってくれぬかと頼んだのは私だった。

いまや次郎吉が、人形の頭を右手で叩いたので、グラリと人形はひっくり返り、二匹はおったまげて逃げだし、私の足許へかくれた。

「もうけっこうです」

いやに冷たく電話を切った私は、礼を言うどころか、誰がわたしてなるものかと、二匹の猫を両腕に抱いた。私にはたのもしい、おばちゃんもついている。鼻吉もいる。子猫二匹ぐらい平気さ！

アメリカンボーイのウイリー君

犬一匹と猫二匹は、家で一しょに暮らすには、ちょうど頃合いだと思うようになった。平和な時代がとても長くつづいたように思えた。……ところがまもなく、三匹目がまたやって来た。

朝、ゴミ袋をかかえて、裏木戸を押して表へ出たとたんに、向かいの家の大きな松の木の枝で木のぼりごっこを一人でやっている黒白のチビ猫と私の目の玉がパチッと合った。パチンと音のしそうなまん丸い金色の目の玉だ。私はひきずられるようにその目の玉の傍へ行った。

実は私は知っていた。昨日の夕方、もう少し西半丁ほどの道の端に、この猫はポツリと座って、道行く人々をひやかし気味にジロジロ見送っているのを遠くから見たのだ。子供が歩いて来た。「あそこにいる猫、子供の猫だった?」と聞いてみた。「そうよ。小っちゃい子よ」子供は平気で言う。可哀そうに捨て猫か迷い猫なのに、子供には同情心なんてものはないのかな、などと思いながら、私も知らなかったことにして家に逃げこんだ。

子猫を呼んだ。黒白猫は逃げるどころか、スタスタと枝の先まで歩いて来て、あわやというとき、くるりとひっくり返り、四ツ脚で枝にぶら下がって、サカサマから私にニャーといった。私は低い石塀によじのぼって手をさしのべた。黒白猫は半分喜びをかくして、アヤフヤな脚つきで鳥のように肩にのっかってきた。そのとき、私は心に決めてしまっていた。ぜひとも黒白のペンギン鳥みたいのが欲しかったのだ。二匹も三匹も一しょだ——と自分にいい聞かせたとき、背後から大きな手がのびた。

「あーら新顔ね、おーよしよし」

出勤してきたおばちゃんの手だった。大きなやさしい手だ。逡巡も何もなく、傷つけるものはみな受け入れるように、私の体ごと、黒白猫も私も懐にかき抱くように一しょに家へ入った。

お腹と鼻の先が白く、白ズックをはいたように四つの足先が白。昔、豊中にいた頃、どこかから家へのこのこと入ってきて当然のようにえらそうな顔をして居ついた黒白の猫がいた。両親も兄も弟もいたあの昔の家で、やんちゃなペンギン猫は家じゅうのアイドルであり、私達兄弟は若草物語のようにのんびりと楽しい日々を送っていた。あの時代よいま一度という思いが、この子猫をみたとたんから芽生えていた。

いかにもチューインガムでもくちゃくちゃかみながら、黒白猫はハローとばかりさっそうとわが家へ現れた。白いバスケットシューズに、野球帽を横っちょにちょいとかぶった生意気少年といった風だ。

ポカンと口をあけて見守る二匹の猫と犬に「ハアーイ」とアメリカ風にアイサツした。

次郎吉はこんな全身真っ黒い奴を見たことがないため、フーッとおこる代わり、ヒャーッと小さい悲鳴をあげて逃げだして家の中へ飛びこみ、床ですべって仰向けにひっくり返った。四つ足の裏が上を向いている。三吉はちょっと乙に気取って、やおらゆったりした態で近よりかけたが、石段を一つふみはずしてやっぱりころげたりしている。

いらいらして見守っていた鼻吉は、くやしがって我こそとばかり、チビ黒の前へ「やあ、チビ」

としゃしゃり出た。

とたんにチビ黒の方が、飛鳥の如く横っとびに庭の隅へすっとび、あからさまに「気色わるうー」と犬の長い鼻を見た。

ウイリーと名づけた。白足袋をはいているので初めは福助だったが、しばらく後に、フランスへ旅したとき、この猫と同じ黒白猫の大きいのがパリのカフェの棚の上でねていた。うちのチビ黒の未来図である。鼻の上から両唇の真ん中にかけて細く白毛で、胸と足が白、あとは黒。この黒白コントラストの染めわけというか、分量やその位置によって猫相が変わり、大体こんなペンギン風猫は、やんちゃでこっけい。パリのカフェの猫は、呼ぶと、犬のようにスタコラとおりてきて、まっすぐ私の所へきて、ひざの上へねた。ウイリーという名だ。すっかり私と仲良くなり、ウイリー相手に毎日コーヒーをのみに通った。

で、帰国すると「福助」改め「ウイリー」となった。おばちゃんは、ウイリーがなかなか覚えられず「ウイー、ウイー。えーと」なんていつもどもりながら「ウイラー」になったり、しまいに「ビールス」なんて言っている。

こうしてホーローびきの小さな皿が三つになった。

三つのお皿に公平に、カツオめしや小イワシなどを分けていれてやる。初めウイリー坊やは、何日間か放浪した間に世間のせち辛さも経験したとみえ、このように、時間がくるとひとりでにごちそうが白い皿にのってあらわれるのに、びっくり仰天し、くるくると他の二匹を見まわし、自分の皿から自分の魚をパックリくわえてウーとうなり声をあげてから食べだした。ついでに隣の次郎吉の皿に手をのばし、派手なフェンシングポーズでパッと魚をおさえる。次郎吉と三吉はすっかりわが家風におっとり育っているため、何ごとなりや？　と、おったまげてウイリーのポーズを眺める。

食後はみんなお腹が一ぱいで、次郎吉と三吉は庭へ出て一運動する。太いしゅろの木登りごっこだ。ウイリーは当初まだ仲間へ入れてもらえず、転校生よろしく孤立していたが、孤独なんてへのカッパという顔で、ツマ楊子片手に彼らの木のぼりを眺める。ところが、運動神経ゼロの次郎吉が、もたもたもそもそと、登ったり、とちったりしている様子を見ると、ウイリーはプッと吹き出して鼻先で笑ってしまった。

見ちゃおれないやーとばかり、パッパッと手にツバをつけるや、狙いを定めてフルスピードで横からとびだし、しゅろの木のてっぺんまで、二本の幹に、右、左、右、左と反動をつけて、とび移りながら、上へ上へと鮮やかな木登り術を見せつけた。

ウイリーは木登りの名手だった。私をはじめ、全員はアッ！　と叫び声を発したほどだ。

小さいアメリカンボーイのひょうきんさ、世渡り上手、かるさに比べて、他の二匹のしずけさ、暗さ、重く悲しいものがきわだってみえた。

病弱次郎吉のか弱い命が、死の淵からやっと這い上がった命がけの必死なもの、三吉の小さい体がハリネズミのように毛をさかだてて、不当な社会や人間のエゴに抵抗を示すあの重厚な怒り。

そのような二匹の猫の重い悲しみも私は愛していた。彼らがふざけて遊ぶとき、それは束の間の平和にみえた。いつもそのうぶ毛の下には血まみれの傷口がかくされているからだ。

しかし、一見朗らかそうにはみえても、ウイリーは子供ながらに一人で食いつなぎ、ひもじゅうても高楊子とばかり、かっこよさを誇っている。鼻歌まじりで、ミモザの木のてっぺんまで登り、足をぶらつかせて天下を見おろしている、ウイリー坊やの健気さも私にはよく判っていた。

犬一匹と猫三匹は、また私たちの頃合いの仲間となった。いつまでいっても頃合いなのだ。たとえ十四になっても頃合いかもしれない。そして一匹いなくなると鬼子母神のようにあわてふためき、急に淋しく空しくなってしまう。

この猫三匹は色もちゃんと三つに分かれてヴァラエティに富み、性格も三つに分かれて面白く、いわば、わが家のその後につづく猫たちの基本型というか、古典というか、もっとも華やかな時代といおうか。

猫に対する知識もあまりないため、すべてが珍しく、猫も人間もウブだった。

平和な楽園

三吉は庭の隅のどこかから、コガネムシを見つけて、おむすびのようなおかしな丸い顔と鼻をうごめかしながらくわえてくる。あるとき生まれて初めて蝶々を見て、その美しい羽に驚き、とうとう見事につかまえた。ダンゴ鼻の三吉の鼻先で蝶々の両羽がヒゲのようにひらひら動く。こんなときこそカメラで、その瞬間をうつせばおもしろい写真ができたのに。

カレンダーや写真集で見る動物達は、全部よそゆき衣や晴れ衣を着たお見合い写真に似ている。よそ行き写真である。いわばヤラセなのだ。猫のあくび百態、オシッコやウンコをしているところ、バカていねいな砂のかけ方とか、トンボを追っかけて空中に跳躍している瞬間、犬の耳にじゃれて、ついでに耳の中に顔をつっこんで甘えているところ——など、ふだんの平凡でしかもとんでもない顔や行動を丹念に撮ればよいのにと思う。

三吉は狩猟にすぐれており、彼がもってきてひょいとおくコガネムシやバッタやセミから私は急に田舎の匂いを嗅ぐ。そんな三吉と、夏休みの麦ワラ帽をかぶった幼かった弟の面影とがだぶってくる。そして狭いわが庭が田舎の野山のようにさえ思えてくる。

私のうちの庭は大半がコンクリートの白とブルーの市松模様で、横に五坪ほどの土の一隅があるが、その狭い中に白夾竹桃、ミモザ、糸杉などあり、コンクリートの中に太いしゅろがある。花壇には決って毎年、ペチュニアやベコニアを植える。小さくとも猫達にとってはそれは豊かな大自然として目に映り、木々や花々は大草原の中の森林や花畠に匹敵するほど豪華に思えた。

次郎吉は運動神経はにぶいもいいところで、三吉が何かを捕まえてくる度に、ナンダイ？ と言いながら三吉の傍へ行って、コガネムシを半分くれといってせびっている。三吉はうるさげにあっちへゆく。

とんまの次郎吉は、やっとのことでゴキブリを追いかけ、長靴の中へ追いつめたつもりで、勢いよく頭から長靴にとびこんだ。ところが、ゴキブリは靴の外側にいて、ヘヘンとほくそ笑んだ。次郎吉は少し太りだしたため、靴が頭から抜けずに苦戦している。

しかしゴキブリは、殊に芦屋のゴキブリはインテリで、テレビのゴキブリポカポカのコマーシャルなどちゃっかりと台所の隅から見ているらしく、ポカポカの紙の家などには、あまり入ってこない。

「ゴキブリ！」という言葉を犬の鼻吉は覚えており、私が「あッ！ ゴキブリ！」と言うと、すっとんでくる。せっかく三吉がゴキブリを追いつめても、鼻吉が騒々しく、すったもんだしてあばれると、ゴキブリはさっさと逃げてしまう。獲物をしずかにすばやく狩猟するという猫の攻撃法は、豹類に似ていて好ましい。

あるとき、鼻吉はうまくゴキブリを追いかけ、口で一かみしてから自慢らしく私の方を見て目くばせした。そのほんの一瞬の間に、ちょうどその床におちていた一枚の浅草のりの下へ、ゴキブリはちんまりとかくれてしまった。何と頭のよいゴキブリだろう。再び目を床へもどした鼻吉は、おや？ と首をかしげ、あちこち探しまわるのを、のりの下から息をつめてゴキブリは眺めていた。

私は大ていの生きものは殺したりはできない。ライオンは好きだが、テレビで見るライオンの狩猟の場面でおそわれるシマ馬やウシカモシカが可哀そうで可哀そうで胸がつまる。この頃は生きている牛や豚なんて、まともに見れなくなった。蟻だって一匹ずつ名前をつけているから、せっせと一粒のめしつぶを大ぜいで運んでいるのを阻止はできない。しかしゴキブリだけは別だ。忍者のように消えたり、ときに飛んだりする虫なんて気色がわるい。犬と猫を協力させて大いに闘うことにしている。だから犬と大騒ぎしてつかまえると、兎か何かの猟でもしたかのように、顔見合わせて万歳——という。

ところが一度だけ、ホーキでゴキブリを叩いたとき、胴が二つにわれて、頭の方がのこのこと逃げて、逃げる途中に、シマッタ！という風に、あわてて回れ右をして下半身を探しにきて、あわて食って死んでいったゴキブリが、哀れでならなかった。回れ右をしたとき、非常にあわて者らしく、頭を手でかいて苦笑いかテレ笑いをしたような表情にみえて、死ぬ瞬間までコッケイだったゴキブリが可哀そうだった。

とにかくゴキブリとりもできぬ次郎吉をトンキャットと私達は呼んだ。トンマのトンと豚のトンとを兼ねている。ひろった当時は長靴にすっぽり入り、そのままじっとして動かないので、絵のモデルにもってこいだった。

ある夕方、外から帰ってきて、ゴソゴソと体をふいているので、よくみると全身泥ネズミだ。溝へおっこちたのだ。おばちゃんとあきれて、大急ぎで洗ってやり、タオルにくるんだ。それ以後合計三回、次郎吉は溝へおっこちる。

いつごろからか次郎吉は煙草遊びをするようになった。セブンスターを手玉にとり、中から煙草がとび出すと、その一本でじゃれた揚句、ひょいともち上げて口にくわえて歩いてくるではないか。生意気な未成年のポーズだ。猫が帽子をかぶってステッキをついて歩く絵をよく見たが、あれは本当かもしれない。

ウイリー君もセブンスターが好きだ。いま椅子の上でねていたくせに、お客か誰かが、カサコソとセブンスターから煙草を出していると、パチリと目をあけて、煙草が空になるのをじっと待って狙っている。

カラになったセブンスターをくしゃりと丸めてほーってやると、欣喜雀躍してはしゃぎだす。別のお客がサービスに、もう一つを空にして、ほーってやる。すると、大好きなオモチャが二つになったため、ウイリーはうれしさのあまり頭がこんがらがって、どうしてよいか判らず、考えに考えた揚句、一つの空をくわえ、もう一つの空を手玉にとってじゃれだした。そして空をくわえたまま庭へ行ってオシッコをしている。

ある日、隣とひっついている私の家の端っぽの部屋の雨戸を開けてみると、隣の開いた窓の真ん前の塀の上で、ウイリーと次郎吉の二匹が、キッチリ正座して隣の部屋の中をのぞいている。しばらくしてもう一度、私が首を出すと、次郎吉がいまや隣の窓から、のっそりと脚をのばして、わが家の塀の上へ帰るところを目撃した。そして隣家の窓の奥から「じゃあ、またね。またいらっしゃいよ。バイバーイ」とやさしい女の人の声がした。隣家の奥様と浮気しに行った旦那の現場をみつけたような気がした。

あわてて次郎吉を抱き上げて、お腹をさすってみる。ふくれている。ハハーン。何か食べさしてもらっていい気になっていたな？　ここで隣の人に感謝するどころか、なぜかムラムラとシット心がでてきた。

それからしばらくして、夕方、全員が庭で遊んでいると、ウイリーが屋根づたいにワァーワァーいいながら何かくわえて来た。わざと全員の前でウイリーがポイと口から出したのは、トリのカラ揚げの細い一本の足だった。どうもあのやさしい声の隣の人にもらったのか、ぬすんだのかしらないが、ウイリーはもちろん誰にもやらず、カリカリとコマシャクレた音をたてて骨を食べて、顔も拭いた。私もおばちゃんも交えて全員はそれを見ていた。いかにもウイリーは主人の私に当てつけがましい態度だった。〝よそじゃいいもん食ってるよ〟と言わぬばかりだ。

私は早速、次の日は、トリのカラ揚げをして、全員をいやとゆうほどトリ責めにしてやった。

小生意気なウイリーは、イタズラをしているとき、ちょっと頭を叩くと、二階まで追っかけてきて、仕返しに私にとびかかって、どこか噛んでから向うへゆくくせがある。

『外は苦労したいやな所だが、この家はなかなかどうして。食事つきの楽園じゃねえか。

居間兼用のこの広い台所は陽当りもよろしい。いつもオナベからはいい匂いがして、何かが煮えている。冷蔵庫は、寒い風が出てくるが、うまいもんがつまっている。

隣の部屋は、ここの主人の美術館だってさ。下手な絵がズラリと並んでいる。あッ！　トンマの次郎吉とヒステリーの三吉の絵もあるぞ。あれで稼いだな。いまにボクもモデルにするつもりらしい。なってたまるもんか！　あーら。棺桶やら首吊りの絵もある。気色わるう――ここで、おばちゃん現れて、お尻を叩かれた。こんどゆっくり見よう。次の部屋の化粧部屋ときたら、一体何だい！　洗濯ものと、いま着てるものがこんがらがって大きい籠にほーりこんであるし、妙な所から靴下やらパンツがでてくるし、一体この乱雑さ！　どうなっている？　こんどこの大籠でひるねをしよう。

しかしピンクのお風呂はなかなかいい。この前、雨の日はあそこでオシッコをしてやった』

——ウイリー独白

ケンカ三吉

客が来るのが判っているときは、猫三匹と犬にほほ紅や、アイシャドーを塗り、それぞれ違うリボンをしてやると、みなホストよろしくはね回る。一ばんはね上がるのが大きな犬で、顔には青や紅を塗りまくって、ピンクのリボンをつけた鼻吉はどうみても〝オカマの鼻吉〟となる。

この猫三匹は人見知りしないで、客の前で正座してすましている。チビのウイリーはちゃっかりと客の座り心地よいひざの上を狙う。ウイリーの唇をめくると上の前歯が半分ズラリとかけている。これは生え変わりの時期だったのか？　あとで揃うのだが、いかにも歯抜けのウイリーはヤンチャな悪童に見えた。

次郎吉も変わった猫で、神戸の友達の家へ車で連れて行ったことがあるが、そこの家の少女のひざの上でずーっとおとなしくぼんやりしている。その家には鼻吉よりでっかいセントバーナードがいた。頭のめぐりののろい太った犬は、なぜか客間が少し気になって、ドタドタと次の部屋からのぞきにくる。少女はすぐ猫に衿巻きをかぶせる。犬は〝おかしいなー。どこかに動物のヘンな匂いがするのになー〟と首をふってから消える。犬も犬だが猫も猫だ。次郎吉は頭から布をかぶせられたり、現れたりして、一晩、少女のひざでじっとしていた。

三吉はいつごろからかケンカの三吉になっていった。わが家の代表選手のように家の名誉を小さい体に背負って、近所の塀の上で縄張り争いをする。

ケタタマしい三吉の鳴き声が裏屋根あたりから聞こえると、弱虫次郎吉は真っ青になって素っとんで逃げて帰り、鼻吉は大声で援護射撃で三吉を応援し、ウイリーは抱かれていた私の腕に耳を伏せてしがみつく――というのがパターンとなった。

近所めいわくなので、ある日、猫が鳴いたとたんに、隣へ聞こえよがしに「うるサイ！　少しはしずかにしなさい！」と大声でおこったフリをしたら、実はその泣き声は、隣の赤ん坊の泣き声だった。

ある晩遅く、私はピジャマ姿のまま、裏門からしのびだし、隣のアパートのコンクリートの壁にぴたりと身をよせ、裏から聞こえる三吉の悲鳴をたよりに近よっていった。

三吉の相手をコツンとやって三吉にはすごい黒幕がいるんだぞということをしらせるため、左手に長い庭ボーキをかかえていた。猫背になった私は右手で、ピジャマのゴムが少しゆるいので、ズボンをずり上げながら、ふとアパートの上を見上げた。丸い月がいまや皓皓とアパートの三階を照らし、その窓から首を出してじっと私を見おろす男の人の目と、私の目はバッタリ出合った。

あわてて人間にもどった私は急に猫撫で声で「三吉、ケンカしたらダメヨォー」とどなってから家へ戻った。夜中の一時半だ。

はじめての朝帰りで、なぜかくしゃくしゃの感じで帰って来た三吉をみんなが出迎え、ねぎらった。ウイリーは三吉の匂いをかいだと思うと「ヒャークサイ」と言わぬばかりに口を半開きにし、小生意気にも「気色わるうー」を連発した。

ケンカ三吉はとうとう凶状持ちのように、憑かれたように毎日ケンカに出かけた。丹下左膳のように、身をはすかいにして、韋駄天走りに塀から消えた。そそくさと食事に帰ると、またもや急かれるが如く出かける。いいことが待っているわけではなし、空っ風の吹く冬の野面のどこへ行こうとするのか？　意地にかられた三吉が私は哀れになった。「帰っておいでよ。家は暖かいのよ。三吉」と塀の下から言う私を、三吉はふとふり返って見おろし「止めてくれるな。姉ちゃんよ。行かなきゃー己の男がすたる……」と悲し気なうめき声をあげ、夾竹桃の葉の向うへと消えてゆく。何だか浪花節もどきだが、わが家の平和の崩壊は凶状持ちの三吉が、このころから招きだした。

つまり隣近所で誰かに負けるのか、その腹いせに家へ帰ると、とんまの次郎吉をいじめだしたのだ。

私は夕方ともなれば裏のガラス戸を開けて三匹の猫の名を呼ぶのがくせだった。どこからともなくみんなが集まってきた。

犬一匹と猫三匹、私とおばちゃん。ちょうど頃合いのいいグループだった。ほんの二年ぐらいだが何という長い平和な時代だったろう。それは終わりかけていた。

「次郎吉」がふいに姿を消し、毎晩私の呼び声は空しく、夕闇にまぎれて消えた。やがてあきらめて、呼ばなくなるだろうと思うと自分でやり切れなかった。

三吉さえいなければ、他の猫は平和猫なのだ。その怒りの三吉も、幼いときは夜一しょにねてやると、昼間とは態度が豹変し、私の耳の下にこれ以上ひっつけないくらい、より添い、胸の上をのこのこ横断して反対側の耳の傍らにひっつき、つぎは頬っぺたの上にのってよっこらしょとサカダチなどしてみせた。彼一流の感謝の意の表明である。

アナトール・フランスの短篇に、『聖母の曲芸師』というのがある。町の曲芸師が修道院へ入るのだが、他の修道士のように学も深くないため、自分には何ら神に捧げる徳も、知恵もなく、祈りの言葉も知らないことに気づき、夜の暗い御堂で、聖母像の前で、倒立して、両足を空に浮かべ、六個の真鍮のボールと十二本の肉切り包丁をもてあそぶというとっておきの秘芸をお目にかける。

のぞき見した修道院長や修道士達は、これは聖母に対して失礼千万と怒り心頭に発したとき、これはいかに！　聖母マリア様はゆっくりと曲芸師の横へ来られ、ご自分の青い衣の端で曲芸師の汗をそっとぬぐっておやりになった。そこには一言の言葉もないのだが、曲芸師の真情をみぬかれたマリアの深い愛情である。

三吉が私の頬の上でサカダチしている間、私は、マリア様の物語を思いだしていた。曲芸師の素朴な心と三吉のサカダチとはとても似ている気がした。私は三吉を、頸を撫でてほめてやった。夜中に誰もみていないのにサカダチをして感謝していたあの素直な三吉が、この前まで兄貴分として遊んでもらっていたやさしい次郎吉に、どうしてイジワルするのか、私には獣の掟はわからない。

おばちゃんは次郎吉が、てんかん持ちだったことをいなくなってから告げてくれた。

私のいないとき、突如、後脚でぐるぐるぐると狂ったようにまわりだし、泡をふいて、何かわめき、何秒かでケロリと治ったのだという。次郎吉をことのほか可愛がっていたおばちゃんは、私には言わず何かと注意していたらしい。

生まれて早くに親から離すと、子猫はいろんな病気もちになる。次郎吉は片目もグレイにしずみ、てんかん持ちでもあった。

三吉を呼び、ウイリーを呼び、毎晩毎晩私の声は虚しくなっていった。平和な時代は過ぎてしまった。わずか二、三年前のことが、二十年も過ぎ去った昔のことのように、もう過去形になってしまった。

カルピス猫

次郎吉が消えてからは、わるいことばかりがつづく。まだ三吉とウイリー君がいたときだ。ある日の夕方、私は食堂からつぎの化粧部屋を通って奥の間へ用事に行った。

今夜は気分がよろしい。多分夕食がうまかったせいであろう。化粧部屋を通るとき、目の片隅に何かを見た――のだが、そのままゆきすぎ、帰りぎわに目の片隅の方を見た。

思わず叫びだした。部屋の隅の一角に、子供の猫が横倒れになって死んでいた。白に黒毛の点々が少しあるのが、カルピスの包み紙の模様のように可憐に目にうつった。首筋に血が一すじついている。

動物の死に目にまだあまり立ち会ったことがないのに、わざわざ私の家に入りこんで死ななくとも……私は目をおおって居間へ行って考えた。あの猫はどこから来たのか？　裏の車庫の扉の下の隙間から、誰かが押しこんだものか？　よちよち入って来たのか？　死にそうになったまま入って来たのか？　いや入って来て殺されたとすると、うちの犬や猫？

「誰が殺したのよォ」とみんなにどなった。いままで可愛がってきた犬や猫が、急に敵のような気がしてきた。

多分ウイリーか三吉が、ふざけるように首筋に食らいついたのが、頸動脈を切ったのにちがいない。彼らはドライだった。死体をいぶかりもせず、そしらぬ顔で遊んでいる。猫のように、犬のように、私も他の動物の死に鈍感になりたい。

私はこわいものみたさで、またそおーっと見に行った。何という小ささ。まだ幼いベビー猫だ。親猫の乳房にしがみつく時期なのに。子猫の安らかな頬は、少しそげた風に刻々死相が刻まれていった。何か大へんな仕事をしたあとのように、疲れた風にやつれてゆく。生まれて、そして死ぬということは、大へんなことなのだと私は、もう消え去った小さい命を前に考えた。

お線香を立てて椅子や本棚で片隅に囲いをした。

かかわりのない子猫のために、こうして一晩、線香と共に私は泣きあかした。可哀そうに。もっと遊びたい盛りであったものを——。

翌朝、早く、海岸べりのK氏の家へとんで行った。

私は見知らぬ死んだ子猫のことを告げ、海辺へ葬るのを手伝ってほしいと申し出た。とても私の神経では、死んだ子猫を見ることはできない。

「あーいいともいいとも。ぼくは昔ね、こんな大きなセパードが死んだときも、庭に埋めてやったんだよ」

K氏はすぐに応じてわが家へ来てくれた。私は心の中で子猫を抱きながらも、実は姿を見ることができなかった。「死」という現実を正視できないのは、なぜか卑怯な気がした。

「頸動脈をやられているね」

K氏は新聞紙にていねいに子猫をくるみ、私はスコップをもち、いつもの海辺へ行った。楽しい散歩ではなかった。

「あんた一晩泣いてたのとちがうかい？」

「ええ、可哀そうに。あんな小っちゃいのに」

「それでもあんたのところへ死ぬため入って来たんだよ。よかったじゃないの。いまは安らかだ」

小さい穴を掘って、そっと子猫を入れる。少し土を盛って、K氏は傍らに咲いていた野草を一本ちょんとさして手を合わせた。

「さあ一週間もすれば、きれいに成仏するよ」

K氏の言葉は、いかにも自然で、動物の死も自然で、埋めてやったのも、みんな自然な感じだった。K氏のような人の横にいれば、自然に死ねそうな気がして私は力強いあたたかさを感じた。

そのK氏もそれから二年後、急にこの世を去る。


カルピス猫を海辺に埋めてから、私の出勤間ぎわに、おばちゃんは現れた。

昨夜からの事件をおばちゃんに告げた。

おばちゃんは悲しみをのみこむように「可哀そうに」と一こと言った。

「でもお姉ちゃん。カルピス猫は幸せですよ。ここで死んで、海辺に埋めてもらったんだもの」

おばちゃんもK氏と同じように、自然の成りゆきとして、大きな目から猫を眺めていた。ところが私はどうしてもそうは思えないのだ。まだ幼いのだから、いまから愉快な子猫時代を過ごし、ゆっくり大人になって生を満喫できたものを——と口惜しく思う。生きていることは、即愉しみ——という風に私は考えるくせがあった。

捨て猫赤ん坊の育て方

急に淋しくなった。いままで捨て猫には目をそらして、なるべくかかわり合いにならぬように歩いていたのに、そのころは積極的にキョロキョロと野良猫のように目を左右に走らせて、捨て猫の匂いをそれとなく嗅いで歩いた。おばちゃんまで同じ思いらしく、せっせとどこかから捨て猫をひろってきた。

目もあかぬのに箱に入れて捨てられた子猫。人間のエゴの匂いを嗅ぎ、さんざん人間の悪口を言いながら私は捨て猫をひろう。

おばちゃんも「こんな目もあかん子を捨てる人は鬼だ！」と言いながら、実は自分が育てたいと思うらしく、ひしと抱えて帰ってくる。市場へ行ったはずなのに、籠の中はからっぽだ。

ねずみよりも小さい、目のあかない生まれたての赤ん坊猫。

この世に生まれることは、決して喜びではないのが、この赤ん坊の捨て猫をみるとよく判る。すぐにしがみついてお乳に吸いつくあたたかい母親がいないのだ。身も世もなく情けない鳴き声で赤ん坊は鳴く。生即苦しみだ。すべてが苦痛だ。うまく歩けないし、ねむれないし、何もかも不自由だ。ママもいない。

初めミルクを人間の哺乳びんでやろうとしたが、大きくて猫の口に合わない。インクを吸うスポイトでやると、ガラスのスポイトが折れそうになる。脱脂綿にミルクをしめしてのませると、少しもはかどらない。犬猫医者へとんでいって聞いてみた。猫の赤ちゃん用の哺乳びんと栄養の入った缶入りミルクをもらった。哺乳びんには吸い口が大小二つついていて、赤ん坊の発育に合わせて使用する。缶入りミルクは猫に必要な栄養が入っているらしい。人間の赤ちゃん用のと何が違うのかは判らない。あまり冷たくてもいけないので、適温にしてやる。とくに夏はミルクがくさらないようにすること。

左手で子猫を仰向けに抱き、うまく哺乳びんの吸口をくわえさせると、小さい手でびんを一応押さえながら、口音をたててのむ。おばちゃんは本能的にのませ方がうまい。なぜかな。人間の子は六人も産んだといっていたが猫ではない。しかしその手つきは猫の子とぴったり調子が合っている。初めは私の手つきは不器用で猫がサカダチ形になったりややこしかったが、自然に本能的のませ方になっていった。吸う方の子猫の気持になったり、吸われるミルクの気持になれば、これは当然に誰でもが会得できる。

何時間かおいてはのませてやり、喜んで吸いついてくれると子猫は一寸ぐらい伸びたように思えてホッとする。

オシッコやウンコの世話はめんどうだと思っていたら、これもぬらした布でお尻などをちょんとこすってやるとカンタンだ。フン水のように仰向いたままオシッコをするのをみるのがまたたのしみになる。

新聞や端布をダンボールに山のようにフカフカとしきつめておくと、夜ウンコをした布地だけをすてればよい。朝ウンコやオシッコで汚れていないと、自分が便秘になったように気持がわるい。

わが家では赤ん坊猫を何匹か育てるうち、私もおばちゃんもそのベテランになっていた。昼間はおばちゃんが面倒を見、夕方から夜にかけては私がした。

なるべく玄関の暗いところにダンボールをおいてやる方が、赤ん坊が安心してねむる。赤ん坊が本当に欲するのは、実はミルクも大切だが、まず温度である。山ゆき用のアルミの水筒にお湯を入れて、布地でくるみ、その上へ子猫をおく。親猫の体温を求めているのだ。そのつぎがミルクである。赤ちゃんはお腹がミルクで一ぱいになると、にんまり笑ってゆたんぽに頬ずりする。ゆたんぽをお母さんと思っている。

まだ目をつぶっていても、そのまぶたが、まぶたの下にかくされた瞳のせいか、うっすらとほの明るい。これは何か夜明け前——といった感じで、生命の開くのを待つほのぼのした気持になる。

そうして片方ずつ一日おいて目が開く。閉じていても開いた気がするので、片方が開くと、もう目も開かないのに、開かない目が笑っているのを感じる。

私はジカにはっきりと猫の生命にふれた実感を味わう。

この世の初めに見たものを親と思うというのを聞いていたし、この前テレビでも見た。アヒルの子が卵からかえり、初めに見るものに——ガァーガァー音のするオモチャの自動車をリモコンで動かせてみせると、アヒルの子はそのオモチャを親と思い必死で追いかけて、自動車に体当たりし、中へのりこんでしがみつこうとしている。

こんどはタカだったかワシだったか、おせっかいな鳥がいてアヒルの卵を一生懸命温めて、ひなをかえし、育ててやる。すると一人前になってアヒルは泳ぎだすのだが、親は泳げない。しかし水遊びがすむと、ちゃんとアヒルは抱かれにもどってくる。そこの遊園地の当番のおじさんが、アヒルを池へもどすのに苦労する様子を映していた。

そこで、子猫の両方の目が開くというとき、私は「ワタシ、ワタシ」と叫びながら、ダンボール箱に首をさしだした。おばちゃんも太った体でベシャと床に座って「ホーラ見える、見える」と自分の赤ん坊のように手のひらをヒラヒラさせてあやしだす。そこへ鼻吉が割って入って長い鼻をつきだし、赤ん坊を一なめした。

暗い狭い玄関が妙に明るくはしゃいできた。赤ん坊の糞尿の匂いに充ちていたが、私にはその四角い暗い一間が、小さいキリストが生まれたまぐさ小屋のようにも思われる。少し大ゲサな表現すぎる。とにかく、捨てられ、死ぬ寸前だった小さな捨て猫赤ん坊の目が開いたのだ。

一ヵ月ほどダンボールでお乳をのんでいた赤ん坊猫は、次第に自我に目覚め、固い肌ざわりの哺乳びんに嫌気がさしてくる。もっと母親猫の胸は柔らかくあたたかいはずだった、と母親のお腹にいた頃の記憶をたぐりよせる。ある日、哺乳びんもゆたんぽも赤ん坊は蹴飛ばして、カンシャクをおこす。「もう哺乳びんなんか要らない！　ゆたんぽも嫌だ！　ボクは愛が欲しいんだ」と彼は赤い口をあけて叫ぶ。

そして赤ちゃんはゆりかごのダンボールから巣立つのである。これをおしめぬぎと私とおばちゃんは名づけている。

春のある日、庭でダンボールからひょいとこの世におり立った子猫は、はじめてまわりを見まわし、キラキラ輝いた子猫の目になっていた。

長く暗く寒い冬だった。世の中はすっかり春になっていた。

私は失った猫達への悲しみをかくし、新しく復活した子猫の目の玉で新しい世の中を見た。新しい夜明けだ。

すみれを見てもベコニアを見ても何もかも生まれて初めてだ。私まで猫と同じように感動し、溜息をついて花々を眺めた。ジャスミンの小さい白い花びらがつるにからまって咲いている。庭じゅうジャスミンでとり囲めば、すばらしい香りとなるだろう。ジャスミンの根元でウンコもオシッコもしよう。

ペチュニアは小さい朝顔のようだ。目がぱっちり開いたような、パチパチと音がしそうにビビッドな花だ。あの花をボクの枕にしてひるねをしよう。もうダンボールではなく花たちの中でねることができる……。

ミモザが真っ黄色に空を彩っている。いつかもうすぐ木のぼりだってできる……世の中まんざらすてたもんじゃない。

これで何匹の赤ん坊を育てただろう？　六匹ほどになる。向いの団地の小学生の女の子が、泣きながら、抱えてきた赤ん坊猫もいた。

「お姉ちゃん、茶色の猫探してたでしょう。育ててちょうだい」と言って女の子は泣きだした。目のあかぬ子猫が鳴いているので女の子にうつるのだった。「学校の庭に捨ててあったの。一匹はケイコちゃんがもっていったし、一匹はワタシ。先生が、さっさと持って帰って育てなさいって。でないと始末しますって」始末するというのは殺すということだ。おそろしい先生だ。子供の前でどうしてそんな言葉を言うのだろう。雨が降っていた。子猫も女の子も雨にぬれ、顔は涙でぬれ、なぜか世の中全部が泣いているようだった。

その赤ん坊も同じようにして育てた。人間が育てると、当然人工的になり、ヒフの感じが蛙みたいに思えるので、その猫はビキタンという名にした。九州の方言で蛙のことを言う。このビキタンは私を親と思い、大きくなってもアレコレと私の世話をするみたいに、いやにひっついてまわった。実は別に私の世話をするわけではなく、そんな風な顔つきだけで、よく手のかかる猫だった。ブヨブヨした妙な肥満児になった。ビキタンは他の猫より大げさな感受性があり、初めて鏡の前で自分の顔を見て「ギャーッ」とわめいたり、テレビの前で「フーッ」と怒ったりした。毛が総毛立っている。

しばらくして私は金沢へ出張したとき、昔のクラスメートのNちゃんが現れた。誰かに似てるなと思ったらNちゃんはビキタンにとても似ていた。Nちゃんは昔と同じく世話やきで、あれこれと私のために走りまわった。金沢弁で何くれとなく走りまわってくれている間じゅう、私はついうっかりとビキタンが私のために一肌ぬいで走ってくれているように錯覚していた。

夜、時間があいてほっとしたのでNちゃんを誘って金沢の香林坊ののみ屋へ行った。ゴリのつくだ煮などつつきながらお酒を呑む。私はビキタンが酔っぱらってぐたぐたとくだをまき、踊りだすところを想像していた。猫がお酒をのんだらどんなにいいだろう。

早く帰ってビキタンとねたいと思った。太ったビキタンは小さくなって私の胸許にしのびこみ、巧みに丸くなってしがみつくのがとてもうまい。猫にも寝かた、抱かれかたのうまい、下手がある。

白い猫——千代丸

私の好みからいえば白猫はそんなに好きではない。真っ白でブルーの目の玉はたしかに美しいけれど、見て美しいだけの美人といるようで、中身は冷酷に思うし、ツンとしていてあまりこっけいさもない。

ところが拾った中に真っ白い子がいて、カルピス猫の生まれ代わりとして育てている。双児のようにもう一匹兄弟分に黒白の毛の長い子がいた。鼻筋が途中で曲がっていてチョビひげをはやしたチャップリンに似ているのでチャーリーというが、チャーリーはヘマばかりやるお人好しだが、白猫はなかなかかしこい。女だったが千代丸と名づけた。

猫はよく食べすぎたりすると耳の中が膿んでネチネチして腫れたりすることがある。千代丸は太陽の方へ悪い方の耳を向けて、太陽の動きにつれて、ぐるりと体をまわすだけで、丹念に日光浴をして自分で耳を治してしまった。じっと一ヵ所に座って太陽に沿って円運動をしている千代丸を見ると、自然を把握する超能力の猫みたいにみえて感嘆した。まわりが荒っぽい男の子ばかりなので、避妊手術をうけた。一日ぐっすりねただけで、良くなり、その翌日からは、いつもの通り、朝になると二階へ私を起こしにひょこひょことやってきた。

テレビ映画で白馬などが登場して、山野を走ったりしているが、その表情と白猫の千代丸とはどこか似ている。デリケートで少し神経質な気むずかしいところがあり、冒しがたい神秘さもある。

ある日、近所を歩いているとうちから二筋西の角の家の前で千代が遊んでいる。「チヨ」と呼ぶと、ひどくなつかし気に寄ってきて私に顔をなすりつける。家の中ではついぞこんな様子をしたことがないので、座って撫でていると、角の家の奥さんが首をだした。

「あら、お宅の猫ですか、その白ちゃん」

「ええ、千代丸っていうんです」

「あら、毎日私んところでねてますのよ。マリーって私達呼んでますの。これからチヨっていいますわ」

「うちでもよく食べてますから、あんまりやらんで下さい」

「ええ。とってもおとなしくって。うちの娘がピアノをひくと、じっとピアノの上で聞きますの」

「？　何を聞くんです」

「ショパンが好きなの。ベートーヴェンはきらいらしいわ」

……千代がいつもどこかへ長い間出かけると思ったら、ここの家と両方かけもちしていたことが判った。早速おばちゃんに報告した。

「白い猫は幸せを招くっていいって、割と千代は近所で評判がいいらしいでっせ」と、おばちゃんはまんざらでもない風に千代の評判を知っていた。

「ショパンが好きなんだってさ」

私はどうも二股かけている千代のチャッカリぶりが気になってきた。向こうの家の今夜のおかずは何だね、と聞いても千代はまるで知らん顔をしている。

それ以後市場で千代の家の奥さんは、すぐに寄ってきてはうれしそうに千代の話をした。

「今日はおかしいんですよ。カマボコを一切れ食わえてきてわざわざ私の前で食べますの。ホホ」

それは私の家のカマボコだ。

そこの家は奥さんもしとやかだし、女の子が一人いるだけで、おとなしい千代とは、よくつりあいがとれ、わが家のドタバタ騒ぎとは大分異なっている。そして、来年二月は転勤で引越しのため、最近はとくに千代がやさしいので心残りだという話もしてくれた。

その引越しの二月が過ぎても千代は相変わらずどこかへ出かけて、きっちり朝ごはんと夕ごはんにはどこからか現れて、みんなとまじって食べている。

しかし千代は私の家の子でいながら、家なし子であった。どこかの屋根の軒下とか、草むらでねているらしい。それにしては白い毛は汚れていない。

ある朝ふと見ると、二階のベランダの一ばん日当たりのよい隅っこでねている千代を見つけた。

今年は雪が降ったり殊の他寒い。

「千代、うちでねなさい。外は寒いからね」

と言ってきかせると、出かけようとしていた千代は、立ち止って何か考える風であった。それもそうだと思っているらしい。ぐるりと回れ右して入ってきた。〝テレビをみようよ〟と抱いて食堂へ行った。他の猫もごろごろしている。みんなと遊べばいいのに、なぜか千代のプライドが許さぬらしく、私の隙をみて消えた。

しかし、つぎの部屋の私の衣裳がごじゃごじゃとかけてある椅子の上へ丸くなってねている。

千代は一ばん古顔のくせ、いつもよそ猫のように他所からやってくる猫——であった。ツンとしてコビをうることも知らぬはずなのに、近所では誰彼とやさしくしてくれるとはありがたい。案外、他の猫のいる家へも食事どきはすまして入りこんでいるのかもしれぬ。と、二重人格のようにも思い、半分安心もしていたが、雪の降る晩はゆくところもないという千代の実情をみると、哀れでならない。あらためて捨て猫をかばうように、千代の背中にフロシキなどかけてやった。

一方の黒白チャーリーはペルシャの血がまじっているのか、長い毛で、大きくゆったりした猫に育っていった。しかし弱虫でお人よしのチャーリーは、小さい子の子守りを好んでやってくれた。

大きなカゴの中に赤ん坊猫を入れておくとカゴの編目から手を入れて赤ん坊とじゃれたあげく、あとでのぞくと、カゴの中にでかいチャーリーがぐーぐーとねており、赤ん坊は這いだして外で遊んでいるということがよくあった。

チャーリーも大きくなると外猫となって、ときどき塀の外から現れた。チャーリーが帰ってくると、一ばん歴史が古いので、チャーリーの毛並みに故郷を感じたりする。なつかしい大きなチャーリー。そのチャーリーもどこかへ行ってしまった。

瞑想猫——プルースト

この瞑想的な名の猫は、溝の中でうずくまって鳴いていた。すぐ近所のドブの中から声だけ聞こえてくる。私の耳には多くの物音の中から、捨て猫の鳴き声だけがいやに鮮明に判ってしまう。姿もみえぬのに捨て猫の悲しい声だ。果たして体半分を水に浸して妙な具合に石にはさまって鳴いている。逡巡もへったくれもない。可哀そうに決っている。猫の顔も確かめず、拾いあげて、つれてきた。幼い体をふいてやるとキジキジで鼻と頬と胸が白く、愛らしい坊ちゃん然とした猫だ。キジの中のグレイと黒はビロードのように深い色で気高い感じだ。ところが歩き出して驚いた。下半身が動かず前脚で支えて後ろ二本脚をひきずってゆく。両脚マヒ？　私はまたしても苦しみを拾いあげたのか？

しかし、これはけがではなく、何かビタミンが不足していて発育不全であり、次第によっこらしょ、よっこらしょと二、三拍子おくれながら歩けるようになった。

まがりなりに歩けるようになったのは一週間もたってからだ。少しずつうまくなるのをみるのはたのしみだった。ずれながら歩くのが一つの個性みたいになって愛らしかった。毎日見ていると私もうつってしまい歩くとき足がもつれそうになった。

不自由な脚を投げだして静かに横たわっているときは、いやに瞑想深げにみえて、「プルースト」

と名づけた。いかにも思慮深げな名だが、けっこうワルで、棚の上や冷蔵庫の上へはとてものぼれないが、木のぼりを平気でやっては「おりれない〜」と泣きわめいて人間におろしてもらう。あまり手がかかるので、名前改め「ET」となる。

生まれつき弱いため、警戒心もつよく、心底からは人間になつきにくかった。じっと息をつめてゴロゴロいって抱かれているのは、実は相手に油断させているだけであって、隙あればすぐに逃げだして一人になった。

犬にももちろん警戒してなかなかなつかなかった。美しい目を思い切り開いて威嚇する。プルーストがそっぽを向いている隙に、私はそのお尻の毛にちょっとバターを塗った。犬の鼻吉はプルーストのお尻の毛をなめた。プルーストは他に気をとられていて、なめられている途中から気がついた。そして、びっくりした。なんという情のあるやさしい犬であろう？　と下から鼻吉をそっと仰ぎ見た。これは動物をなつかせる正攻法ではないのだが、私は何回もバターを塗った。お尻の毛から次第に顔に近いところにバターを塗る。何回目かに、プルーストは犬のやさしさをはっきり認め、半分ふるえながらも背中からあごへとなめられてしまい、まんざらでもなさそうになついていった。犬は実は情があるのではなく、バターのみをなめていただけである。

他の猫達は大きくなると、車庫のテントの上から塀づたいに裏へ回り、どこかへ遊びにゆく。そのどこか？　は、決して人間には判らぬケモノ道だ。プルーストだけはそんな芸当ができないので、かえって私は喜んでいた。

ところが木のぼりができるので、木から石塀へ、そして塀の上をぐるりと回って裏へ——というのを、他の猫についてプルーストもやってしまった。

仕方がないので、裏の私の衣裳室の窓を少し開けて、ふみ台代わりに椅子もおいてやった。プルーストはこのふみ台の椅子があれば、帰って来れたし、出てゆけた。

泥棒もさっさと入り易いようだが、そこは私の家来の大犬がいるから大丈夫。よその猫もわが家には、犬がこわさに侵入してこれないのだ。一度、勇敢にも、ケンカのついでにうちの庭へしのびこんだ黒猫が、犬をみてびっくり仰天し、ミモザの木に一日中鳥のようにとまっていたことがある。

窓から出たり入ったりする味を覚えたプルーストは、夕食がすむと、五分おきに出たり入ったりをくり返した。よほどうれしかったらしい。いま帰って来たのに、ソワソワとまた出てゆく。偏執狂だ。夜一しょに抱きついてねている他の子猫もあきれてしまい、めいわくそうな顔をして寝不足となった。

そして、とうとうある晩、出て行ったまま、帰って来れなかった。道で迷ってしまったにちがいない。

このプルーストと太ったビキタンが相ついで消え、私はまたも途方にくれた。

脚のわるいプルーストと、人工的に育った過保護デブのビキタンは、どちらも手のかかるでっかい赤ん坊だ。どうやって生きてゆけるのだろう？

「大丈夫ですよ。もう赤ん坊じゃないし、あんな器量よしは誰でも可愛がってくれます。わたしも昔は、いろんな入ってくる猫達に食べさしては喜んでたもんです。食べるだけ食べるとまたいなくなる。猫ってフシギやねえ」

とおばちゃんは楽観説をのべた。

天使作次

次郎吉を思いだすあまり、私の頭にはつねに茶色と白のイメージが巣食っていた。大体キジキジや黒ばかりで、薄茶がいないと、世の中は暗くなる。もっと明るくしましょうというので、茶と白、茶と白と探しまわり、ある日、神戸の犬屋にちょんと並んでいる二匹の茶色ちゃんの猫と出合ってしまった。一匹千円也。隣のシャム達はもっと高く何万円もする。この茶色ちゃんは次郎吉とはまた違うのだが、私は撫でてしまったのだった。そのあたたかい体温が私の手から心へと伝わってしまった。サヨ～ナラと帰れば、この千円の猫たちは殺されるのだ。

だから千円の猫達は私と一しょに来てしまった。

まだお乳をのむ年頃なのに、缶詰のカツオの餌をやると、噛むことはできず、チューチューと餌を吸うのだった。犬屋のおばさんは「変わった子猫でしてね、吸って食べますのよ」と言っていたが、これは変わっているのではなく、歯もろくにはえてなく、吸うお乳もないのだ。彼らの苦肉の策で、夢中で餌に吸いつくのだった。またもや不びんでならなくなってきた。縫いぐるみの豆ダヌキのように二匹の兄弟はキョトンとして、私を見上げる。トム君サム君と初め呼んでみたが、そんなハイカラさはみじんもなく、田舎の子然としているので、タゴサクとつけた。タゴ次、サク次というわけだが、めんどうになったのとよく似すぎているため、両方とも「作次」になってしまった。

片方は目と目が離れ、片方はちょっと真ん中に寄っていた。ケネディとジャクリーヌみたいだ。

双児の二匹は同じ色で仲よしで、ねてもさめても肩を組んでいた。

弟の作次は、座っていてもよく居眠りをし、横に座っている兄貴の肩にちょっとアゴをのせて束の間のいねむりをした。「ちょっとねさせて」という図だ。

あまりにも小っちゃいときだったので、犬の鼻吉にもすぐになれてしまった。毛色が似ているから親だと思ったのかもしれない。二匹こみで一匹みたいに育てていたが、色がそっくりでもちゃんと性格が異なる。一寸の虫にも五分の魂というように、こんな小っぽけな双児にもそれぞれの性格があるのが面白かった。

兄貴の作次は少し神経質で、世話やきだ。弟の作次はやんちゃで、兄貴から離れて三吉兄ちゃんの大あばれの仲間入りをした。

いなくなったおとなしいプルーストやデブのビキタンもこの双児を可愛がって一しょくたにねむった。

二匹こみで一匹だと思っていたが、それぞれにおしめばなれをし、気がついたらほどよい子猫になっている。もう大きくならないでこの時期が長ければいい。

プルーストがある日、何も食べない日があった。ビッコをひきながら長椅子からおり、水だけのんで、また青い顔でねているので、あわてて医者にみせた。風邪だった。他の猫も予防注射をしてもらった。水さえのめばいいのだ。三日目には食べはじめた。ほっとして、とっておきのハムやチーズもやる。みんながパクパクと、もっとくれ、もっとくれと食べすぎると、「いい加減にしなさい！」とドナっていたが、病気の子が食べはじめると何とうれしいのだろう。ごちそうを食べた！

といってはほめて頬ずりをしてやる。人間の子だったらごちそうほしさ、頬ずりしてもらいたさに仮病にでもなりそうなものだが、動物の子にはそんな悪知恵はない。

　つぎつぎと猫が病気すると、私は全身全霊で心配した。生活の中でそのことのみが大へんな心配なのだ。普通の心配ごとプラス猫のこととなるから忙しかった。

　そしてふっと昔の自分達の子供時代を思いだしてしまう。兄と弟と私とがつぎつぎと順ぐりに病気するたびに母の心配は想像以上だったにちがいない。弱い兄と弟の方がよく病気をした。丈夫な私は、遊び相手がねているので、起きるとすぐに母に言ったものだ。

「踊ってもいい?」

　母は「あー踊りなさい。踊りなさい」

　お前だけが手がかからない、と喜んだ。

　私はぞろりとした白毛糸の大きなケープを羽織り、バットマンみたいなかっこうで、何やら唱いながら、自作の踊りを踊りまくる。

　いま思うと、母は体の弱い兄と弟を主に可愛がり、変な踊りを踊る丈夫でアホな女の子は、安心のあまり頭の中にはなかったらしいということに、猫達を見ながら私は思い至った。

　プルーストは私の死んだ兄に似ている。

　弱い猫の子をとくに目をかけて大切にしてやるように、母は兄と弟を可愛がった。

　弟がついこの前言っていた。

「お母さんがね、ヨーちゃんやお父さんは何を作ってもうまいうまいって喜んで食べるから、面白くないって言ってたよ。つまり抵抗がないんだ。ボクや兄ちゃんはいつもは文句ばかり言ってあまり食べないのに、たまに喜んで食べると、あーやっぱりほんとにおいしいんだなと思ってうれしいって」

この話を聞いて私は鼻がしゅんと辛くなるような悲しい感じがした。「お前はおかずの好き嫌いがなくてほんとにいい娘だよ」と母が言っていたのはウソで、実は、「お前は何をやっても味が判らなくて抵抗がない」と言っていたのだ。そして陰で兄と弟に「お前達さえ強くなったらお母さんは安心だよ。さあお食べー」と何かうまいものをやってたにちがいない。

私は弱い猫達——プルーストなどにカゲでそっとチーズをやり、丈夫で陽気な猫達には安心していた。

プルーストに気をとられている間に、実は作次兄弟の弟作次が、いつのまにか病気がひどくなっていた。病魔が潜伏していたのだ。プルーストが治ってほっとしていると、苦し気にセキこんでいる作次に気がついた。

病気はいつも土曜日にやってくる。私の気管支炎もひどくなると息が出来なくなり、それはいつも土曜だった。だが、土曜は病院が休みなのだ。

作次が苦し気にセキをするのは、私の気管支炎のときと似ている。

人間の私には、救急車もあり、救急病院もあった。

息が出来ないことは死ぬことにつながる。お腹が痛いのとはちがい、この一息ができないと首をしめられているのと同じで、私はあわてだした。ところが息ができないと一歩も動かれないのだ。救急車に私はのせられた。白いヘルメットの人が酸素マスクをやさしく当ててくれた。ふっと息がらくになると、私は救われ、生まれて初めての救急車にのっていることが急にうれしくなった。

そして白ヘルメットの人が命の恩人だと思った。病院では何度も夜中に息ができなくなり、ベルをおした。やさしい看護婦さんが背中をさすり、吸入をしてくれた。そして私は治った。

作次の背中を撫でてやった。おばちゃんも泊まってくれた。部屋に湯気もたてた。吸入ができるものならしてやりたい。おばちゃんは孫を抱くように作次を抱いてねた。

一晩中作次は小さい体をよじって苦しんだ。日曜の朝、無理にお医者さんにたのんだ。このかよわい命を何とぞー。

兄貴の作次が傍へよって弟をなめてやった。セキと一しょに作次は大きくうめいた。椅子の下を歩いていたジーコがフシギそうにふり向いた。何とぞー。神様。

そして作次の息が、小さい息がすーっと止まった。柔らかい薄茶の両耳が毛布の上へうもれるのを後ろから見た。お医者さんがやっと到着したときは遅かった。まだ体は温かくても、命をよび戻すことはできなかった。

弟作次は不思議なことにとくにカニとか貝が好きだった。なぜだろう。ちょっと息を止めているだけなのに。

金沢から送ってきた名物の小さいカニを私は友人と食べていたが、私はこんな小さいのをむしるのが苦手で、悪戦苦闘をしていた。猫達もほしがりもせず、ナニ? コレーと無関心だった。

そこへ作次弟が割って入り、なれた手つきで、いや口つきで、うまく〝身〟をよりわけてあの複雑な甲羅の中を、デリケートにむしって目を細めて食べた。ちょうど、人間なら五本の指を巧みにつかって、あるいはお箸をうまく動かして、ツマ楊子でせせりながら……といった感じに、作次はとがった歯でうまくカニをさばいた。みんなは、人間も猫も犬も一様に溜息をついて眺めていた。

それからシジミやアサリやえび料理のときは、いつも作次を呼んでたくさん食べさせた。まるで選ばれた良いことをした子のようにテーブルの上で、作次は食べた。他の子はカニなんか欲しがらないから一人舞台だった。

　おばちゃんは「可哀そうに、可哀そうに」と念仏のように唱えながらていねいに作次を箱に入れた。冬がやってきていたので家にあった桜色の貝ガラ草のドライフラワーで作次の小さい体をくるんだ。なぜか、その可愛さも、はかなさも桜貝のような子猫だった。

　私はかねてから棺桶の絵をよく描いていた。いつもお棺の中に入っているのは、オフェリアだったり、サーカスのスターの女の子だったり、女のピエロだったり、二十年後のわたしと名づけたりしたのもあったが、それらはみな私自身の死だった。動物達が別れを惜しんでお棺の外で泣いている絵だった。

　こんどはお棺の中が作次で、外側にいるのが私だなんてこれは悲しいわるい冗談のような気がする。思えば作次の毛色も、うすくはかない色をしていた。プルーストにかまけてお前の病気をうっかりしていたのが悔やまれる。子沢山のため、お前を特に特にえこひいきに可愛がってやれなかったのが悔やまれる。いまから楽しい子猫時代がはじまるというのに。お前は五分刈りの粋な兄《アン》ちゃんに育ってゆくところだった。頭に鉢巻きをした威勢のいい若い衆のような感じの……。

　昔描いたお棺のオフェリアの死の絵と詩がでてきた。作次にこの詩をあげよう。

棺に納まった　オフェリア
かなしみは　華やかな　花にうずもれ
うらみは白い棺に浸みた

棺は誰にも　かつがれず
棺は土にうずもれず
ふたたび　小川に流された
棺に納まった　オフェリアは
じっとしていた

おばちゃんと二人でまた海べりの砂を掘った。こんどはテトラポットの中の方に深く、深く掘ったので風がまともにこないだろう。

かつての日のカルピス模様の子猫ちゃんの近くだ。オフェリアは川に流されたが、作次を海に流したりは決してしないからね。

おばちゃんも私も無言で土を掘る。おばちゃんはていねいに作次の上に土をかぶせて独り言のように言った。

「さあ作次は魚介類が好きだったから海の見える所だよ」

それはせめてもの、たむけのやさしい言葉だ。作次が笑ったような気がした。

テトラポットの外で犬が待っていた。初冬の風が吹き、海は重く鈍い鉛色だ。私はなぜかこちらの海岸べりには散歩に行かないようになった。思いだしたくなかった。誰に言うわけにもいかなかった。

千円の猫――作次が死んだ。

次の年に私は絵の個展をしたが、小さい木で二つ折りのイコンを作り、天使作次の絵を描いた。作次は背中に羽をつけ、頭の上に金の輪をのせて笑っている。花畠の上の方から首を出していた。

『天使作次――作次はことのほか魚介類大好物にて、そのむしり方、食べ方、天下一品なり。なれば海の見えるこの海辺にて安らかに永眠するべし。心やさしき天使作次よ。われ汝を愛す。

――』

と、言葉書きを表に書いた。これは私自身と作次のために描いたイコンだったが、誰か知らない女の人が、このイコンを買って行った。私は名前を聞こうとしたが止めにした。作次のことを言うのは辛かったし、言えば、その知らぬ女の人を抱いて声をあげて泣きそうに思えたからだ。

生き残りの作次

生き残った作次を、死んだ作次と思って可愛がっている。が、これは兄貴であって、弟ではない。でもいい。同じ血が流れているのだ。あの店で千円の値札のまま死んでしまうはずのところを、たとえ一年でもこの世を楽しみ、カニも貝もたらふく食べて逝った作次。

作次兄はどんどん大きくなり、ぼんやりしているが、とても見事な猫になった。

弟が死んでからよけいに作次はおとなしくなり、無口になり、小っちゃい子猫の面倒ばかりみている。

阪神タイガースの平田選手が、不思議なほどこの作次と似ている。あのポーッとした顔。太ってる割には、目鼻が小さくつぶらなところ。守りも打つのもうまいが、決して派手ではない。走るのは少しのろい。ときどきエラーしてひそかにベソをかく顔つき。

平田選手がバッターボックスに立つと、私は思わず「サクジー、そらガンバレー。もっと走れー早く」と応援する。すべり込みで、尻もちなどつこうものなら、とんでいって助けおこしてやりたくなる。

テレビでなくても本ものの平田選手に出会ったら、私は間違えてあごや鼻の頭を撫でるのではなかろうかと思うほど似ている。

作次は小さいとき二匹一しょに育っているので、二階の寝室へつれてゆかなかった。小さいときのクセというのは面白いもので、大きくなってからつれていっても、あわてて逃げだしてしまう。昨日の日曜日、あまり働きすぎて眠くなったので、作次と一しょに二階でひる寝をした。昼間で明るいせいか、やや安心して、逃げもせずやさしく私にまといつき、一時間ほど一しょにひる寝をした。寝床が気に入ったらしく、私が下へおりても、一人でまだ寝床を楽しんでいる。あとで顔を合わせたが、知らん顔してすましていた。でもちょっと私の脚にすり寄ったりした。この子は動作が何ともスローで、あくびをして、舌をだしたついでに舌を口の中へしまうのまでがスローなので、いつまでも赤い小さい舌を出したままでいる。こちらの方がギョッとなる。

隣の家は白木みのるちゃんの家だが、ついこの前、事件があった。

みのるちゃんのお父さんが、車庫の中へ入って、運転もできないのに、おいてあるライトバンの車を、たまにはエンジンをかけねばと、エンジンをふかし、つぎにアクセルをまちがえて思い切りふんでしまい、シャッターをつき破って表へとび出してしまった。とび出した車は通りの向かいのマンションの石塀で止まったが、お父さんは胃をハンドルでひどく打って病院へ運ばれ手術をした。幸い表に子供などがいなくてよかったが、シャッターをライトバンが突き破る音はどえらい大きな音で、近所じゅうの人が集まって来た。

ところで、車庫の横の塀の上でいねむりしていて、ころげ落ちた奴がいる。のろまの作次だった。夕ごはんに他の猫がごはんを食べているのに作次がいない。また呼びまわっていると、作次が情けない声で、窓の下で鳴いている。動けない。あまりの大きな音で、腰がぬけたのだった。窓の下にキャタツをおき、私は作次を抱いて家へ入れた。耳許でヒューンという。よっぽどびっくりしたらしい。

しかし作次のことばかり笑ってられない。自分の車庫といえど気をつけねば危ないと人々が口々に言うのを聞いたためか、翌日の夕方、私は自分の車を車庫入れするとき、何を勘違いしたのか、何べんやってもうまく入らない。左から入るには、車庫の左の端に車をぴったり寄せて入るべきだ——と変なことを考えてしまって、左のドアがペコンとへっこんでしまった。

これは隣のおじさんのおかげで、恥をかいた作次とワタシのお話。

おばちゃんの慈悲

この隣の自動車事故の日、作次は腰がぬけ、私も車庫入れ失敗というヘマをやらかしたが、そんなことは大したことではない。

その少し前に、生まれたばかりのベビー猫が、また道ばたでうちのおばちゃんを待っていたのだ。子供達が子猫を中にして遊んでいると思っておばちゃんは通りすぎたが、市場の帰りに、草むらをのぞくと目の半分あきかけのベビー猫があえいでいた。車にはねられたらしく、二本の脚がまがって、あとの脚で必死で空中をかいている。もうすぐ目があきかけの後光のさした尊い顔が、悲しみと苦しみと喜びとをいっしょくたにしてあえいでいる。

生まれてきてすぐ孤独で死なせるのはあまりにもむごい。せめてゆたんぽの上で死なせてやりたいとおばちゃんは、大急ぎで抱いて帰り、ゆたんぽをつくった。ちょうど家へ帰ってきた私に、おばちゃんはその事情をいい、私には見ないでいいからと背を押しやるのだった。聞いただけでもう涙を流している私は、とても死にゆく子猫を見る勇気がなかった。

おばちゃんは私と違って勇敢だった。それは当然の自分の義務であるかのように、子猫に水をやった。ゆたんぽの僅かのあたたかみに子猫はほっとし、丸くなって水をのんだ。

「おーよしよし。水ものみましたよぉ」

とおばちゃんはほめてやった。それは生きるためではなく、死ぬためにのんだ水だとは何という皮肉だろう。

卑怯な私は、見ればまた一生その姿を忘れられないだろうと、おばちゃんにまかせて、そっぽを向いて鼻をすすった。

隣の車庫が車の暴走で破れるものすごい音がひびいたときが、子猫の息がしずかにしずかに途だえたときだった。

「おねえちゃん。次郎吉と同じ淡い色ですよ。安らかに天国へゆきましたよ」

救急車の音が遠くから聞こえ、次第に大きくなり、子猫ではなく、隣のおじさんをのせ、また音が小さくなっていった。扉の外側もこちら側もいずれも車の事故だった。

輝かしい子猫時代を迎えることもなく、約束されたのは生まれてすぐの死であった赤ん坊猫に、おばちゃんは黙々と小さい棺の用意をした。

救急車が去り、騒ぎがおさまり、人々が散っていったとき、私とおばちゃんはまた海辺へ向かって野辺送りに歩きだした。

屋根裏ジーコ

ひ弱いベビー猫を育てていると、世の中のひ弱いもののことがよく判る。

人間の赤ん坊など可愛いと思ったことがなかったが、その動作をみながらいちいち、うちの箱の中にいるひ弱いベビー猫におきかえて、なるほど、なるほど、いまおなかがへってるんだなとか、ウンコがしたいんだなとか、よく判るようになってきた。親は赤ん坊のくしゃくしゃの顔の奥にある。自分の血を分けた命を愛しく思っているのだ。しかし、猫の子は私が産んだわけじゃないのになぜ判るのだろう。

汽車の中で向かいに座った〝母と赤ん坊〟を見ていたら、まるでいとおしくてたまらぬように、赤ん坊をうっとり見入る母の眼は、恋人同士のそれとはまるで違う神々しいものだった。東京まで三時間もその母親は、赤ん坊をうっとり眺めっ放しだった。犬や猫の子だったら私も一応うっとり眺めはするが、三時間も眺められない。早く箱から出て、対等にふざけ合う位大きくならないと、手がかかってめんどうだと思うだろう。

クラス会などへ行くと、小っちゃい子供を連れてくる友達がいる。私はよく間違えて、子犬を招く手つきで〝こいこいこい〟と言ってしまう。その子に頰紅や口紅を塗っていたずらをしていると、母親である友達は「あらいやよ」と私をにらみ、子供をひったくっていった。学校のときはあんなエゴをむき出しにした顔はしなかったのに、母は〝強し〟だなあと感心した。

いちいち犬や猫におきかえるのは人間に対して失礼だからもう止めるが、どうしても判らないのは、新聞に毎日のようにのっている親子心中や捨て子の記事だ。目もあかぬ猫の子でも捨てられぬのに、どうして尊い人間の子を捨てるのだろう。まして大人は自分の事情で自殺するとしても、可愛いさかりの少年や少女は死ぬことはないのだ。別の長い人生があるのだ。

ケンカばかりしていても、三吉がひょっこり帰ってくると可愛くて抱きしめてやる。とたんに素直な子供のころにかえってごろごろという。しかしすぐ追われるように出かけてゆく。あたたかい、ふとんの中にいればいいものを、嵐の中に身をさらして、孤独の三吉は、止めても止めてもどうしても出てゆく。それは奇妙な悲壮美にすらみえた。

この前までいたウイリーはスーパーの白いビニールのふろしきを首にまいてやると決していやがらず、そのまま外へ遊びに行ったりするので、白いバットマンが夜な夜な現れて道から塀へ、塀から塀へととび歩いているようにみえる。自動車はさぞびっくりしただろう。

そしてその三吉もウイリーもいつか、煙のようにどこかへ消えた。

相変わらず私は「三吉」「ウイリー」を連発し、やがてその呼び声もむなしく終わってしまった。

猫達は一体、北々西に向かって一せいにいずこへ走り去るのだろう?

この狭い町が、ジャングルのように思えてくる。

そして何やら悲し気な匂いが、電柱、塀、曲がり角からおぼろにたちのぼってくる。私には、後もみずに走り去ってゆく猫たちの後ろ姿が、そこここにみえる。揃いも揃ってどこへゆくのだろう。

歩く足をとたんに止めて、私は路地に向かって「ウイリー」と叫んでみた。ウイリーの奴、ちゃっかりとどこかの家のコタツの上で、ツマ楊子などくわえて、「この家の方が住み心地いいや！」なんて言ってるのではないかと思うとイライラしてくる。

次郎吉、三吉、ウイリーの先代達が消えてしまうと、あとのいまどきの子はカスみたいだ。何かというと先代は……と比較するくせがついて、年よりのグチみたいになった。

いつもいつも次郎吉、三吉、ウイリーと言っていたので、彼らはつい一昨日消えたように錯覚したり、よーく考えたら十年も百年も昔のことだったように思えたり、何だか奇妙な気がする。猫の子達の世話で夢中で日を送り、つぎつぎとその猫達は消え去り、ふと気がつけば、私はもう八十歳の老人になっているのではなかろうか。

またもや、弟の家の屋根裏のサンの間にはさまって、親猫の胸からおっこちたというチビ猫が新入りとしてやって来た。

他の赤ん坊のときと同じくボックスのおしめ箱に入ってねむる。

三吉と同じキジキジ猫だが、このチビは手がかからなかった。おしめ箱でぐっすりねたかと思うと、あっという間におしめとりとなり、庭へ出がけに、あわててポロリとウンコちゃんをしたと思うと、庭であばれだした。どうも一ヵ月ウンコをしなかったのではないかしら。それともおばちゃんが世話をしたのかな。

小さいのに意欲だけはあり、背のびして早く大人になるのだとせっかちだ。大きい猫に向かっても決して負けずに、つっかかってゆくのも見事だし、ジャンプも立派だ。

ブラジルの蹴球の選手の「ジーコ」という名をつけた。

ジーコは三吉と同じ毛並みだが、あのような凶状持ちではなく、もっとウイットにとんでいて頭がよい。

たちまちわが家のボスになった。

いまはジーコと太った大きいトラ猫の作次。白黒のウイリーとそっくりのペケニョ。小さいフタゴのピン子とポン太。新入りの新吉。

この五匹が現在のわが家のメンバーである。ここへ千代丸が食事どきに現れ、チャーリーがどこかから、すまなそうに、ときたま現れる。

わずか二、三年の間に、捨て猫たちが、やって来てはわが家の一員となり、いつか消え去るという、悲しいような、はかないような日々である。

末っ子ベビー

わが家の一ばんチビっ子達は、ピン子とポン太。これも近所の草むらでひろった双児だ。子供達がわいわいと集まって捨て猫を見ている。みんな団地の子で、家につれ帰れないという。昨日一日鳴いていたんだという。また私が抱いて帰らねばならなくなった。

二匹ともインクをぶっかけたようなめちゃめちゃな色だ。一匹は三毛で、短い脚の片方は茶と白と黒のダンダラ縞。顔はタヌキの子のようだ。もう一匹は白に濃いグレイがメチャメチャについている。ピン子とポン太。猫通に言わすと、こんなのをゴミ猫とかクズ猫とかいうのだという。おせじにも美しいとはいえぬ、メチャメチャ猫だ。どうせ拾うなら可愛いのを――と思うが、そうもいってられない。双児は、かつての作次達と同じように飢えており、世をすねていた。早くから親許を離れた二匹は、眼が真っ赤に腫れ上がったり、クシャミやセキをしたり、つぎつぎとこまかく病気をしていった。

病気をしながら、家の隅っこでいつのまにか気がついたら、愛らしい子猫の大きさに育っている。

ポン太は、すねたような顔つきのまま「ボク愛してるんだ」とぽつんと私にささやく。この子は黒い唇をあけて、モソモソモソモソと聞こえぬぐらいの声で、ひとりごとのように言う。抱いてやると、天下一品の柔らかい猫毛だ。ごろごろいい、けっこうすり寄って無口ながら一人前に私に愛を告白する。積極的にではなく、私が抱いたからだ。いままでわざとがまんしてたけれど、ほんとはボクはとっても愛してたのだとじっとしたまま、また言う。そして急に、ゴホゴホゴホとせきこんだ。背中をさすってやる。メチャメチャな毛色だが、その合間から目の玉だけは光っていて、涙を一ぱいためた奥から私をじっと見つめている。

「私も好きよ!」ととびはねながらピン子が来た。親はなくとも一人でツギハギの着物を着て、ほほ紅つけてやってきた下町の女の子——といった感じだ。ポン太と同じく柔毛で、タヌキみたいな顔つきだが、陽気な子だ。

私はあまり好きなタイプでないこの二匹の猫を、それでも可愛いと思うことを、はじめて味わっていた。

愛をそそがれたことがないせいか、ピン子とポン太は撫でてやるとひどく恩にきて、むせ返るほど喜び、ポン太はすぐセキこみ、ピン子ははね上がった。

二匹とも目の玉だけはキラキラと輝いている。夜は大きな作次が、お母さん風を装って、ゆったりと抱いてねてやっている。

夕食後、テレビを見るため籐の長椅子にねそべった。

田中元首相が、第一審、実刑四年の判決をうけてから車にのりこむところが大写しになった。田中さんは心とは反対に急にそっくり返り、口許を少しまげて笑って左右と見わたした。そのテレビの前で、仰向いて見ていたジーコが、田中さんと歩調を合わせるように、私の方に振り返った。テレビのスポーツの時間のように映像がやたらに動くと、ジーコは興奮して画面を手で押さえたり、はてはテレビの上へとびのって、上からサカサマに見つめたり大さわぎするが、政治ものは興味がないらしい。

いつの間にかピン子とポン太が籐の椅子の脚でガリガリと爪をといでから、上にねている私の顔をたしかめて、そおーっと抱かれにのぼってきた。少し季節が寒くなりだしたせいもある。みっともないこのみすてられたような双児が、次第に愛らしいと私は思えてきた。そういえば少し前からポン太は少し吐いたり、なぜか元気がない。しばらく病気しなかったのに、体が少々熱っぽいし、動作もにぶく、ぼんやりみつめる目が涙でうるんでいる。急に私はあわて出した。この子が耳を毛布にもたせかけて息をひきとるところを想像した。かけがえのない気がしてくる。もっともっと愛してやればよかったと後悔するだろう。

私の風邪薬を三分の一ほどのましてやる。いやがらず素直にのんだ。お湯をわかしてへっこんだアルミの水筒に入れ、タオルにくるんでやる。それを中に入れた毛布の上にねかせると、いかにも病弱らしく、うずくまって黙念とねむりについた。

翌朝、階下へおりると、ポン太は石塀の上を走っており、私めがけてかけおりてきた。よかった！　病気がすっかり遠のいた。首をふってみなと一しょに朝ごはんを食べだした。首をふりふり食べ、隣にとられまいとうなる声は、何という平和の象徴だろうか。

ミルクをついでやる。ポン太たちのペチャペチャという口音が、心地よくひびいてくる。これは平和な音だった。

猫を九匹も仕方なく飼っている友人が言っていた。「毛だらけで座るところもないような家やけど、みんなが病気せんと、元気に食べて、仲良うしていると、ホッとして幸せやなあとしみじみ思うわ。自分の幸せを猫で確認するのよね」と溜息まじりに言っていたが、これは猫と暮らす者の本音である。

ペンギン猫――ペケニョ

一代目のペンギン鳥猫――ウイリー君の面影が残り、やはりこんなに猫がいるくせに、心の底では、黒白ペンギン、黒白ペンギンと望んでいた。

いつごろからか手紙で知り合った動物愛護協会のM青年がいた。彼は本当に動物を愛し、身よりのない犬猫をひきとったり、葬式の世話をしたりしている。しかし注射で殺すこともせねば何百匹という犬猫の数となってしまう。いわばアウシュビッツ式愛情とはどんな表情になるのか？　と彼の顔をよく見るが、あまり判らない。淡々としたよい青年だ。ある日、彼が四ヵ月ほどのペンギン猫をかかえてオフィスにやって来た。

M青年は、犬が死んだ、猫が死んだということには、センチメンタルな反応はあまり示さない。いたずらに嘆くのはいいことではありません――と手紙に書いてあった。

私の知り合いの大学のAドイツ文学教授は、大の犬好きで、私の絵の個展などにも現れて、犬の絵を買って下さる。そのA教授とこのM青年はいつのまにか知り合いになっていた。家が近いせいだが、A教授が犬を亡くして悲しんでいると、M青年は「先生は悲しみすぎだ。少し何とかせねばならない」などと言っては、何かと慰めに先生の家へ現れる。

A教授の手紙にこう書いてあった。

――昨年こちらへ移ってから（三重県）二匹の犬に死なれふさぎこんでしまいました。一日じゅう私の一挙手一投足をみつめて生きていた姿が、ある日、忽然と無くなって、それはどんなに嘆いても金輪際帰ってきはしないという当り前のことが諦められず、めそめそとして日を送ってきました。（中略）新聞でご存じでしょうが、サーブという盲導犬が主人を庇《かば》って左前肢を失いました。ときおり名古屋へ出かけてサーブと遊んでくるのをたのしみにしています。大の動物好きのM青年がときどきやってきて、こだわりなく遊んでかえりますので大へん慰められます。いい青年です。――

手紙の中に片脚を失った盲導犬サーブとA教授の写真が入っていた。

新しい住所、三重県志摩郡阿児町からはつぎのような手紙がきた。

――七月のはじめから庭にたぬきが出はじめ、はじめ一ぴきだったのが、或る日、子だぬきをつれて二ひきになり、子だぬきが一ぴきから二ひき、二ひきから三びきと増えて、いちばん多いときは親二ひきと子七ひきがいちどに遊びにきました。親二ひきはめおとらしく、はじめからきていて金太と名前をつけたのが、気くばりの濃《こま》やかさなどから雌らしく、銀次と呼んでいる方が雄とおもわれます。子だぬきのうち小金太と小銀次がよくなついて餌をとり分けているうちから、つき纏《まと》います。たぬきは犬に追いかけられると気絶するそうですが、ほんとに臆病で、もの音に怯えて一斉に木立へ逃げこむ様子はあわれでもありユーモラスでもあります。

――

この手紙の中には庭の狸の金太達の写真が入っていた。

金太、銀次、小金太、小銀次と教授の名づける名前からも、狸たちの性格や教授の動物愛がうかがえる。


少し脱線したが、ひそやかな動物愛の深い人を書きたかったからだ。

私はM青年からペンギン鳥猫をもらい、つれて帰った。落語家の枝雀に似ていた。家のあちこちからバーと現れては、「えー毎度ばかばかしいお話でェ――」とやりはじめるような気がする。ペケニョ！ という名になった。あまりわるさばかりするので、罰にこんな名をつけた。マル、ペケのペケだ。

小さいのですぐ鳥のように肩にとまる。食事をしていても肩にとまり、肩の上から、お皿の中へ手をのばす。

甘えたペケニョはすぐさま男の作次をお母さんと決めてべっちょりくっついて、お乳をのむかっこうでねむる。いま他の子猫とあばれていたと思うと、すぐ次には作次にくっついてねている。大分大きくなってもまだこのくせはなおらない。足の先は白足袋《たび》のようだが、その上の黒毛はパッチかステテコをはいたようにみえる。そのステテコが少し曲がって内股で歩いてくると全くコッケイだ。

私にはウイリー坊やが再び帰ってきたようでうれしかった。

黒白ペンギン猫は、昔の豊中時代にも、金沢時代にもわが家にいたのでとくに懐かしい。父も母も兄も弟もみんな揃っていて、いわば若草物語時代に、その象徴として代表のようにペンギン猫がいた。その猫はチイタといった。

チイタは魚の骨をくわえてきて畳の上で食べるので、台所の土間へ骨をポイと投げ捨てると、すぐさまくわえて上がってくる。三べんほどくり返していたら、その投げた骨の横に大きな木の葉っぱがおちていたが、チイタはまちがえて骨のつもりで木の葉っぱをくわえて上がってきた。よくタヌキが木の葉っぱを黄金に化けさせたりする話があるが、私はてっきり魚の骨が葉っぱに化けてしまった！　と錯覚して、おどろいてしまった。

何かというと肩をいからしてハスカイにのし歩くのがチイタ得意のポーズだが、ある日、隣の鶏を追っかけ、隣のおじさんから棒で追っぱらわれたらしく、ひどいあわてようで、息をきらして逃げ帰ってきた。私と弟と母がぐるりととりかこんで「チイタ。どうした?」と聞くと、そーっと隣をうかがい見たチイタは、順ぐりに私達の頬へ、一人ずつに自分の唇をあてて、「こわかった――」ということを告げ、ほっと息をついた。こういう猫の表現は、大へん人間に似ていて面白い。

母はチイタがイタズラのため、お台所仕事のときは赤ん坊を背負うように、帯で猫をおんぶして仕事をした。それはこっけいな図だが、母もけっこう楽しんでいたらしい。それがくせになって、チイタは人をみるとその背中や肩にのるくせがあった。毎日午前十一時何分かに魚屋の兄ちゃんが、リヤカーに魚を満載して現れるのをチイタは待ちかまえていて、垣根からいきなり、兄ちゃんの肩にとびのる。兄ちゃんはびっくりしながらも喜んで、小さいマンガのような魚を一匹やる。その魚とチイタはとてもよく似ていた。ある日集金に背広姿で現れた魚屋の兄ちゃんには、猫は知らぬ顔をしていた。

父の臨終のとき、脈をはかるため少し前のめりの形のお医者様の背中に、チイタはとびのって、お医者様のはげた頭を手でポンと叩いた。みんなはぷっと吹きだして、猫を追い出した。深刻なべき父の臨終が奇妙に朗らかだったのは、あの猫のせいだ。

またもや同じような黒白猫のペケニョが、同じようにイタズラをしてまわっているが、あれから何十年後、違っているのは、父母も兄も死んでしまって私と弟だけが生き残っていることだ。

豊中のころは兄弟三人で猫が一匹なので、毎晩猫のとりあいで、いつも私がチイタをかかえてふとんにもぐりこんでいた。すぐ他愛なく猫と私がねてしまった頃をみはからって、兄は猫をとり上げ、朝になると、猫は兄のふとんから、のこのこと出てきた。

いまは、猫の数の方が多く、どの子と私とがねるかが問題で、私はいちいち気をつかった。双児は双児同士、他の子は作次が抱き、ジーコだけは特別扱いで私とねていた。作次も大きくなるまでは双児同士でねた。

そのため、猫達は大きくなると人間と一しょにねようとしなかった。ときたま私は別の猫を抱いてねると、夜半に帰ってきて窓から入ってきたジーコが、いやにへんな眼つきになる。

ジーコが帰ってきたときふとんの中からペケニョが首を出すと、二匹とも妙な眼つきとなり、中に立った私はまた気をまわして、なぜか浮気の現場を見られたようにあわててしまう。たかが猫のくせに何だややこしい！　と私はイライラするが、猫同士の微妙な感情を見逃すわけにはいかない。

つまりジーコは先代三吉のように凶状持ちでないにしろ、よい猫は大ていケンカ好きだ。

大人になったジーコは、大人になった大きな作次に、突如ケンカをふっかけるのである。縄張り争いだ。私の家なのに、何てこった。

しかし、猫の中のボス的存在のジーコは、一ばん頭がよく、いろいろ言いきかせると、まじまじと私の顔を見上げて「オーケー、合点だ」とさも納得したような表情をする。顔の中のトラ模様が、何となくシワのような感じになるため、理解深そうに見えるのかもしれない。だから家の中のことを一ばん相談するのが、ジーコということになる。それも悪い相談のときにうってつけだ。

例えば、私がイライラして自分の不幸を嘆くときは、ジーコの背中にかみついて「あー面白くない、面白くない。世の中の人がもっと不幸になりますように。火事になってみんなもえてしまえ！」とか「こんど女のお客がきたら、靴下をちょっとひっかいて電線をつくっておくれ」とか「お客に出したお菓子は、あたしがいないときにサッサと盗むんだよ」とかいったことを頼んだり命令したり、耳うちしたりすると、ジーコはしたり顔で「了解！」という。こんな相談は、ぼんやり作次ではなかなか通じないし、ポーっとしているから頼りない。作次とはひそやかな平和の話だ。ペケニョやチビッ子はまだ子供で、ムラ気で、私と客とをごっちゃにしてまちがえそうだ。

以前、友達が子供のセパードをつれて遊びに来た。子供といっても鼻吉の半分はあるブラックセパードだ。ジーコは驚いて木の上へのぼり、セパードの子をゆっくり観察した。やがて、おりて来たジーコはセパードの子の前へすすみでると、いきなり右手で犬の頬にオーフクビンタをくらわした。セパードの子は驚いてヒューンと鳴くと風呂場へ駆けこみ、ふるえが止まらない。

ジーコの先手勝ちだ。ここでジーコは大きなアクビをしてにんまり笑った。そんな武勇伝をジーコはもっていたので、あとでときどき「あのセパードは弱かったねえ」とジーコと私は思い出話をするのだった。

新入り新吉

朝、もうすぐごはんなのにペケニョがいない。「ペケニョー、ペケニョー」とまたもや大声で呼びまくる。呼ぶたびにこんな変な名前をつけるんじゃなかったと後悔する。

もどって来ない猫の名をいつも裏の部屋の戸を開けて呼ぶと、大ていはまるで忍者のようにどこからともなく猫たちは現れるので、私はターザンもどきに得意になる。

しかし隣の人や通りにもその呼び名が聞こえるので、かっこのいい名前にしないと都合がわるい。うちの猫の名は、次郎吉、三吉、ウイリー、チャーリー、千代丸、プルースト、ビキタン、ペケニョ、ジーコ、ポン太、ピン子、作次……と何だかデッチ風の日本式名が多いので、よその人が聞くと召使いをたくさんかかえた商家風の感じがせぬでもない。

友人の家では、子供が二匹の猫に「ミソ」と「ラーメン」と名づけたため、両方同時に呼ぶと、ミソラーメンとなって本当に恥ずかしい——と言っていた。

ある年配の猫好きの女性は「うちには七匹ほどいるけれど〝子守さん〟とか〝あねさん〟〝オジさん〟〝ズズグロ〟〝メチャチャ〟なんて変な名をつけたばっかりに、この前猫医者へ行ってね、あなた猫でもカルテがあって『名前は?』って聞かれてさ。まさか〝子守さん〟の〝あねさん〟のって言えずに即席に〝メリー〟とか〝マリー〟とハイカラな名のウソついたりしたわ」などと言っていた。

この前もペケニョがいない、ペケニョがいないとあわてて呼びまくっていると、犬の鼻吉が妙に、ニタニタ笑って体をくねらすので、よくよくみると長椅子の上のくしゃくしゃの毛布の中から、ひょろんとペケニョが首をだした。毎度毎度、宝ものがみつかったような気がする。そして毎度毎度、一匹がいないと泡食って一匹を探しまわる。百匹子供がいようと、いなくなった一匹のために親はあわてふためき嘆くのである。

その朝も名を呼びながら、裏戸をあけて外へ出ると、向かいの団地の人が「白黒の猫なら、そこにいますよ」と言う。丈の低い灌木の中からひょいと子猫が首をだした。まるで木に咲いた花の化身のようだ。猫はすぐ首をひっこめて、またバァーと首をだし、一人でふざけている。ペケニョではない。片方の耳は白く、ペケニョより一まわりチビだ。鼻筋が通っていて長く、つぶらな瞳が真ん中に寄り目で、ちょっとヒンガラ目だ。黒白はいやに色がはっきりしているため、何かいまつくったばかりのごちそうのような、とれたての魚のような新鮮な感じがする。私は黒白ならもう一匹ほしいんだと勝手に決めて、その猫を抱いて家に入った。ペケニョはちゃんと家の中にいる。

「ほーら新入りだから新吉よ。新ちゃんていうのよ」

とみんなの中にホーリだした。チビ猫達は一しょくたに遊びだした。ペケニョは自分が一ばん可愛がられていたためか、自分と毛色の似た新吉を急に敵がい心をだして横目で見た。

作次は抱いてやりたくて仕方がないらしく、隙を見て、大いそぎで、新吉の耳許をかみつくように、一なめ、なめた。

ペケニョの元気が急激になくなっていった。人みしりのペケニョは客が来てもとんで逃げる猫だが、この新吉の存在はいやに気になって仕方がないんだ。

ところがである。一日だけみなとごはんも一しょに食べたと思った新吉が、二日目からもういなくなった。

それは裏の車庫の戸を、シャッターに変えるべく工事していたせいもある。あのひょうろく玉は、またもフラフラとどこかへ迷いこんでいったのだろう。

ところがいなくなって二日目の朝、「開けゴマ!」と私が叫ぶとシャッターがおもむろに電気でスーッとあいたとたん、表から鉄砲玉みたいに入って来てみんなの群の中へまぎれこんだ猫がいる。新吉だ。そして当たり前の顔をして朝食を食べだした。

新吉が二日ほどいなくなったとたんに、ペケニョはやけに元気になっていった。いやーな奴が消えた。まるでスター気取りだった。毛の色も白がやけに多くて派手な感じなのだ。

そいつがいまサッソーと帰ってきたのを、スリッパをかじりながら、ペケニョは見た。あいた口がふさがらない。白眼をむいて口をあけたまま、ペケニョは呆然と新吉を見つめた。このときのペケニョの白眼をむいた目つきは巨人の槇原選手が投げそこねて、打たれた球を見上げる目つきといやによく似ている。もちろんペケニョは槇原さんみたいなスタイリストじゃない。

ところが新吉は二日間ほど、ひどく苦労したらしく、急に黙りこんで、誰かが角力《すもう》をしかけても、初めっからお手あげを決めこんでいる。お手あげを決めこんでうそでもケンカしない猫は魅力がないものだ。私はいつしか指導、減点をつけていた。

猫はいずこから来たりて、いずこへ去るか? というのは、私のような捨て猫、野良猫専門の人間にとっては謎である。一度、猫達が何となく塀づたいに裏のどこかへ消える？　のを後をつけて行って、そのけもの道を探りたいと思っているが、そんなひま人じゃなし、たとえひまがあったとしても、塀をつたい、屋根裏をつたい、木のぼりしながら、行けるものではない。塀から落っこちてケガでもするのがオチだ。

しかしこの新吉はどこから来たか？　の謎が解明した。

日曜日になると市場ゆきがすんでから犬と私は埋立地の海岸べりを散歩する。芦屋川まで行って町の中を通って家へ帰るまでゆっくり歩いて二時間かかるので、頃合いの運動だ。

冬でも陽が照っていると顔にオリーヴオイルをすりこんで出かける。陽やけするように――である。オイルの匂いは夏の海や砂浜の香りがする。一ぺんに焼かずに日曜日ごとに丹念にオイルで焼けば、こんがりした食パンのようなうまそうな色になる。

芦屋川からの帰途、私の家から二丁ほど離れた所に古い四軒つづきの角の家に、猫のたくさんいる家があるが、この中に新吉と同じ兄弟と思われるのが、二、三匹いるのを発見した。新吉の特徴は、他の猫より鼻が長いのである。猫の鼻は大てい短いので、ほんの何ミリか長くても細長い面影となる。確かに似ているぞ。私はシカと見た。ここから、フラフラと二丁ほど、わが家の方へ迷いこんできたらしい。その狭い勝手口からいろんな猫が首をだした。お母さんかおじかおばかしらないが、ジーコと同じ毛並みのキジキジもいる。道理で！　と手を打った。ジーコが相当いじわるくかみついても、ケンカをしかけても新吉はいやになれなれしく、ジーコに甘えっぱなしなのは、自分のところのおじさんと間違えているのだった。おじさんと同じ柄なのだ。違うのは新吉の親類はみな鼻が少々長いことだ。

猫はたくさんいるが、新吉の家は狭く、小さい玄関口にはバカでかい男ものの下駄がぬいであった。おじいさんの一人暮らしのような気がする。

新吉が誰かに似てる似てると思ったら、以前うちの会社にいた小物つくりの係のT子ちゃんだった。T子ちゃんはセンス抜群で、自分とよく似た可愛い人形も作った。T子ちゃんはトッポジージョにも似ていた。

もう一人T子ちゃんとは全然似ていないのだが、新吉に似てる男性G君がいた。彼はもう辞めていったが、彼は猫背もいいところで、いつも細かい字を手帳にしたためるメモ魔だった。

おかしな話だが、猫の新吉は、猫の中でも猫背で、目も他の猫よりツリ目でヒンガラ目だ。斜めになって折りたたみ椅子みたいに座ってヒンガラ目でけげんそうな顔をしている様はG君そっくりだ。いまにも新吉は右ポケットから小さい手帳をとりだして、鉛筆をなめなめメモを書きだしそうに思えてならぬ。左ポケットからは汽車の時刻表などだして子細あり気に赤印などつけそうな顔つきをする。また汽車にでも乗ってどこかへ行っちまうのだろうか。よくよく見ると、新吉の顔は、子猫のそれではなく、大人子供というか、ませた子供というか。おかしな顔だ。

T子ちゃんやG君が新吉を見たら、アッ！　と言うだろうか。まさか自分がへんな家出猫に似ているとはよもや思わぬだろう。

新吉と一しょに寝ると、何と頭の上や鼻の先にねばりついて媚態の限りをつくす。私は気色わるくなってけとばしてやる。ところがふり払ってもふり払ってもしつこく顔の先にまといつく。

私は自分が拾いあげたくせにどうも新吉が気にくわない。古い猫がおそるおそる食事どきに食卓にのぼってくるのに、新吉はいやになれなれしくちゃっかり食卓におさまっている。つまみ食いしようものなら思い切り叩き、つねってやる。そのつねるときに快感すら感じるからおかしい。ポン太やピン子は一度おこられると決して食卓にはのぼらず、そっと背のびして、床から私のひざに手をのばし、何かを催促する。この態度はなかなか品があり可愛く、よろしい。これに比べ新入りの新吉は何と図々しい！

私は新吉にドナリつけながら、いったい自分は動物を愛しているのか？　と反省してみる。新吉に対してまるで姑の嫁いびりのような態度をとる自分を省《かえり》みる。しかし、愛してよ愛してよと媚びをうる人間が嫌いなように、やたらまといつく新吉がどうもいけすかない。動物好きの動物嫌いとはこのことかな。たかが猫ではないか。見えすいた策略が気にくわぬといったところで、見えすくからこそ猫の特徴ともいえる。しかし、何かが気になる。

ある晩、ペケニョと一しょに寝た。珍しく、階段をニャニャニャと言いながら積極的についてきた。ペケニョのようなそっけない猫が積極的になると私は感激する。さし出した腕に頭をのっけてくれると、恐縮して腕を動かすことも息することも遠慮してしまうような気になる。これは少し寒くなったせいにちがいないのに、私はペケニョがとくに私に抱かれたく思ってきた――と思いこんだ。

夜明け頃だった。

ペケニョは私の頭のまわりを右から左、左から右へとぐるりと遍歴しながら、三つ編みにした私の髪の毛に少しずつたわむれながら、歌うような舞うような愛の仕草をした。それはたまたま私が横たわっているから髪にたわむれているのだが、夢の中では私は空中をペケニョと共にタテに天女の如く舞いおりている。猫が髪の毛にたわむれて共に空中を泳ぐ。つまり猫が私の毛を持ち、私と共に空中に支えられ、飛翔しつつ舞いおりてくるのだ。ごろごろという猫の声がそのまま音楽となり、甘美な夜明けの夢うつつの夢である。ペケニョにこのような愛の表現があろうとは想ってもいなかった。唐変木《とうへんぼく》のペケニョの奥の手であった。動作は円をえがいて曲線の美である。私は幸せだった。ペケニョに頬ずりした。

ふと私は夢うつつに気がついた。ひょっとしたらこれはペケニョでなく新吉ではないのだろうか？　暗くて見えない。手でシッポをまさぐった。ペケニョは短く、新吉は長い見事なシッポだ。私はねぼけながら長ーいシッポをさぐっていた。私の頭のまわりでたわむれていたのはペケニョでなく新吉であった。そこで目が覚めた。

なーんだと新吉をポンとはねのけた。

悪女の深情けとはこのことだ。私が慕っているペケニョはそっけなく、新吉は逃げても逃げてもべっちょりとひっついてくる。なぜ、これがアベコベにならぬのか？

ところがお客の評判は違うのだ。人見知りのペケニョや作次はとんで逃げるので誰も姿を見たことがない。この新吉は逃げるどころか、しゃしゃりでて客に抱かれて頬をなすりつけて愛想がいい。「まあ、初対面なのにこんなになついて、可愛いわ。よっぽど、私が気に入ったのね」なんて言うので「どういたしまして、その猫は、椅子にも机にもそのように頬をなすりつけるのよ。つまりあなたでなくても椅子でもいいのよ」

「だってヒンガラ目でしょう。こういう欠陥のある猫は、必死でなにかにしがみつこうとしてるのよ。これがこの猫の愛よ」

と知ったかぶりで人のうちの猫を評している。

「違うってば、この子のヒンガラ目はカマトトなのさ。何でもよく見えてるのよ。見えてるくせに、ちょっと見えないフリをするのよ」

と、私はぼろんのちょんに悪口を言ってやる。

あんまり悪口を言っていたら最近では次第に可哀そうになって、新吉一人のときは抱きしめて、そっとささやいてやる。

「ほんとはお前を可愛いと思ってるんだよ。今夜抱いてねてやるからね。新ちゃん好きよ」

新吉は急にあわててうっとりしなだれかかる。よくみていると、新吉はいつも仲間から孤立していて、みんながねてても一人で庭で蹴球などして機嫌よく遊んでいる。寒くても必ず一人でこの運動を根気よくやる。球は、木の葉っぱとか、ひもの切れはしだ。この猫はどんなにひどい目にあっても、それをさっと肩ですかして、自分の生活の最低線は必ず守ることをキモに命じている。よほどのことでも腹をたてないし、傷つかない。この家から一歩でたら世間の風はもっとひどくて冷たいことを知っているのだ。

ツルッパゲのジーコ

おばちゃんと私はある夕方、家族会議をした。ジーコがおとなしい作次にケンカをふっかけるので、このままでは作次が家出をするにちがいない。そこでまずジーコの爪を切ることと、ヒゲを切り、頭をトラ刈りにして、他の猫がみてもプッとふきだしてケンカにならぬくらいにすること――という三項目だった。

こんな相談には行動派のおばちゃんはすぐに賛成し、わるのりして実行する。早速ハサミをもってきて、ただでさえ短いジーコの頭の毛をジョキジョキ刈りだした。「昔はうちの坊やもこうして刈ってやったもんでした」と言う。坊やというのは人間の子供のことだ。

フシギなことに頭の毛の縞柄は、切れば切るほど、濃い色となる。体の芯から縞模様になっているのである。人間でいえば入墨かな。いやいや、生まれついての柄を体の芯からもっているという神秘さがどんなのら猫にもある。神様がいろいろ考えてこうしたのだろうか。

さて散髪の出来上がったジーコの顔は、何ともおかしい。縞柄はあるが、毛は短く、ツルッパゲ猫だ。

頭が寒いとみえて、ジーコは外から帰ると頭を両手で抱えこんでねている。何となくおちこんで気の重い顔をしているのは、やっぱり男前が少しおちたと思っているのだろうか。

ところがやっぱり、ツルッパゲのまま、けんかをしかける。作次はあまり吹き出さないで人間ばかりが吹き出してしまう。

ある日帰ってみると、おばちゃんは、何やらブツブツとジーコに文句を言っていた。こんどは、お尻もトラ刈り。シッポもゴボーのように細い。

「あんまりワルさをするので、ほーらシッポはライオン風です」

何だか塀の上をこのツルッパゲでハダカ同然でゴボーのシッポのジーコが歩いていると、人々は、おや？　猫の新種か？　といいそうな妙な猫になった。

寒い夜がやってくると、猫全員は長椅子に一かたまりになってお互いに暖めあってねむるが、いつも孤立しているジーコはどうも寒いとみえて、輪になってねているみんなの上へ、さらにのっかってねている。

ジーコは猫ぎらいらしい。自分からのっかってねているくせ、どの猫かが、ジーコをなめたりすると迷惑げに顔をそむけ、手をのばしてうるさそうに相手を叩いたりする。叩かれても気のいい子猫のピン子とポン太達は、気にもかけずお互いふざけあってやがて口をあけてねむりにおちる。

ときには、ジーコは自分がもっともいじめる作次にひっついてねることもある。互いに警戒して耳だけはピンピンと動かしながら、それでも暖かいのでじっとしている。作次は大きくてふんわかと毛も長いので、お母さんのように暖かく、私でさえ、ゆたんぽ代わりによく抱きついてねるくらいだ。

それに比べボスのジーコはほんとに素かんぴんのやせた貧乏猫風になっちまった。ひげがないのはやはり威厳も損い、敏感性に欠ける。ヒゲの長さの範囲ならどのように狭いところもすりぬけ、曲芸もどきに神出鬼没ができるのだが、ひげを剃ってしまうと机にとびのるのさえ、足をふみはずしたりしかねない。神通力が半減する。

お尻の毛とシッポの毛まで剃られたので、どこかへちょっと座ってもいやに尾骨にひびくし冷たい。

私が台所で料理をはじめると、冷蔵庫を開ける度に、すごい勢いでジーコは飛んできて、片手を扉にかけ、背のびして、冷蔵庫の中を丹念に眺め、ひくひくと嗅ぎまわすのが常だったし、まな板の上で肉でも切ろうとすると、またすっとんできて下から背のびしてまな板に手をかけ、食卓へ料理を並べだすと、たちまち真っ先に主人の椅子に座って下検分するのが習慣だったが、近ごろ少しおとなしくなった。気がおちこんでいるのではないか？　と急に心配になりだした。みなの笑いものになっているのではないかと、ツルッパゲのジーコの背中を撫でながら、哀れな気がしてくる。

ポツネンと一つの椅子に座ってジーコはうつむいている。頭をなでると顔をあげていつものようにしげしげと私の顔を子細げに眺める。この表情はジーコ独得のもので、いまにも何かしゃべりそうだ。風邪をひいたのではなかろうか。

椅子からぽろりとはみでているジーコのゴボーのようなシッポを、通りすがりのペケニョが、手玉にとってかみついた。ニャッとジーコがしおらしく悲鳴をあげた。

ジーコの椅子の真下から、作次が背のびしてじろじろと眺めている。いつも追っかけてくるジーコがおとなしいからだ。

ジーコは冷蔵庫に向かって正座して、何やらむずかしい顔をしている。呪文でも唱えて扉の開くのを待っているのだ。いまや冷蔵庫はジーコの神様である。人間の新興宗教もこのようなものかな。

市場ゆき

いまは芦屋の埋立地のシーサイドタウンの団地の真ん中にダイエーができたため、日曜日にそこへ通うが、少し前は西宮の古い大きな市場へ行っていた。ここは鯨屋さんがあるのがまず特徴。鯨肉の端っ切ればかりを買うとまことに安く、ごっそり両手でもつぐらいで千円ほどだ。もちろん人間が食べるのだが、この肉だと犬や猫に生でやっても虫はいないし、みんなは大喜びで、急に彼らは獣的な顔つきとなり、それぞれに一切れずつ血のしたたる肉をくわえてウーウーとうなり出す。

鯨屋のお嫁さんは華やかで可憐な人で、その二倍も背丈のある若い主人は、お嫁さんをまるで自分の子供みたいに可愛がっている。私の「猫の本」か何かを見たらしく、私の本には絵がかいてあるので「あのう、うちのもとっても絵が好きでね、ときどき描いてるんですよ。二人であなたの本みさせてもらいました」と子供の成績をほめる親みたいな顔をする。いつも鯨肉を一つかみ多目にサーヴィスしてくれる。

隣の鶏屋のおかみさんはおとなしくかしこく、私の心の友の一人だ。夙川の山の上に住んでる友人が、遠いのにこの市場へ来ていたので聞くと「この鶏屋の肉は有名なのよ」という。そういえば、ここの卵は山男のようなおじさんが、出来たての卵を大籠に入れてもってくる。それを昔のように一つ一つ手にとって新聞でくるんでくれる。他の店のようにプラスチックの卵容器には入っていないので、何だか生みたてのように錯覚する。いやほんとに新しくいい卵だ。スーパーでホイホイと勝手にとるのも好きだが、何もかも透明パック入りなのはどうも死体を包んであるという気がせぬでもない。この店のように旦那が鶏をさばいて、奥さんが量って売り、ときには卵も売り切れという古いペースはかえって食べものの真髄にふれる気がする。

「ゴエモンっていう猫がきたのよ」

とおかみさんがうれしそうに、ある日告げてくれた。「あら？　どこへ行ったのかしら。八百屋さんとこね」ゴエモン、ゴエモンと、彼女はツッカケの音をカタカタいわせて、泥棒の名を呼びながら、向かいの八百屋へかけていった。

やがてよく太った茶色のトラ猫を小脇にかかえてやってきた。もう少し小さいときにどこかからフワーッと来たのだという。

そういえば八百屋にも三毛猫がいて、以前鼻吉と買物に来たときは、びっくり仰天して大根をおいてある台の下へかくれ、大根の葉の間から目だけだしてうなっていた。

鯨肉屋の前の角っこが花屋で、ここの姉ちゃんも働き者で、三人姉妹が交替で店番をし、キリキリシャンと店をきりまわす。どれが姉か妹かサッパリ判らぬほど似ている。少々古くなった薔薇は安くしてくれるし、もっと古いのはタダでくれたりする。私は、量が多い方を好むので、しゃくやくなどは、今日飾って明日散ってもいいと言うと、姉ちゃんは心得ていて、とにかく両腕でかかえきれぬくらい買っても三千円也だ。この店があるためにこの市場は私にとって田舎のとれとれを買うように新鮮な所だ。

西宮から近くの苦楽園には何年か前から、しゃれた高級イカリスーパーができた。ここは外国の店へ行ったようにハイカラで香辛料でもないというものはない。つまり何でもある。服装もアフタヌーンドレスめいたもので行かんといけない。ここは午後のサロンとなるからだ。私も市場のときは、それこそそこらへんのものをムチャクチャにとりあえずひっつけて、ツッカケをはいていたが、そうもゆかなくなった。

はじめは私は日本の誇るものは町ごとにある市場だと思っていたから、意地でも行かなかったが、一度行ってみてから病みつきになった。しかし、西宮の市場を裏切ったみたいな気がするので、イカリの帰りには市場にも行って、クジラ、ニワトリ、花だけはここで買う。そのうちダイエーも近くにできたため、日曜日の私はやけにアチコチと忙しくてしかたがない。仕事が忙しくて市場へも行けぬ、一度市場とデパートへ行きたいと、誰か、女の作家が言ってたけれど、私は市場ゆきが忙しくて、仕事で市場も来れぬ人の気がしれない。

海岸べりのK氏が生きていた頃、私は市場の帰りに、「鯨肉としゃくやく」などを新聞紙でくるんでちょっとプレゼントしてゆく。しゃれた贈物だ。

K氏は喜んで散歩のときに「あのしゃくやくはほんとに全くきれいだねえ。鯨肉は犬の奴にゃもったいないから、ボク食べたよ」とうれしそうに報告してくれた。

何だかこの会話はつい、二、三年前のことなのに、「肉と花」とをやりとりしたことなどがひどくゴージャスな大昔の思い出のような気がする。市場からスーパーへ変わったということ自体がすでに時代の進行かなあーと、急に西宮市場が昔のなつかしい味をたっぷりもっている所のように思える。そういえば鼻吉と一しょに買物したのもこの市場だし、八百屋の猫を撫でながらの買物なんて、スーパーには決してない風景だ。犬は「市場」という言葉と「散歩」という言葉を覚え、日曜日は朝からソワソワしている。

このごろはスーパーゆきなので、しょんぼり不服げに見送る。

あまりお金をもってゆくとつい買いすぎるので二万円ほどサイフに入れてゆく。一週間分はどっさり買える。にもかかわらず、妙なものを買って、レジのとき、お金が予算よりオーバーしそうになると、胸がドキドキと高まって、あれも返す、これも返す、いやこれはもらいます——と一たん計算した品ものをカゴから出して返したり、もらったりするので、列についた私の後の人達はいやーな顔をして歯がみして待っている。

このときのスリルたるや、毎度冷や汗ものだ。

こうして紙包みをどっさりかかえて帰ってきて、全員に迎えられると私はたくさんの子もちの太ったママか、子牛を一ぱい育てている牧場主のような豊かな気持になる。しかしさて紙包みを食堂の机におくと、誰も手伝いもせぬくせ、六匹の猫達が一せいに紙包みに首をつっこんで、パンの包みを食わえたり、肉のパックをひっぱりだしたり、中には体ごと紙包みにもぐりこんだり、犬まで援護射撃で吠えまくり、何か食いたし、早く散歩もゆきたしで、俄然大騒ぎとなる。

わが家の食卓

スキヤキとは人間が二人以上集まって、酒をのみ、ナベを囲み、しゃべりながら冬の夜の寒さと淋しさと飢えを、温かさと満腹に変えるものである。

ある風の強い冬の夜、私はでっかい犬に向かって「どうだい、今夜はスキヤキにしようよ」と提案した。犬はスキヤキという言葉を知っている。

「お前はスジ肉、ワタシ上肉、お前野菜の切れ端、ワタシ新鮮野菜、トーフ、コンニャク、イロイロ」

さて煮えてきた。水の代わりに肉の上にお酒を入れた。ストーヴの横で、ナベがぐつぐついい出し、犬は正座し、猫達は目をまん丸にして、一大事という顔になる。人間社会の間でも一日のうちに何度か、人間達は真剣な顔つきをする。月末の集金がはかどらないとき、またはよくはかどって例年より利益大なるとき、上役から叱られるとき、むずかし気な原稿を書くとき、ミシンでややこしいところを縫ってるとき……それぞれに、それぞれの人が、それぞれ大真面目な顔つきになる。

動物達は大して仕事もしていないくせにケンカとか、食うとき、客が来たとき――など、それぞれにせい一ぱい大真面目な顔つきをする。それがあまりにも、何事なりや？　と思うほど一大事のような大真面目な顔つきをするので、私はいまさらに驚いて、彼らが動物であることを忘れて、同じレベルで当面のその一大事な問題について考えさせられる。

なんだ。つまり食うことではないか。作次があんまり一生懸命な顔になるので、私はつい心をゆり動かされ、その懸命さに報いて、うんとうまいもんを食わせてやりたいと思う。

スキヤキのしびれるような甘ーい匂いがみなぎった。鼻吉が足ぶみしながら、早く早くとせかしだし、よだれがたらりーと流れだし、はては、ヒュンヒュン鼻をならし、オシッコをしたいみたいにドタバタしだした。ここで、一杯のもうかと私はのどをゴクリとならしていたのだが、犬の動作がうつってしまい、何となくあわててナベをかきまわし、「やるってば、やるってば——」と悲鳴をあげた。

そして机の下の犬の皿へ、できたての肉を入れてやった。ところが間違えた。犬に上肉を。私の皿へスジ肉を。犬にフレッシュ野菜を。私に野菜のクズを——とついでしまい、「まちがった。まちがった」ととりかえようとしたが、もうパクついている。

一杯のむどころか、これだから犬は非文化的だ。犬でも一杯のんでくだまいて、犬生論でもぶったらどうなんだ。

あーやっぱり人間の方がいい。誰でもいい。私とスキヤキを食べたい人、やって来ておくれ。動物と人間との差は、お酒を一杯のみながらゆっくりとスキヤキを食うか否かだ。

猫はその点、犬よりも、ゆっくりゆっくりよく噛み、ときどきあらぬ方をじっと見つめ何やら思案げに、考えをまとめ、やおらまた食べる——というテンポののろさが人間と似ている。

ある日。ビフテキ、サラダ、前菜、それに赤ワインをテーブルに並べた。このフランスの赤ワインはイカリスーパーで千三百円で見つけたもので、同じ棚のトナリの高いものよりもはるかにおいしいのだ。この安さとおいしさを知っていると、フランス料理のレストランで一本五千円以上のがでてくると、いやに気になる。

ポン！　と栓をぬく。

また犬が私の横に座り、六匹の猫がそれぞれの椅子に家族然と座っている。

私はすましてワインをのむ。猫はみな柄も色も毛並みもちがうから、それぞれに異なるドレスを着た女の子のようで面白い。これでワインでものめば私も楽しいというものだ。人間でもお酒をのめずに、ガバガバ食う専門の人間をみると、動物にみえてくる。しかしのみすぎて、私の大切なお酒をケロリと一本あけてしまう人間をみると、またウワバミみたいな動物を想像してしまう。

私が肉の皿にフォークを入れかけるや、全員の目の玉がキラキラ輝き、鼻の穴がヒクヒクとしだす。ここまではよろしい。ごちそうを作ってもおいしいとも言わぬ人間より、この全員の一大事さ！　何とも手応えがある。

私は肉をほおばり、もぐもぐと口を動かし始めると、全員の目は一せいに皿から私の口へ移動し、私の口許を凝視しつづける。そして、椅子から、やおらへっぴり腰のままテーブルへのっかり、全員の輪が次第にせばまってくる。ここらで私はいやーな気分になる。私の目つきは動物的になり、盗まれまいと、皿の上の肉におおいかぶさるように、ナイフを動かす。よく小学校のときやったように、手で肉をかくす。そして皿の上で私はウウーッとウナリだす。

私はこのごろへんなくせがついた。すてきなレストランで友人達とフランス料理など食べてる最中にも、誰かに盗られそうな予感がし、皿におおいかぶさって、うなりだしかけるのである。

うちの動物たちのせいだ。彼らは野蛮だ。自分の顔はやたら洗うくせ、茶わんも洗わないし、掃除もしない。みんなで食卓を囲み、これは何の味つけなるや？　としゃべりながら食べるのが文化だ。私は家にまでませた文化的な動物なんていなくてケッコウー。動物は非文化的だからこそ私は野生の匂いを嗅げるのだ——などと思っていたが、どうも食事のときは動物をケイベツした。腹がたってくる。礼儀がなさすぎる。

ジーコの奴、薄目をあけ、ツクネンと横に座って、「ボクもうねむたいんだ」という顔をしていたくせ、私がちょっとテレビに見入っていた隙に、パッと片手をフェンシングのように突き出して、私の肉を押さえたと思ったら、自分の顔よりでかい肉をくわえて飛鳥のようにすっとんで部屋の隅へ——。犬も猫もみながどっと追っかけた。私も追っかけた。

猫のうなり声より私の怒声の方が大きい。私は心底怒った。ビフテキの唾液がでている最中だったから、やたら腹がたつ。肉をひろいあげ、水で洗い、もう一度焼いている間じゅう、みんなに悪口雑言浴びせまくった。私の怒声にすぐ驚く犬は、代表で自分が叱られたように恐縮してうなだれた。ジーコをつまみあげて、なぐりつけた。

ツルッパゲのジーコは耳を伏せて、まん丸い顔になり逃げもせず、反対にひしとばかり私の胸にしがみついてふるえている。急におかしくなってちょっと撫でてみた。ジーコ奴、ケロリとして自分の鼻の先にあたるセーターのボタンをついでにかみついて脚でツッパリ、ふざけだした。こんなのをふざけた野郎というのだ。

食べなおしだ。こんどはスローモーの作次が、ゆっくりゆっくり片手をのばしてまたも肉をめがけてくる。ところがこの猫がやっととったのは肉の横の梅干しのタネでした。お生憎サマ。

それにしても犬は泥棒の番ぐらいはするし、タバコとミカンぐらいはとってきてくれる。が、猫はぐーたらぐーたら食っちゃ寝、食っちゃ寝をくり返しているのは考えものだ。何が生き甲斐なのだ。可愛がられた恩にむくゆるべく、自分の肉を豚カツにして人間に供する豚の天使のことなど考えてもみよ。

毎度動物達に餌をやりながら、私は貧乏人の子沢山のように、ふーっと溜息をつくのだった。

恋人たち

私の家は、母もなくなり、弟も出ていって私一人で汚なく大きい家にいる。人間の代わりに大きい犬一四と、前述の捨て猫六四ほどの雑居家族だ。

初め一、二匹の頃は細やかな動物愛にみちていたはずの私も、このごろは毛だらけで、乱雑きわまりない非文化的な彼らをののしってばかりいる。

みんなが集まる食堂も、私の衣裳のある小部屋も何もかも気にくわないし、各部屋を見るたびに自分で自分の人生が嫌になる。あまりの乱雑さで頭が混沌としてくる。そんな中で家事の演出も友人のもてなしもあったもんじゃない。昔はよく友達を招いて楽しく遊んだが、近ごろはそれどころではない。客がくると、動物達をドナリちらし、けとばす私の声の方がうるさいし、そのドサクサにまぎれて、お客にだしたはずのごちそうを犬や猫がさっさとくわえていったりする。もちろんそのようにしつけたムキもあるが、ゆっくりしゃべるどころか、客は衣服についた毛をハタきながらあきれて帰る始末だ。

わが家にまず玄関から入ったとしよう。

この家の門の鍵は、もうすっかりサビついていていて鍵穴につっこむと再びぬけぬようになっているのでここ数年は鍵なしである。玄関の先の表通りに面した外の門の扉も、コツがあって、ただしめたのでは、すーっと開いてしまう。二つの扉が開きっ放しで、家から門前の通る人がみえたりする。この家はコツのいるところがうんとある。例えばテレビやラジオやガスボイラーや洗濯機やその他ｅｔｃ、みな個性的なくせがあるのでコツがいる。テレビなど何度も叩かれて可哀そうなくらいだ。

門に鍵なし——とあれば、喜んで泥棒さんが正門から入りましょうなどと思っても駄目。すごい犬が猛然ととびかかる。

以前、暖房機のスイッチを止めたか否かが気になり、会社から近所の市場の酒屋のおじさんに電話で頼んだ。裏木戸のヒモをひっぱると木戸が開くのを酒屋さんだけ知っている。おじさんはすまして入っていったが庭にいる間は犬は大喜びなのだが、一歩家の中へ入ろうとすると犬は歯をむいて牙をだす。また庭へもどると喜ぶ。

「どうも入れません。いい犬ですなあー」

と言っていた。

その少し前には、風呂場の上の方の細い窓から泥棒が入った。食堂へ入って来た。犬は二階でねていたのだが、夜中にものすごい大声で吠えたてた。私は表を通っている人に上から吠えるなんて失礼な！　と犬を叱った。それでも吠えた。

あまりのものすごい声なので泥棒はおったまげて同じ窓から逃げていった。

これは大分たってからお巡りさんによって知らされた。その泥棒が他の件でつかまって私の家のこと、でっかーい犬がいたことなどを白状したからである。

それから風呂場の窓の外へ行ってみると泥棒がおとしていった小銭がおちている。たしかその泥棒が入った日は給料日で、食堂の机の上にお金の入ったカバンもホーリ出してあったはずだ。盗られなかった。

何だかまのぬけた話だが、とにかく、わが家へ入ろうとすると危ない。裏の車庫は表通りからみどり色の木の戸をあけて入る。一度金庫のような数字合わせの鍵をつけてみた。数字を忘れたときのために暗号に変えて、みどりの木の戸に暗号を書いておいた。ところが果たして数字を忘れて、暗号を見たが、その暗号がサッパリとけない。やっと解いたと思ったら真っ暗で鍵の字がサッパリ見えぬ。カバンの底からマッチを探し出して、ほうほうのていで入ることができた。犬や猫は戸の内側や塀の上からやんやと言いながら見ているのだが、何の助けにもならなかった。

現在では道路の大きい溝がつぶされて歩道になったのをキッカケにシャッターに変わった。朝晩ひどくたのしみである。車の中からちょっとリモコンのスイッチをかるく押して「開けゴマ」と言うと、重たいシャッターが音もなく上がってゆく。シャッターの向こう側の庭で、犬と猫全員が一列横隊に並んで、全員首をかしげてシャッターに見入っている。私でも毎度不思議で、ホントにアクノダロウカ？ と毎度毎度疑っているぐらいだから、彼らが不思議がるのも無理はない。

入口からしてかくの如し。大きな食堂兼居間が我々みんなの共同の生活の場であり客室でもある。なぜ客室かというと、召使いがいないし、客間から台所へ主人の私が、お茶やお酒やと出たり入ったりすれば、客は話もできず孤独を味わうであろうというおもんぱかりである。それまではよろしい。

しかし、わが家の中心に美しいレストランなどを真似て台所とナベも棚もさらけだしたのはまちがいであった。レストランのようにプロによってピカピカに磨かれたナベ、整頓された食器こそ美しいが、私のこの部屋は、台所道具が、棚からはみ出さぬばかりに溢れ、毎度見ただけで頭が混然として疲れてくる。

作りつけのでっかい棚は、田舎の農家風棚を何種類もの雑誌を切りぬいたり、さんざん推考を重ねた結果、デザインしたものなのに、大酒呑みの大工さんはデザインなどそっちのけで「一升びんの入る大きさ大きさ」と、やたら一升びんばかりを中心にして計算して作ったため、私は毎度、体ごと入りそうな大棚に頭をつっこんで、奥の方から小さい茶碗を出さねばならぬ。道具一切を戸棚へしまいこんで何もないスッキリした部屋にしようと思うと、上や下の棚に全部しまいこむのに、夕食がすんでからの後片づけだけで、フラフラになってしまう。

コーヒーわかしや炊飯器や、ジュース器やヤカンやまな板などどうしても台所にさらけだしておく。どうもこれも気になるが、ぬれたままどこへ入れるのだろう。猫がときどきまな板の上をのこのこ歩いて足跡をつけてゆく――なんて言ったら聞いた人はギョッとするだろう。ちゃんと熱湯で洗いますから、ご心配なく――。

何にもない部屋で、掃除機をちょっと真ん中におけば部屋じゅうのゴミが一気に吸いこまれるという部屋に住みたい。

この部屋の壁ときては、みだれ波のようにむちゃくちゃにコテあとなどつけたばっかりに、その凸凹のところにゴミがたまって部屋じゅうすすだらけのようだ。この前もふと気がついて、お母さんがしていたように、ちりハタキをかけようと思いつき、ハタキを買ってきてバタバタ壁から棚からはたいていると、猫達は生まれて初めてハタキを見たらしく、主人が遊んでいると錯覚して、全員がハタキに飛びつき、とうとう私からもぎとって、みんなでハタキをとり囲んで、上にのっかり、かんでメチャクチャにしてしまった。友達に聞いたら、壁や棚にも掃除機を当ててホコリを吸いとるのですと忠告された。

料理の名手のマダムFなどにいわせると、「料理を作って食べて、すんで、お茶碗を洗ってしまいこむまでが料理であり楽しいのよ」である。この言葉が茶碗を洗っているといつも浮かんでくる。茶碗を洗う仕事は割合好きだ。汚れてたものが、見る間にきれいになる。ところが各食器を所定の棚や引き出しにしまいこむのが、ひどくおっくうである。しまいこんで、元通りにするだけなんて、初めと一しょで進歩がないではないかと思うと、ガックリ疲れてくる。よくまあ家庭の奥さんは飽きもせず、汚しては、洗い、しまい、しまってはとり出すというくり返しをやっているものだ。

雑然としたこの食堂を、日に二度も三度も掃除機で掃除しないと、たちまちにして戸外のようになってしまう。外の庭の方がこの部屋よりきれいだから、平気でスリッパのまま外へ出る。私はいまにゼンソクで死ぬだろう。ほんとに猫やら犬は非文化的だ。アリクイという動物をもう一匹飼おうかと本気で考えた。動物園に行ったらアリクイのところだけ、いやに美しい。アリクイがシッポでていねいに掃除をしている。だからあの部屋だけは、掃除はいらないと園長さんが言っていた。猫達がふざけている尻から、アリクイがせっせと掃除してまわるところを想像してみた。

さて玄関脇の大きい部屋は「私の美術館」である。私の絵、コレクトした絵、彫刻、版画、イコンなど宝ものが一ぱいで、動物達は立入禁止。なぜなら彼らには美術の鑑賞力はないからだ。しかし彼らがモデルになった絵はたくさんある。絵を美しいと思えぬ——なんてつくづく動物があわれだなと、この部屋へ入ると私は人間にもどり、彼らをあわれんでみる。

食堂につづく小さい部屋二つほどに何となく衣類や鏡がある。食事がすむとこれらの部屋へ来るが、全員が民族の移動のようにゾロゾロとついてくる。

毎朝ここへ来るたびに私は人生がいやになる。必ずその日着る何かが、見つからない。パンティがない。靴下はどこだ？　昨日どこで脱いだか？　整頓のため、大きな籠を三つも四つも買ってきて、一つを洗濯もの入れ、一つは洗い終わってアイロンをかけるものを入れる。一つは下着類。一つはネマキ類――などと分けて喜んでいたら、四つともごちゃまぜになって、洗ったばかりのものをも一度洗ったり、古い下着をまた着たりで、何が何だか判らなくなった。籠があるからいかんのではなかろうか？　それに猫のひるねと爪とぎにもってこいの籠ときてる。

この部屋「ローズ・ルーム」と名づけているが、ルーズ・ルームのまちがいだ。それは白地に大きい薔薇の花の壁紙を貼ってあるのだが、ドアの薔薇は猫の爪とぎでみるもムザンに破れかぶれだ。ほんとに破れかぶれの部屋である。

あのブラウスはどこだろう？　去年はいま頃何を着ていたか？　サッパリ思いだせぬ。戸棚をあけるとやたら服がブラ下がっているのに、今日着てゆく服がないとは何ごとだ。服なんてみんな燃やす方がいい。好きな友達にみな上げよう。南方の恵まれない人のために寄付すればいいのだ。日本人はかつてのように「飢え」がなくなってしまった。今日着る服が一つあればいいことなのに。私の人生は複雑すぎる。私も堕落したものだ。あんなドレスが買えたらどんなにいいだろうと、パーティ着を憧れていた、しがないサラリーガール時代こそ尊い時代だった。

友達も言っていた。戦後、ララ物資といって、慰問品の中から真っ赤なスカートとダブダブのワイシャツとをもらった。「赤いスカートはクジラを捕るときの銛につける目印の旗の布地だから純毛なのよ。私は記念に、まだもっているの。あの飢えていた時代にはすばらしい喜びだった。ワイシャツはちゃんとブラウスに直したわ」

その友達と同じく私もあの頃は飢えていた。清き飢えの時代だ。

私はそのこととまた別に、銛《もり》をうちこまれ、赤い旗を海にひるがえして、血を流しているクジラの悲しみを想った。

脱線した。

早くこのローズ・ルームも壁紙をはり直してすみれの壁紙で、ヴァイオレット・ルームでも作ろう。

あのブラウスはどこへいった？　急に気になった。木綿のアユ色の安っぽい奴だが私のお気に入りだ。あれがないと私の人生は淋しくなる。戸棚を片っぱしから開けたり閉めたりしていると、三匹の子猫が一しょになって戸棚へ入ったりあらわれたり、かくれたり、犬まで私の歩くあとをバカていねいについてまわる。一しょに探してくれたらどうだってんだ。

私の鏡台はアンティックな王朝風のものだが、いつか整理しようしようと思いつつ、その見事な台の上は何だか雑貨屋のように入り乱れている。乳液をつけるのみのカンタン至極な私の化粧に、なぜこうも道具がはびこるのか？　道具は人類の敵だ！　椅子に座ったつもりが、猫の作次の上に座ったので、作次はギャーといって逃げていった。口紅をつける私の顔をまたもや子猫二匹づれがのぞきにきて、口紅のフタをころがしていった。ベビーギャング奴！

こうして朝の出勤時刻はすさまじい鬼ごっこか、戦争の様相を呈し、私は仕事へゆくというのに、もう疲れて、つくづく彼らに愛想をつかして、車に乗る。

私は狼少年のことを思いだした。生まれてすぐ狼に育てられた少年は、狼とそっくりになり、狼の群れにまじって矢のように走っていた。それを見た人間は少年をつかまえ、何とか人間にもどして、オリンピックに出そうとした。すばらしいスピードだった。ところが、可哀そうに少年はなかなか人間に戻れず、早くに死んでしまった。少年のままで——。

つまり人間は動物に育てられると簡単に動物に戻ってしまう。人間になるために育てられなくとも、気を許して勉強しなくなるとすぐ人間は動物になってしまう。人間になるためにこそ教育があるのだ。

しかし動物は人間に育てられても断乎として動物だ。うちの犬や猫は、私がどんなに丹精こめて育てても、やっぱり非文化的動物だ。あべこべに私の方が、狼少年のように、犬猫に感化されて動物化せぬか？　という疑問がでてくるのだ。

昨夜もパーティがあって、少しおしゃれして出かけた。朝起きてみたら、えんじ色のもこもこした大事なあたしのスカートの上で、全員が体をよせ合ってねている。いくら寒くなったとはいえ、美しい、美しくないくらいの差ぐらいわきまえよ！

しかし寒くなるとみんな仲良くなって、この前ケンカしていたもの同士が肩よせ合ってねているではないか。

猫が六匹かたまって一せいに私を見る。いつも猫は、初めての出逢いのように不思議な、けげんな目をする。色彩の異なった十二の瞳が、生きたダイヤモンドのように輝いて、私はまとめて全部のダイヤを両腕に抱きしめる。

お互いにかみつかれないかびくびくしながらも、お互いのあたたかさにほだされて抱き合っている。このごろはケンカもおこらず、おだやかな平和がつづいている。スカートぐらいどうだっていい。

そりゃー彼らがみんないなくなれば、私だって家を整頓し、心も頭も理路整然。服装も毛だらけでなく、生活も安定し、文化的美的快適な生活ができるだろう。

しかし、彼らがみないなくなり、きっちり整頓された清潔な部屋で、一人読書などする私の姿——を想像してみた。

昔、子供のとき、知り合いの家へ、二、三日あずけられたことがある。大きな金持ちの家で、子供の私も一室が与えられ、ベッドまであり、下へもおかぬように遇された。とても美しく理路整然とした家だった。が、行く前は憧れて楽しみにしていたが、私には、一日でその理路整然さや、立派すぎるご馳走などについていてゆけなかった。ヤタケタなわが家へ、すぐにも帰りたくなった。昨日までひっついていた父や母が無性になつかしい。兄も弟もいて無茶苦茶にあばれられる家。三人で枕をボールにして部屋の中でラグビーをしていたら押し入れに投げこむはずのを、唐紙の中へ体ごとつっこんで穴をあけて叱られた出鱈目な家。お正月がすぎると床の間のお鏡もちの上のクシにさした干し柿が、一つずつなくなっていった。兄弟が順ぐりに四ッ這いになって這っていっては一つずつぬすんで口にくわえてくるからだ。ああ、あの汚ないわが家はそのホコリまで愛に充ちていた。早く帰りたい——と、昔思ったことを思いだした。

いまも汚ないわが家。父母も兄もいない代わり、犬や猫達がその代理のように、すましてるす番している家。彼らは恩知らずですぐ家出もし、けんかもするが、お腹がへるとさっさと帰ってきて、愛してますとウソ鳴きをする。

　夕暮れともなれば、私の車を待つ猫たちが塀ごしに現れて、いまさらのように、ヤヤヤと声にならぬ奇声を発し、犬のように車の横を走り、犬はさらに大仰に、初めて久しぶりに会った如く吠えたて、その足許にチビ猫がついて現れ、木の上の見張りのツルッパゲのジーコが飛びおり、いま、また初めて出逢う恋人同士のように新たなやさしい夜が私達をつつむ。

猫の絵

いつごろからか、私の絵には必ず犬や猫が登場するようになった。

といっても、犬猫画家ではない。動物画家でもない。動物画家と決めつけられると私はびっくりして、そうじゃない——と思う。

文章にも犬や猫のことをよく書いてはいるが、動物作家じゃない。私はワクにはめられるのも、整理されるのも嫌いだ。

ごく自然に、私のまわりに犬とか猫がおり、ごく自然に絵の中に登場する。

私の好きな動物——ライオン、豹、牛、馬、熊、ロバ、豚、アヒル、ペリカン、モモンガー、カラスなどもどしどし絵の世界の中に入ってほしいが、ただいつも一しょにいないので、なかなかうまいこと書けないんだ。私の描く馬なんて、どうみても歌舞伎の「馬の脚」の馬みたいにギコチなくなる。

犬はほんとは絵や文になりにくいのじゃないかと思う。つまりはっきりわり切れて、元気溌剌「来イ来イ、シロ来イ」……の明朗イメージや、優等生イメージが濃すぎて、退廃、爛熟、淫靡《いんび》さなどの芸術的感じにはなりにくい。

でも私は犬を愛したから、いろんなときの犬を描いた。それはもう一人の私かもしれないし

「愛」の象徴かもしれない。しまいにあまり描きすぎて、犬が私か、私が犬か？　判らなくなり「自画像」と題してついつい私の顔が鼻吉になってしまったりした。

猫は存在自体が、淫靡、柔軟、艶美、神秘、魔術的なものに充ちていて芸術的である。絵にも文にもなり易い。しかし犬、猫をそのまま忠実に写生すると、動物図鑑になりかねない。だから多分、私にとって好ましい状態の犬、猫をでっち上げて描いているのだろう。

猫のデッサンをするとき、鉛筆を細く細くけずって、なるべくHとかそれ以上の薄いのから、あの柔らかいうぶ毛を息をつめて細く柔らかく描いてゆく。

生まれたての赤ちゃん猫が、あまりにも、か細く小さいので、私は錯覚してデッサンが次第次第に小さく小さく、わずか二、三センチ角ほどの小さい絵になってしまった。大きくのびのびと描いても子猫は子猫なのに、か細く、か弱く――とつとめているうちにどんどん小さくなる。ふと気がつくと私は猫背になり、丸くなり、穴でもあったら入りこみそうに身をちぢめて描いている。これは絵が下手な証拠なのだ。

私とは違って彫刻家ジャコメッティは仕事がすすむうちに、どんどん小さくなって針金のような人体となる。これは彼の性癖として純度を高めると、凝縮してエキスだけになってゆくようなところがあり、私達はかえって、その細い人体に精神性のみを感じたり、その細さの反対の偉大な空間を感じたりする。

泥棒猫なんて描くときは、私は日つきまで怪し気に左右を見わたし、息をひそめて描いたりする。捨て猫や死んだ犬などの絵ときたら、目を泣きはらし、鼻汁をすすりあげて描いているので、傍らの人は驚いて様子を伺ったりしている。これは絵が下手な証拠なのだ。情感より造型を考えんといかん。

もちろん猫があくびしている絵を描いていると、こちらもうつって、やたらあくびがでる。猫のあくびは自分の顔が入りそうに大口をあけ、大げさでマンガ的だ。よく猫同士、お互いにふき出して笑わんものだと思う。

犬や猫を描いてて、私の一ばん好きなところは、鼻の穴と、鼻の穴の真ん中を通る線が口までつづき、そして結んだ口の線。この線の引き方いかんでいろんな表情になる。正面を向くと鼻の穴などみえないが、私は断じて大好きな鼻の穴を描くから、少々そっ鼻となる。猫はその鼻の頭がほのかにピンクづいていて何かつまみ食いをしたような鼻つきだ。

相変わらず、黒白のペンギン鳥猫はでっかい犬にまといつき、犬がねそべっていると両腕の間にちょんと入って、子分然とした顔をする。犬が横向けにねると同じように猫も横になる。犬が寝返りをうって背中を床でこすってふざけだすと、猫も右に同じく、背中をこすってはしゃぎだす。そしてついでに犬の鼻先をちょっと手でひっかく。

猫に人間のペンダントや宝石類をちょっとはめてみると、そのいろんな色の毛並みに映えて、まさに宝石が見事にみえてくる。これは豹でもチイターでも同じである。宝石と毛皮との対比は、もっとも自然のものと人工の極致の対比としてうまくつりあうのだろう。

うちにいる猫はみんな捨て猫だが、それぞれに宝石に負けず、毛の魅力も宝石自体の魅力も見事に映える。どんな路地裏の野良猫でも宝石が似合うだろう。すすに汚れたシンデレラがガラスの靴をはいたとたんにお姫様になるように、捨て猫、野良猫に宝石をあてがえば、獣本来の魅惑に充ちるにちがいない。

だからリボン一つつけても猫達はお祭りの日のように賑々しくなる。

よく雨ガッパとかチャンチャンコとか靴まではかせられた犬や猫がいるけれど、あれはどうしても人間の一人納得で、動物はありがた迷惑に決まっている。

獣の毛も足の裏の皮も、自然に即応して与えられた本ものの毛皮だから、ニセモノのカッパなんて着せちゃいけない。

しかし絵の中の擬人化はまた別で、藤田嗣治の猫ともなると猫の性格の中でも魔術的なもの、悪魔的なもの、妖艶、裏切りなどの性癖をえぐりだして、毛の一本一本に描きこめてある。猫の人間への疑心と呪いと不信が、あの可愛げな彼の猫の中にかくされている。

熊谷守一氏の猫は、年老いて、食い太り、ドタリとばかり縁側に日なたぼっこをしている。これには日々のめでたさと猫の妖しさを感じる。

マネに、屋根の上の猫の恋が、水彩、グワッシュ、そして銅版画になっている。

屋根の上の黒猫と白猫のシッポがぴんと立ってふくらんでいる。喜んでいるときはシッポは立つが、ふくらんでいるのは警戒しているときだ。だから恋はまだ成就されてなく、お見合い中だというのが判る。

この真夜中の猫の描写の他にも、花にたわむれ、花を食う猫のエッチングがある。

マネと交遊のあったボードレールの『悪の華』にこんなのがある。華麗で、すごいイマージュにみちた詩人の世界である。

お出で、きれいな猫ちゃん、恋に燃える僕の胸に、
　足の爪はしまっておき、
金属と瑪《め》瑙《のう》との入り混った、綺麗な眼の中に、
　僕をじっと浸らせておくれ。

僕の指が、お前の頭としなやかな背中とを、
　のんびり撫でてやる時に、
電気を帯びたお前の身体にさわる悦びに、
　僕の手も漸く飽きた時に、

（福永武彦訳　人文書院版）

この猫ちゃんに、すぐジャンヌ・デュヴァル嬢か、サバチェ夫人を想起するが、詩人の魂はこの二人の女性を超えていたにちがいない。
彼は女を傷つけ、女に傷つけられ、その故に女を愛せざるを得ないショクザイ意識があったのだろう。女から逃げてはいけないと自分に言いきかせた自分の心を詩ったものであろう。
同じく、ボードレールの『パリの憂愁』に面白いはなしがある。

シナ人は猫の瞳に時刻を読む。

或る日一人の宣教師が、南京城外を散歩しながら懐中時計を忘れて来たのに気がついた。そこで小さな子供に時刻を訊いてみた。

中国の腕白者は初めためらっていたが、やがて思いかえすとこう答えた。『いまお答えします。』ほんの暫くしてから、片手に途方もなく大きな猫を抱えて帰って来ると、言いつたえ通りに猫の白眼を覗き込んで、ためらわず言った。『正午にちょっと間《ま》があります。』まさにそれに間違いなかった。

（福永武彦訳　人文書院版）

ロートレックに、子猫と題する三十歳頃の作品がある。

この猫は彼のモチーフによく出てくる遊女の館の猫だと思う。性戯の匂いのこもる赤いベッドカバーの部屋への闖入者ロートレックに怒りをみせて迎える猫。藤田の猫のように可愛げの中に魔性をかくしたものでなく、正面から魔性をあらわにしている。猫の魔性を描いてその部屋の女と、彼自身の生活の荒れを想起させる。やはりすごい絵だ。

たまたま見つけ愛した猫に、自分を投影する力。スケッチをもとに仕上げたのだろうが、この猫を見ていると、その頃の彼の生活を想い、さきのボードレールの猫ちゃんも想う。

絵には、カルトンを裏打ちして、絵をあとで大きく描き足している。ミネットと右下にあるが、これが猫の名か、その部屋の遊女の名か判らぬところが面白い。

絵は周囲を伸ばすことによって、スケッチから作品に成就している。タブローとスケッチの差のこわさを教えてくれる。やはりこれもこわい絵である。

あとがき

男達が昼の休みにしゃべっている。

「ボクは描いてる絵が失敗したときこそチャンスだ！　と思うね。それを七転八倒して追求すると本ものになる。どうしても駄目になって、全部消して全く違う絵を描くと、思いがけずいい絵ができる。人間のあらかじめ考える構想、予想なんてたかがしれてるね。偶然や必然が幾十と重なって何かが生まれる方がすばらしい。――人生みたいなものだ」

話はここから脱線して〝幼稚園の頃よりプロ野球選手を目標にして誕生した選手が、いかに技はうまくともビニルハウスの中のキュウリのようで、面白くない。凄味もない……〟という野球選手論などになっていった。

私は犬や猫にも同じことを考えている。人間が作った○○種の犬や猫も一つの文化ではあろうが、私の関心事ではない。

この世での不意の出逢いから生まれる人間と動物との交流こそが、予期せざるすばらしい出来ごとと思っている。もし自分の人生が、あらかじめこうと決められていると判ったら、さぞや人生がつまらなくなるだろうし、退屈だと思うだろう。

一人前の〝のら猫〟は独立していて人間の従属にならないが、道端の捨て猫、みなし児猫、赤児猫達との悲しい出逢いは、拾った心やさしい人間に、逆に明るい未知の光を与えてくれるだろう。

私の家来の犬が猫好きであったばかりに、私は次々といろんな柄の、いろんな色の捨て猫達を拾い、彼らとの暮らしが始まった。柄や色と同じく、どんな小っぽけな捨て猫にもれっきとした個性があり、彼らは胸を張って自由に、あるいはひそやかな片隅の平和に甘んじて威張って暮らしている。しまいにどちらが主人か家来か判らなくなり、カンシャクもおこし、ブツブツ言いながらも、もしその一匹でも家出したりすると、私は大騒ぎし、悲嘆にくれ、毎度のように猫の名を呼びながら、探し求め、今日もまた彼らと暮らす。何ごともなく首をふりふり猫達が舌つづみをうって食うのをみると、ほっとしてきょうの平和を感謝する。いつ悲惨な出来ごとがおこるか判らないのだ。

どうなるか判らぬ人生そのものを、私は猫達とのかかわりあいにみているのだろう。

昭和五十九年五月

鴨居羊子

チュニック・カタログ

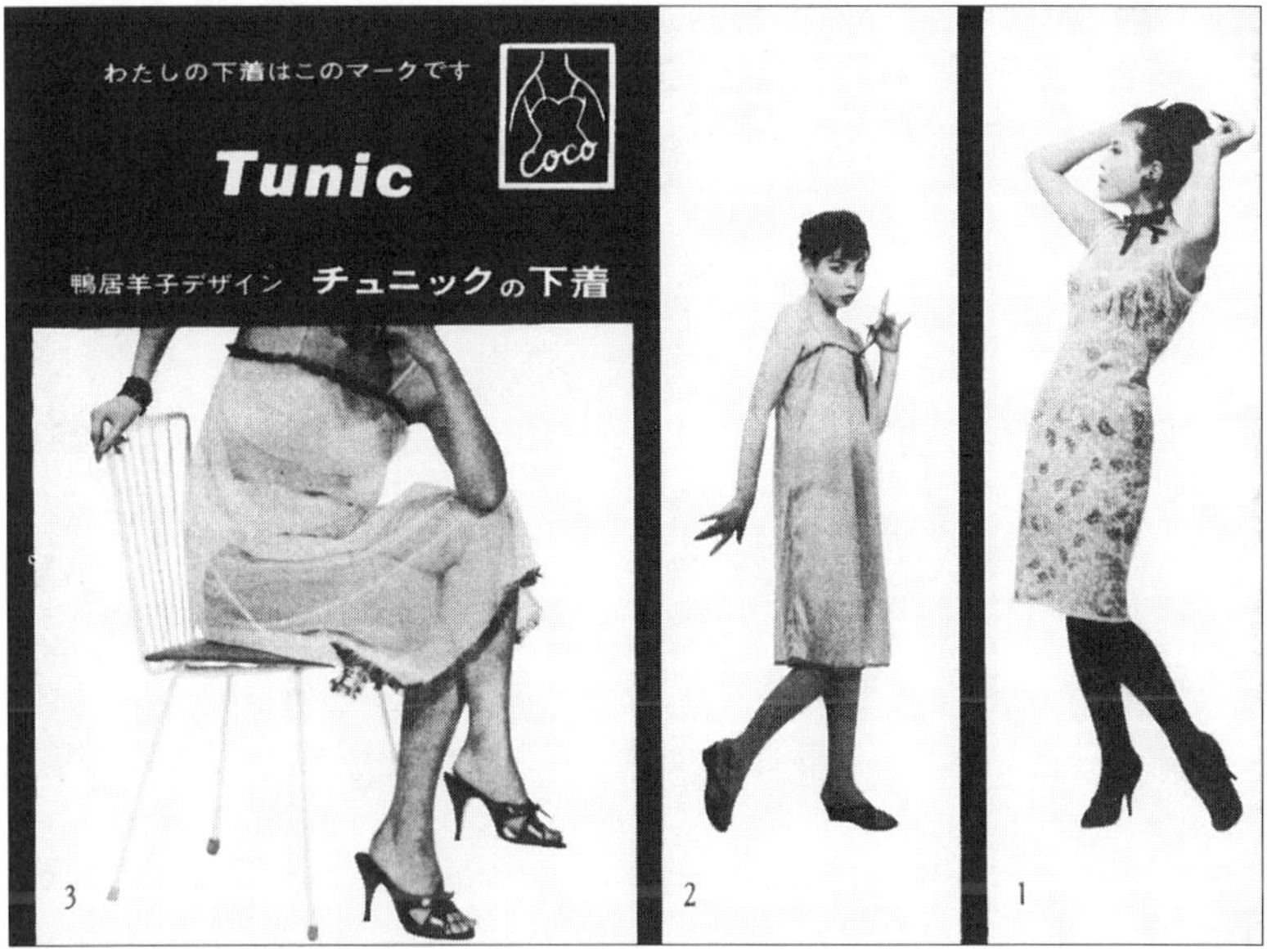
わたしの下着はこのマークです
Tunic
coco
鴨居羊子デザイン　チュニックの下着
3
2
1

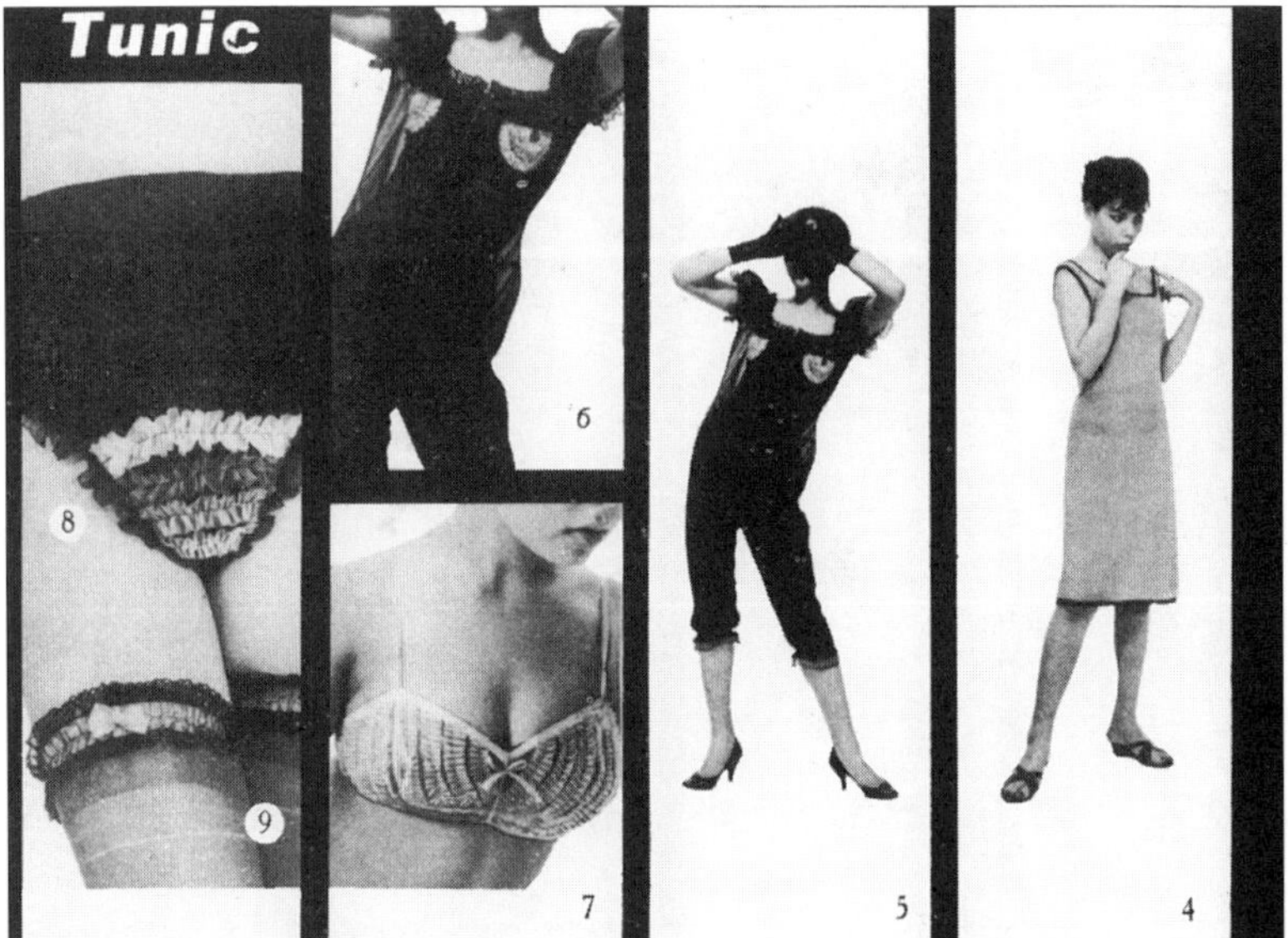
Tunic
6
8
9
7
5
4

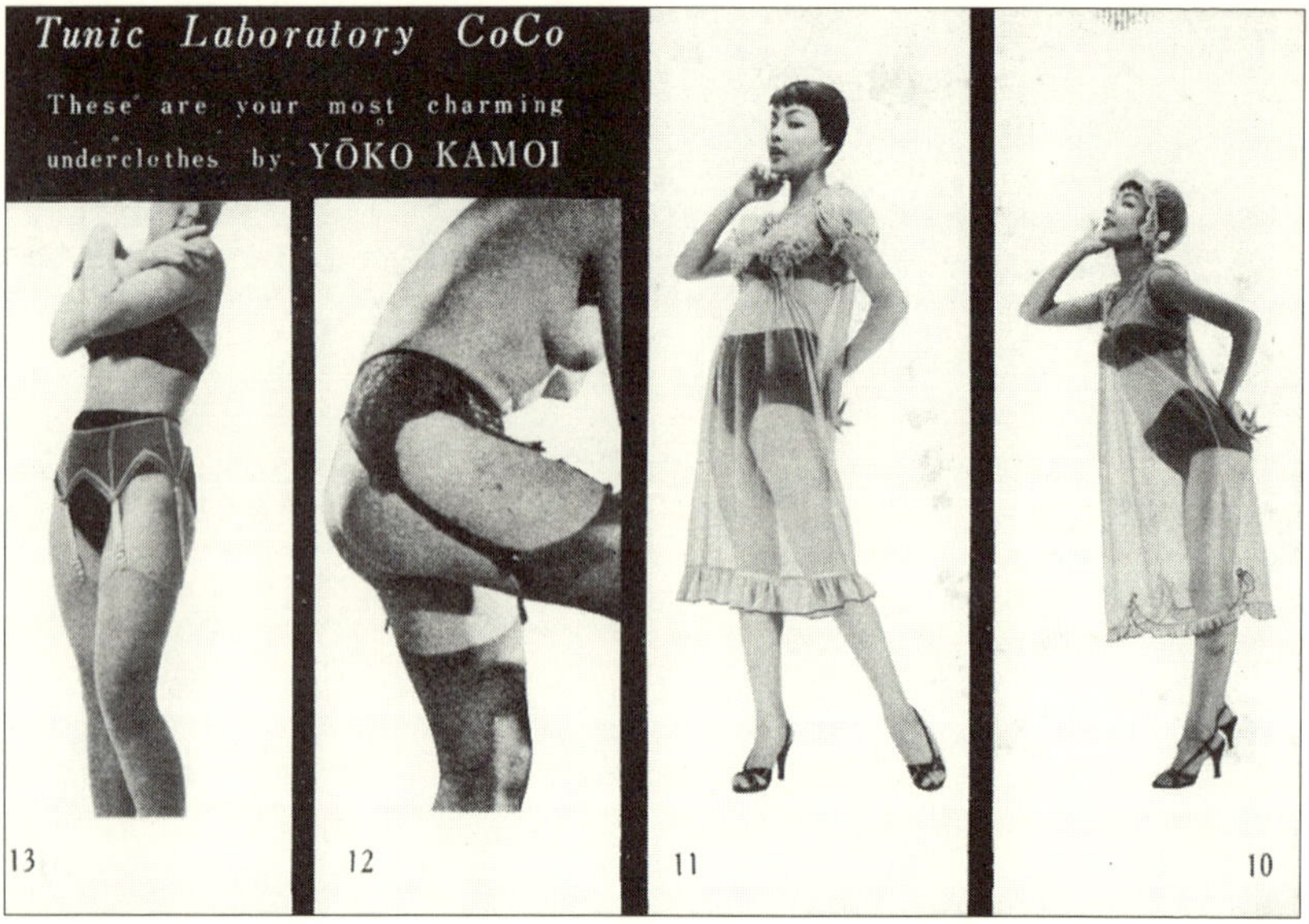
Tunic Laboratory CoCo
These are your most charming underclothes by YŌKO KAMOI
13
12
11
10

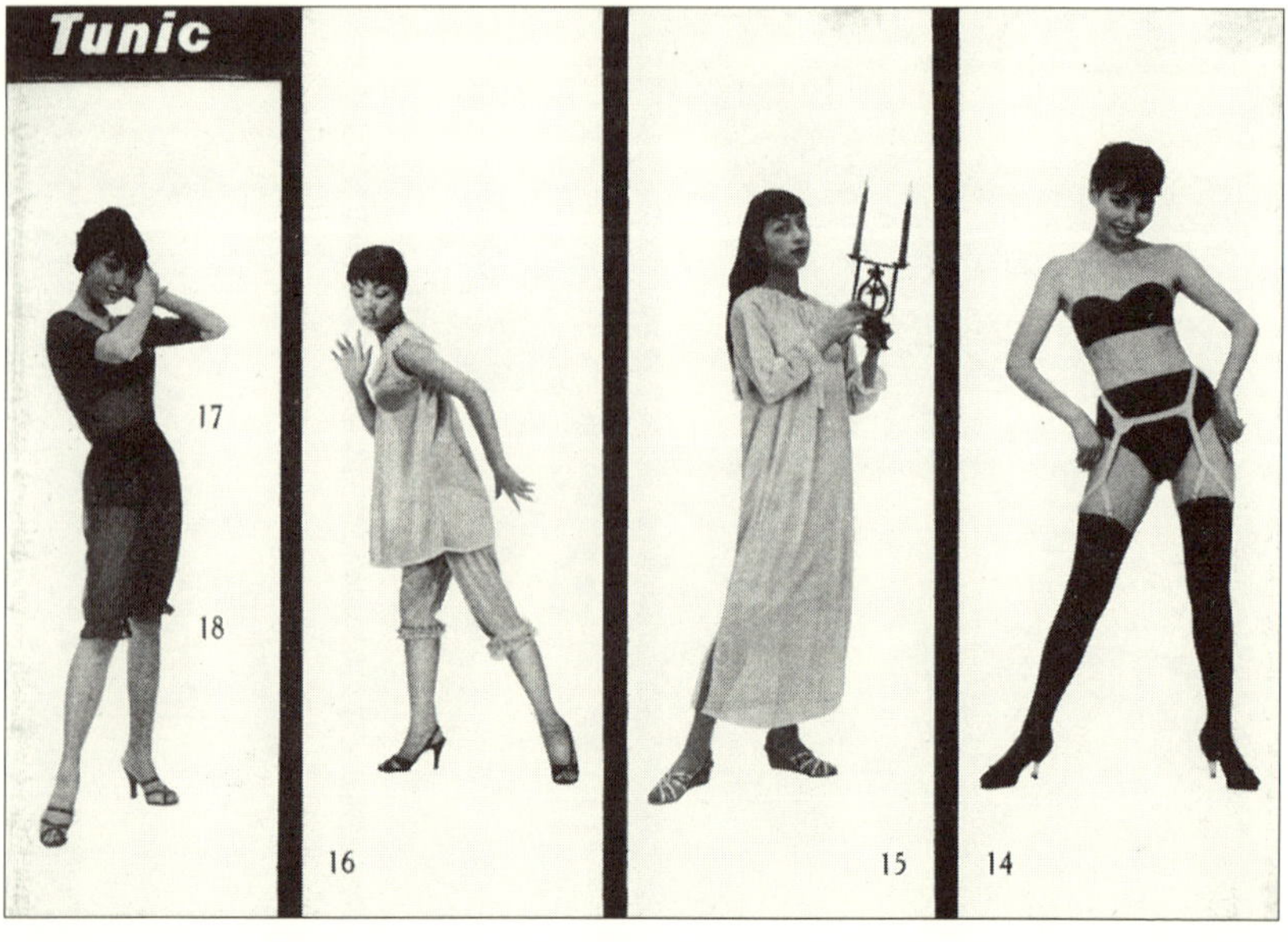
Tunic
17
18
16
15
14

AU
RENDES
21
22
20
19

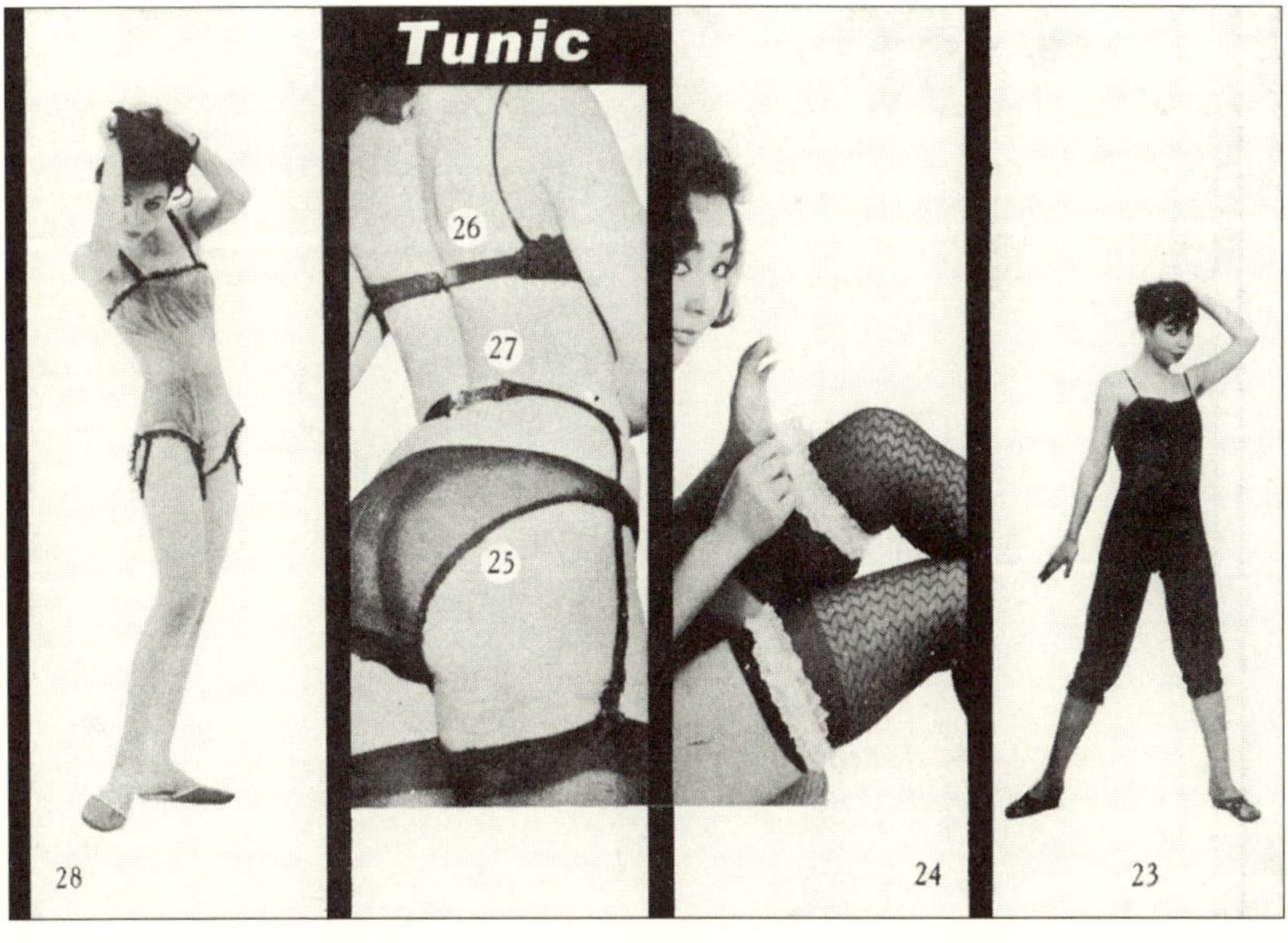
Tunic
26
27
25
28
24
23

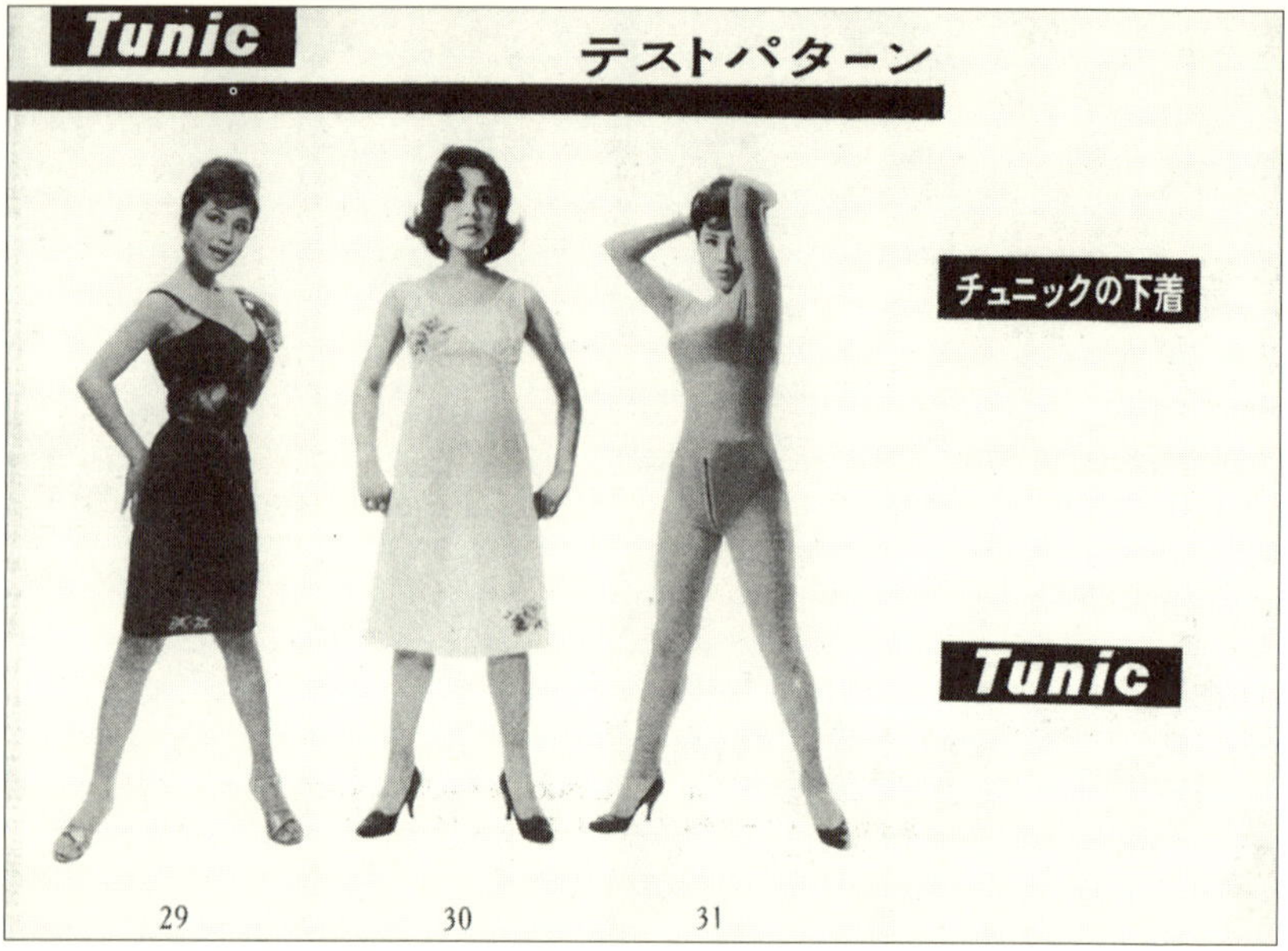

5. 6. ピエロ・ネマキ　¥2, 400
透明なナイロン・トリコット地。ピエロのようにこっけいなコンビネーション型のネマキ。色は13色。足首や腕首やお乳のところに花のようなフリルがあり、股下はカラーのナイロンファスナーがついています。

7. メリー・ブラジェア　¥600
ナイロン・トリコットの透明地にフリルをつけ、花びらを盛り上げたようにみせる美しいブラジェアです。ボーンなどを使用せずにソフトに乳房を吊るように仕上げてあるため、使用感がなく活動に便利。うしろはハトメ止め。写真26参照。サイズは80. 85. 90cm　(意匠登録)

8. スキャンティ　A·C ¥400　B ¥350
A.B.Cの3型があり、布地はナイロン・トリコットで半透明と透明で13色。Aは股われ、Bは一般型、Cはデルタの部分にパット代りのフリルつき。股ぐりが深く腰の線によくそい、ドレスにひびかない。▷スキャンティは(英) Scanty(ごく少量の)という意味で、最少限に必要な布地を使用していることをいっています。
(商標・意匠登録)

9. キャット・ガーター　¥250
小猫のように、小粋な靴下止め。色ゴムを13色の透明ナイロン・トリコット地でつつみ、シャーリングしたもの。赤い小箱入りですからプレゼント用としても手ごろ。キャットは(英)猫。(商標・意匠登録)

1. Pースリップ　¥1, 500
カシミロン・メリヤスの多色染め花模様地。かるく、あたたかく、秋から春にかけての下着として最適。▷ウールと全く同じ感触で、洗ったらちぢむとか、肌をさすとかいう毛の欠点をもっておりません。ボデイ・クロスの決定版です。▷Pースリップのpは、桃(Peach 英)のPです。

2. チュニック・スリップ　¥1, 200
ナイロン・トリコットで半透明の13色と、ナイロン・ネット3色。レースは手編み。▷古代エジプト人などが愛用した代表的なスタイルで、直線裁ちのフリー・サイズの下着です。上縁の手編みレースにリボンを通し、胸で結びます。ナイロン・ネットは夏涼しく冬あたたかい布地。▷チュニック(英)の名は、この形が一般にチュニック形式とよばれるため、そのまま名づけました。(商標・意匠登録)

3. チューリップ・スリップ　¥980
ナイロン・トリコットで透明。13色とレインボー・チューリップ(¥1, 400)があります。チューリップ・スリップはチュニック・スリップの変形です。手編みレースの代りにナイロン・フリルをつけ、リボンで締めるかわりに細ゴムでシャーリングしています。▷ネマキにもなります。チューリップ(英)は花の名。(商標・意匠登録)

4. キキー・スリップ　¥1, 400
ナイロン・トリコットで半透明の13色のほかに、ナイロン・ネット(¥1,400)の3色。レースは手編みレース▷このスリップの形は北欧風の伝統的なスタイルです。▷キキー(仏)の名は、エコール・ド・パリの妖精モデルキキーのよび名からとりました。(意匠登録)

15. 聖衣ネマキ　¥ 2, 700
ナイロン・トリコットで半透明。13色。丈の長いルーズな形で、レースは手編みレース。上縁にリボンを通して胸でしぼります。▷聖衣の名は、ローブ（寛衣）風ですからそう名づけました。

16. トルコ・ピジャマ　¥ 2,400
ナイロン・トリコットで半透明、透明の二種。13色。肩のこらないスポーティなピジャマで、上衣だけ着てねてもいいでしょう。▷ピザンツ風スタイルですのでトルコの名をつけました。

17. 18. 19　シェリーシャツ ¥ 1, 350
ココッティ　短 ¥ 800 長 ¥ 900
ナイロン・トリコットで半透明、透明の二種。13色。ナイロン・ネットは3色。手編みレースつき。シャツとパッチのセットはスーツ下、ズボン下、またスリップ代りにも部屋着にもなります。▷なお機械レースつきのものはシャツ¥ 800. ココッティ短¥ 650. 長¥ 750 ▷シェリー（仏）の名はいとしい、いとしい最愛の人とう意味。

20. フィフィ・スリップ　¥ 1, 200
ナイロン・トリコットで半透明、透明の二種。13色。レースは機械レース。若い方に愛されるスポーティなスリップでセミタイトやセミフレヤー向きです。▷フィフィ（仏）の名はお嬢さんという意味。

21. フフー・ターバン　¥ 250
セットした髪をこのターバンで自由につつんで寝たり、入浴どきに使用します。ナイロン・トリコットで13色。可愛いいフリルと花がついています。フフー（仏）は左まきとかまぬけとかのおどけた意味。

10. No. 5ネマキ　¥ 1, 800
透明なナイロン・トリコット地。13色。ごくシンプルなスリップ風のネマキで、ハンドバッグにも入ります。ワンピース丈ですから、このまま下着にもなります。胸や裾には同布のフリルつき。

ナンバー・ファイブ（英）の名はチュニックのネマキの製作ナンバーですが、そのまま名づけました。

11. ギリシァ・ネマキ　¥ 2, 300
透明なナイロン・トリコット地。13色。かるく、かさばらず、旅行、洗たくにも好都合。パッフ袖と乳型のフリルが特色です。

ギリシァ（英）の名は、アイオニック・キトンを着つけたときのスタイルに似るため名づけました。

12. 13. ビート・ガーター　¥ 650
下腹を必要以上にしめつけたりしないように、透明トリコット地を使用し、うす地ですからタイト・スカートやイヴニング・ドレスのときでもドレスにひびきません。金具、ゴムもそのために小さく細くしています。色は13色。ビート（英）は Beat で、打つとかたたくの意ですが、エレガントに対立する行動的なガーターです。
サイズは　55. 60. 65cm　（意匠登録）

14. カンサス・ガーター　¥ 350
西部劇の二挺拳銃のような感じで、腰骨にひっかかって靴下を吊りますからウエストをしめつけません。ゴムは黒、ピンク、ブルー。

チュニックの下着

Tunic

22. ママー・キャップ　¥ 420
セットした髪にかぶせてねむるナイトキャップです。また入浴時にかぶってもよく、掃除のときのホコリよけにも好都合です。▷ナイロン・トリコット地で13色。帽子のふちに同布のフリルや小さい花があしらってあります。

23. チャービネーション　¥ 1, 900
ナイロン・トリコットで半透明、透明の二種。13色。コンビネーションは欧州、アメリカで人気のある下着です。スポーツ着の下に、ネマキとして、さらにキモノ下着として重宝です。▷チャービネーション（造語）は、チャームなコンビネーションの意味。

24. チカ・ガーター　¥ 300
ナイロン・シェアーの美しい刺繍入りレースに飾りゴムを通したデラックスなフランス風の靴下止め。色はブルー、ピンク、白、黒。▷チカ（露）はお嬢さんの愛称。

（実用新案・意匠登録）

25. クロスティ　¥ 400
ナイロン・トリコットで半透明、透明の二種。13色。レースは機械レース。▷古代エジプトのヌード・ダンサーたちのクロスティ（英）とよばれるパンティスと同型です。

26. 27
26は写真7を、27は写真12を参照して下さい。ブラジェアとガーター・ベルトの背部は織ゴムで弾力をもたせ、ハトメホックで止めます。

28. キャミター　¥ 1, 200
ナイロン・トリコットで写真のような水着スタイルの肌着です。若い方のスラックス姿のときなど好都合です。レースはナイロン・フリルか機械レース。▷靴下吊りのゴムと金具つきの場合は ¥ 1, 500 前後。

チェリオ・ドール　¥ 4, 500（カバー丸枠写真参照）
ナイロン・プリーツをレインボーに染めた透明布地。上衣と短かいパンティスを組み合わせたベビー・ドール型のネマキです。虹の色がアコーディオンのようにひろがるのがロマンチック。▷チェリオ（英）とはサヨウナラ（意匠登録）

CoCo
Tunic Laboratory: CoCo
37 MINAMISUMIYA-CHO MINAMI-KU OSAKA
YOKO KAMOI

すべては彼女からはじまった

近代ナリコ

カモイヨウコ……、アーチスト、文章家、夢想家、反逆者、動物好き、旅行者、踊り子、ロバに乗った下着売りの女の子。

学生のとき『のら犬のボケ・シッポのはえた天使たち』をはじめ、一冊、また一冊と彼女の本を集めては読みすすむにつけて、鴨居羊子という人の魅力に、私はのめり込んでゆきました。『わたしは驢馬に乗って下着をうりにゆきたい』、とくに「ピンクのガーダー・ベルト」の一章はいったい何遍読み返したことだろう。当時、自分にできることは何なのかを模索していた私に、彼女は、女性が何事かをなしとげるときの現実と、それでもなお夢をみつづけ、表現してゆくことへの、ひとつのみちすじを私に示してくれました。

鴨居羊子って、とってもすてきな人よ、と周囲の友人に彼女の著作を貸したりしているだけでは飽き足らず、彼女のことを、すこしでもおおくの人に紹介したくて、『モダンジュース』というミニコミをはじめたのは、一九九八年のことです。以来、さまざまなテーマをみつけ、これまで七冊の雑誌を作り、編集・執筆の仕事にたずさわるようになったわけですが、すべては、鴨居羊子の魅力をたくさんの人に知ってもらいたい、という一心からはじまった、といっても言いすぎではありません。

以下は、『モダンジュース』第一号「特集・鴨居羊子」に書いたもの。私が、近代ナリコという名ではじめて綴った文章です。

ピンクの机の上の人生

羊子が描いたもの——犬と抱きあう女の子、猫やブタと芸をするサーカスの女の子、人形にじゃれつく犬、海辺の少年と少女、カルメン、下着姿の女の子、棺桶に眠る女とそれを見守る犬。

彼女はオフィスに机をふたつ持っていました。ひとつはグレイの事務机、ここでは下着会社の社長としての仕事をこなしたのです。もうひとつのピンクの机で彼女は社長としての仕事からはなれ、絵を描いていました。羊子の描くかずかずの絵はすべて地続きのひとつの世界だったのだと思います。そこでの彼女はお姫さまであり、想像の翼を自由にひろげて気ままにふるまい、愛するものたちだけにかこまれていました。女の子なら、きっとみんないちどは夢見る自分だけのファンタジー。そのような世界にひたってしまうことを、ひとは現実逃避などとよびますが、彼女の夢の世界は、下着によって現実にひらかれていました。

鴨居羊子は、女の人にとっての下着のなんたるかをいちはやく察知していた人です。下着というと、人目にさらされない、個人的な、秘められるべきもの、あるいはフェティッシュなアイテムの代表格のようにとらえられがちです。どのくらいそれに執着を示すかどうかはひとそれぞれですが、セクシャルなフェティッシュの対象でなくとも、実用品でありながら、日常をたのしくしてくれるアイテムとしての下着、という感覚は、女の子ならばだれもがおぼえがあると思います。そして、下着をそのようなものとして捕まえようとした最初のひとが、鴨居羊子でした。

羊子はまだ新聞記者をしていたころ、バレエ用の黒いタイツをリフォームして、パッチ（いまいうならばスパッツ）にしてスカートの下につけてみました。膝のところには、スパンコールをくっつけたりして、からだにぴったりとフィットするこのパッチを、彼女は気に入り、仕事で取材に行くときにも、バレリーナのようなかろやかな足つきになれた。羊子がタイツにスパンコールを縫いつけたりしてうれしがる、それとおなじようなことを、いまの私たちも日々していて、こういうことって、女の子の日常生活のなかでは、人生をどう生きるか？　なんていう重たいテーマよりもずっと重要だったりします。でも、というか、だからこそ、「私」をあやし、楽しませ、あるいは確認し、示すことにはなっても、こういうことを自分の生きかたにまで引っぱってゆくのは、とてもむずかしいこと。羊子にはそれができました。自分だけが楽しくなるのではなく、それを表現にまでしてしまった。自分自身の体験から得た実感を、下着を介して、仕事にまでしてしまったのです。自分がそうしたように、なんでもない毎日に、ある楽しみを、下着を通じて呼び寄せるということをみんなに伝えたい、そんな気持ちが羊子を下着屋にしたのではないでしょうか、それは、とざされた自分だけの夢の世界の風を、現実に吹かせよう、ということなのかもしれません。

かといって、チャーミングな下着を身につけて、お姫さまやバレリーナや、娼婦の気分を味わったり、楽しさにただひたってしまおうと、羊子はいっているのではないのです。また、そうすることで、自分をなぐさめ、あるいはリフレッシュして、現実社会のなかでまたがんばりましょう、という感じでもないな、と思うのです。社会的には、いっぱしの大人の顔をしてすごしていたとしても、内面に、自分のためだけの夢とか、ファンタジーを持っていること、そしてそんな自分をしまっておくことなく、あらわにすること、羊子がめざしていたのはそういうことではないでしょうか。

現実は現実、夢は夢と、割りきってしまわずに、夢をもっと生身の自分にひきよせてなお、リアリティをもって生きる、という感じでしょうか。

羊子も新聞記者時代、サラリーマンとしての現実というものがあったのですが、彼女はそれを下着屋になることでうわまわってしまおうとしていました。自分自身の力で現実をつくってしまう、といったらすこし大袈裟かもしれませんが、新聞記者時代に味わったような、苦しいことのない社会というものを、自分の会社で実現しようとしていました。彼女が子どものころ、なりたかったという芸術家にではなく、下着屋という「商売」をえらんだのは、そのためかもしれません。

けれども、後年、羊子は自分でつくったその現実に、苦しめられることになってしまうのでした。会社と、羊子の表現とのあいだに、しだいにズレが生じてきてしまったのです。商売というものの現実、会社をつくったものとしての責任が、いつのまにか、彼女がしたいとねがう表現をかなえられないものにしていったのでした。下着作りではみたされないものが、羊子につよくのしかかり、そこで彼女はピンクの机の上で絵を描きはじめたのです。彼女はそこで自分だけの夢を追い、自由に夢想して、それをカンバスの上にとどめてゆきました。本当ならば、下着作りも、彼女はピンクの机の上でしたかった、それだけでなく、会社も、仕事も、人生のすべてを、彼女はそこでしようとしていたのだと思います。しかし、グレイの机は、動かしがたく、羊子を苦しめた。それにいたたまれなくなったとき、彼女はピンクの机にむかったのでしょう。

羊子が新聞記者を辞め、下着屋になろうとしたということ、それは、日々会社でむかっていたグレイの机をピンクに塗りかえること――あるいは、自分の夢の世界からピンクの机を必死で現実の世界へと担ぎだしてきて、そこを舞台に生きようとしたということです。そしてそれは、世の中でいうところの「商売人」とか「芸術家」といった肩書きで生きるのではなく、なにものでもない鴨居羊子自身として生きるということだったのだと思います。羊子が下着によって表現しようとしていたことの骨子は、女性たちへの、そんな生きかたへの呼びかけだったのかもしれません。

下着会社の社長としての責任、下着デザイナー・鴨居羊子としての仕事、その現実は彼女を苦しめはしましたが、と同時にそれは彼女にとって欠くことのできないものでありました。そこから逃れることなく、その現実に身をおきながら、一方でたくさんの絵を描き、エッセイを綴り、フラメンコを踊り、動物と旅を愛する。これが、彼女のたどりついた生きかたでした。彼女のたどった道は、自分自身の夢と表現、そして現実、というものの両方の重さを、わたしたちに教えてくれる——鴨居羊子というひとの重要性は、ここにこそあると、彼女について考えるとき、いつも思うのです。

解説　天衣無縫の天使・鴨居羊子

早川茉莉

私はときどき、自分が好きなものについて考えることがある。そんなとき、私は決まって放課後の図書室のことを思い出す。放課後の図書室には、私の大好きなものがたくさん詰まっていた。好きな本、好きな光、好きな机――。そんな私の好きな時間・風景の中に、すてきだなあ、友だちになりたいなあ、と思うけれど、ちょっと近づけない。うっかり近づくと、私なんかその人の美意識からはパーンとはじきとばされてしまうんじゃないだろうか。そんな風に思わせる人がいた。でも、やっぱり好きだから、いつもいつもその人のことが気になって仕方がなかった。

鴨居さんのことを思うとき、私はその人のことを思う。その人とどこかイメージが重なる人の中には、森茉莉、武田百合子などがいる。で、私はこの人たちがとてもとても好きなのだと再確認する。これは私だけのテイストかと思っていたのだが、そうではないことが分かった。鴨居羊子が好きな人は、森茉莉も好きだし、武田百合子も好きなのだ。もちろん、この法則が100パーセント適用されるわけではないが、かなり高い確率になることは確かである。

そういえば、鴨居さんの取材でチュニックを訪問した時に、私はとても興味深い話を聞いた。鴨居羊子と森茉莉との符合である。私自身面識はないのだが、この二人の写真を見たことはある。だが、それまで私は似ていると思ったり、符合を考えたりしたことは一度もなかった。ところが、チュニック社長の牛島龍介氏によると、この二人はとてもよく似ていたという。二人とも大柄で目立つ。女性というより、男性のような力強さとオーラがあった。そして、二人とも父の娘だったと。しかも育った環境や性格・雰囲気だけではなく、その外見も驚くほどよく似ていたというのだ。そこで、その符合を意識して『M嬢物語』の冒頭エッセイを読んでみる。鴨居羊子のお雛様は、かたちこそ違うが父親から贈られた世界にひとつだけのものだったこと、関心がお雛様よりも食べ物に向かっていたことなど、なるほどと思えて来る。今は詳しく説明するだけのスペースを持っていないので、こうした符合については別の機会にゆずりたいと思う。だが、ふと手を止めて、二人のことに思いを馳せると、とても不思議な気持ちになる。そして確信する。私たちは何てすてきな先輩を持った、何てラッキーな世代なのだろうと。

私事で恐縮だが、私は、どんなことでも三角形が見つかれば人生が楽しくなるという法則を持っている。そして、鴨居さんの本の中でも、いくつかの三角形を見つけた。鴨居さん、大山昭子さん、マダムFこと福家冨美子さんという人の三角形。仕事、恋、お料理という人生の三角形。下着デザイナー、人形作家、画家という彼女の仕事の三角形。鴨居羊子、森茉莉、武田百合子、好きという思いで結ばれる人の三角形——。私は、鴨居さんの本の中にそういう三角形をたくさん見つけて、一人でにんまりしている。そして、私はこのコレクションの中に読者の方が何かしら、そういうすてきな予感、法則……を見つけて、楽しんでもらえたらいいなあ、そんな風にも思っている。

ところで、鴨居コレクション最終巻のこの巻には、スペシャルなプレゼント・サプライズの三角形もある。

この巻に収録されている『ミス・ペテン』は、一九六六年の鴨居さんの初の個展「ミス・ペテ

ン」の際に自費出版されたもの（限定五〇〇部）。出版部数から考えても、この本を実際に見た人は少ないと思うので、少し補足説明をさせていただきたい。上の写真から想像していただけると思うのだが、これは、今見ても新しい、まるでCDジャケットのような大きさ（縦横一三〇ミリ・厚さ二五ミリ）とデザインで、装丁も真っ白で実にシンプル、タイトルも小さく『ミス・ペテン　鴨居羊子』とあるだけである。で、中を開くと、彼女独特の洒落たイラストと摩訶不思議な雰囲気の小説、そしてショート・ストーリー（のちに『花束のカーニバル』〔一九七九年、北宋社刊〕にも収録）が収められている。余談だが、鴨居さんの小説？　そう思って興味津々で読んでみると、それらは確かに鴨居さんのものなのだが、エッセイに見られるような彼女の筆ののびやかさとは趣が違って、私には少し硬く、ぎこちなく感じられる。もしかしたら、『ミス・ペテン』のアヴァンギャルドな世界を意識して、あえてそういう文章を書いたのかもしれない。一方、「スプリングマン第一話」は、そのタイトルから、第二話、第三話と書き続ける予定があったのかなと想像するのだが、結局この第一話しか書かれていないようである。もちろん、たとえ鴨居さんにそのつもりがあったとしても、いつもしたいこと

が山のようにあふれていた彼女のことだから、それはどこか他のところに飛んで行ったままだったのかもしれない。私はそんな風に想像する。

また、この本の中には、人間を被写体にすることが多い写真家・細江英公氏が、鴨居さん制作の人形を撮影した稀有な写真が多く収録されている。当時の細江氏と言えば、記録重視のリアリズム写真が主流の中、三島由紀夫をモデルに撮った『薔薇刑』(一九六三年)など、肉体をオブジェとして捕らえる斬新な写真を発表してその名声を不動のものとしていた。二人は以前から交流があったが、細江氏の写真は鴨居さんの魂に触れたのだろう、この企画は、鴨居さんのたっての希望で実現したものだった。そして今回、このコレクションのためにニュープリントが制作され、細江氏自身によって取捨選択された写真が収録されることになった。さらに、鴨居さんのポートレイトを含む未公開写真の収録も実現した。私は読者の一人として、こうした貴重な写真に出会う機会を与えられたことを幸運に思う。未公開以外の写真も、この本が小部数の自費出版本だったということを考えると、今回が初公開といってもさしつかえないものばかりである。『M嬢物語』に収録されている鴨居羊子制作の人形写真の収録は今回見送られることになったが、この細江氏の写真で十分彼女の人形の世界は堪能していただけるのではないかと思う。『M嬢物語』をご覧になったことのない方のために一言付け加えるなら、型通りの類型性故にお雛様を欲しいとは思わなかったという彼女が制作した人形は、動物をモチーフにしたもの、フランス人形っぽいもの、和洋折衷のものなど、名前もデザインも表情もユニークで、実にヴァラエティに富んでいた。

さらに、一九五六年、キキー・スリップが発売された当時のチュニックのカタログが言わばボーナス・トラックとして収録されている。これは幸運にもチュニック社に一部だけ現存していたもの。何だか六、七〇年代の『ELLE』誌のファッション特集を見ているような気分にしてくれる洒落たカタログである。チャービネーションなど、そのネーミングと共に新鮮な驚きを持って楽しんでいただけるのではないだろうか。

さて、この巻のタイトルは「カモイ・ヴァラエティ」である。これは、鴨居羊子という人を実によく物語っていると思う。下着をデザインし、会社を経営し、絵を描き、文章を書き、人形を作り、仕事の後はフラメンコを踊って汗を流し、世界各地を旅行し、恋をし、犬や猫を愛した鴨居羊子。家に帰れば、買い物、料理と何でもこなした鴨居羊子。人生をすてきに楽しむ天才・鴨居羊子は、何足もの草鞋を同時に履きこなし、しかも彼女の中ではそれらがすてきに共存していた。もちろん、そこには苦労や葛藤もあったはずだが、天衣無縫の天使という呼び名に（私が勝手に呼んでいるだけだが）ふさわしく、彼女は、しなやかに、柔らかに、そこに制限を設けることなく、興味の対象を全て受け入れて自分の中に取り込んでいたのだと思う。収録されている作品も、この巻のタイトルにふさわしく、様々な表情を持つ鴨居羊子を私たちに見せてくれる。下着デザイナーとしての鴨居羊子、人形作家としての鴨居羊子、画家としての鴨居羊子、魂に触れる動物エッセイを書く鴨居羊子、突き抜けた特異な個性を持つ鴨居羊子――。この巻にはまた、動物エッセイ『捨て猫次郎吉』が収録されているが、第二巻収録のものとはまた違った趣で読んでいただけるのではないかと思う。この中に「自分の幸せを猫で確認する」という猫と暮らす人にまつわる一文があるが、猫との触れ合いの日々を通して、鴨居羊子のヴァラエティに富んだ興味深い人生をなぞっていただけるのではないかと思うのだ。

その鴨居さんの日常はたとえばこんな風である。

料理を作ろうと思って市場に行けば、作りたいものがどんどん増え、作っている最中にまたしてもアレもコレも作りたくなり、結局、エーイ、みんな作ってしまえってことになる。今年こそピンクの長袖スーツを着ようと、いそいそとショッピングに出かけると、道の途中で真っ白のワンピースを着た女性に出会い、白いワンピースを買うことにいとも簡単に心変わりする。次にプリント柄のワンピースを着た人に出会うと、ハハーン、柄物もいいなあ、となる。お店に着くまでずっとこんな調子である。さらに、鴨居さんは、ものを買うときには、一目惚れするとか、運命的出会いと自分で決めつける癖があった。しかもそれがひとつやふたつではない。とにかくあふれるほどあるのだ。で、鴨居さんはそのすべてを受け入れて、自分のものにした。

「あんまり好きなものがありすぎるからこそ、私はそれら全部をつくって売る仕事を選んだのだ。作るのは好きなものをたくさん作れるが、一つ所有しよう、えらび出そうというのは本当にむずかしい」(『午後の踊り子』)

これは鴨居さんの本音だったろう。「昼間働いて、夜は踊り子、というのが憧れだった」「オフィスをとびだしたとたんに私は下着会社の社長ではなく、カミシモを脱いでアッパッパを着た女の子になる。私は踊り子だ」。これもまた彼女の本音だっただろう。フラメンコを踊る鴨居さんを想像してみると、きっと魅力的だっただろうなあ、と思う。汗を流し、タップを踏む、それはエネルギッシュな鴨居さんにとてもよく似合っている。『午後の踊り子』の中に「ピエトラ・サンタのクリスマス」というエッセイがあるが、この大山さんの店の「白い地下洞窟」に、鴨居さんがフラメンコを踊りながら現れた夜もあったらしい。こうしたエピソードも、いかにも鴨居さんらしいなと思う。

私は彼女の作品に触れるたびに、鴨居羊子はいつも新しい、と思う。その作品だけではなく、彼女の生き方も含めた全てが。そして、「~のために」「~であるべき」、そういった概念からは解放されて、純粋に面白いものをとことん楽しもうとする彼女の生き方に触れて、改めてすごいなあと思う。さらに、綺麗なもの好き、新しいもの好き、変わったもの好き、奇抜なもの好き、楽しいもの好き、アッと驚くこと好きだった鴨居さんを通して「人生を面白がる精神を忘れたらあかんよね」と納得し、「別に恋とか愛とかでなくても、ある一つのことを一生懸命考えて、身の回りを見回すと、そのことに関する答えが、いろいろところがっていて、謎ときの鍵を拾うことができるものだ」という一文を読んで、「ほんまやね」と思う。

ところで、私はこの巻に収録された作品の中でも『午後の踊り子』が大好きだ。彼女自身のプライベートなことや交友関係について触れられている箇所が多いからなのか、この中には羽をつけて跳び回っているのびやかな天使・鴨居羊子が生きている、そう思えるのだ。病気になって、地面にストンと落っこちたような状態のときでさえ、彼女はそのことを面白がっているふしがある。実生活での鴨居さんは、喘息と闘っていた時期でもあり、そこには人知れず苦悩もあったはずだが、あくまで彼女は、大分すりきれちゃったけど羽を持っている限り大丈夫、そんな風にアッケラカンとしてみせる。これは鴨居羊子流の美学だったのではないだろうか。

私は幸運にも、このエッセイの中に登場する大山昭子さんやマダムＦにお目にかかり、鴨居さんの話を聞くというチャンスに恵まれた。私の記憶の中には、大山さんやマダムＦを通しての鴨居さんがぎっしりと詰まっているのだが、その中から鴨居さんが大山さんとギリシャのクレタ島に行った時のエピソードを披露したい。

鴨居さんと大山さんが二人で街を歩いている時、道に迷ったことがあった。その時、鴨居さんがどうしたかというと、何と往来の真ん中で靴をポーンと投げたのだそうだ。靴先の方向に行こうということらしい。曲がり角の度に鴨居さんは靴を投げ、靴に道先案内人になってもらって、二人はどんどん歩いて行った。結局、更に道に迷ってしまい、親切な人にホテルまで送ってもらうはめになったのだったが、見知らぬ外国のことである。何と度胸のある行動だろう。ある映画の中に、二人の女性が道に迷うシーンがあった。地図を取り出して確かめようとした連れに、「ダメ。地図は見ないで。女二人が道に迷う冒険よ」、そう言って歩き出すのだが、私はそのシーンを思い出して、膝を打ったものである。鴨居さんみたいでイカスなあ、と思ったのである。

そして、彼女だけではなく、彼女のすてきな友だちにもまいってしまう。たとえば、マダムFだ。彼女についての記述からはケーキの香ばしい匂いやビスケットの甘い匂いが漂ってくる。そして、三時のお茶会の仲間入りをさせてもらっているような気分になる。私は、いつか鴨居さんのようにマダムFとお友だちになりたいなあ、彼女からおいしいお料理のレシピを教えてもらいたいなあ、ずっとそう思っていた。私はその後、鴨居さんの取材を通してマダムFとお友だちになり、鴨居さんの話をたっぷり聞かせてもらうことができた。マダムFが話してくれる鴨居さんの話はどれもおいしそうで、私はまたしてもまいってしまった。そのおいしそうな雰囲気に、そのとびっきり楽しい雰囲気に。

でも、すてきな人を知るということはわくわくする出来事だと思う。憧れて憧れて、真似したくなったり、その人のような人生を生きてみたくなったりするのだけど、結局「その人」にはなり得ない。で、がっかりして自分を持て余したりする。でも、何か目には見えないけれど大切なことを教わり、自分が美しさや愉しさに敏感になっていることに気づく。すてきなことを知る、そのことの意味はこういうところにあるんじゃないかな。それはささやかだけど、もしかすると人生の意味を考えたり、知っているってことよりも、もっと大切なことだったりするんじゃないだろうか。

私は、もう今ではほとんど読めなくなってしまっていた鴨居羊子の著作がこういうすてきなコレクションとして発刊されたのがとても嬉しい。そして、この本がキュートで新鮮な気持ちを持った誰かの部屋やバッグの中でピンク色の光を放ち、ふとした瞬間にページが開かれることを、その人たちが、ピンク色の言葉の上にキラキラした気持ちを重ねたり、笑ったり、涙ぐんだりしながら、おいしい人生をたっぷり楽しんでくれることを願っている。天衣無縫の天使・鴨居羊子のようなチャーミングでのびやかな眼差しを手に入れたら、この世界はきっともう一つの素晴らしいドアを開けて、その向こうの新しい世界を見せてくれるはずである。

私は思い出す。このコレクションの企画を初めて聞いた日のことを。それまで誰かに鴨居羊子ってていいのよ、とすすめながら、実際には手に取って読む機会が与えられなかった彼女の本がこうして誰かの心に触れ、忘れられずにいたということをとてもとても嬉しいと感じた日のことを。今回、このコレクションの発刊に際して、貴重な資料を提供して下さった牛島氏に心からの感謝を読者代表として捧げたいと思います。

＊本書の底本には左記のものを用いた。
『ミス・ペテン』（一九六六年、ミス・ペテン刊行会）
『午後の踊り子』（一九八〇年、角川書店刊）
『M嬢物語――鴨居羊子人形帖』（一九八四年、小学館刊）
『捨て猫次郎吉』（一九八四年、講談社刊）

＊今日の人権意識に照らしあわせて不適当と思われる語句・表現については、時代的背景をかんがみ、また文学作品の原文を尊重する立場からそのままとした。

鴨居羊子コレクション

3

カモイ・ヴァラエティ

2004年5月24日初版第1刷発行

著者　鴨《かも》居《い》羊《よう》子《こ》
写真　細江英公
発行者　佐藤今朝夫
発行所　株式会社国書刊行会　〒174-0056 東京都板橋区志村1-13-15
電話　03-5970-7421　ファックス　03-5970-7427
http://www.kokusho.co.jp
印刷所　明和印刷株式会社
製本所　合資会社村上製本所

ISBN4-336-04610-7

鴨居羊子コレクション

人生を素敵に楽しむ天才、鴨居羊子。
下着デザイナー・画家として活躍しつつ書きのこした、
みずみずしい感性に彩られたエッセイを集大成する、待望のコレクション。
全巻解説：早川茉莉

1 女は下着でつくられる

わたしは驢馬に乗って下着をうりにゆきたい
わたしのものよ

下着デザイナーとしての半生を綴りながら、下着による性の解放運動のマニフェストにもなっている傑作自伝と、幼年期を回想しながら愛する人々への思い出を語る最後のエッセイ集を収録。

エッセイ：江國香織　ISBN4-336-04608-5

絵／鴨居羊子

2 のら犬・のら猫

のら犬のボケ・シッポのはえた天使たち
のら猫トラトラ

司馬遼太郎も驚嘆した、鋭くも優しい感性で綴る珠玉の犬・猫エッセイを集成。その魅力・みずみずしさは時代を超えた幸福感を与えてくれる。著者撮影のネコ写真も多数収録。エッセイ：熊井明子

ISBN4-336-04609-3

3 カモイ・ヴァラエティ

ミス・ペテン
M嬢物語　鴨居羊子人形帖
午後の踊り子
捨て猫次郎吉

鴨居羊子はデザイナー、エッセイスト、画家、人形作家といった多彩な活動をこなすマルチ・アーティストだった。幻想的画文集、人形エッセイ、フラメンコ体験記などヴァラエティ豊かなカモイヨウコの世界。エッセイ：近代ナリコ

ISBN4-336-04610-7